U0098339

· 魯迅經典集 ·

魯迅小說全集

魯迅　著

林郁　主編

編選說明

一、本書選收了魯迅先生的全部小說創作，其中短篇小說32篇，中篇小說1篇，計33篇。它們分別選自《吶喊》、《彷徨》和《故事新編》。

二、為了幫助讀者特別是青少年讀者更加了解魯迅的作品，我們從有關評論中，相對應地在每篇小說後面附上了簡短的解讀文字。這些解讀一般不做全面的分析，只是從或思想內容，或人物形象，或寫作特點等不同角度進行挖掘，限於篇幅，大多也是「點到為止」。每則解讀均標有出處，讀者如有興趣，可找原文研讀。

三、正文前，我們收集了各個歷史時期諸多名家對魯迅小說的總體評論，以期與各篇「發微」式的解讀互相映照，形成一個總體的印象，同時儘量考慮到從宏觀上對魯迅小說的思想、人物形象和寫作手法諸方面的理解和把握。這些評論也只截取了原文的一個片斷，為了使讀者獲得一些歷史感，這些評論大都標明了寫作時間。

四、魯迅先生早在20世紀的30年代，即全力宣導新興木刻運動。在魯迅先生的小說木刻插圖中，我國現代版畫藝術大師趙延年先

生的作品，因對原作豐贍的內涵理解深刻，所作圓熟老到，質樸遒勁，動人心魄，餘味無窮，影響深遠。本書的出版得到了趙延年先生的鼎力支持，從其二百多幅魯迅作品插圖中，我們選用了98幅，讀者在學習和理解魯迅小說時，欣賞和玩味這些藝術佳構，會得到難以逆料的體會、聯想和審美享受。

五、本書收錄的魯迅先生的作品，以1938年魯迅先生紀念委員會編、上海復社出版的《魯迅全集》為底本，其他版本酌情參考之。

六、本書付梓面世之時，我們謹向趙延年先生和解讀魯迅小說的名家和作者，致以誠摯的謝意和敬意。

版畫家簡介

趙延年，浙江省湖州市人，1924年4月生於蘇州。

1938年進上海美專，1941年畢業於廣東省立戰時藝術館美術系。

歷任中國美術家協會理事、中國版畫家協會顧問、浙江省美術家協會顧問、浙江省版畫家協會名譽會長、中國美術學院教授。作品一千餘幅為中國美術館、大英博物館等國內外三十六所美術館、博物館收藏。

1991年獲中國美術家協會、中國版畫家協會聯合頒發的「中國新興版畫傑出貢獻獎」；1992年獲國務院有突出貢獻特殊津貼；2002年獲浙江省有突出貢獻老文藝家金質獎章；2009年獲文化部、中國文聯、中國美協聯合頒發的首屆「中國美術獎·終身成就獎」。

趙延年木刻插圖（98幅）　索引

名家論魯迅小說

　　至於這五年以來白話文學的成績，因為時間過近，我們不便一一的下評判。……但成績最大的卻是一位託名「魯迅」的。他的短篇小說，從四年前的《狂人日記》到最近的《阿Q正傳》雖然不多，差不多沒有不好的。

——胡適《五十年來之中國文學》（1924年）

　　《吶喊》是最近數年來中國文壇上少見之作，那樣的譏誚而沉摯，那樣的描寫深刻，似乎一個字一個字都是用刀刻在木上的。中國的諷刺作品，自古就沒有，所謂《何典》不過是陳腐的傳奇，穿上了鬼之衣而已，《捉鬼傳》較好，卻也不深刻，《儒林外史》更不是一部諷刺的書，《官場現形記》之流卻是破口大罵了；求有蘊蓄之情趣的作品，幾乎不見一部。自魯迅先生出來後，才第一次用他的筆鋒去寫幾篇「自古未有」的諷刺小說。那是一個新闢的天地，那是他獨自創出的國土，如果他的作品並不是什麼不朽的作品，那麼，他的這一方面的成績，至少是不朽的。

——鄭振鐸（論）《吶喊》（1926年）

　　阿Q這人是中國一切的「譜」——新名詞稱作「傳統」——的結晶，沒有自己的意志而以社會的因襲的慣例為其意志的人，所以在現

社會裏是不存在而又到處存在的。沈雁冰先生在《小說月報》上說：
「阿Q這人要在現社會中去實指出來是辦不到的；但是我讀這篇小說的
時候，總覺得阿Q這人很是面熟，是呵，他是中國人品性的結晶呀！」
這話說的很對。果戈理的小說《死魂靈》裏的主人公契契珂夫也是如
此，我們不能尋到一個旅行著收買死農奴的契契珂夫，但在種種投機
的實業中間可以見到契契珂夫的影子，如克魯泡特金所說。不過其間
有這一點差別：契契珂夫是「一個不朽的萬國的類型」，阿Q卻是一個
民族的類型。他像神話裏的「眾賜」（Pandora）一樣，承受了惡夢似
的四千年來的經驗所造成的一切「譜」上的規則，包含對於生命幸福
名譽道德各種意見，提煉精粹，凝為個體，所以實在是一幅中國人品
性的「混合照相」，其中寫中國人的缺乏求生意志，不知尊重生命，
尤為痛切，因為我相信這是中國人的最大病根。

　　總之，這篇的藝術無論如何幼稚，但著者肯那樣老實不客氣的表
示他的憎惡，一方面對於中國社會也不失為一副苦藥，我想他的存在
也不是無意義的。只是著者本意似乎想把阿Q痛罵一頓，做到臨了卻覺
得在未莊裏阿Q卻是惟一可愛的人物，比別人還要正直些，所以終於被
「正法」了；正如托爾斯泰批評契訶夫所說，他想撞倒阿Q，將注意力
集中於他，卻反倒將他扶起了。這或者可以說是著者的失敗的地方。
至於或者以為諷刺過分，「有傷真實」，我並不覺得如此，因為世界
往往「事實奇於小說」，就是在我的灰色的故鄉裏，我也親眼見到這
一類角色的活模型，其中還有一個縮小的真的可愛的阿貴，雖然他至
今還是健在。

　　　　　　　　　　──周作人（論）《阿Q正傳》（1923年）

　　我以為《吶喊》和《彷徨》裏所表現的作者宇宙觀並無二致，
但是作者觀察現實時所取的角度卻顯然有殊。《吶喊》是作者在一方
面雖然覺得那時「新文化運動」的主張未能「徹底」，但另一方面

又認定在反封建這點上應給予贊助，──是在這樣的立點上他發出了他的《吶喊》的，所以《吶喊》主要是表現了那些長期受封建勢力壓迫與麻醉的人們，在怎樣痛苦地而又麻痺地生活著，他們有憤怒，而又如何愚昧，他們不明白生活痛苦的來源，他們有偏見，固執，然而他們能哭能笑，敢哭敢笑，而且敢於詛咒；像一條紅線似的貫穿於他們的痛苦而又麻痺的生活之中的，是他們對於生活之執著，他們的生命力之旺盛和堅強！他們是「大地的兒女」從泥土裏出來，被縛繫於泥土，終身不能離開泥土的人。在這樣的人們身上，作者看見了革命的力量，然而還沒有看見革命的人物；這一股革命的力量，需要去喚醒，但喚醒了以後，需要給他們以鬥爭的「武器」，作者在當時的「新文化運動者」那裏，沒有看見那種「武器」，所以他曾說，喚醒了以後而仍舊被禁在黑屋子裏是加倍的痛苦。然而作者終於發出了雄壯的《吶喊》。

《彷徨》呢，則是在於作者目擊了「新文化運動」的「主將們」的「分化」，一方面畢露了妥協性，又一方面正在「轉變」，革命的力量需要有人領導，然而曾被「新文化運動」所喚醒的青年知識份子則又如何呢？──在這樣的追問下，產生了《彷徨》。在這方面，主要地表現了那些從黑暗中覺醒，滿肚子不平，憎憤，然而腦子裏空空洞洞，成日價只以不平與牢騷餵哺自己的靈魂，但同時肩上又負荷著舊時代的重擔，偏見愚昧，固執，虛無思想，冒險主義，短視，卑怯，──這樣的人們，也是革命的力量麼？當然是！而且他們將是革命的工作者，和組織者。《彷徨》中間不少熱情的向光明的人物，但是這些人物也不少缺陷；夢想著深山大澤叢林伏莽的「涓生」，還有一個帶有舊時代的深重缺陷的人，而由熱極轉化為冷極的「孤獨者」的主人公亦然，但這位主人公於憤激而以冷酷自我娛樂的當兒，仍然有「熱」，──即對於天真的孩子的愛惜，現代的人不能沒有缺陷，因為現代的人是前代人的後代，而且是長期被壓迫的人們的後代，又是被不合理的社會制度所包圍，被種種偏見與愚昧包圍的。但作者並

不以為這種缺陷是「命定」的，是天老地荒終「如斯」的句子，——
「路漫漫其修遠兮，吾將上下而求索」，正是他的渴望的暗示。

如果我們覺得上面的解釋，還有些道理的話，那麼《彷徨》應
該看做是《吶喊》的發展，是更積極的探索；說這是作者的「悲觀思
想」到了頂點，因為預兆著一個「轉變」，——這樣的論斷，似乎是
表面而皮相的。

——茅盾《論魯迅的〈吶喊〉和〈彷徨〉》（1942年）

魯迅創作的小說藝術，特色雖多，最明顯的僅有三點：第一是用
筆的深刻冷雋，第二是句法的簡潔峭拔，第三是體裁的新穎獨到。

有人說魯迅是曾經學過醫的，洞悉解剖的原理，所以常將這技術
應用到文學上來。不過他解剖的對象不是人類的肉體，而是人類的心
靈。他不管我們多麼痛楚，如何想躲閃，只冷靜地以一個熟練的手勢
舉起他那把鋒利無比的解剖刀，對準我們靈魂深處的創痕，掩藏最力
的弱點，直刺進去，掏出血淋淋的病的癥結，擺在顯微鏡下讓大眾觀
察。他最恨的是那些以道學先生自命的人，所以他描寫腦筋簡單的鄉
下人用筆每比較寬恕，一到寫到《阿Q正傳》裏的趙太爺，《祝福》
裏的魯四爺，《高老夫子》裏的高爾礎，便針針見血，絲毫不肯容情
了。……

魯迅從不肯將自己所要說的話，明明白白的說出來，只教你自己
去想，想不透就怪你們自己太淺薄，他不負責。他文字的異常冷雋，
他文字的富於幽默，好像堅果似的愈咀嚼愈有回味，都非尋常作家所
能及。

魯迅作品用字造句都經過千錘百煉，故有簡潔短峭的優點。……
他文字的簡潔真個做了「增之一分則太長，減之一分則太短，施粉
則太白，施朱則太赤」的地步。

——蘇雪林《〈阿Q正傳〉及魯迅作的藝術》（1934年）

所謂劣根性，阿Q的習慣：第一是精神勝利法。……

　　其次是色情狂相。照阿Q看來，凡尼姑一定和和尚私通；一個女人在外面走，一定想引誘野男人；一男一女在那裏講話，一定要有勾當了。其實因為他自己曾在人叢中擰過一個女人的大腿，原是猜己度人的，這種心理自然也很要不得。

　　第三，是畏強凌弱。阿Q給趙太爺打了嘴巴固然不敢回手，給秀才用竹杠敲了，也只是順受。可是見了小尼姑，就要隨便動手，碰著小D，也就開口罵「畜生」！

　　第四，愛裝虛架子。小D雖然一向軟弱，阿Q餓瘦了，實在也並不比他強，相互拔了一陣辮子，明明是無力取勝，走開了，阿Q還要回轉頭去裝腔作勢的說：「記著罷，媽媽的……」

　　第五，注重無關緊要的小事情，譬如因為把未莊叫做長凳的叫做條凳，阿Q就很鄙薄，城裏人把蔥葉切得細碎些，也就認為大問題。

　　第六，奴隸性重。因為審判阿Q的人怒目而視，以為這人一定有些來歷，膝關節立刻自然而然寬鬆，便跪下去了。

　　阿Q之所以為阿Q，原是因為環境惡劣，沒有受過正當教育。作者用意所在，與其說是攻擊阿Q，不如說是暴露環境的缺點。所以我們怕得自己做阿Q，也不願意別人像阿Q，在自勵勵人以外，更須注意環境的改良。

　　　　　　　　　　──許欽文《漫話阿Q》（1947年）

　　魯迅描寫我們民族性的偉大，可以代表我們民族文化的結晶，在《故事新編》中，便有好幾篇，如《鑄劍》，取材於古小說《列異傳》……

從這短短的幾行文字，魯迅演出了一大篇虎擲龍拿，有聲有色，最富於復仇戰鬥精神的小說，使人們讀了，看到英姿活躍，恍如親接其人。

　　又如《理水》、《非攻》，魯迅在描寫大禹、墨子偉大的精神的時候，不知不覺地有他自己的面影和性格反映於其中。……魯迅生平真真是一個埋頭苦幹、拼命硬幹的人，不愧為中國的脊樑！

——許壽裳《我所認識的魯迅》（1945年）

　　魯迅先生最能抓住人物獨具的特點，從衣著、神態、行動、性格上下筆，幾筆便能出神入化，描寫出各不相同的形象。魯迅先生尤其能以人物的個性語言，刻畫人物的個性；孔乙己的「竊書不能算偷」和「多乎哉，不多也」，九斤老太的「一代不為一代」，閏土的那一聲「老爺……」，阿Q的「兒子打老子」，趙七爺的「你能抵擋他麼？」，莊愛姑的開口閉口「小畜生」，都使人物的性格活靈活現，躍然紙上。同時，魯迅先生還善於精選和使用生動活潑的農民口語，吸收和運用富有生命力的古典文學的語言。魯迅先生通過人物在行動中的動態描寫，把形形色色的人物描寫得栩栩如生；他的小說的敘事語言都極為動態，為刻畫人物增色，使情節引人入勝。魯迅先生的小說的對話少而精，句式短而精，這是由於他精通中國語言，對古典文學具有博大精深的造詣。魯迅先生在他的小說中每寫一個場景，都是一個畫面，人物活動中情景交融中，給人以立體感。因此，魯迅先生雖然是在小說創作中吸收外國文學中某些形式和手法的第一人，卻又是最全面的繼承和發展了中國古典小說的民族風格。

——劉紹棠《向魯迅學寫小說》（1984年）

魯迅本人是知識份子。在魯迅作品中，知識份子是一個突出主題。這仍然是中國近代民主革命的深刻反映。從戊戌經辛亥到「五四」，從「五四」經大革命到30年代，知識份子是中國革命的先鋒和橋樑，同時又具有各種嚴重的毛病和缺點。他們的命運、道路和前途，他們的成長、變遷和分化，成為魯迅所十分關心的問題，這個問題在魯迅思想發展中佔有重要地位。它與農民問題，成為魯迅作品的兩大基本主題。這也正是近代中國兩大歷史課題。

魯迅思想的發展與這個問題密切相關，也可以說，魯迅在這個問題上的思想發展是其整個思想發展中的重要組成部分。魯迅對知識份子寄予很大的同情和希望，同時又給以無情的鞭撻和揭露。革命的、灰色的、反動的、先革命而後反動的、吃人的、被人吃的……各種各樣知識份子的形象，活靈活現地出現在魯迅筆下，形形色色，蔚為大觀。

《懷舊》、《孔乙己》無論矣，他們是被《四書》《五經》吃空了靈魂的末代封建知識份子的下層，那種迂臭、愚昧、空虛、受欺侮迫害然而仍不掩其善良的犧牲品，魯迅是用一種嘲諷而又同情的眼光，看著他們的滅亡的。與此相映對，是魯迅對曾參加或企望過革命的同輩和下輩知識份子的深切同情。從瑜兒、呂緯甫、魏連殳到涓生、子君，他們的道路和命運，便是魯迅的親身經歷和見聞。在寂無迴響有如荒漠的莽原中，這些曾經滿懷豪情闖過革命的知識份子，有的爬上去了，本身變成了反動派或反動派的幫兇。但更多的革命知識份子，特別像范愛農那些下層的，卻終於連整個身心都被黑暗吞噬掉，完全消失和被人遺忘了。不但范愛農沒人知道或無人問及，連當年轟轟烈烈的「鑒湖女俠」，也荒墳冷落，不再為人所記憶和提及了，他們雖不過一兩個例子，其實代表著整個一代。

「五四」運動過後，魯迅又經歷了這樣一次「有的高升，有的退隱，有的前進」的分化。不論是當年曾悲歌慷慨為推翻滿清建立民國而流血奮鬥過的一代，也不論是當年曾振臂高呼為打倒孔家店而雄

談闊論的一代，都逐漸渺無聲息，總之是被那巨大深重的舊黑暗勢力吃掉或「同化」掉，於是自己也就成了黑暗的一部分，呂緯甫、魏連殳……等形象是有深刻典型意義的。就是「前進」的，究竟能「進」到哪裡，魯迅也頗有開疑。死者已矣，生者何如？曙光在何處？路在哪裡？「新的戰友在哪裡？」魯迅看到一代又一代作為所謂先鋒的革命知識份子這種末路和命運，有著巨大的憤慨和悲傷。

魯迅是不朽的，只有他，自覺地意識和預見到這個有重大歷史深度的中國知識份子的道路和性格問題，並指出他們有一個繼續戰鬥和自我啓蒙的雙重任務，它與中國革命的過去、現在和未來息息相關。

——李澤厚《略論魯迅思想的發展》

個性的壓抑導致社會的停滯，個性的全面發展有利於社會的創造性蓬勃興起。在我對這篇小說（指作者1980年發表的短篇小說《夏》——編者）的主題進行反覆思索、斟酌、提煉的時候，我不止一次地想到過魯迅先生的《傷逝》。早在20年代，魯迅先生就擯棄了脫離現實鬥爭的「個性主義」，他尖銳而深刻地指出：在不從根本上改變整個封建制度的情況下，個人的抗爭是軟弱而無力的，子君和涓生的悲劇正是那樣一個時代的小知識份子的悲劇。在我對人生的探索中，這種從魯迅先生作品中受到的反對「個性主義」的思想影響，很早就潛存於我的意識中，一直到後來的《愛的權力》、《夏》、《淡淡的晨霧》、《北極光》，我始終強調並呼籲人們為創造一種有利於人的個性全面發展的社會條件而努力，從而真正實現「每個人的自由發展是一切人自由發展的條件」的合理的社會形態。

——張抗抗《心靈的哺育者——魯迅》（1984年）

狂人日記

　　某君昆仲，今隱其名，皆余昔日在中學校時良友；分隔多年，消息漸闕。日前偶聞其一大病；適歸故鄉，迂道往訪，則僅晤一人，言病者其弟也。勞君遠道來視，然已早愈，赴某地候補矣。因大笑，出示日記二冊，謂可見當日病狀，不妨獻諸舊友。持歸閱一過，知所患蓋「迫害狂」之類。語頗錯雜無倫次，又多荒唐之言；亦不著月日，惟墨色字體不一，知非一時所書。間亦有略具聯絡者，今撮錄一篇，以供醫家研究。記中語誤，一字不易；惟人名雖皆村人，不爲世間所知，無關大體，然亦悉易去。至於書名，則本人愈後所題，不復改也。七年四月二日識。

一

　　今天晚上，很好的月光。

　　我不見他，已是三十多年；今天見了，精神分外爽快。才知道以前的三十多年，全是發昏；然而須十分小心。不然，那趙家的狗，何以看我兩眼呢？

　　我怕得有理。

二

　　今天全沒月光，我知道不妙。早上小心出門，趙貴翁的眼色便怪：似乎怕我，似乎想害我。還有七八個人，交頭接耳的議論我，又怕我看見。一路上的人，都是如此。其中最凶的一個人，張著嘴，對我笑了一笑；我便從頭直冷到腳根，曉得他們佈置，都已妥當了。

　　我可不怕，仍舊走我的路。前面一夥小孩子，也在那裏議論我；眼色也同趙貴翁一樣，臉色也都鐵青。我想我同小孩子有什麼仇，他也這樣。忍不住大聲說，「你告訴我！」他們可就跑了。

　　我想：我同趙貴翁有什麼仇，同路上的人又有什麼仇；只有廿年以前，把古久先生的陳年流水簿子，踹了一腳，古久先生很不高興。趙貴翁雖然不認識他，一定也聽到風聲，代抱不平；約定路上的人，同我作冤對。但是小孩子呢？那時候，他們還沒有出世，何以今天也睜著怪眼睛，似乎怕我，似乎想害我。這真教我怕，教我納罕而且傷心。

　　我明白了。這是他們娘老子教的！

三

　　晚上總是睡不著。凡事須得研究，才會明白。

　　他們——也有給知縣打枷過的，也有給紳士掌過嘴的，也有衙役占了他妻子的，也有老子娘被債主逼死的；他們那時候的臉色，全沒有昨天這麼怕，也沒有這麼凶。

　　最奇怪的是昨天街上的那個女人，打他兒子，嘴裏說道，「老子呀！我要咬你幾口才出氣！」他眼睛卻看著我。我出了一驚，遮掩不住；那青面獠牙的一夥人，便都哄笑起來。陳老五趕上前，硬把我拖回家中了。

　　拖我回家，家裏的人都裝作不認識我；他們的眼色，也全同

別人一樣。進了書房，便反扣上門，宛然是關了一隻雞鴨。這一件事，越教我猜不出底細。

前幾天，狼子村的佃戶來告荒，對我大哥說，他們村裏的一個大惡人，給大家打死了；幾個人便挖出他的心肝來，用油煎炒了吃，可以壯壯膽子。我插了一句嘴，佃戶和大哥便都看我幾眼。今天才曉得他們的眼光，全同外面的那夥人一模一樣。

想起來，我從頂上直冷到腳跟。

他們會吃人，就未必不會吃我。

你看那女人「咬你幾口」的話，和一夥青面獠牙人的笑，和前天佃戶的話，明明是暗號。我看出他話中全是毒，笑中全是刀。他們的牙齒，全是白厲厲的排著，這就是吃人的傢伙。

照我自己想，雖然不是惡人，自從踹了古家的簿子，可就難說了。他們似乎別有心思，我全猜不出。況且他們一翻臉，便說人是惡人。我還記得大哥教我做論，無論怎樣好人，翻他幾句，他便打上幾個圈；原諒壞人幾句，他便說「翻天妙手，與眾不同」。我那裏猜得到他們的心思，究竟怎樣；況且是要吃的時候。

凡事總須研究，才會明白。古來時常吃人，我也還記得，可是不甚清楚。我翻開歷史一查，這歷史沒有年代，歪歪斜斜的每頁上都寫著「仁義道德」幾個字。我橫豎睡不著，仔細看了半夜，才從字縫裏看出字來，滿本都寫著兩個字是「吃人」！

書上寫著這許多字，佃戶說了這許多話，卻都笑吟吟的睜著怪眼睛看我。

我也是人，他們想要吃我了！

四

早上，我靜坐了一會。陳老五送進飯來，一碗菜，一碗蒸魚；這魚的眼睛，白而且硬，張著嘴，同那一夥想吃人的人一樣。吃了幾筷，滑溜溜的不知是魚是人，便把他兜肚連腸的吐出。我說「老

五，對大哥說，我悶得慌，想到園裏走走。」老五不答應，走了；停一會，可就來開了門。

　　我也不動，研究他們如何擺佈我；知道他們一定不肯放鬆。果然！我大哥引了一個老頭子，慢慢走來；他滿眼凶光，怕我看出，只是低頭向著地，從眼鏡橫邊暗暗看我。大哥說，「今天你仿佛很好。」我說，「是的。」大哥說，「今天請何先生來，給你診一診。」我說，「可以！」其實我豈不知道這老頭子是劊子手扮的！無非借了看脈這名目，揣一揣肥瘠：因這功勞，也分一片肉吃。我也不怕；雖然不吃人，膽子卻比他們還壯。伸出兩個拳頭，看他如何下手。老頭子坐著，閉了眼睛，摸了好一會，呆了好一會；便張開他鬼眼睛說，「不要亂想。靜靜的養幾天，就好了。」

　　不要亂想，靜靜的養！養肥了，他們是自然可以多吃；我有什麼好處，怎麼會「好了」？他們這群人，又想吃人，又是鬼鬼祟祟，想法子遮掩，不敢直截下手，真要令我笑死。我忍不住，便放聲大笑起來，十分快活。自己曉得這笑聲裏面，有的是義勇和正氣。老頭子和大哥，都失了色，被我這勇氣正氣鎮壓住了。

　　但是我有勇氣，他們便越想吃我，沾光一點這勇氣。老頭子跨出門，走不多遠，便低聲對大哥說道，「趕緊吃罷！」大哥點點頭。原來也有你！這一件大發見，雖似意外，也在意中：合夥吃我的人，便是我的哥哥！

　　吃人的是我哥哥！

　　我是吃人的人的兄弟！

　　我自己被人吃了，可仍然是吃人的人的兄弟！

五

　　這幾天是退一步想：假使那老頭子不是劊子手扮的，真是醫生，也仍然是吃人的人。他們的祖師李時珍做的「本草什麼」上，明明寫著人肉可以煎吃；他還能說自己不吃人麼？

至於我家大哥，也毫不冤枉他。他對我講書的時候，親口說過可以「易子而食」；又一回偶然議論起一個不好的人，他便說不但該殺，還當「食肉寢皮」。我那時年紀還小，心跳了好半天。前天狼子村佃戶來說吃心肝的事，他也毫不奇怪，不住的點頭。可見心思是同從前一樣狠。既然可以「易子而食」，便什麼都易得，什麼人都吃得。我從前單聽他講道理，也糊塗過去；現在曉得他講道理的時候，不但唇邊還抹著人油，而且心裏滿裝著吃人的意思。

六

　　黑漆漆的，不知是日是夜。趙家的狗又叫起來了。
　　獅子似的凶心，兔子的怯弱，狐狸的狡猾，……

七

　　我曉得他們的方法，直捷殺了，是不肯的，而且也不敢，怕有禍祟。所以他們大家連絡，佈滿了羅網，逼我自戕。試看前幾天街上男女的樣子，和這幾天我大哥的作為，便足可悟出八九分了。最好是解下腰帶，掛在樑上，自己緊緊勒死；他們沒有殺人的罪名，又償了心願，自然都歡天喜地的發出一種嗚嗚咽咽的笑聲。否則驚嚇憂愁死了，雖則略瘦，也還可以首肯幾下。

　　他們是只會吃死肉的！——記得什麼書上說，有一種東西，叫「海乙那」的，眼光和樣子都很難看；時常吃死肉，連極大的骨頭，都細細嚼爛，咽下肚子去，想起來也教人害怕。「海乙那」是狼的親眷，狼是狗的本家。前天趙家的狗，看我幾眼，可見他也同謀，早已接洽。老頭子眼看著地，豈能瞞得我過。

　　最可憐的是我的大哥，他也是人，何以毫不害怕；而且合夥吃我呢？還是歷來慣了，不以為非呢？還是喪了良心，明知故犯呢？我詛咒吃人的人，先從他起頭；要勸轉吃人的人，也先從他下手。

八

其實這種道理，到了現在，他們也該早已懂得，……

忽然來了一個人；年紀不過二十左右，相貌是不很看得清楚，滿面笑容，對了我點頭，他的笑也不像真笑。我便問他，「吃人的事，對麼？」他仍然笑著說，「不是荒年，怎麼會吃人。」我立刻就曉得，他也是一夥，喜歡吃人的；便自勇氣百倍，偏要問他。

「對麼？」

「這等事問他什麼。你真會……說笑話。……今天天氣很好。」

天氣是好，月色也很亮了。可是我要問你，「對麼？」

他不以為然了。含含糊胡的答道，「不……」

「不對？他們何以竟吃？！」

「沒有的事……」

「沒有的事？狼子村現吃；還有書上都寫著，通紅斬新！」

他便變了臉，鐵一般青。睜著眼說，「有許有的，這是從來如此……」

「從來如此，便對麼？」

「我不同你講這些道理；總之你不該說，你說便是你錯！」

我直跳起來，張開眼，這人便不見了。全身出了一大片汗。他的年紀，比我大哥小得遠，居然也是一夥；這一定是他娘老子先教的。還怕已經教給他兒子了；所以連小孩子，也都惡狠狠的看我。

九

自己想吃人，又怕被別人吃了，都用著疑心極深的眼光，面面相覷。……

去了這心思，放心做事走路吃飯睡覺，何等舒服。這只是一條門檻，一個關頭。他們可是父子兄弟夫婦朋友師生仇敵和各不相識

的人，都結成一夥，互相勸勉，互相牽掣，死也不肯跨過這一步。

十

大清早，去尋我大哥；他立在堂門外看天，我便走到他背後，攔住門，格外沉靜，格外和氣的對他說，

「大哥，我有話告訴你。」

「你說就是，」他趕緊回過臉來，點點頭。

「我只有幾句話，可是說不出來。大哥，大約當初野蠻的人，都吃過一點人。後來因為心思不同，有的不吃人了，一味要好，便變了人，變了真的人。有的卻還吃，——也同蟲子一樣，有的變了魚鳥猴子，一直變到人。有的不要好，至今還是蟲子。這吃人的人比不吃的人，何等慚愧。怕比蟲子的慚愧猴子，還差得很遠很遠。

「易牙蒸了他兒子，給桀紂吃，還是一直從前的事。誰曉得從盤古開闢天地以後，一直吃到易牙的兒子；從易牙的兒子，一直吃到徐錫林；從徐錫林，又一直吃到狼子村捉住的人。去年城裏殺了犯人，還有一個生癆病的人，用饅頭蘸血舐。

「他們要吃我，你一個人，原也無法可想；然而又何必去入夥。吃人的人，什麼事做不出；他們會吃我，也會吃你，一夥裏面，也會自吃。但只要轉一步，只要立刻改了，也就人人太平。雖然從來如此，我們今天也可以格外要好，說是不能！大哥，我相信你能說，前天佃戶要減租，你說過不能。」

當初，他還只是冷笑，隨後眼光便凶狠起來，一到說破他們的隱情，那就滿臉都變成青色了。大門外立著一夥人，趙貴翁和他的狗，也在裏面，都探頭探腦的挨進來。有的是看不出面貌，似乎用布蒙著；有的是仍舊青面獠牙，抿著嘴笑。我認識他們是一夥，都是吃人的人。可是也曉得他們心思很不一樣，一種是以為從來如此，應該吃的；一種是知道不該吃，可是仍然要吃，又怕別人說破

他，所以聽了我的話，越發氣憤不過，可是抿著嘴冷笑。

這時候，大哥也忽然顯出凶相，高聲喝道，

「都出去！瘋子有什麼好看！」

這時候，我又懂得一件他們的巧妙了。他們豈但不肯改，而且早已佈置；預備下一個瘋子的名目罩上我。將來吃了，不但太平無事，怕還會有人見情。佃戶說的大家吃了一個惡人，正是這方法。這是他們的老譜！

陳老五也氣憤憤的直走進來。如何按得住我的口，我偏要對這夥人說，

「你們可以改了，從眞心改起！要曉得將來容不得吃人的人，活在世上。

「你們要不改，自己也會吃盡。即使生得多，也會給眞的人除滅了，同獵人打完狼子一樣！——同蟲子一樣！」

那一夥人，都被陳老五趕走了。大哥也不知那裏去了。陳老五勸我回屋子裏去。屋裏面全是黑沉沉的。橫樑和椽子都在頭上發抖；抖了一會，就大起來，堆在我身上。

萬分沉重，動彈不得；他的意思是要我死。我曉得他的沉重是假的，便掙扎出來，出了一身汗。可是偏要說，

「你們立刻改了，從眞心改起！你們要曉得將來是容不得吃人的人，……」

十一

太陽也不出，門也不開，日日是兩頓飯。

我捏起筷子，便想起我大哥；曉得妹子死掉的緣故，也全在他。那時我妹子才五歲，可愛可憐的樣子，還在眼前。母親哭個不住，他卻勸母親不要哭；大約因爲自己吃了，哭起來不免有點過意不去。如果還能過意不去，……

妹子是被大哥吃了，母親知道沒有，我可不得而知。

母親想也知道；不過哭的時候，卻並沒有說明，大約也以爲應當的了。記得我四五歲時，坐在堂前乘涼，大哥說爺娘生病，做兒子的須割下一片肉來，煮熟了請他吃，才算好人；母親也沒有說不行。一片吃得，整個的自然也吃得。但是那天的哭法，現在想起來，實在還敎人傷心，這眞是奇極的事！

十二

不能想了。

四千年來時時吃人的地方，今天才明白，我也在其中混了多年；大哥正管著家務，妹子恰恰死了，他未必不和在飯菜裏，暗暗給我們吃。

我未必無意之中，不吃了我妹子的幾片肉，現在也輪到我自己，……

有了四千年吃人履歷的我，當初雖然不知道，現在明白，難見眞的人！

十三

沒有吃過人的孩子，或者還有？

救救孩子……

一九一八年四月

　　魯迅《狂人日記》之所以「憂憤」深廣，首先正是因為這裏融入了魯迅對中國幾千年歷史的真知灼見和對封建制度烈火般仇恨的感情。這是魯迅不僅作為文學家而且首先作為思想家、革命家最深刻最敏銳的地方。

　　魯迅《狂人日記》之所以「憂憤深廣」，所以具有強烈的戰鬥性和深刻的思想意義，還在於魯迅從第一篇新小說開始，就提出了怎樣啓發農民群眾的覺悟和防止下一代孩子們再受封建主義毒害的問題。從這個意義上說，《狂人日記》可以說是《吶喊》以至整個魯迅小說創作的一篇「序言」……

　　再次，魯迅的《狂人日記》所以具有強烈的戰鬥鋒芒，還在於通過狂人直言無忌的性格，對反動封建統治者的醜惡嘴臉進行了盡情的揭露。作品揭露他們偽善，耍兩面派，「話中全是毒，笑中全是刀」，他們「講道理的時候，不但唇邊還抹著人油，而且心裏裝滿著吃人的意思」，他們「又想吃人，又是鬼鬼祟祟，想法子遮掩」，以便「沒有殺人的罪名，又償了心願」。作品揭露他們顛倒是非，混淆黑白，他們「做論」的手段是：見好人就罵，罵翻了再說；見壞人反而要「原諒幾句」，這就是他們所謂的「翻天妙手，與眾不同」。他們把起來造反的農民或者封建階級中的叛逆者，說成「大惡人」，打死以後還「挖出他們的心肝來，用油煎炒了吃」，給他們自己「壯壯膽子」。他們「獅子似的凶心，兔子的怯弱，狐狸的狡猾，……」

　　最後，魯迅在《狂人日記》裏，提出了「將來容不得吃人的人」這個新的社會思想，為中國和人類前途發出了熱情的呼籲。這意味著作者憧憬的未來社會決不是資本主義的社會，而是徹底消滅人剝削人、人壓迫人制度的一種嶄新的社會（正像魯迅在《故鄉》中提出「應該有新的生活，為我們所未經生活過的」一樣）。

——嚴家炎《〈狂人日記〉的思想和藝術》

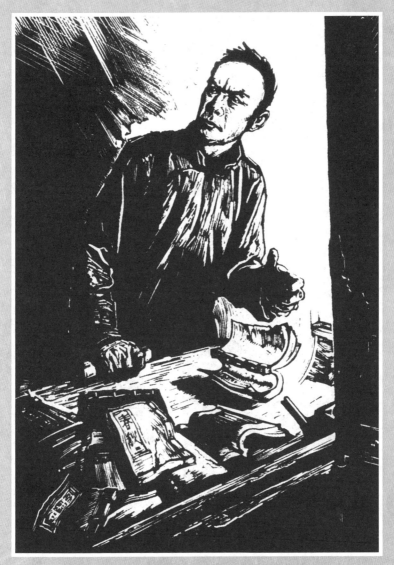

狂人日記 1974年創作

想起來，我從頂上直冷到腳跟。
他們會吃人，就未必不會吃我。

狂人日記（之二）1985年創作

今天晚上，很好的月光。

我不見他，已是三十多年；今天見了，精神分外爽快。才知道以前的三十多年，全是發昏；然而須十分小心。

 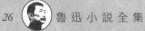

狂人日記（之五） 1985年創作

前面一夥小孩子，也在那裏議論我；眼色也同趙貴翁一樣，臉色也都鐵青。我想我同小孩子有什麼仇，他也這樣。忍不住大聲説，「你告訴我！」他們可就跑了。

狂人日記（之七） 1985年創作

他們——也有給知縣打枷過的，也有給紳士掌過嘴的，也有衙役占了他妻子的，也有老子娘被債主逼死的；他們那時候的臉色，全沒有昨天這麼怕，也沒有這麼凶。

 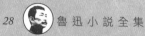

狂人日記（之八） 1985年創作

拖我回家，家裏的人都裝作不認識我；他們的眼色，也全同別人一樣。進了
書房，便反扣上門，宛然是關了一隻雞鴨。這一件事，越教我猜不出底細。

狂人日記（之十） 1985年創作

你看那女人「咬你幾口」的話，和一夥青面獠牙人的笑，和前天佃戶的話，明明是暗號。我看出他話中全是毒，笑中全是刀。他們的牙齒，全是白厲厲的排著，這就是吃人的傢伙。

狂人日記（之十一） 1985年創作

他們似乎別有心思，我全猜不出。況且他們一翻臉，便説人是惡人。我還記得大哥教我做論，無論怎樣好人，翻他幾句，他便打上幾個圈；原諒壞人幾句，他便説「翻天妙手，與眾不同」。

狂人日記（之十二） 1985年創作

我翻開歷史一查，這歷史沒有年代，歪歪斜斜的每頁上都寫著「仁義道德」幾個字。我橫豎睡不著，仔細看了半夜，才從字縫裏看出字來，滿本都寫著兩個字是「吃人」！

 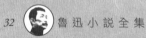

狂人日記（之十三） 1985年創作

早上，我靜坐了一會。陳老五送進飯菜來，一碗菜，一碗蒸魚；這魚的眼睛，白而且硬，張著嘴，同那一夥想吃人的人一樣。吃了幾筷，滑溜溜的不知是魚是人，便把他兜肚連腸的吐出。

狂人日記（之十六） 1985年創作

大哥説，「今天你仿佛很好。」我説，「是的。」大哥説，「今天請何先生來，給你診一診。」我説，「可以！」其實我豈不知道這老頭子是劊子手扮的！無非借了看脈這名目，揣一揣肥瘠：因這功勞，也分一片肉吃。⋯⋯

狂人日記（之十八） 1985年創作

……他們這群人，又想吃人，又是鬼鬼崇崇，想法子遮掩，不敢直捷下手，真要令我笑死。我忍不住，便放聲大笑起來，十分快活。自己曉得這笑聲裏面，有的是義勇和正氣。……

狂人日記（之二十） 1985年創作

黑漆漆的，不知是日是夜。趙家的狗又叫起來了。
獅子似的凶心，兔子的怯弱，狐狸的狡猾，……

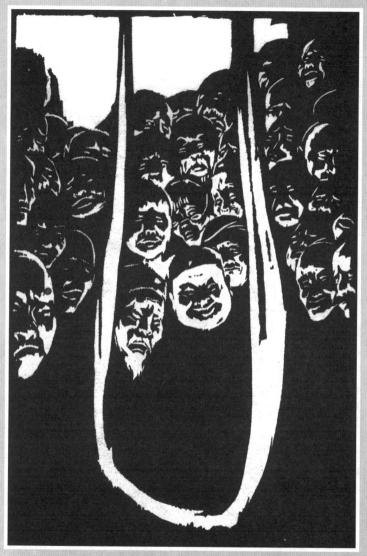

狂人日記（之二十一） 1985年創作

最好是解下腰帶，掛在樑上，自己緊緊勒死；他們沒有殺人的罪名，又償了
心願，自然都歡天喜地的發出一種嗚嗚咽咽的笑聲。

狂人日記（之二十五） 1985年創作

……他的笑也不像真笑。我便問他，「吃人的事，對麼？」他仍然笑著說，「不是荒年，怎麼會吃人。」我立刻就曉得，他也是一夥，喜歡吃人的；便自勇氣百倍，偏要問他。

狂人日記（之二十六）　1985年創作

自己想吃人，又怕被別人吃了，都用著疑心極深的眼光，面面相覷。……
去了這心思，放心做事走路吃飯睡覺，何等舒服。這只是一條門檻，一個關
頭。他們可是父子兄弟夫婦朋友師生仇敵和各不相識的人，都結成一夥，互
相勸勉，互相牽掣，死也不肯跨過這一步。

狂人日記（之三十） 1985年創作

這時候，大哥也忽然顯出凶相，高聲喝道，「都出去！瘋子有什麼好看！」

狂人日記（之三十一） 1985年創作

這時候，我又懂得一件他們的巧妙了。他們豈但不肯改，而且早已佈置；預備下一個瘋子的名目罩上我。將來吃了，不但太平無事，怕還會有人見情。佃戶說的大家吃了一個惡人，正是這方法。這是他們的老譜！

狂人日記（之三十二） 1985年創作

陳老五也氣憤憤的直走進來。如何按得住我的口，我偏要對這夥人説，「你們可以改了，從真心改起！要曉得將來容不得吃人的人，活在世上。」

狂人日記（之三十三） 1985年創作

那一夥人，都被陳老五趕走了。大哥也不知那裏去了。陳老五勸我回屋子裏
去。屋裏面全是黑沉沉的。橫樑和椽子都在頭上發抖；抖了一會，就大起
來，堆在我身上。

狂人日記（之三十四） 1985年創作

萬分沉重，動彈不得；他的意思是要我死。

 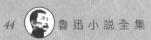

狂人日記（之三十五） 1985年創作

我曉得他的沉重是假的，便掙扎出來，出了一身汗。可是偏要説，「你們立刻改了，從真心改起！你們要曉得將來是容不得吃人的人，……」

狂人日記（之三十七） 1985年創作

四千年來時時吃人的地方，今天才明白，我也在其中混了多年；大哥正管著
家務，妹子恰恰死了，他未必不和在飯菜裏，暗暗給我們吃。我未必無意之
中，不吃了我妹子的幾片肉，現在也輪到我自己，……

魯迅小説全集

狂人日記（之三十八） 1985年創作

沒有吃過人的孩子，或者還有？救救孩子……

孔乙己

　　魯鎮的酒店的格局，是和別處不同的：都是當街一個曲尺形的大櫃檯，櫃裏面預備著熱水，可以隨時溫酒。做工的人，傍午傍晚散了工，每每花四文銅錢，買一碗酒，——這是二十多年前的事，現在每碗要漲到十文，——靠櫃外站著，熱熱的喝了休息；倘肯多花一文，便可以買一碟鹽煮筍，或者茴香豆，做下酒物了，如果出到十幾文，那就能買一樣葷菜，但這些顧客，多是短衣幫，大抵沒有這樣闊綽。只有穿長衫的，才踱進店面隔壁的房子裏，要酒要菜，慢慢地坐喝。

　　我從十二歲起，便在鎮口的咸亨酒店裏當夥計，掌櫃說，樣子太傻，怕侍候不了長衫主顧，就在外面做點事罷。外面的短衣主顧，雖然容易說話，但嘮嘮叨叨纏夾不清的也很不少。他們往往要親眼看著黃酒從罈子裏舀出，看過壺子底裏有水沒有，又親看將壺子放在熱水裏，然後放心：在這嚴重監督下，羼水也很為難。所以過了幾天，掌櫃又說我幹不了這事。幸虧薦頭的情面大，辭退不得，便改為專管溫酒的一種無聊職務了。

　　我從此便整天的站在櫃檯裏，專管我的職務。雖然沒有什麼失職，但總覺有些單調，有些無聊。掌櫃是一副凶臉孔，主顧也沒有

好聲氣，教人活潑不得；只有孔乙己到店，才可以笑幾聲，所以至今還記得。

　　孔乙己是站著喝酒而穿長衫的唯一的人。他身材很高大；青白臉色，皺紋間時常夾些傷痕；一部亂蓬蓬的花白的鬍子。穿的雖然是長衫，可是又髒又破，似乎十多年沒有補，也沒有洗。他對人說話，總是滿口之乎者也，教人半懂不懂的。因爲他姓孔，別人便從描紅紙上的「上大人孔乙己」這半懂不懂的話裏，替他取下一個綽號，叫作孔乙己。孔乙己一到店，所有喝酒的人便都看著他笑，有的叫道，「孔乙己，你臉上又添上新傷疤了！」他不回答，對櫃裏說，「溫兩碗酒，要一碟茴香豆。」便排出九文大錢。他們又故意的高聲嚷道，「你一定又偷了人家的東西了！」孔乙己睜大眼睛說，「你怎麼這樣憑空汙人清白……」「什麼清白？我前天親眼見你偷了何家的書，吊著打。」孔乙己便漲紅了臉，額上的青筋條條綻出，爭辯道，「竊書不能算偷……竊書！……讀書人的事，能算偷麼？」接連便是難懂的話，什麼「君子固窮」，什麼「者乎」之類，引得眾人都哄笑起來：店內外充滿了快活的空氣。

　　聽人家背地裏談論，孔乙己原來也讀過書，但終於沒有進學，又不會營生；於是愈過愈窮，弄到將要討飯了。幸而寫得一筆好字，便替人家鈔鈔書，換一碗飯吃。可惜他又有一樣壞脾氣，便是好喝懶做。坐不到幾天，便連人和書籍紙張筆硯，一齊失蹤。如是幾次，叫他鈔書的人也沒有了。孔乙己沒有法，便免不了偶然做些偷竊的事。但他在我們店裏，品行卻比別人都好，就是從不拖欠；雖然間或沒有現錢，暫時記在粉板上，但不出一月，定然還清，從粉板上拭去了孔乙己的名字。

　　孔乙己喝過半碗酒，漲紅的臉色漸漸復了原，旁人便又問道，「孔乙己，你當眞認識字麼？」孔乙己看著問他的人，顯出不屑置辯的神氣。他們便接著說道，「你怎的連半個秀才也撈不到呢？」孔乙己立刻顯出頹唐不安模樣，臉上籠上了一層灰色，嘴裏說些

話；這回可是全是之乎者也之類，一些不懂了。在這時候，眾人也都哄笑起來：店內外充滿了快活的空氣。

在這些時候，我可以附和著笑，掌櫃是決不責備的。而且掌櫃見了孔乙己，也每每這樣問他，引人發笑。孔乙己自己知道不能和他們談天，便只好向孩子說話。有一回對我說道，「你讀過書麼？」我略略點一點頭。他說，「讀過書，……我便考你一考。茴香豆的茴字，怎樣寫的？」我想，討飯一樣的人，也配考我麼？便回過臉去，不再理會。孔乙己等了許久，很懇切的說道，「不能寫罷？……我教給你，記著！這些字應該記著。將來做掌櫃的時候，寫賬要用。」我暗想我和掌櫃的等級還很遠呢，而且我們掌櫃也從不將茴香豆上賬；又好笑，又不耐煩，懶懶的答他道，「誰要你教，不是草頭底下一個來回的回字麼？」孔乙己顯出極高興的樣子，將兩個指頭的長指甲敲著櫃檯，點頭說，「對呀對呀！……回字有四樣寫法，你知道麼？」我愈不耐煩了，努著嘴走遠。孔乙己剛用指甲蘸了酒，想在櫃上寫字，見我毫不熱心，便又歎一口氣，顯出極惋惜的樣子。

有幾回，鄰居孩子聽得笑聲，也趕熱鬧，圍住了孔乙己。他便給他們茴香豆吃，一人一顆。孩子吃完豆，仍然不散，眼睛都望著碟子。孔乙己著了慌，伸開五指將碟子罩住，彎腰下去說道，「不多了，我已經不多了。」直起身又看一看豆，自己搖頭說，「不多不多！多乎哉？不多也。」於是這一群孩子都在笑聲裏走散了。

孔乙己是這樣的使人快活，可是沒有他，別人也便這麼過。

有一天，大約是中秋前的兩三天，掌櫃正在慢慢的結賬，取下粉板，忽然說，「孔乙己長久沒有來了。還欠十九個錢呢！」我才也覺得他的確長久沒有來了。一個喝酒的人說道，「他怎麼會來？……他打折了腿了。」掌櫃說，「哦！」「他總仍舊是偷。這一回，是自己發昏，竟偷到丁舉人家裏去了。他家的東西，偷得的麼？」「後來怎麼樣？」「怎麼樣？先寫服辯，後來是打，打了大

半夜，再打折了腿。」「後來呢？」「後來打折了腿了。」「打折了怎樣呢？」「怎樣？……誰曉得？許是死了。」掌櫃也不再問，仍然慢慢的算他的賬。

中秋之後，秋風是一天涼比一天，看看將近初冬；我整天的靠著火，也須穿上棉襖了。一天的下半天，沒有一個顧客，我正合了眼坐著。忽然間聽得一個聲音，「溫一碗酒。」這聲音雖然極低，卻很耳熟。看時又全沒有人。站起來向外一望，那孔乙己便在櫃檯下對了門檻坐著。他臉上黑而且瘦，已經不成樣子；穿一件破夾襖，盤著兩腿，下面墊一個蒲包，用草繩在肩上掛住；見了我，又說道，「溫一碗酒。」掌櫃也伸出頭去，一面說，「孔乙己麼？你還欠十九個錢呢！」孔乙己很頹唐的仰面答道，「這……下回還清罷。這一回是現錢，酒要好。」掌櫃仍然同平常一樣，笑著對他說，「孔乙己，你又偷了東西了！」但他這回卻不十分分辯，單說了一句「不要取笑！」「取笑？要是不偷，怎麼會打斷腿？」孔乙己低聲說道，「跌斷，跌，跌……」他的眼色，很像懇求掌櫃，不要再提。此時已經聚集了幾個人，便和掌櫃都笑了。我溫了酒，端出去，放在門檻上。他從破衣袋裏摸出四文大錢，放在我手裏，見他滿手是泥，原來他便用這手走來的。不一會，他喝完酒，便又在旁人的說笑聲中，坐著用這手慢慢走去了。

自此以後，又長久沒有看見孔乙己。到了年關，掌櫃取下粉板說，「孔乙己還欠十九個錢呢！」到第二年的端午，又說「孔乙己還欠十九個錢呢！」到中秋可是沒有說，再到年關也沒有看見他。

我到現在終於沒有見──大約孔乙己的確死了。

一九一九年三月

　　魯迅著意通過酒客與掌櫃的議論來敘述這個故事，這是為什麼呢？這顯然不是一個單純的所謂「側面描寫」的寫作技巧，而是表明，魯迅所關注的不僅是孔乙己橫遭迫害的不幸，他更為重視的是人們對孔乙己的不幸的態度和反應……在這裏，掌櫃與酒客所扮演的正是《示眾》裏的「看客」的角色；他們是把「孔乙己被吊起來打折了腿」當做一齣「戲」來「看」的。孔乙己的不幸中的血腥味就在這些看客的冷漠的談論中消解了：這正是魯迅最痛心的。

　　孔乙己已經失去了一個「人」的獨立價值，在人們心目中他是可有可無的，他的生命的惟一價值，就是成為人們無聊生活中的笑料，甚至他的不幸也只是成為人們的談資。——這正是魯迅對孔乙己的悲劇的獨特認識與把握。

　　魯迅自己也說，他喜歡這篇小說，就因為它「從容不迫」。這樣寓「繁複」於「簡潔」之中，寓「緊張」於「從容」之中，確是一個很高的藝術境界。

——錢理群《「遊戲國」裏的看客》

孔乙己 1975年創作

孩子吃完豆，仍然不散，眼睛都望著碟子。孔乙己著了慌，伸開五指將碟子罩住，彎腰下去說道，「不多了，我已經不多了。」直起身又看一看豆，自己搖頭說：「不多不多！多乎哉？不多也。」於是這一群孩子都在笑聲裏走散了。

藥

一

　　秋天的後半夜，月亮下去了，太陽還沒有出，只剩下一片烏藍的天；除了夜遊的東西，什麼都睡著。華老栓忽然坐起身，擦著火柴，點上遍身油膩的燈盞，茶館的兩間屋子裏，便彌滿了青白的光。

　　「小栓的爹，你就去麼？」是一個老女人的聲音。裏邊的小屋子裏，也發出一陣咳嗽。

　　「唔。」老栓一面聽，一面應，一面扣上衣服；伸手過去說，「你給我罷。」

　　華大媽在枕頭底下掏了半天，掏出一包洋錢，交給老栓，老栓接了，抖抖的裝入衣袋，又在外面按了兩下；便點上燈籠，吹熄燈盞，走向裏屋子去了。那屋子裏面，正在窸窸窣窣的響，接著便是一通咳嗽。老栓候他平靜下去，才低低的叫道，「小栓……你不要起來。……店麼？你娘會安排的。」

　　老栓聽得兒子不再說話，料他安心睡了；便出了門，走到街上。街上黑沉沉的一無所有，只有一條灰白的路，看得分明。燈

光照著他的兩腳，一前一後的走。有時也遇到幾隻狗，可是一隻也沒有叫。天氣比屋子裏冷得多了；老栓倒覺爽快，仿佛一旦變了少年，得了神通，有給人生命的本領似的，跨步格外高遠。而且路也愈走愈分明，天也愈走愈亮了。

老栓正在專心走路，忽然吃了一驚，遠遠裏看見一條丁字街，明明白白橫著。他便退了幾步，尋到一家關著門的鋪子，蹩進簷下，靠門立住了。好一會，身上覺得有些發冷。

「哼，老頭子。」

「倒高興……。」

老栓又吃一驚，睜眼看時，幾個人從他面前過去了。一個還回頭看他，樣子不甚分明，但很像久餓的人見了食物一般，眼裏閃出一種攫取的光。老栓看看燈籠，已經熄了。按一按衣袋，硬硬的還在。仰起頭兩面一望，只見許多古怪的人，三三兩兩，鬼似的在那裏徘徊；定睛再看，卻也看不出什麼別的奇怪。

沒有多久，又見幾個兵，在那邊走動；衣服前後的一個大白圓圈，遠地裏也看得清楚，走過面前的，並且看出號衣上暗紅色的鑲邊。——一陣腳步聲響，一眨眼，已經擁過了一大簇人。那三三兩兩的人，也忽然合作一堆，潮一般向前進；將到丁字街口，便突然立住，簇成一個半圓。

老栓也向那邊看，卻只見一堆人的後背；頸項都伸得很長，仿佛許多鴨，被無形的手捏住了的，向上提著。靜了一會，似乎有點聲音，便又動搖起來，轟的一聲，都向後退；一直散到老栓立著的地方，幾乎將他擠倒了。

「喂！一手交錢，一手交貨！」一個渾身黑色的人，站在老栓面前，眼光正像兩把刀，刺得老栓縮小了一半。那人一隻大手，向他攤著；一隻手卻撮著一個鮮紅的饅頭，那紅的還是一點一點的往下滴。

老栓慌忙摸出洋錢，抖抖的想交給他，卻又不敢去接他的

東西。那人便焦急起來，嚷道，「怕什麼？怎的不拿！」老栓還躊躇著；黑的人便搶過燈籠，一把扯下紙罩，裏了饅頭，塞與老栓；一手抓過洋錢，捏一捏，轉身去了。嘴裏哼著說，「這老東西……。」

「這給誰治病的呀？」老栓也似乎聽得有人問他，但他並不答應；他的精神，現在只在一個包上，仿佛抱著一個十世單傳的嬰兒，別的事情，都已置之度外了。他現在要將這包裏的新的生命，移植到他家裏，收穫許多幸福。太陽也出來了；在他面前，顯出一條大道，直到他家中，後面也照見丁字街頭破匾上「古□亭口」這四個黯淡的金字。

二

老栓走到家，店面早經收拾乾淨，一排一排的茶桌，滑溜溜的發光。但是沒有客人；只有小栓坐在裏排的桌前吃飯，大粒的汗，從額上滾下，夾襖也帖住了脊心，兩塊肩胛骨高高凸出，印成一個陽文的「八」字。老栓見這樣子，不免皺一皺展開的眉心。他的女人，從灶下急急走出，睜著眼睛，嘴唇有些發抖。

「得了麼？」

「得了。」

兩個人一齊走進灶下，商量了一會；華大媽便出去了，不多時，拿著一片老荷葉回來，攤在桌上。老栓也打開燈籠罩，用荷葉重新包了那紅的饅頭。小栓也吃完飯，他的母親慌忙說：

「小栓——你坐著，不要到這裏來。」

一面整頓了灶火，老栓便把一個碧綠的包，一個紅紅白白的破燈籠，一同塞在灶裏；一陣紅黑的火焰過去時，店屋裏散滿了一種奇怪的香味。

「好香！你們吃什麼點心呀？」這是駝背五少爺到了。這人每天總在茶館裏過日，來得最早，去得最遲，此時恰恰蹩到臨街的壁

角的桌邊，便坐下問話，然而沒有人答應他。「炒米粥麼？」仍然沒有人應。老栓匆匆走出，給他泡上茶。

「小栓進來罷！」華大媽叫小栓進了裏面的屋子，中間放好一條凳，小栓坐了。他的母親端過一碟烏黑的圓東西，輕輕說：

「吃下去罷，——病便好了。」

小栓撮起這黑東西，看了一會，似乎拿著自己的性命一般，心裏說不出的奇怪。十分小心的拗開了，焦皮裏面竄出一道白氣，白氣散了，是兩半個白麵的饅頭。——不多工夫，已經全在肚裏了，卻全忘了什麼味；面前只剩下一張空盤。他的旁邊，一面立著他的父親，一面立著他的母親，兩人的眼光，都仿佛要在他身裏注進什麼又要取出什麼似的；便禁不住心跳起來，按著胸膛，又是一陣咳嗽。

「睡一會罷，——便好了。」

小栓依他母親的話，咳著睡了。華大媽候他喘氣平靜，才輕輕的給他蓋上了滿幅補釘的夾被。

三

店裏坐著許多人，老栓也忙了，提著大銅壺，一趟一趟的給客人沖茶；兩個眼眶，都圍著一圈黑線。

「老栓，你有些不舒服麼？——你生病麼？」一個花白鬍子的人說。

「沒有。」

「沒有？——我想笑嘻嘻的，原也不像……」花白鬍子便取消了自己的話。

「老栓只是忙。要是他的兒子……」駝背五少爺話還未完，突然闖進了一個滿臉橫肉的人，披一件玄色布衫，散著紐扣，用很寬的玄色腰帶，胡亂捆在腰間。剛進門，便對老栓嚷道：

「吃了麼？好了麼？老栓，就是運氣了你！你運氣，要不是我

信息靈……。」

　　老栓一手提了茶壺，一手恭恭敬敬的垂著；笑嘻嘻的聽。滿座的人，也都恭恭敬敬的聽。華大媽也黑著眼眶，笑嘻嘻的送出茶碗茶葉來，加上一個橄欖，老栓便去沖了水。

　　「這是包好！這是與眾不同的。你想，趁熱的拿來，趁熱吃下。」橫肉的人只是嚷。

　　「眞的呢，要沒有康大叔照顧，怎麼會這樣……」華大媽也很感激的謝他。

　　「包好，包好！這樣的趁熱吃下。這樣的人血饅頭，什麼癆病都包好！」

　　華大媽聽到「癆病」這兩個字，變了一點臉色，似乎有些不高興；但又立刻堆上笑，搭訕著走開了。這康大叔卻沒有覺察，仍然提高了喉嚨只是嚷，嚷得裏面睡著的小栓也合夥咳嗽起來。

　　「原來你家小栓碰到了這樣的好運氣了。這病自然一定全好；怪不得老栓整天的笑著呢。」花白鬍子一面說，一面走到康大叔面前，低聲下氣的問道，「康大叔——聽說今天結果的一個犯人，便是夏家的孩子，那是誰的孩子？究竟是什麼事？」

　　「誰的？不就是夏四奶奶的兒子麼？那個小傢伙！」康大叔見眾人都聳起耳朵聽他，便格外高興，橫肉塊塊飽綻，越發大聲說，「這小東西不要命，不要就是了。我可是這一回一點沒有得到好處；連剝下來的衣服，都給管牢的紅眼睛阿義拿去了。——第一要算我們栓叔運氣；第二是夏三爺賞了二十五兩雪白的銀子，獨自落腰包，一文不花。」

　　小栓慢慢的從小屋子裏走出，兩手按了胸口，不住的咳嗽；走到灶下，盛出一碗冷飯，泡上熱水，坐下便吃。華大媽跟著他走，輕輕的問道，「小栓，你好些麼？——你仍舊只是肚餓？……」

　　「包好，包好！」康大叔瞥了小栓一眼，仍然回過臉，對眾人說，「夏三爺眞是乖角兒，要是他不先告官，連他滿門抄斬。現在

怎樣？銀子！──這小東西也真不成東西！關在牢裏，還要勸牢頭造反。」

「阿呀，那還了得。」坐在後排的一個二十多歲的人，很現出氣憤模樣。

「你要曉得紅眼睛阿義是去盤盤底細的，他卻和他攀談了。他說：這大清的天下是我們大家的。你想：這是人話麼？紅眼睛原知道他家裏只有一個老娘，可是沒有料到他竟會這麼窮，榨不出一點油水，已經氣破肚皮了。他還要老虎頭上搔癢，便給他兩個嘴巴！」

「義哥是一手好拳棒，這兩下，一定夠他受用了。」壁角的駝背忽然高興起來。

「他這賤骨頭打不怕，還要說可憐可憐哩。」

花白鬍子的人說，「打了這種東西，有什麼可憐呢？」

康大叔顯出看他不上的樣子，冷笑著說，「你沒有聽清我的話；看他神氣，是說阿義可憐哩！」

聽著的人的眼光，忽然有些板滯；話也停頓了。小栓已經吃完飯，吃得滿頭流汗，頭上都冒出蒸氣來。

「阿義可憐──瘋話，簡直是發了瘋了。」花白鬍子恍然大悟似的說。

「發了瘋了。」二十多歲的人也恍然大悟的說。

店裏的坐客，便又現出活氣，談笑起來。小栓也趁著熱鬧，拚命咳嗽；康大叔走上前，拍他肩膀說：

「包好！小栓──你不要這麼咳。包好！」

「瘋了。」駝背五少爺點著頭說。

四

西關外靠著城根的地面，本是一塊官地；中間歪歪斜斜一條細路，是貪走便道的人，用鞋底造成的，但卻成了自然的界限。路的

左邊，都埋著死刑和瘐斃的人，右邊是窮人的叢塚。兩面都已埋到層層疊疊，宛然闊人家裏祝壽時候的饅頭。

這一年的清明，分外寒冷；楊柳才吐出半粒米大的新芽。天明未久，華大媽已在右邊的一坐新墳前面，排出四碟菜，一碗飯，哭了一場。化過紙，呆呆的坐在地上；仿佛等候什麼似的，但自己也說不出等候什麼。微風起來，吹動他短髮，確乎比去年白得多了。

小路上又來了一個女人，也是半白頭髮，襤褸的衣裙；提一個破舊的朱漆圓籃，外掛一串紙錠，三步一歇的走。忽然見華大媽坐在地上看他，便有些躊躇，慘白的臉上，現出些羞愧的顏色；但終於硬著頭皮，走到左邊的一坐墳前，放下了籃子。

那墳與小栓的墳，一字兒排著，中間只隔一條小路。華大媽看他排好四碟菜，一碗飯，立著哭了一通，化過紙錠；心裏暗暗地想，「這墳裏的也是兒子了。」那老女人徘徊觀望了一回，忽然手腳有些發抖，蹌蹌踉踉退下幾步，瞪著眼只是發怔。

華大媽見這樣子，生怕他傷心到快要發狂了；便忍不住立起身，跨過小路，低聲對他說，「你這位老奶奶不要傷心了，——我們還是回去罷。」

那人點一點頭，眼睛仍然向上瞪著；也低聲吃吃的說道，「你看，——看這是什麼呢？」

華大媽跟了他指頭看去，眼光便到了前面的墳，這墳上草根還沒有全合，露出一塊一塊的黃土，煞是難看。再往上仔細看時，卻不覺也吃一驚；——分明有一圈紅白的花，圍著那尖圓的墳頂。

他們的眼睛都已老花多年了，但望這紅白的花，卻還能明白看見。

花也不很多，圓圓的排成一個圈，不很精神，倒也整齊。華大媽忙看他兒子和別人的墳，卻只有不怕冷的幾點青白小花，零星開著；便覺得心裏忽然感到一種不足和空虛，不願意根究。那老女人又走近幾步，細看了一遍，自言自語的說，「這沒有根，不像自己

開的。——這地方有誰來呢？孩子不會來玩；——親戚本家早不來了。——這是怎麼一回事呢？」

他想了又想，忽又流下淚來，大聲說道：

「瑜兒，他們都冤枉了你，你還是忘不了，傷心不過，今天特意顯點靈，要我知道麼？」他四面一看，只見一隻烏鴉，站在一株沒有葉的樹上，便接著說，「我知道了。——瑜兒，可憐他們坑了你，他們將來總有報應，天都知道；你閉了眼睛就是了。——你如果真在這裏，聽到我的話，——便教這烏鴉飛上你的墳頂，給我看罷。」

微風早經停息了；枯草支支直立，有如銅絲。一絲發抖的聲音，在空氣中愈顫愈細，細到沒有，周圍便都是死一般靜。兩人站在枯草叢裏，仰面看那烏鴉；那烏鴉也在筆直的樹枝間，縮著頭，鐵鑄一般站著。

許多的工夫過去了；上墳的人漸漸增多，幾個老的小的，在土墳間出沒。

華大媽不知怎的，似乎卸下了一挑重擔，便想到要走；一面勸著說，「我們還是回去罷。」

那老女人歎一口氣，無精打采的收起飯菜；又遲疑了一刻，終於慢慢地走了。嘴裏自言自語的說，「這是怎麼一回事呢？……」他們走不上二三十步遠，忽聽得背後「啞——」的一聲大叫；兩個人都悚然的回過頭，只見那烏鴉張開兩翅，一挫身，直向著遠處的天空，箭也似的飛去了。

一九一九年四月

本篇講的是兩家人的生命的故事：「吃藥」的姓「華」，被用來作藥的姓「夏」，合起來就是「華夏」，顯然有寓意：他所要講的是「中國人的生命的故事」。

作者忙裏偷閒，兩處插入小栓的「咳嗽」。這其實並非閒筆，正是提醒讀者不要忘記，小栓（特別是他身後的父母）還指望用「夏家兒子」的生命換取自己的生命——這又是一個更麻木更愚昧也更殘酷的生命形態。

小說的結束，也是故事的結束，是驚心動魄的……這是「最魯迅式」的文字。這裏有著魯迅式的「沉默」和「陰冷」……更有著魯迅式的「絕望」——他是連母親最後一個善良的願望：兒子的「顯靈」也要讓它落空的。貫穿全篇的恐懼氣氛由此而達到了頂端。前敘墳場的花圈與這裏的墳場的陰冷，正是魯迅內心深處的「希望」與「絕望」的藝術外化，二者互相交織、補充、對錯交流，又互相撞擊、消解，匯合成了魯迅式的心靈的大顫動，也讓我們每一個讀者悚然而思。

「先驅者的命運」的思考幾乎貫穿了魯迅的一生。魯迅在很多文章裏都說到了先驅者「要救群眾，反而被群眾所害」的悲劇……先驅者（夏瑜們）與群眾的關係，本來是一個「啟蒙者與被啟蒙者，醫生與病人，犧牲者與受益者」的關係，但在中國的現實中，卻變成了「被看」與「看」的關係；應該說，這是魯迅充滿苦澀的一大發現：一旦成為「被看」的對象，啟蒙者的一切崇高理想、真實奮鬥全都成了「表演」，變成毫無意義，空洞、無聊又可笑。而且這樣的「被看\看」的關係，還會演變成為「被殺\殺」的關係：《藥》所描寫的就是這樣一個啟蒙者（夏瑜）被啟蒙對象（華老栓一家）活活吃掉的慘烈事實。而他的反思質疑則是雙向的：既批判華老栓們、看客們的愚昧、麻木與殘忍，又反省啟蒙者夏瑜的自身的弱點。

——錢理群《「遊戲國」裏的看客》

藥 1977年創作

……天明未久，華大媽已在右邊的一坐新墳前面，排出四碟菜，一碗飯，哭了一場。……小路上又來了一個女人，……走到左邊的一座墳前，放下了籃子。那墳與小栓的墳，一字兒排著，中間只隔一條小路。華大媽看她排好四碟菜，一碗飯，立著哭了一通，……

明天

「沒有聲音，──小東西怎了？」

紅鼻子老拱手裏擎了一碗黃酒，說著，向間壁努一努嘴。藍皮阿五便放下酒碗，在他脊梁上用死勁的打了一掌，含含糊糊囔道：「你……你你又在想心思……。」

原來魯鎮是僻靜地方，還有些古風：不上一更，大家便都關門睡覺。深更半夜沒有睡的只有兩家：一家是咸亨酒店，幾個酒肉朋友圍著櫃檯，吃喝得正高興；一家便是間壁的單四嫂子，他自從前年守了寡，便須專靠著自己的一雙手紡出綿紗來，養活他自己和他三歲的兒子，所以睡的也遲。

這幾天，確鑿沒有紡紗的聲音了。但夜深沒有睡的既然只有兩家，這單四嫂子家有聲音，便自然只有老拱們聽到，沒有聲音，也只有老拱們聽到。

老拱挨了打，仿佛很舒服似的喝了一大口酒，嗚嗚的唱起小曲來。這時候，單四嫂子正抱著他的寶兒，坐在床沿上，紡車靜靜的立在地上。黑沉沉的燈光，照著寶兒的臉，緋紅裏帶一點青。單四嫂子心裏計算：神籤也求過了，願心也許過了，單方也吃過了，要是還不見效，怎麼好？──那只有去診何小仙了。但寶兒也許是日

輕夜重，到了明天，太陽一出，熱也會退，氣喘也會平的：這實在是病人常有的事。

單四嫂子是一個粗笨女人，不明白這「但」字的可怕：許多壞事固然幸虧有了他才變好，許多好事卻也因為有了他都弄糟。夏天夜短，老拱們嗚嗚的唱完了不多時，東方已經發白；不一會，窗縫裏透進了銀白色的曙光。

單四嫂子等候天明，卻不像別人這樣容易，覺得非常之慢，寶兒的一呼吸，幾乎長過一年。現在居然明亮了；天的明亮，壓倒了燈光，——看見寶兒的鼻翼，已經一放一收的扇動。

單四嫂子知道不妙，暗暗叫一聲「阿呀！」心裏計算：怎麼好？只有去診何小仙這一條路了。他雖然是粗笨女人，心裏卻有決斷，便站起身，從木櫃子裏掏出每天節省下來的十三個小銀元和一百八十銅錢，都裝在衣袋裏，鎖上門，抱著寶兒直向何家奔過去。

天氣還早，何家已經坐著四個病人了。他摸出四角銀元，買了號簽，第五個便輪到寶兒。何小仙伸開兩個指頭按脈，指甲足有四寸多長，單四嫂子暗地納罕，心裏計算：寶兒該有活命了。但總免不了著急，忍不住要問，便局局促促的說：

「先生，——我家的寶兒什麼病呀？」

「他中焦塞著。」

「不妨事麼？他……」

「先去吃兩帖。」

「他喘不過氣來，鼻翅子都扇著呢。」

「這是火剋金……」

何小仙說了半句話，便閉上眼睛；單四嫂子也不好意思再問。在何小仙對面坐著的一個三十多歲的人，此時已經開好一張藥方，指著紙角上的幾個字說道：

「這第一味保嬰活命丸，須是賈家濟世老店才有！」

單四嫂子接過藥方，一面走，一面想。他雖是粗笨女人，卻知道何家與濟世老店與自己的家，正是一個三角點；自然是買了藥回去便宜了。於是又徑向濟世老店奔過去。店夥也翹了長指甲慢慢的看方，慢慢的包藥。單四嫂子抱了寶兒等著；寶兒忽然擎起小手來，用力拔他散亂著的一絡頭髮，這是從來沒有的舉動，單四嫂子怕得發怔。

太陽早出了。單四嫂子抱了孩子，帶著藥包，越走覺得越重；孩子又不住的掙扎，路也覺得越長。沒奈何坐在路旁一家公館的門檻上，休息了一會，衣服漸漸的冰著肌膚，才知道自己出了一身汗；寶兒卻仿佛睡著了。他再起來慢慢地走，仍然支撐不得，耳朵邊忽然聽得人說：

「單四嫂子，我替你抱勃羅！」似乎是藍皮阿五的聲音。

他抬頭看時，正是藍皮阿五，睡眼朦朧的跟著他走。

單四嫂子在這時候，雖然很希望降下一員天將，助他一臂之力，卻不願是阿五。但阿五有些俠氣，無論如何，總是偏要幫忙，所以推讓了一會，終於得了許可了。他便伸開臂膊，從單四嫂子的乳房和孩子中間，直伸下去，抱去了孩子。單四嫂子便覺乳房上發了一條熱，剎時間直熱到臉上和耳根。

他們兩人離開了二尺五寸多地，一同走著。阿五說些話，單四嫂子卻大半沒有答。走了不多時候，阿五又將孩子還給他，說是昨天與朋友約定的吃飯時候到了；單四嫂子便接了孩子。幸而不遠便是家，早看見對門的王九媽在街邊坐著，遠遠地說話：

「單四嫂子，孩子怎了？——看過先生了麼？」

「看是看了。——王九媽，你有年紀，見的多，不如請你老法眼看一看，怎樣……」

「唔……」

「怎樣……？」

「唔……」王九媽端詳了一番，把頭點了兩點，搖了兩搖。

寶兒吃下藥，已經是午後了。單四嫂子留心看他神情，似乎仿佛平穩了不少；到得下午，忽然睜開眼叫一聲「媽！」又仍然合上眼，像是睡去了。他睡了一刻，額上鼻尖都沁出一粒一粒的汗珠，單四嫂子輕輕一摸，膠水般粘著手；慌忙去摸胸口，便禁不住嗚咽起來。

寶兒的呼吸從平穩變到沒有，單四嫂子的聲音也就從嗚咽變成咷。這時聚集了幾堆人：門內是王九媽藍皮阿五之類，門外是咸亨的掌櫃和紅鼻老拱之類。王九媽便發命令，燒了一串紙錢；又將兩條板凳和五件衣服作抵，替單四嫂子借了兩塊洋錢，給幫忙的人備飯。

第一個問題是棺木。單四嫂子還有一副銀耳環和一支裹金的銀簪，都交給了咸亨的掌櫃，托他作一個保，半現半賒的買一具棺木。藍皮阿五也伸出手來，很願意自告奮勇；王九媽卻不許他，只准他明天抬棺材的差使，阿五罵了一聲「老畜生」，怏怏的努了嘴站著。掌櫃便自去了；晚上回來，說棺木須得現做，後半夜才成功。

掌櫃回來的時候，幫忙的人早吃過飯；因為魯鎮還有些古風，所以不上一更，便都回家睡覺了。只有阿五還靠著咸亨的櫃檯喝酒，老拱也嗚嗚的唱。

這時候，單四嫂子坐在床沿上哭著，寶兒在床上躺著，紡車靜靜的在地上立著。許多工夫，單四嫂子的眼淚宣告完結了，眼睛張得很大，看看四面的情形，覺得奇怪：所有的都是不會有的事。他心裏計算：不過是夢罷了，這些事都是夢。明天醒過來，自己好好的睡在床上，寶兒也好好的睡在自己身邊。他也醒過來，叫一聲「媽」，生龍活虎似的跳去玩了。

老拱的歌聲早經寂靜，咸亨也熄了燈。單四嫂子張著眼，總不信所有的事。——雞也叫了；東方漸漸發白，窗縫裏透進了銀白色

的曙光。

銀白的曙光又漸漸顯出緋紅，太陽光接著照到屋脊。單四嫂子張著眼，呆呆坐著；聽得打門聲音，才吃了一嚇，跑出去開門。門外一個不認識的人，背了一件東西；後面站著王九媽。

哦，他們背了棺材來了。

下半天，棺木才合上蓋：因為單四嫂子哭一回，看一回，總不肯死心塌地的蓋上；幸虧王九媽等得不耐煩，氣憤憤的跑上前，一把拖開他，才七手八腳的蓋上了。

但單四嫂子待他的寶兒，實在已經盡了心，再沒有什麼缺陷。昨天燒過一串紙錢，上午又燒了四十九卷《大悲咒》；收斂的時候，給他穿上頂新的衣裳，平日喜歡的玩意兒，——一個泥人，兩個小木碗，兩個玻璃瓶，——都放在枕頭旁邊。後來王九媽掐著指頭仔細推敲，也終於想不出一些什麼缺陷。

這一日裏，藍皮阿五簡直整天沒有到；咸亨掌櫃便替單四嫂子雇了兩名腳夫，每名二百另十個大錢，抬棺木到義塚地上安放。王九媽又幫他煮了飯，凡是動過手開過口的人都吃了飯。太陽漸漸顯出要落山的顏色；吃過飯的人也不覺都顯出要回家的顏色，——於是他們終於都回了家。

單四嫂子很覺得頭眩，歇息了一會，倒居然有點平穩了。但他接連著便覺得很異樣：遇到了平生沒有遇到過的事，不像會有的事，然而的確出現了。他越想越奇，又感到一件異樣的事——這屋子忽然太靜了。

他站起身，點上燈火，屋子越顯得靜。他昏昏的走去關上門，回來坐在床沿上，紡車靜靜的立在地上。他定一定神，四面一看，更覺得坐立不得，屋子不但太靜，而且也太大了，東西也太空了。太大的屋子四面包圍著他，太空的東西四面壓著他，叫他喘氣不得。

他現在知道他的寶兒確乎死了；不願意見這屋子，吹熄了燈，躺著。他一面哭，一面想：想那時候，自己紡著棉紗，寶兒坐在身邊吃茴香豆，瞪著一雙小黑眼睛想了一刻，便說，「媽！爹賣餛飩，我大了也賣餛飩，賣許多許多錢，——我都給你。」那時候，真是連紡出的棉紗，也仿佛寸寸都有意思，寸寸都活著。但現在怎麼了？現在的事，單四嫂子卻實在沒有想到什麼。——我早經說過：他是粗笨女人。他能想出什麼呢？他單覺得這屋子太靜，太大，太空罷了。

但單四嫂子雖然粗笨，卻知道還魂是不能有的事，他的寶兒也的確不能再見了。歎一口氣，自言自語的說，「寶兒，你該還在這裏，你給我夢裏見見罷。」於是合上眼，想趕快睡去，會他的寶兒，苦苦的呼吸通過了靜和大和空虛，自己聽得明白。

單四嫂子終於朦朦朧朧的走入睡鄉，全屋子都很靜。這時紅鼻子老拱的小曲，也早經唱完；蹌蹌踉踉出了咸亨，卻又提尖了喉嚨，唱道：

「我的冤家呀！——可憐你，——孤另另的……」

藍皮阿五便伸手揪住了老拱的肩頭，兩個人七歪八斜的笑著擠著走去。單四嫂子早睡著了，老拱們也走了，咸亨也關上門了。這時的魯鎮，便完全落在寂靜裏。只有那暗夜為想變成明天，卻仍在這寂靜裏奔波；另有幾條狗，也躲在暗地裏嗚嗚的叫。

一九二○年六月

單四嫂子「前年」死夫，二三年來她在代代相傳的封建道德图圈中生活處世。她是個很符合規範的「節婦」……這不能怪她無知，也不該説她懦弱，則是她的不幸。幾千年的封建禮教的鐵屋子，把她幽閉在這黑牢房中，她不知道外面有和煦的陽光、新鮮的空氣。她以為在這個禮教的畸形的反人性的模子裏生活，是天經地義的。這種現狀的本身，就説明了她已經在這「無主名無意識的殺人團」的磨盤下碾轉著，過著煉獄般的淒苦的生活。這是一種慢性謀殺和精神凌遲……

這種慘苦的生活之所以還未能壓碎單四嫂子的心，是因為她還能用「明天」的希望，和這種千鈞重壓相抗衡，她還能頂住這巨大的壓力而處於相持狀態。她的「明天」就是三歲的寶兒，孤兒寡婦，相依為命，更何況童稚的寶兒對她説：「媽！爹賣餛飩，我長大了也賣餛飩，賣許多錢——我都給你。」這是單四嫂子浸泡在黃連般的生活中的惟一的「糖分」，是在漫漫長夜中惟一的「炬火」……

可是寶兒死了，惟一的精神擎天柱摧折了，單四嫂子心頭的炬火被這陣暴風驟雨所熄滅，她失去了希望，她沒有了「明天」。

她像一隻河蚌失去了堅硬的蚌殼一樣，軟體的肉體就徹底暴露了，他們就能猛撲上去，成為最理想的弱肉強食的對象。《明天》主要是寫……這個「無主名無意識的殺人團」是如何虐殺寶兒的生命，而寶兒是單四嫂子的精神力量的泉源，他們虐殺寶兒就是剝掉單四嫂子的保護層。讓她的柔弱的生命直薄那漆黑的暗夜。

——范伯群、曾華鵬《「無主名無意識的殺人團」屠場中的羔羊》

一件小事

　　我從鄉下跑到京城裏，一轉眼已經六年了。其間耳聞目睹的所謂國家大事，算起來也很不少；但在我心裏，都不留什麼痕跡，倘要我尋出這些事的影響來說，便只是增長了我的壞脾氣，——老實說，便是教我一天比一天的看不起人。

　　但有一件小事，卻於我有意義，將我從壞脾氣裏拖開，使我至今忘記不得。

　　這是民國六年的多天，大北風刮得正猛，我因爲生計關係，不得不一早在路上走。一路幾乎遇不見人，好容易才雇定了一輛人力車，教他拉到 S 門去。不一會，北風小了，路上浮塵早已刮淨，剩下一條潔白的大道來，車夫也跑得更快。剛近 S 門，忽而車把上帶著一個人，慢慢地倒了。

　　跌倒的是一個女人，花白頭髮，衣服都很破爛。伊從馬路邊上突然向車前橫截過來；車夫已經讓開道，但伊的破棉背心沒有上扣，微風吹著，向外展開，所以終於兜著車把。幸而車夫早有點停步，否則伊定要栽一個大斤斗，跌到頭破血出了。

　　伊伏在地上；車夫便也立住腳。我料定這老女人並沒有傷，又沒有別人看見，便很怪他多事，要自己惹出是非，也誤了我的路。

我便對他說，「沒有什麼的。走你的罷！」

車夫毫不理會，——或者並沒有聽到，——卻放下車子，扶那老女人慢慢起來，攙著臂膊立定，問伊說：

「你怎麼啦？」

「我摔壞了。」

我想，我眼見你慢慢倒地，怎麼會摔壞呢，裝腔作勢罷了，這真可憎惡。車夫多事，也正是自討苦吃，現在你自己想法去。

車夫聽了這老女人的話，卻毫不躊躇，仍然攙著伊的臂膊，便一步一步的向前走。我有些詫異，忙看前面，是一所巡警分駐所，大風之後，外面也不見人。這車夫扶著那老女人，便正是向那大門走去。

我這時突然感到一種異樣的感覺，覺得他滿身灰塵的後影，剎時高大了，而且愈走愈大，須仰視才見。而且他對於我，漸漸的又幾乎變成一種威壓，甚而至於要榨出皮袍下面藏著的「小」來。

我的活力這時大約有些凝滯了，坐著沒有動，也沒有想，直到看見分駐所裏走出一個巡警，才下了車。

巡警走近我說，「你自己雇車罷，他不能拉你了。」

我沒有思索的從外套袋裏抓出一大把銅元，交給巡警，說，「請你給他……」

風全住了，路上還很靜。我走著，一面想，幾乎怕敢想到我自己。以前的事姑且擱起，這一大把銅元又是什麼意思？獎他麼？我還能裁判車夫麼？我不能回答自己。

這事到了現在，還是時時記起。我因此也時時煞了苦痛，努力的要想到我自己。幾年來的文治武力，在我早如幼小時候所讀過的「子曰詩云」一般，背不上半句了。獨有這一件小事，卻總是浮在我眼前，有時反更分明，教我慚愧，催我自新，並且增長我的勇氣和希望。

一九二〇年七月

車夫，在作品中是一個正直無私的、具有典型意義的勞動人民，魯迅以簡單的幾筆，就突出地勾勒了這個鮮明的形象。

「我」和勞動人民的車夫形成一個鮮明的對照，是魯迅所要批評的對象……

車夫和「我」的思想矛盾是貫穿全篇的一條線索，從這裏刻畫了兩個人物的不同的性格。車夫的特點是正直、無私、始終如一，魯迅用「毫不理會」、「毫不躊躇」寫出了他的不可動搖的獨立的性格，給人們以非常鮮明的印象。當第一人稱「我」覺得車夫的背影愈走愈高大的時候，讀者也隨著「我」的感情，隨著作者的筆鋒，仿佛真的看到一個高大起來的車夫的背影。從第一人稱「我」的眼裏看出的車夫的行為是動的、發展的。從「停步」，「立住腳」，「放下車子」，「扶」著老女人起來，「立定」等問話，一直到「攙著」她「一步一步」向巡警所駐地走去，給人以一陣緊似一陣的感覺。這種層層緊逼的行動，另一方面又反映了「我」的思想的改變和開展，緊緊地扣住了「我」的嘀咕、不滿、「詫異」、「異樣的感覺」、「活力」、「凝滯」，以至最後刻骨銘心。

這種描寫不但切合車夫的行動，而且深入肌理地突出了「我」的性格，塑造了一個進步的小資產階級知識份子在實際教育中受到感動的栩栩如生的形象。

——唐弢《「小事」不「小」》

一件小事 2000年創作

車夫聽了這老女人的話，卻毫不躊躇，仍然攙著伊的臂膊，便一步一步的向前走。……我這時突然感到一種異樣的感覺，覺得他滿身灰塵的後影，剎時高大了，而且愈走愈大，須仰視才見。

魯迅小說全集

頭髮的故事

　　星期日的早晨，我揭去一張隔夜的日曆，向著新的那一張上看了又看的說：「阿，十月十日，——今天原來正是雙十節。這裏卻一點沒有記載！」

　　我的一位前輩先生 N，正走到我的寓裏來談閑天，一聽這話，便很不高興的對我說：「他們對！他們不記得，你怎樣他；你記得，又怎樣呢？」

　　這位 N 先生本來脾氣有點乖張，時常生些無謂的氣，說些不通世故的話。當這時候，我大抵任他自言自語，不贊一辭；他獨自發完議論，也就算了。

　　他說：「我最佩服北京雙十節的情形。早晨，員警到門，吩咐道『掛旗！』『是，掛旗！』各家大半懶洋洋的踱出一個國民來，撅起一塊斑駁陸離的洋布。這樣一直到夜，——收了旗關門；幾家偶然忘卻的，便掛到第二天的上午。

　　「他們忘卻了紀念，紀念也忘卻了他們！

　　「我也是忘卻了紀念的一個人。倘使紀念起來，那第一個雙十節前後的事，便都上我的心頭，使我坐立不穩了。

　　「多少故人的臉，都浮在我眼前。幾個少年辛苦奔走了十多

年，暗地裏一顆彈丸要了他的性命；幾個少年一擊不中，在監牢裏身受一個多月的苦刑；幾個少年懷著遠志，忽然蹤影全無，連屍首也不知那裏去了。——

「他們都在社會的冷笑惡罵迫害傾陷裏過了一生；現在他們的墳墓也早在忘卻裏漸漸平塌下去了。

「我不堪紀念這些事。

「我們還是記起一點得意的事來談談罷。」

N 忽然現出笑容，伸手在自己頭上一摸，高聲說：「我最得意的是自從第一個雙十節以後，我在路上走，不再被人笑罵了。

「老兄，你可知道頭髮是我們中國人的寶貝和冤家，古今來多少人在這上頭吃些毫無價值的苦呵！

「我們的很古的古人，對於頭髮似乎也還看輕。據刑法看來，最要緊的自然是腦袋，所以大辟是上刑；次要便是生殖器了，所以宮刑和幽閉也是一件嚇人的罰；至於髡，那是微乎其微了，然而推想起來，正不知道曾有多少人們因為光著頭皮便被社會踐踏了一生世。

「我們講革命的時候，大談什麼揚州十日，嘉定屠城，其實也不過一種手段；老實說：那時中國人的反抗，何嘗因為亡國，只是因為拖辮子。

「頑民殺盡了，遺老都壽終了，辮子早留定了，洪楊又鬧起來了。我的祖母曾對我說，那時做百姓才難哩，全留著頭髮的被官兵殺，還是辮子的便被長毛殺！

「我不知道有多少中國人只因為這不痛不癢的頭髮而吃苦，受難，滅亡。」

N 兩眼望著屋樑，似乎想些事，仍然說：

「誰知道頭髮的苦輪到我了。

「我出去留學，便剪掉了辮子，這並沒有別的奧妙，只為他太不便當罷了。不料有幾位辮子盤在頭頂上的同學們便很厭惡我；監督也大怒，說要停了我的官費，送回中國去。

「不幾天，這位監督卻自己被人剪去辮子逃走了。去剪的人們裏面，一個便是作《革命軍》的鄒容，這人也因此不能再留學，回到上海來，後來死在西牢裏。你也早已忘卻了罷？

　　「過了幾年，我的家景大不如前了，非謀點事做便要受餓，只得也回到中國來。我一到上海，便買定一條假辮子，那時是二元的市價，帶著回家。我的母親倒也不說什麼，然而旁人一見面，便都首先研究這辮子，待到知道是假，就一聲冷笑，將我擬爲殺頭的罪名；有一位本家，還預備去告官，但後來因爲恐怕革命黨的造反或者要成功，這才中止了。

　　「我想，假的不如眞的直截爽快，我便索性廢了假辮子，穿著西裝在街上走。

　　「一路走去，一路便是笑罵的聲音，有的還跟在後面罵：『這冒失鬼！』『假洋鬼子！』

　　「我於是不穿洋服了，改了大衫，他們罵得更利害。

　　「在這日暮途窮的時候，我的手裏才添出一支手杖來，拚命的打了幾回，他們漸漸的不罵了。只是走到沒有打過的生地方還是罵。

　　「這件事很使我悲哀，至今還時時記得哩。我在留學的時候，曾經看見日報上登載一個遊歷南洋和中國的本多博士的事；這位博士是不懂中國和馬來語的，人問他，你不懂話，怎麼走路呢？他拿起手杖來說，這便是他們的話，他們都懂！我因此氣憤了好幾天，誰知道我竟不知不覺的自己也做了，而且那些人都懂了。……

　　「宣統初年，我在本地的中學校做監學，同事是避之惟恐不遠，官僚是防之惟恐不嚴，我終日如坐在冰窖子裏，如站在刑場旁邊，其實並非別的，只因爲缺少了一條辮子！

　　「有一日，幾個學生忽然走到我的房裏來，說，『先生，我們要剪辮子了。』我說，『不行！』『有辮子好呢，沒有辮子好呢？』『沒有辮子好……』『你怎麼說不行呢？』『犯不上，你們還是不剪上算，——等一等罷。』他們不說什麼，撅著嘴唇走出房

去；然而終於剪掉了。

「呵！不得了了，人言嘖嘖了；我卻只裝作不知道，一任他們光著頭皮，和許多辮子一齊上講堂。

「然而這剪辮病傳染了；第三天，師範學堂的學生忽然也剪下了六條辮子，晚上便開除了六個學生。這六個人，留校不能，回家不得，一直挨到第一個雙十節之後又一個多月，才消去了犯罪的火烙印。

「我呢？也一樣，只是元年多天到北京，還被人罵過幾次，後來罵我的人也被員警剪去了辮子，我就不再被人辱罵了；但我沒有到鄉間去。」

N顯出非常得意模樣，忽而又沉下臉來：

「現在你們這些理想家，又在那裏嚷什麼女子剪髮了，又要造出許多毫無所得而痛苦的人！」

「現在不是已經有剪掉頭髮的女人，因此考不進學校去，或者被學校除了名麼？」

「改革麼，武器在那裏？工讀麼，工廠在那裏？」

「仍然留起，嫁給人家做媳婦去：忘卻了一切還是幸福，倘使伊記著些平等自由的話，便要苦痛一生世！

「我要借了阿爾志跋綏夫的話問你們：你們將黃金時代的出現預約給這些人們的子孫了，但有什麼給這些人們自己呢？

「阿，造物的皮鞭沒有到中國的脊梁上時，中國便永遠是這一樣的中國，決不肯自己改變一支毫毛！

「你們的嘴裏既然並無毒牙，何以偏要在額上帖起『蝮蛇』兩個大字，引乞丐來打殺？……」

N愈說愈離奇了，但一見到我不很願聽的神情，便立刻閉了口，站起來取帽子。

我說，「回去麼？」

他答道，「是的，天要下雨了。」

我默默的送他到門口。

他戴上帽子說：「再見！請你恕我打攪，好在明天便不是雙十節，我們統可以忘卻了。」

一九二○年十月

《頭髮的故事》的情節設計是極其簡單的，不過是揭去了一張日曆，引出了一席牢騷。這張日曆的揭去，猶如巨大感情閘門的打開，於是Ｎ的牢騷的激流奔瀉出迸流，一發而不可收。但是這簡單中又有複雜，那就是Ｎ先生感情潮汐的起伏有致，迂迴曲折，跌宕多姿。是一種心理矛盾錯綜到難於言狀的複雜。

長篇獨白的局限往往是在於缺乏外力的推波助瀾，要能起伏得自然，波動得沒有做作的痕跡，是極為不易的。魯迅的經驗是，獨白者內心的感情的波瀾是他長篇獨白的主要原動力，只要對Ｎ這個有個性的形象的感情脈搏把握得準確，將他由激憤到沉痛，由沉痛到得意，由得意到詰責的感情層次過渡得令人信服，那麼通篇幾乎是內心獨白的小說，是能抓住讀者，引起共鳴的，作品是能成立的……

《頭髮的故事》的內容是深刻的，通過Ｎ的一席牢騷，魯迅向讀者、向社會提出了一個大問號：我們「現在」怎麼辦，難道再去重覆革辮子的命的「革命」？魯迅發問於「五四」的後一年，是有著巨大的現實意義的。同時，作品在形式和技巧上，也是刻意創新的。形式上新，新在通篇幾乎就是獨白；技巧新，新在為寫好了獨白呈現了有益的經驗。

——范伯群、曾華鵬《創新——不斷突破自己鑄成的模型》

風波

臨河的土場上，太陽漸漸的收了他通黃的光線了。場邊靠河的烏桕樹葉，乾巴巴的才喘過氣來，幾個花腳蚊子在下面哼著飛舞。面河的農家的煙突裏，逐漸減少了炊煙，女人孩子們都在自己門口的土場上潑些水，放下小桌子和矮凳；人知道，這已經是晚飯時候了。

老人男人坐在矮凳上，搖著大芭蕉扇閒談，孩子飛也似的跑，或者蹲在烏桕樹下賭玩石子。女人端出烏黑的蒸乾菜和松花黃的米飯，熱蓬蓬冒煙。河裏駛過文人的酒船，文豪見了，大發詩興，說，「無思無慮，這眞是田家樂呵！」

但文豪的話有些不合事實，就因爲他們沒有聽到九斤老太的話。這時候，九斤老太正在大怒，拿破芭蕉扇敲著凳腳說：

「我活到七十九歲了，活夠了，不願意眼見這些敗家相，——還是死的好。立刻就要吃飯了，還吃炒豆子，吃窮了一家子！」

伊的曾孫女兒六斤捏著一把豆，正從對面跑來，見這情形，便直奔河邊，藏在烏桕樹後，伸出雙丫角的小頭，大聲說，「這老不死的！」

九斤老太雖然高壽，耳朵卻還不很聾，但也沒有聽到孩子的

話，仍舊自己說，「這真是一代不如一代！」

這村莊的習慣有點特別，女人生下孩子，多喜歡用秤稱了輕重，便用斤數當作小名。九斤老太自從慶祝了五十大壽以後，便漸漸的變了不平家，常說伊年青的時候，天氣沒有現在這般熱，豆子也沒有現在這般硬；總之現在的時世是不對了。何況六斤比伊的曾祖，少了三斤，比伊父親七斤，又少了一斤，這真是一條顛撲不破的實例。所以伊又用勁說，「這真是一代不如一代！」

伊的兒媳七斤嫂子正捧著飯籃走到桌邊，便將飯籃在桌上一摔，憤憤的說，「你老人家又這麼說了。六斤生下來的時候，不是六斤五兩麼？你家的秤又是私秤，加重稱，十八兩秤；用了准十六，我們的六斤該有七斤多哩。我想便是太公和公公，也不見得正是九斤八斤十足，用的秤也許是十四兩……」

「一代不如一代！」

七斤嫂還沒有答話，忽然看見七斤從小巷口轉出，便移了方向，對他嚷道，「你這死屍怎麼這時候才回來，死到那裏去了！不管人家等著你開飯！」

七斤雖然住在農村，卻早有些飛黃騰達的意思。從他的祖父到他，三代不捏鋤頭柄了；他也照例的幫人撐著航船，每日一回，早晨從魯鎮進城，傍晚又回到魯鎮，因此很知道些時事：例如什麼地方，雷公劈死了蜈蚣精；什麼地方，閨女生了一個夜叉之類。他在村人裏面，的確已經是一名出場人物了。但夏天吃飯不點燈，卻還守著農家習慣，所以回家太遲，是該罵的。

七斤一手捏著象牙嘴白銅斗六尺多長的湘妃竹煙管，低著頭，慢慢地走來，坐在矮凳上。六斤也趁勢溜出，坐在他身邊，叫他爹爹。七斤沒有應。

「一代不如一代！」九斤老太說。

七斤慢慢地抬起頭來，歎一口氣說，「皇帝坐了龍庭了。」

七斤嫂呆了一刻，忽而恍然大悟的道，「這可好了，這不是又

要皇恩大赦了麼！」

七斤又歎一口氣，說，「我沒有辮子。」

「皇帝要辮子麼？」

「皇帝要辮子。」

「你怎麼知道呢？」七斤嫂有些著急，趕忙的問。

「咸亨酒店裏的人，都說要的。」

七斤嫂這時從直覺上覺得事情似乎有些不妙了，因爲咸亨酒店是消息靈通的所在。伊一轉眼瞥見七斤的光頭，便忍不住動怒，怪他恨他怨他；忽然又絕望起來，裝好一碗飯，搡在七斤的面前道，「還是趕快吃你的飯罷！哭喪著臉，就會長出辮子來麼？」

太陽收盡了他最末的光線了，水面暗暗地回覆過涼氣來；土場上一片碗筷聲響，人人的脊梁上又都吐出汗粒。七斤嫂吃完三碗飯，偶然抬起頭，心坎裏便禁不住突突地發跳。伊透過烏桕葉，看見又矮又胖的趙七爺正從獨木橋上走來，而且穿著寶藍色竹布的長衫。

趙七爺是鄰村茂源酒店的主人，又是這三十里方圓以內的唯一的出色人物兼學問家；因爲有學問，所以又有些遺老的臭味。他有十多本金聖歎批評的《三國志》，時常坐著一個字一個字的讀；他不但能說出五虎將姓名，甚而至於還知道黃忠表字漢升和馬超表字孟起。革命以後，他便將辮子盤在頂上，像道士一般；常常歎息說，倘若趙子龍在世，天下便不會亂到這地步了。七斤嫂眼睛好，早望見今天的趙七爺已經不是道士，卻變成光滑頭皮，烏黑髮頂；伊便知道這一定是皇帝坐了龍庭，而且一定須有辮子，而且七斤一定是非常危險。因爲趙七爺的這件竹布長衫，輕易是不常穿的，三年以來，只穿過兩次：一次是和他嘔氣的麻子阿四病了的時候，一次是曾經砸爛他酒店的魯大爺死了的時候；現在是第三次了，這一定又是於他有慶，於他的仇家有殃了。

七斤嫂記得，兩年前七斤喝醉了酒，曾經罵過趙七爺是「賤胎」，所以這時便立刻直覺到七斤的危險，心坎裏突突地發起跳來。

趙七爺一路走來，坐著吃飯的人都站起身，拿筷子點著自己的飯碗說，「七爺，請在我們這裏用飯！」七爺也一路點頭，說道「請請」，卻一徑走到七斤家的桌旁。七斤們連忙招呼，七爺也微笑著說「請請」，一面細細的研究他們的飯菜。

「好香的乾菜，——聽到了風聲了麼？」趙七爺站在七斤的後面七斤嫂的對面說。

「皇帝坐了龍庭了。」七斤說。

七斤嫂看著七爺的臉，竭力陪笑道，「皇帝已經坐了龍庭，幾時皇恩大赦呢？」

「皇恩大赦？——大赦是慢慢的總要大赦罷。」七爺說到這裏，聲色忽然嚴厲起來，「但是你家七斤的辮子呢，辮子？這倒是要緊的事。你們知道：長毛時候，留髮不留頭，留頭不留髮，……」

七斤和他的女人沒有讀過書，不很懂得這古典的奧妙，但覺得有學問的七爺這麼說，事情自然非常重大，無可挽回，便仿佛受了死刑宣告似的，耳朵裏嗡的一聲，再也說不出一句話。

「一代不如一代，——」九斤老太正在不平，趁這機會，便對趙七爺說，「現在的長毛，只是剪人家的辮子，僧不僧，道不道的。從前的長毛，這樣的麼？我活到七十九歲了，活夠了。從前的長毛是——整匹的紅緞子裹頭，拖下去，拖下去，一直拖到腳跟；王爺是黃緞子，拖下去，黃緞子；紅緞子，黃緞子，——我活夠了，七十九歲了。」

七斤嫂站起身，自言自語的說，「這怎麼好呢？這樣的一班老小，都靠他養活的人，……」

趙七爺搖頭道，「那也沒法。沒有辮子，該當何罪，書上都一

條一條明明白白寫著的。不管他家裏有些什麼人。」

七斤嫂聽到書上寫著，可真是完全絕望了；自己急得沒法，便忽然又恨到七斤。伊用筷子指著他的鼻尖說，「這死屍自作自受！造反的時候，我本來說，不要撐船了，不要上城了。他偏要死進城去，滾進城去，進城便被人剪去了辮子。從前是絹光烏黑的辮子，現在弄得僧不僧道不道的。這囚徒自作自受，帶累了我們又怎麼說呢？這活死屍的囚徒……」

村人看見趙七爺到村，都趕緊吃完飯，聚在七斤家飯桌的周圍。七斤自己知道是出場人物，被女人當大眾這樣辱罵，很不雅觀，便只得抬起頭，慢慢地說道：

「你今天說現成話，那時你……」

「你這活死屍的囚徒……」

看客中間，八一嫂是心腸最好的人，抱著伊的兩周歲的遺腹子，正在七斤嫂身邊看熱鬧；這時過意不去，連忙解勸說，「七斤嫂，算了罷。人不是神仙，誰知道未來事呢？便是七斤嫂，那時不也說，沒有辮子倒也沒有什麼醜麼？況且衙門裏的大老爺也還沒有告示，……」

七斤嫂沒有聽完，兩個耳朵早通紅了；便將筷子轉過向來，指著八一嫂的鼻子，說，「阿呀，這是什麼話呵！八一嫂，我自己看來倒還是一個人，會說出這樣昏誕糊塗話麼？那時我是，整整哭了三天，誰都看見；連六斤這小鬼也都哭，……」六斤剛吃完一大碗飯，拿了空碗，伸手去嚷著要添。七斤嫂正沒好氣，便用筷子在伊的雙丫角中間，直扎下去，大喝道，「誰要你來多嘴！你這偷漢的小寡婦！」

撲的一聲，六斤手裏的空碗落在地上了，恰巧又碰著一塊磚角，立刻破成一個很大的缺口。七斤直跳起來，撿起破碗，合上檢查一回，也喝道，「入娘的！」一巴掌打倒了六斤。六斤躺著哭，九斤老太拉了伊的手，連說著「一代不如一代」，一同走了。

八一嫂也發怒，大聲說，「七斤嫂，你『恨棒打人』……」

趙七爺本來是笑著旁觀的；但自從八一嫂說了「衙門裏的大老爺沒有告示」這話以後，卻有些生氣了。這時他已經繞出桌旁，接著說，「『恨棒打人』，算什麼呢。大兵是就要到的。你可知道，這回保駕的是張大帥，張大帥就是燕人張翼德的後代，他一支丈八蛇矛，就有萬夫不當之勇，誰能抵擋他，」他兩手同時捏起空拳，彷彿握著無形的蛇矛模樣，向八一嫂搶進幾步道，「你能抵擋他麼！」

八一嫂正氣得抱著孩子發抖，忽然見趙七爺滿臉油汗，瞪著眼，準對伊衝過來，便十分害怕，不敢說完話，回身走了。趙七爺也跟著走去，眾人一面怪八一嫂多事，一面讓開路，幾個剪過辮子重新留起的便趕快躲在人叢後面，怕他看見。趙七爺也不細心察訪，通過人叢，忽然轉入烏柏樹後，說道「你能抵擋他麼！」跨上獨木橋，揚長去了。

村人們呆呆站著，心裏計算，都覺得自己確乎抵不住張翼德，因此也決定七斤便要沒有性命。七斤既然犯了皇法，想起他往常對人談論城中的新聞的時候，就不該含著長煙管顯出那般驕傲模樣，所以對於七斤的犯法，也覺得有些暢快。他們也彷彿想發些議論，卻又覺得沒有什麼議論可發。嗡嗡的一陣亂嚷，蚊子都撞過赤膊身子，闖到烏柏樹下去做市；他們也就慢慢地走散回家，關上門去睡覺。七斤嫂咕噥著，也收了傢伙和桌子矮凳回家，關上門睡覺了。

七斤將破碗拿回家裏，坐在門檻上吸煙；但非常憂愁，忘卻了吸煙，象牙嘴六尺多長湘妃竹煙管的白銅斗裏的火光，漸漸發黑了。他心裏但覺得事情似乎十分危急，也想想些方法，想些計畫，但總是非常模糊，貫穿不得：「辮子呢辮子？丈八蛇矛。一代不如一代！皇帝坐龍庭。破的碗須得上城去釘好。誰能抵擋他？書上一條一條寫著。入娘的！……」

第二日清晨，七斤依舊從魯鎮撐航船進城，傍晚回到魯鎮，又拿著六尺多長的湘妃竹煙管和一個飯碗回村。他在晚飯席上，對九斤老太說，這碗是在城內釘合的，因爲缺口大，所以要十六個銅釘，三文一個，一總用了四十八文小錢。

　　九斤老太很不高興的說，「一代不如一代，我是活夠了。三文錢一個釘；從前的釘，這樣的麼？從前的釘是……我活了七十九歲了，──」此後七斤雖然是照例日日進城，但家景總有些黯淡，村人大抵迴避著，不再來聽他從城內得來的新聞。七斤嫂也沒有好聲氣，還時常叫他「囚徒」。

　　過了十多日，七斤從城內回家，看見他的女人非常高興，問他說，「你在城裏可聽到些什麼？」

　　「沒有聽到些什麼。」

　　「皇帝坐了龍庭沒有呢？」

　　「他們沒有說。」

　　「咸亨酒店裏也沒有人說麼？」

　　「也沒人說。」

　　「我想皇帝一定是不坐龍庭了。我今天走過趙七爺的店前，看見他又坐著念書了，辮子又盤在頂上了，也沒有穿長衫。」

　　「…………」

　　「你想，不坐龍庭了罷？」

　　「我想，不坐了罷。」

　　現在的七斤，是七斤嫂和村人又都早給他相當的尊敬，相當的待遇了。到夏天，他們仍舊在自家門口的土場上吃飯；大家見了，都笑嘻嘻的招呼。九斤老太早已做過八十大壽，仍然不平而且健康。六斤的雙丫角，已經變成一支大辮子了；伊雖然新近裹腳，卻還能幫同七斤嫂做事，捧著十八個銅釘的飯碗，在土場上一瘸一拐的往來。

一九二〇年十月

　　《風波》以 1917年的張勳復辟事件作為背景。這次復辟事件的發生，直接導源於辛亥革命的不徹底性。

　　魯迅從辛亥革命的教訓中深刻認識到，離開社會意識變革的單純的政權更替，並不能給中國帶來真正的進步。所以他認為，「此後最要緊的是改革國民性，否則，無論是專制，是共和，是什麼什麼，招牌雖換，貨色照舊，全不行的」（《兩地書·八》）。

　　基於這種認識，所以他在《風波》中側重描寫了張勳復辟事件在農村引起的精神上的反響，藉以照見當時廣大農民群眾落後麻木的思想狀況和封建統治階級在意識形態領域所占的優勢，從而引起對反封建思想革命的高度重視。

　　為了達到這個目的，魯迅在《風波》裏刻畫了農村中幾種不同類型的人物。

　　七斤夫婦，是被壓迫的農民形象。七斤是一個勤勞、樸實的船夫，「沒有讀過書」，但由於每天幫人撐船進城，所以很知道些時事，成為村裏一名「出場人物」。他曾罵趙七爺是「賤胎」，說明他對封建勢力是不滿的。

　　七斤嫂是潑辣、精明的農村婦女，眼光比較敏銳，她從趙七爺拖著辮子並穿上了竹布長衫，馬上就敏感到七斤的危險……七斤夫婦面對反革命的復辟，完全看不清自己的敵人是誰，對事件的性質和危害不認識，他們所焦慮的僅僅是沒有辮子就當不成順民的問題。而當風波過去以後，他們又如釋重負，照舊生活，絲毫沒有想到從復辟事件中吸取什麼教訓。這說明，麻木、軟弱、不覺悟，仍是七斤夫婦的主要特徵。

九斤老太，是落後、保守的農村年老婦女的形象。她對家境的日益貧困是有所不滿的，但她對此不能作出正確的解釋，而是得出「一代不如一代」的錯誤結論。封建思想的毒害和小生產者的經濟地位，造成了她狹隘保守、思想僵化的特點，盲目留戀封建統治較為穩定的過去。然而正是她的這種「今不如昔」的保守論調，不自覺地適應了封建復辟勢力的需要。

　　值得注意的是，除了七斤一家外，魯迅對圍觀的「看客」們的群像也作了一番簡潔的勾勒。這些描寫，逼真地反映了在封建思想的毒害和統治下，人們精神上的冷漠和自私，以及當時世態的涼薄。這種對別人命運漠不關心甚至幸災樂禍的態度，在客觀上起著助長復辟勢力的氣焰的作用。

——陳厚誠《魯迅作品手冊》

魯迅小説全集

風波 1976年創作

七斤嫂看著七爺的臉，竭力陪笑道，「皇帝已經坐了龍庭，幾時皇恩大赦呢？」「皇恩大赦？——大赦是慢慢的總要大赦罷。」七爺說到這裏，聲色忽然嚴厲起來，但是你家七斤的辮子呢，辮子？這倒是要緊的事。你們知道：「長毛時候，留髮不留頭，留頭不留髮，……」

故鄉

我冒了嚴寒，回到相隔二千餘里，別了二十餘年的故鄉去。

時候既然是深冬；漸近故鄉時，天氣又陰晦了，冷風吹進船艙中，嗚嗚的響，從蓬隙向外一望，蒼黃的天底下，遠近橫著幾個蕭索的荒村，沒有一些活氣。我的心禁不住悲涼起來了。

阿！這不是我二十年來時時記得的故鄉？

我所記得的故鄉全不如此。我的故鄉好得多了。但要我記起他的美麗，說出他的佳處來，卻又沒有影像，沒有言辭了。仿佛也就如此。於是我自己解釋說：故鄉本也如此，——雖然沒有進步，也未必有如我所感的悲涼，這只是我自己心情的改變罷了，因為我這次回鄉，本沒有什麼好心緒。

我這次是專為了別他而來的。我們多年聚族而居的老屋，已經公同賣給別姓了，交屋的期限，只在本年，所以必須趕在正月初一以前，永別了熟識的老屋，而且遠離了熟識的故鄉，搬家到我在謀食的異地去。

第二日清早晨我到了我家的門口了。瓦楞上許多枯草的斷莖當風抖著，正在說明這老屋難免易主的原因。幾房的本家大約已經搬走了，所以很寂靜。我到了自家的房外，我的母親早已迎著出來

了，接著便飛出了八歲的侄兒宏兒。

　　我的母親很高興，但也藏著許多淒涼的神情，教我坐下，歇息，喝茶，且不談搬家的事。宏兒沒有見過我，遠遠的對面站著只是看。

　　但我們終於談到搬家的事。我說外間的寓所已經租定了，又買了幾件傢俱，此外須將家裏所有的木器賣去，再去增添。母親也說好，而且行李也略已齊集，木器不便搬運的，也小半賣去了，只是收不起錢來。

　　「你休息一兩天，去拜望親戚本家一回，我們便可以走了。」母親說。

　　「是的。」

　　「還有閏土，他每到我家來時，總問起你，很想見你一回面。我已經將你到家的大約日期通知他，他也許就要來了。」

　　這時候，我的腦裏忽然閃出一幅神異的圖畫來：深藍的天空中掛著一輪金黃的圓月，下面是海邊的沙地，都種著一望無際的碧綠的西瓜，其間有一個十一二歲的少年，項帶銀圈，手捏一柄鋼叉，向一匹猹盡力的刺去，那猹卻將身一扭，反從他的胯下逃走了。

　　這少年便是閏土。我認識他時，也不過十多歲，離現在將有三十年了；那時我的父親還在世，家景也好，我正是一個少爺。那一年，我家是一件大祭祀的值年。這祭祀，說是三十多年才能輪到一回，所以很鄭重；正月裏供祖像，供品很多，祭器很講究，拜的人也很多，祭器也很要防偷去。我家只有一個忙月（我們這裏給人做工的分三種：整年給一定人家做工的叫長工；按日給人做工的叫短工；自己也種地，只在過年過節以及收租時候來給一定的人家做工的稱忙月），忙不過來，他便對父親說，可以叫他的兒子閏土來管祭器的。

　　我的父親允許了；我也很高興，因為我早聽到閏土這名字，而且知道他和我仿佛年紀，閏月生的，五行缺土，所以他的父親叫他

閏土。他是能裝弶捉小鳥雀的。

　　我於是日日盼望新年，新年到，閏土也就到了。好容易到了年末，有一日，母親告訴我，閏土來了，我便飛跑的去看。他正在廚房裏，紫色的圓臉，頭戴一頂小氈帽，頸上套一個明晃晃的銀項圈，這可見他的父親十分愛他，怕他死去，所以在神佛面前許下願心，用圈子將他套住了。他見人很怕羞，只是不怕我，沒有旁人的時候，便和我說話，於是不到半日，我們便熟識了。

　　我們那時候不知道談些什麼，只記得閏土很高興，說是上城之後，見了許多沒有見過的東西。

　　第二日，我便要他捕鳥。他說：

　　「這不能。須大雪下了才好。我們沙地上，下了雪，我掃出一塊空地來，用短棒支起一個大竹匾，撒下秕穀，看鳥雀來吃時，我遠遠地將縛在棒上的繩子只一拉，那鳥雀就罩在竹匾下了。什麼都有：稻雞，角雞，鵓鴣，藍背……」

　　我於是又很盼望下雪。

　　閏土又對我說：

　　「現在太冷，你夏天到我們這裏來。我們日裏到海邊撿貝殼去，紅的綠的都有，鬼見怕也有，觀音手也有。晚上我和爹管西瓜去，你也去。」

　　「管賊麼？」

　　「不是。走路的人口渴了摘一個瓜吃，我們這裏是不算偷的。要管的是獾豬，刺蝟，猹。月亮底下，你聽，啦啦的響了，猹在咬瓜了。你便捏了胡叉，輕輕地走去……」

　　我那時並不知道這所謂猹的是怎麼一件東西——便是現在也沒有知道——只是無端的覺得狀如小狗而很兇猛。

　　「他不咬人麼？」

　　「有胡叉呢。走到了，看見猹了，你便刺。這畜生很伶俐，倒向你奔來，反從胯下竄了。他的皮毛是油一般的滑……」

  魯迅小說全集

我素不知道天下有這許多新鮮事：海邊有如許五色的貝殼；西瓜有這樣危險的經歷，我先前單知道他在水果店裏出賣罷了。

「我們沙地裏，潮汛要來的時候，就有許多跳魚兒只是跳，都有青蛙似的兩個腳……」

阿！閏土的心裏有無窮無盡的稀奇的事，都是我往常的朋友所

不知道的。他們不知道一些事，閏土在海邊時，他們都和我一樣只看見院子裏高牆上的四角的天空。

可惜正月過去了，閏土須回家裏去，我急得大哭，他也躲到廚房裏，哭著不肯出門，但終於被他父親帶走了。他後來還托他的父親帶給我一包貝殼和幾支很好看的鳥毛，我也曾送他一兩次東西，但從此沒有再見面。

現在我的母親提起了他，我這兒時的記憶，忽而全都閃電似的蘇生過來，似乎看到了我的美麗的故鄉了。我應聲說：

「這好極！他，──怎樣？……」

「他？……他景況也很不如意……」母親說著，便向房外看，「這些人又來了。說是買木器，順手也就隨便拿走的，我得去看看。」

母親站起身，出去了。門外有幾個女人的聲音。我便招宏兒走近面前，和他閒話：問他可會寫字，可願意出門。

「我們坐火車去麼？」

「我們坐火車去。」

「船呢？」

「先坐船，……」

「哈！這模樣了！鬍子這麼長了！」一種尖利的怪聲突然大叫起來。

我吃了一嚇，趕忙抬起頭，卻見一個凸顴骨，薄嘴唇，五十歲上下的女人站在我面前，兩手搭在髀間，沒有繫裙，張著兩腳，正像一個畫圖儀器裏細腳伶仃的圓規。

我愕然了。「不認識了麼？我還抱過你咧！」我愈加愕然了。幸而我的母親也就進來，從旁說：

「他多年出門，統忘卻了。你該記得罷，」便向著我說，「這是斜對門的楊二嫂，……開豆腐店的。」

哦，我記得了。我孩子時候，在斜對門的豆腐店裏確乎終日坐著一個楊二嫂，人都叫伊「豆腐西施」。但是擦著白粉，顴骨沒有這麼高，嘴唇也沒有這麼薄，而且終日坐著，我也從沒有見過這圓規式的姿勢。那時人說：因為伊，這豆腐店的買賣非常好。但這大約因為年齡的關係，我卻並未蒙著一毫感化，所以竟完全忘卻了。然而圓規很不平，顯出鄙夷的神色，仿佛嗤笑法國人不知道拿破崙，美國人不知道華盛頓似的，冷笑說：

「忘了？這真是貴人眼高……」

「那有這事……我……」我惶恐著，站起來說。

「那麼，我對你說。迅哥兒，你闊了，搬動又笨重，你還要什麼這些破爛木器，讓我拿去罷。我們小戶人家，用得著。」

「我並沒有闊哩。我須賣了這些，再去……」

「阿呀呀，你放了道台了，還說不闊？你現在有三房姨太太；出門便是八抬的大轎，還說不闊？嚇，什麼都瞞不過我。」

我知道無話可說了，便閉了口，默默的站著。

「阿呀阿呀，真是愈有錢，便愈是一毫不肯放鬆，愈是一毫不肯放鬆，便愈有錢……」圓規一面憤憤的回轉身，一面絮絮的說，慢慢向外走，順便將我母親的一副手套塞在褲腰裏，出去了。

此後又有近處的本家和親戚來訪問我。我一面應酬，偷空便收拾些行李，這樣的過了三四天。

一日是天氣很冷的午後，我吃過午飯，坐著喝茶，覺得外面有人進來了，便回頭去看。我看時，不由的非常出驚，慌忙站起身，迎著走去。

這來的便是閏土。雖然我一見便知道是閏土，但又不是我這

記憶上的閏土了。他身材增加了一倍；先前的紫色的圓臉，已經變作灰黃，而且加上了很深的皺紋；眼睛也像他父親一樣，周圍都腫得通紅，這我知道，在海邊種地的人，終日吹著海風，大抵是這樣的。他頭上是一頂破氈帽，身上只一件極薄的棉衣，渾身瑟索著；手裏提著一個紙包和一支長煙管，那手也不是我所記得的紅活圓實的手，卻又粗又笨而且開裂，像是松樹皮了。我這時很興奮，但不知道怎麼說才好，只是說：

「阿！閏土哥，——你來了？……」

我接著便有許多話，想要連珠一般湧出：角雞，跳魚兒，貝殼，猹，……但又總覺得被什麼擋著似的，單在腦裏面迴旋，吐不出口外去。

他站住了，臉上現出歡喜和淒涼的神情；動著嘴唇，卻沒有作聲。他的態度終於恭敬起來了，分明的叫道：

「老爺！……」

我似乎打了一個寒噤；我就知道，我們之間已經隔了一層可悲的厚障壁了。我也說不出話。

他回過頭去說，「水生，給老爺磕頭。」便拖出躲在背後的孩子來，這正是一個廿年前的閏土，只是黃瘦些，頸子上沒有銀圈罷了。「這是第五個孩子，沒有見過世面，躲躲閃閃……」

母親和宏兒下樓來了，他們大約也聽到了聲音。

「老太太。信是早收到了。我實在喜歡的了不得，知道老爺回來……」閏土說。

「阿，你怎的這樣客氣起來。你們先前不是哥弟稱呼麼？還是照舊：迅哥兒。」母親高興的說。

「阿呀，老太太真是……這成什麼規矩。那時是孩子，不懂事……」閏土說著，又叫水生上來打拱，那孩子卻害羞，緊緊的只貼在他背後。

「他就是水生？第五個？都是生人，怕生也難怪的；還是宏兒

和他去走走。」母親說。

宏兒聽得這話，便來招水生，水生卻鬆鬆爽爽同他一路出去了。母親叫閏土坐，他遲疑了一回，終於就了坐，將長煙管靠在桌旁，遞過紙包來，說：

「冬天沒有什麼東西了。這一點乾青豆倒是自家曬在那裏的，請老爺……」

我問問他的景況。他只是搖頭。

「非常難。第六個孩子也會幫忙了，卻總是吃不夠……又不太平……什麼地方都要錢，沒有規定……收成又壞。種出東西來，挑去賣，總要捐幾回錢，折了本；不去賣，又只能爛掉……」

他只是搖頭；臉上雖然刻著許多皺紋，卻全然不動，仿佛石像一般。他大約只是覺得苦，卻又形容不出，沉默了片時，便拿起煙管來默默的吸煙了。

母親問他，知道他的家裏事務忙，明天便得回去；又沒有吃過午飯，便叫他自己到廚下炒飯吃去。

他出去了；母親和我都歎息他的景況：多子，饑荒，苛稅，兵，匪，官，紳，都苦得他像一個木偶人了。母親對我說，凡是不必搬走的東西，盡可以送他，可以聽他自己去揀擇。

下午，他揀好了幾件東西：兩條長桌，四個椅子，一副香爐和燭臺，一杆抬秤。他又要所有的草灰（我們這裏煮飯是燒稻草的，那灰，可以做沙地的肥料），待我們啟程的時候，他用船來載去。

夜間，我們又談些閑天，都是無關緊要的話；第二天早晨，他就領了水生回去了。

又過了九日，是我們啟程的日期。閏土早晨便到了，水生沒有同來，卻只帶著一個五歲的女兒管船隻。我們終日很忙碌，再沒有談天的工夫。來客也不少，有送行的，有拿東西的，有送行兼拿東西的。待到傍晚我們上船的時候，這老屋裏的所有破舊大小粗細東西，已經一掃而空了。

我們的船向前走，兩岸的青山在黃昏中，都裝成了深黛顏色，連著退向船後梢去。

　　宏兒和我靠著船窗，同看外面模糊的風景，他忽然問道：

　　「大伯！我們什麼時候回來？」

　　「回來？你怎麼還沒有走就想回來了。」

　　「可是，水生約我到他家玩去咧……」他睜著大的黑眼睛，癡癡的想。

　　我和母親也都有些惘然，於是又提起閏土來。母親說，那豆腐西施的楊二嫂，自從我家收拾行李以來，本是每日必到的，前天伊在灰堆裏，掏出十多個碗碟來，議論之後，便定說是閏土埋著的，他可以在運灰的時候，一齊搬回家裏去；楊二嫂發見了這件事，自己很以為功，便拿了那狗氣殺（這是我們這裏養雞的器具，木盤上面有著柵欄，內盛食料，雞可以伸進頸子去啄，狗卻不能，只能看著氣死），飛也似的跑了，虧伊裝著這麼高底的小腳，竟跑得這樣快。

　　老屋離我愈遠了；故鄉的山水也都漸漸遠離了我，但我卻並不感到怎樣的留戀。我只覺得我四面有看不見的高牆，將我隔成孤身，使我非常氣悶；那西瓜地上的銀項圈的小英雄的影像，我本來十分清楚，現在卻忽地模糊了，又使我非常的悲哀。

　　母親和宏兒都睡著了。

　　我躺著，聽船底潺潺的水聲，知道我在走我的路。我想：我竟與閏土隔絕到這地步了，但我們的後輩還是一氣，宏兒不是正在想念水生麼。我希望他們不再像我，又大家隔膜起來……然而我又不願意他們因為要一氣，都如我的辛苦輾轉而生活，也不願意他們都如閏土的辛苦麻木而生活，也不願意都如別人的辛苦恣睢而生活。他們應該有新的生活，為我們所未經生活過的。

　　我想到希望，忽然害怕起來了。閏土要香爐和燭臺的時候，我還暗地裏笑他，以為他總是崇拜偶像，什麼時候都不忘卻。現在我

所謂希望，不也是我自己手製的偶像麼？只是他的願望切近，我的願望茫遠罷了。

我在朦朧中，眼前展開一片海邊碧綠的沙地來，上面深藍的天空中掛著一輪金黃的圓月。我想：希望是本無所謂有，無所謂無的。這正如地上的路；其實地上本沒有路，走的人多了，也便成了路。

一九二一年一月

名·家·解·讀

一九一九年十二月，魯迅冒著嚴寒回到了他闊別七八年的故鄉；一年之後，他在小說《故鄉》中反映了這次回鄉給他震動最大的印象。他對故鄉最初、最直接的印象是「沒有一點活氣」。漸近故鄉，冷風吹進船艙中，「我」忍不住從篷隙向外一望，只見蒼黃的天底下遠近橫著幾個蕭瑟的荒村，於是一種悲涼的感覺直透過「我」的全身。二十世紀二十年代中國農村日甚一日的破產景象在這個最初印象中得到了形象的反映。但給「我」印象最深的，卻是在這種生活背景下生成的人與人之間的「隔膜」、靈魂上的疏遠、心靈上的毀滅。這突出表現在「我」會見少年時代的朋友閏土的場面中。會見的一開始就令「我」非常吃驚，因為眼前的閏土已不是記憶中的閏土了……尤其叫「我」吃驚而痛心的是他終於恭敬地、分明地叫了「我」一聲老爺，「我」情不自禁地打了一個寒噤，心想：「我們之間已經隔了一層可悲的厚障壁了！」多子、饑荒、苛稅、兵、匪、官、紳，所有這些把成千上萬個閏土變得像個木偶人了。

小說特別交代了在閏土揀的幾樣東西中有一副香爐和爐臺，它們寄託了閏土的希望。楊二嫂的形象則告示著又一個靈魂的毀滅。因此，如果僅僅把舊中國農村的破產看作是《故鄉》的主題，那是遠遠不夠的；應該包括人與人之間的關係的「隔膜」、疏遠和心靈的毀滅。小說要得出的基本結論是：在現實因素和歷史因素的雙重摧殘下，人們不僅面臨著肉體的死亡，也面臨著靈魂的毀滅！這是一個富於生命力的深刻主題。

　　《故鄉》藝術上的第一特點，是對比手法的運用。眼前的故鄉和記憶中的故鄉的對比；眼前的閏土和少年時代的閏土的對比；眼前的細腳伶仃的圓規「和當年開豆腐店的豆腐西施」的對比；「我們的後輩」在想像中的樣子和我們這一輩子在現實中的情景的對比……這些色彩強烈、形態各異的對比，給人留下了沉思和反省，催人奮發。

　　《故鄉》藝術上的第二個特的感覺，關於「希望」、「偶像」、而打動讀者，還以其深刻的哲「新的生活」的思索，朦朧中理內涵而給人們以啓迪。

　　　　　　　　　　——夏明釗《中國現代文學名著題解》

故　鄉 1977年創作

他站住了，臉上現出歡喜和淒涼的神情；動著嘴唇，卻沒有作聲。他的態度
終於恭敬起來了，分明的叫道：「老爺！……」我似乎打了一個寒噤；我就
知道，我們之間已經隔了一層可悲的厚障壁了。我也説不出話。

阿Q正傳

第一章　序

　　我要給阿Q做正傳，已經不止一兩年了。但一面要做，一面又往回想，這足見我不是一個「立言」的人，因為從來不朽之筆，須傳不朽之人，於是人以文傳，文以人傳——究竟誰靠誰傳，漸漸的不甚了然起來，而終於歸結到傳阿Q，仿佛思想裏有鬼似的。

　　然而要做這一篇速朽的文章，才下筆，便感到萬分的困難了。第一是文章的名目。孔子曰，「名不正則言不順」。這原是應該極注意的。傳的名目很繁多：列傳，自傳，內傳，外傳，別傳，家傳，小傳……，而可惜都不合。「列傳」麼，這一篇並非和許多闊人排在「正史」裏；「自傳」麼，我又並非就是阿Q。說是「外傳」，「內傳」在那裏呢？倘用「內傳」，阿Q又決不是神仙。「別傳」呢，阿Q實在未曾有大總統上諭宣付國史館立「本傳」——雖說英國正史上並無「博徒列傳」，而文豪迭更司也做過《博徒別傳》這一部書，但文豪則可，在我輩卻不可的。其次是「家傳」，則我既不知與阿Q是否同宗，也未曾受他子孫的拜託；或「小傳」，則阿Q又更無別的「大傳」了。總而言之，這一篇也

便是「本傳」，但從我的文章著想，因為文體卑下，是「引車賣漿者流」所用的話，所以不敢僭稱，便從不入三教九流的小說家所謂「閒話休題言歸正傳」這一句套話裏，取出「正傳」兩個字來，作為名目，即使與古人所撰《書法正傳》的「正傳」字面上很相混，也顧不得了。

第二，立傳的通例，開首大抵該是「某，字某，某地人也」，而我並不知道阿Q姓什麼。有一回，他似乎是姓趙，但第二日便模糊了。那是趙太爺的兒子進了秀才的時候，鑼聲鏗鏗的報到村裏來，阿Q正喝了兩碗黃酒，便手舞足蹈的說，這於他也很光采，因為他和趙太爺原來是本家，細細的排起來他還比秀才長三輩呢。其時幾個旁聽人倒也肅然的有些起敬了。那知道第二天，地保便叫阿Q到趙太爺家裏去；太爺一見，滿臉濺朱，喝道：

「阿Q，你這渾小子！你說我是你的本家麼？」

阿Q不開口。

趙太爺愈看愈生氣了，搶進幾步說：「你敢胡說！我怎麼會有你這樣的本家？你姓趙麼？」

阿Q不開口，想往後退了；趙太爺跳過去，給了他一個嘴巴。「你怎麼會姓趙！——你那裏配姓趙！」

阿Q並沒有抗辯他確鑿姓趙，只用手摸著左頰，和地保退出去了；外面又被地保訓斥了一番，謝了地保二百文酒錢。知道的人都說阿Q太荒唐，自己去招打；他大約未必姓趙，即使真姓趙，有趙太爺在這裏，也不該如此胡說的。此後便再沒有人提起他的氏族來，所以我終於不知道阿Q究竟什麼姓。

第三，我又不知道阿Q的名字是怎麼寫的。他活著的時候，人都叫他阿Quei，死了以後，便沒有一個人再叫阿Quei了，那裏還會有「著之竹帛」的事。若論「著之竹帛」，這篇文章要算第一次，所以先遇著了這第一個難關。我曾仔細想：阿Quei，阿桂還是阿貴呢？倘使他號叫月亭，或者在八月間做過生日，那一定是阿桂了；

而他既沒有號——也許有號，只是沒有人知道他，——又未嘗散過生日征文的帖子：寫作阿桂，是武斷的。又倘使他有一位老兄或令弟叫阿富，那一定是阿貴了；而他又只是一個人：寫作阿貴，也沒有佐證的。其餘音 Quei的偏僻字樣，更加湊不上了。先前，我也曾問過趙太爺的兒子茂才先生，誰料博雅如此公，竟也茫然，但據結論說，是因為陳獨秀辦了《新青年》提倡洋字，所以國粹淪亡，無可查考了。我的最後的手段，只有托一個同鄉去查阿Q犯事的案卷，八個月之後才有回信，說案卷裏並無與阿Quei的聲音相近的人。我雖不知道是真沒有，還是沒有查，然而也再沒有別的方法了。生怕注音字母還未通行，只好用了「洋字」，照英國流行的拼法寫他為阿Quei，略作阿Q。這近於盲從《新青年》，自己也很抱歉，但茂才公尚且不知，我還有什麼好辦法呢。

第四，是阿Q的籍貫了。倘他姓趙，則據現在好稱郡望的老例，可以照《郡名百家姓》上的注解，說是「隴西天水人也」，但可惜這姓是不甚可靠的，因此籍貫也就有些決不定。他雖然多住未莊，然而也常常宿在別處，不能說是未莊人，即使說是「未莊人也」，也仍然有乖史法的。

我所聊以自慰的，是還有一個「阿」字非常正確，絕無附會假借的缺點，頗可以就正於通人。至於其餘，卻都非淺學所能穿鑿，只希望有「歷史癖與考據癖」的胡適之先生的門人們，將來或者能夠尋出許多新端緒來，但是我這《阿Q正傳》到那時卻又怕早經消滅了。

以上可以算是序。

第二章　優勝記略

阿Q不獨是姓名籍貫有些渺茫，連他先前的「行狀」也渺茫。因為未莊的人們之於阿Q，只要他幫忙，只拿他玩笑，從來沒有留心他的「行狀」的。而阿Q自己也不說，獨有和別人口角的時候，

間或瞪著眼睛道：

「我們先前——比你闊的多啦！你算是什麼東西！」

阿Q沒有家，住在未莊的土穀祠裏；也沒有固定的職業，只給人家做短工，割麥便割麥，舂米便舂米，撐船便撐船。工作略長久時，他也或住在臨時主人的家裏，但一完就走了。所以，人們忙碌的時候，也還記起阿Q來，然而記起的是做工，並不是「行狀」；一閒空，連阿Q都早忘卻，更不必說「行狀」了。只是有一回，有一個老頭子頌揚說：「阿Q真能做！」這時阿Q赤著膊，懶洋洋的瘦伶仃的正在他面前，別人也摸不著這話是真心還是譏笑，然而阿Q很喜歡。

阿Q又很自尊，所有未莊的居民，全不在他眼睛裏，甚而至於對於兩位「文童」也有以為不值一笑的神情。夫文童者，將來恐怕要變秀才者也；趙太爺錢太爺大受居民的尊敬，除有錢之外，就因為都是文童的爹爹，而阿Q在精神上獨不表格外的崇奉，他想：我的兒子會闊得多啦！加以進了幾回城，阿Q自然更自負，然而他又很鄙薄城裏人，譬如用三尺長三寸寬的木板做成的凳子，未莊叫「長凳」，他也叫「長凳」，城裏人卻叫「條凳」，他想：這是錯的，可笑！油煎大頭魚，未莊都加上半寸長的蔥葉，城裏卻加上切細的蔥絲，他想：這也是錯的，可笑！然而未莊人真是不見世面的可笑的鄉下人呵，他們沒有見過城裏的煎魚！

阿Q「先前闊」，見識高，而且「真能做」，本來幾乎是一個「完人」了，但可惜他體質上還有一些缺點。最惱人的是在他頭皮上，頗有幾處不知起於何時的癩瘡疤。這雖然也在他身上，而看阿Q的意思，倒也似乎以為不足貴的，因為他諱說「癩」以及一切近於「賴」的音，後來推而廣之，「光」也諱，「亮」也諱，再後來，連「燈」「燭」都諱了。一犯諱，不問有心與無心，阿Q便全疤通紅的發起怒來，估量了對手，口訥的他便罵，氣力小的他便打；然而不知怎麼一回事，總還是阿Q吃虧的時候多。於是他漸漸

的變換了方針，大抵改爲怒目而視了。

誰知道阿Q採用怒目主義之後，未莊的閒人們便愈喜歡玩笑他。一見面，他們便假作吃驚的說：「噲，亮起來了。」

阿Q照例的發了怒，他怒目而視了。

「原來有保險燈在這裏！」他們並不怕。

阿Q沒有法，只得另外想出報復的話來：

「你還不配……」這時候，又仿佛在他頭上的是一種高尚的光榮的癩頭瘡，並非平常的癩頭瘡了；但上文說過，阿Q是有見識的，他立刻知道和「犯忌」有點抵觸，便不再往底下說。

閒人還不完，只撩他，於是終而至於打。阿Q在形式上打敗了，被人揪住黃辮子，在壁上碰了四五個響頭，閒人這才心滿意足的得勝的走了，阿Q站了一刻，心裏想，「我總算被兒子打了，現在的世界眞不像樣……」於是也心滿意足的得勝的走了。

阿Q想在心裏的，後來每每說出口來，所以凡是和阿Q玩笑的人們，幾乎全知道他有這一種精神上的勝利法，此後每逢揪住他黃辮子的時候，人就先一著對他說：

「阿Q，這不是兒子打老子，是人打畜生。自己說：人打畜生！」

阿Q兩隻手都捏住了自己的辮根，歪著頭，說道：

「打蟲豸，好不好？我是蟲豸——還不放麼？」

但雖然是蟲豸，閒人也並不放，仍舊在就近什麼地方給他碰了五六個響頭，這才心滿意足的得勝的走了，他以爲阿Q這回可遭了瘟。然而不到十秒鐘，阿Q也心滿意足的得勝的走了，他覺得他是第一個能夠自輕自賤的人，除了「自輕自賤」不算外，餘下的就是「第一個」。狀元不也是「第一個」麼？「你算是什麼東西」呢!?

阿Q以如是等等妙法克服怨敵之後，便愉快的跑到酒店裏喝幾碗酒，又和別人調笑一通，口角一通，又得了勝，愉快的回到土穀祠，放倒頭睡著了。假使有錢，他便去押牌寶，一堆人蹲在地面

上，阿Q即汗流滿面的夾在這中間，聲音他最響：

「青龍四百！」

「咳——開——啦！」莊家揭開盒子蓋，也是汗流滿面的唱。「天門啦——角回啦——！人和穿堂空在那裏啦——！阿Q的銅錢拿過來——！」

「穿堂一百——一百五十！」

阿Q的錢便在這樣的歌吟之下，漸漸的輸入別個汗流滿面的人物的腰間。他終於只好擠出堆外，站在後面看，替別人著急，一直到散場，然後戀戀的回到土穀祠，第二天，腫著眼睛去工作。

但眞所謂「塞翁失馬安知非福」罷，阿Q不幸而贏了一回，他倒幾乎失敗了。

這是未莊賽神的晚上。這晚上照例有一台戲，戲臺左近，也照例有許多的賭攤。做戲的鑼鼓，在阿Q耳朵裏仿佛在十里之外；他只聽得莊家的歌唱了。他贏而又贏，銅錢變成角洋，角洋變成大洋，大洋又成了疊。他興高采烈得非常：

「天門兩塊！」

他不知道誰和誰爲什麼打起架來了。罵聲打聲腳步聲，昏頭昏腦的一大陣，他才爬起來，賭攤不見了，人們也不見了，身上有幾處很似乎有些痛，似乎也挨了幾拳幾腳似的，幾個人詫異的對他看。他如有所失的走進土穀祠，定一定神，知道他的一堆洋錢不見了。趕賽會的賭攤多不是本村人，還到那裏去尋根柢呢？

很白很亮的一堆洋錢！而且是他的——現在不見了！說是算被兒子拿去了罷，總還是忽忽不樂；說自己是蟲豸罷，也還是忽忽不樂：他這回才有些感到失敗的苦痛了。

但他立刻轉敗爲勝了。他擎起右手，用力的在自己臉上連打了兩個嘴巴，熱剌剌的有些痛；打完之後，便心平氣和起來，似乎打的是自己，被打的是別一個自己，不久也就仿佛是自己打了別個一般，——雖然還有些熱剌剌，——心滿意足的得勝的躺下了。

他睡著了。

第三章　續優勝記略

　　然而阿Q雖然常優勝，卻直待蒙趙太爺打他嘴巴之後，這才出了名。

　　他付過地保二百文酒錢，憤憤的躺下了，後來想：「現在的世界太不成話，兒子打老子……」於是忽而想到趙太爺的威風，而現在是他的兒子了，便自己也漸漸的得意起來，爬起身，唱著《小孤孀上墳》到酒店去。這時候，他又覺得趙太爺高人一等了。

　　說也奇怪，從此之後，果然大家也仿佛格外尊敬他。這在阿Q，或者以為因為他是趙太爺的父親，而其實也不然。未莊通例，倘如阿七打阿八，或者李四打張三，向來本不算一件事。必須與一位名人如趙太爺者相關，這才載上他們的口碑。一上口碑，則打的既有名，被打的也就托庇有了名。至於錯在阿Q，那自然是不必說。所以者何？就因為趙太爺是不會錯的。但他既然錯，為什麼大家又仿佛格外尊敬他呢？這可難解，穿鑿起來說，或者因為阿Q說是趙太爺的本家，雖然挨了打，大家也還怕有些真，總不如尊敬一些穩當。否則，也如孔廟裏的太牢一般，雖然與豬羊一樣，同是畜生，但既經聖人下箸，先儒們便不敢妄動了。

　　阿Q此後倒得意了許多年。

　　有一年的春天，他醉醺醺的在街上走，在牆根的日光下，看見王胡在那裏赤著膊捉蝨子，他忽然覺得身上也癢起來了。這王胡，又癩又胡，別人都叫他王癩胡，阿Q卻刪去了一個癩字，然而非常渺視他。阿Q的意思，以為癩是不足為奇的，只有這一部絡腮鬍子，實在太新奇，令人看不上眼。他於是並排坐下去了。倘是別的閒人們，阿Q本不敢大意坐下去。但這王胡旁邊，他有什麼怕呢？老實說：他肯坐下去，簡直還是抬舉他。

　　阿Q也脫下破夾襖來，翻檢了一回，不知道因為新洗呢還是因

爲粗心，許多工夫，只捉到三四個。他看那王胡，卻是一個又一個，兩個又三個，只放在嘴裏畢畢剝剝的響。

阿Q最初是失望，後來卻不平了：看不上眼的王胡尚且那麼多，自己倒反這樣少，這是怎樣的大失體統的事呵！他很想尋一兩個大的，然而竟沒有，好容易才捉到一個中的，恨恨的塞在厚嘴唇裏，狠命一咬，劈的一聲，又不及王胡響。

他癩瘡疤塊塊通紅了，將衣服摔在地上，吐一口唾沫，說：「這毛蟲！」

「癩皮狗，你罵誰？」王胡輕蔑的抬起眼來說。

阿Q近來雖然比較的受人尊敬，自己也更高傲些，但和那些打慣的閒人們見面還膽怯，獨有這回卻非常武勇了。這樣滿臉鬍子的東西，也敢出言無狀麼？

「誰認便罵誰！」他站起來，兩手叉在腰間說。

「你的骨頭癢了麼？」王胡也站起來，披上衣服說。

阿Q以爲他要逃了，搶進去就是一拳。這拳頭還未達到身上，已經被他抓住了，只一拉，阿Q蹌蹌跟跟的跌進去，立刻又被王胡扭住了辮子，要拉到牆上照例去碰頭。

「君子動口不動手！」阿Q歪著頭說。王胡似乎不是君子，並不理會，一連給他碰了五下，又用力的一推，至於阿Q跌出六尺多遠，這才滿足的去了。

在阿Q的記憶上，這大約要算是生平第一件的屈辱，因爲王胡以絡腮鬍子的缺點，向來只被他奚落，從沒有奚落他，更不必說動手了。而他現在竟動手，很意外，難道眞如市上所說，皇帝已經停了考，不要秀才和舉人了，因此趙家減了威風，因此他們也便小覷了他麼？

阿Q無可適從的站著。

遠遠的走來了一個人，他的對頭又到了。這也是阿Q最厭惡的一個人，就是錢太爺的大兒子。他先前跑上城裏去進洋學堂，不知

怎麼又跑到東洋去了，半年之後他回到家裏來，腿也直了，辮子也不見了，他的母親大哭了十幾場，他的老婆跳了三回井。後來，他的母親到處說，「這辮子是被壞人灌醉了酒剪去的。本來可以做大官，現在只好等留長再說了。」然而阿Q不肯信，偏稱他「假洋鬼子」，也叫作「裏通外國的人」，一見他，一定在肚子裏暗暗的咒罵。

阿Q尤其「深惡而痛絕之」的，是他的一條假辮子。辮子而至於假，就是沒有了做人的資格；他的老婆不跳第四回井，也不是好女人。

這「假洋鬼子」近來了。

「禿兒。驢……」阿Q歷來本只在肚子裏罵，沒有出過聲，這回因為正氣忿，因為要報仇，便不由的輕輕的說出來了。

不料這禿兒卻拿著一支黃漆的棍子 —— 就是阿Q所謂哭喪棒 —— 大踏步走了過來。阿Q在這刹那，便知道大約要打了，趕緊抽緊筋骨，聳了肩膀等候著，果然，拍的一聲，似乎確鑿打在自己頭上了。

「我說他！」阿Q指著近旁的一個孩子，分辯說。

拍！拍拍！

在阿Q的記憶上，這大約要算是生平第二件的屈辱。幸而拍拍的響了之後，於他倒似乎完結了一件事，反而覺得輕鬆些，而且「忘卻」這一件祖傳的寶貝也發生了效力，他慢慢的走，將到酒店門口，早已有些高興了。

但對面走來了靜修庵裏的小尼姑。阿Q便在平時，看見伊也一定要唾罵，而況在屈辱之後呢？他於是發生了回憶，又發生了敵愾了。

「我不知道我今天為什麼這樣晦氣，原來就因為見了你！」他想。

他迎上去，大聲的吐一口唾沫：

「咳，呸！」

小尼姑全不睬，低了頭只是走。阿Q走近伊身旁，突然伸出手去摩著伊新剃的頭皮，呆笑著，說：

「禿兒！快回去，和尚等著你……」

「你怎麼動手動腳……」尼姑滿臉通紅的說，一面趕快走。

酒店裏的人大笑了。阿Q看見自己的勳業得了賞識，便愈加興高采烈起來：「和尚動得，我動不得？」他扭住伊的面頰。酒店裏的人大笑了。阿Q更得意，而且為了滿足那些賞鑒家起見，再用力的一擰，才放手。

他這一戰，早忘卻了王胡，也忘卻了假洋鬼子，似乎對於今天的一切「晦氣」都報了仇；而且奇怪，又仿佛全身比拍拍的響了之後更輕鬆，飄飄然的似乎要飛去了。

「這斷子絕孫的阿Q！」遠遠地聽得小尼姑的帶哭的聲音。

「哈哈哈！」阿Q十分得意的笑。

「哈哈哈！」酒店裏的人也九分得意的笑。

第四章　戀愛的悲劇

有人說：有些勝利者，願意敵手如虎，如鷹，他才感得勝利的歡喜；假使如羊，如小雞，他便反覺得勝利的無聊。又有些勝利者，當克服一切之後，看見死的死了，降的降了，「臣誠惶誠恐死罪死罪」，他於是沒有了敵人，沒有了對手，沒有了朋友，只有自己在上，一個，孤另另，淒涼，寂寞，便反而感到了勝利的悲哀。然而我們的阿Q卻沒有這樣乏，他是永遠得意的：這或者也是中國精神文明冠於全球的一個證據了。

看哪，他飄飄然的似乎要飛去了！

然而這一次的勝利，卻又使他有些異樣。他飄飄然的飛了大半天，飄進土穀祠，照例應該躺下便打鼾。誰知道這一晚，他很不容易合眼，他覺得自己的大拇指和第二指有點古怪：仿佛比平常滑膩

些。不知道是小尼姑的臉上有一點滑膩的東西粘在他指上，還是他的指頭在小尼姑臉上磨得滑膩了？……

「斷子絕孫的阿Q！」阿Q的耳朵裏又聽到這句話。他想：不錯，應該有一個女人，斷子絕孫便沒有人供一碗飯，……應該有一個女人。夫「不孝有三無後爲大」，而「若敖之鬼餒而」，也是一件人生的大哀，所以他那思想，其實是樣樣合於聖經賢傳的，只可惜後來有些「不能收其放心」了。

「女人，女人！……」他想。

「……和尚動得……女人，女人！……女人！」他又想。

我們不能知道這晚上阿Q在什麼時候才打鼾。但大約他從此總覺得指頭有些滑膩，所以他從此總有些飄飄然；「女……」他想。

即此一端，我們便可以知道女人是害人的東西。

中國的男人，本來大半都可以做聖賢，可惜全被女人毀掉了。商是妲己鬧亡的；周是褒姒弄壞的；秦……雖然史無明文，我們也假定他因爲女人，大約未必十分錯；而董卓可是的確給貂蟬害死了。

阿Q本來也是正人，我們雖然不知道他曾蒙什麼明師指授過，但他對於「男女之大防」卻歷來非常嚴；也很有排斥異端——如小尼姑及假洋鬼子之類——的正氣。他的學說是：凡尼姑，一定與和尚私通；一個女人在外面走，一定想引誘野男人；一男一女在那裏講話，一定要有勾當了。爲懲治他們起見，所以他往往怒目而視，或者大聲說幾句「誅心」話，或者在冷僻處，便從後面擲一塊小石頭。

誰知道他將到「而立」之年，竟被小尼姑害得飄飄然了。這飄飄然的精神，在禮教上是不應該有的，——所以女人真可惡，假使小尼姑的臉上不滑膩，阿Q便不至於被蠱，又假使小尼姑的臉上蓋一層布，阿Q便也不至於被蠱了，——他五六年前，曾在戲臺下的人叢中擰過一個女人的大腿，但因爲隔一層褲，所以此後並不飄飄

然，——而小尼姑並不然，這也足見異端之可惡。

「女……」阿Q想。

他對於以爲「一定想引誘野男人」的女人，時常留心看，然而伊並不對他笑。他對於和他講話的女人，也時常留心聽，然而伊又並不提起關於什麼勾當的話來。哦，這也是女人可惡之一節：伊們全都要裝「假正經」的。

這一天，阿Q在趙太爺家裏舂了一天米，吃過晚飯，便坐在廚房裏吸旱煙。倘在別家，吃過晚飯本可以回去的了，但趙府上晚飯早，雖說定例不准掌燈，一吃完便睡覺，然而偶然也有一些例外：其一，是趙大爺未進秀才的時候，准其點燈讀文章；其二，便是阿Q來做短工的時候，准其點燈舂米。因爲這一條例外，所以阿Q在動手舂米之前，還坐在廚房裏吸旱煙。

吳媽，是趙太爺家裏唯一的女僕，洗完了碗碟，也就在長凳上坐下了，而且和阿Q談閑天：

「太太兩天沒有吃飯哩，因爲老爺要買一個小的……」

「女人……吳媽……這小孤孀……」阿Q想。

「我們的少奶奶是八月裏要生孩子了……」

「女人……」阿Q想。

阿Q放下煙管，站了起來。

「我們的少奶奶……」吳媽還嘮叨說。

「我和你睏覺，我和你睏覺！」阿Q忽然搶上去，對伊跪下了。

一刹時中很寂然。「阿呀！」吳媽楞了一息，突然發抖，大叫著往外跑，且跑且嚷，似乎後來帶哭了。

阿Q對了牆壁跪著也發楞，於是兩手扶著空板凳，慢慢的站起來，仿佛覺得有些糟。他這時確也有些志忑了，慌張的將煙管插在褲帶上，就想去舂米。蓬的一聲，頭上著了很粗的一下，他急忙回轉身去，那秀才便拿了一支大竹杠站在他面前。

「你反了，……你這……」

大竹杠又向他劈下來了。阿Q兩手去抱頭，拍的正打在指節上，這可很有一些痛。他衝出廚房門，仿佛背上又著了一下似的。

「忘八蛋！」秀才在後面用了官話這樣罵。阿Q奔入春米場，一個人站著，還覺得指頭痛，還記得「忘八蛋」，因為這話是未莊的鄉下人從來不用，專是見過官府的闊人用的，所以格外怕，而印象也格外深。但這時，他那「女……」的思想卻也沒有了。而且打罵之後，似乎一件事已經收束，倒反覺得一無掛礙似的，便動手去春米。春了一會，他熱起來了，又歇了手脫衣服。

脫下衣服的時候，他聽得外面很熱鬧，阿Q生平本來最愛看熱鬧，便即尋聲走出去了。尋聲漸漸的尋到趙太爺的內院裏，雖然在昏黃中，卻辨得出許多人，趙府一家連兩日不吃飯的太太也在內，還有間壁的鄒七嫂，眞正本家的趙白眼，趙司晨。

少奶奶正拖著吳媽走出下房來，一面說：

「你到外面來，……不要躲在自己房裏想……」

「誰不知道你正經，……短見是萬萬尋不得的。」鄒七嫂也從旁說。吳媽只是哭，夾些話，卻不甚聽得分明。

阿Q想：「哼，有趣，這小孤孀不知道鬧著什麼玩意兒了？」他想打聽，走近趙司晨的身邊。這時他猛然間看見趙大爺向他奔來，而且手裏捏著一支大竹杠。他看見這一支大竹杠，便猛然間悟到自己曾經被打，和這一場熱鬧似乎有點相關。他翻身便走，想逃回春米場，不圖這支竹杠阻了他的去路，於是他又翻身便走，自然而然的走出後門，不多工夫，已在土穀祠內了。

阿Q坐了一會，皮膚有些起粟，他覺得冷了，因為雖在春季，而夜間頗有餘寒，尚不宜於赤膊。他也記得布衫留在趙家，但倘若去取，又深怕秀才的竹杠。然而地保進來了。

「阿Q，你的媽媽的！你連趙家的用人都調戲起來，簡直是造反。害得我晚上沒有覺睡，你的媽媽的！……」

如是云云的教訓了一通，阿Q自然沒有話。臨末，因為在晚上，應該送地保加倍酒錢四百文，阿Q正沒有現錢，便用一頂氈帽做抵押，並且訂定了五條件：

一、明天用紅燭——要一斤重的——一對，香一封，到趙府上去賠罪。

二、趙府上請道士被除縊鬼，費用由阿Q負擔。

三、阿Q從此不准踏進趙府的門檻。

四、吳媽此後倘有不測，惟阿Q是問。

五、阿Q不准再去索取工錢和布衫。

阿Q自然都答應了，可惜沒有錢。幸而已經春天，棉被可以無用，便質了二千大錢，履行條約。赤膊磕頭之後，居然還剩幾文，他也不再贖氈帽，統統喝了酒了。但趙家也並不燒香點燭，因為太太拜佛的時候可以用，留著了。那破布衫是大半做了少奶奶八月間生下來的孩子的襯尿布，那小半破爛的便都做了吳媽的鞋底。

第五章　生計問題

阿Q禮畢之後，仍舊回到土穀祠，太陽下去了，漸漸覺得世上有些古怪。他仔細一想，終於省悟過來：其原因蓋在自己的赤膊。他記得破夾襖還在，便披在身上，躺倒了，待張開眼睛，原來太陽又已經照在西牆上頭了。他坐起身，一面說道，「媽媽的……」

他起來之後，也仍舊在街上逛，雖然不比赤膊之有切膚之痛，卻又漸漸的覺得世上有些古怪了。仿佛從這一天起，未莊的女人們忽然都怕了羞，伊們一見阿Q走來，便個個躲進門裏去。甚而至於將近五十歲的鄒七嫂，也跟著別人亂鑽，而且將十一歲的女兒都叫進去了。阿Q很以為奇，而且想：「這些東西忽然都學起小姐模樣來了。這娼婦們……」

但他更覺得世上有些古怪，卻是許多日以後的事。其一，酒店不肯賒欠了；其二，管土穀祠的老頭子說些廢話，似乎叫他走；

其三，他雖然記不清多少日，但確乎有許多日，沒有一個人來叫他做短工。酒店不賒，熬著也罷了；老頭子催他走，嚕蘇一通也就算了；只是沒有人來叫他做短工，卻使阿Q肚子餓：這委實是一件非常「媽媽的」的事情。

阿Q忍不下去了，他只好到老主顧的家裏去探問，——但獨不許踏進趙府的門檻，——然而情形也異樣：一定走出一個男人來，現了十分煩厭的相貌，像回覆乞丐一般的搖手道：

「沒有沒有！你出去！」

阿Q愈覺得稀奇了。他想，這些人家向來少不了要幫忙，不至於現在忽然都無事，這總該有些蹊蹺在裏面的。他留心打聽，才知道他們有事都去叫小Don。這小D，是一個窮小子，又瘦又乏，在阿Q的眼睛裏，位置是在王胡之下的，誰料這小子竟謀了他的飯碗去。所以阿Q這一氣，更與平常不同，當氣憤憤的走著的時候，忽然將手一揚，唱道：

「我手執鋼鞭將你打！……」

幾天之後，他竟在錢府的照壁前遇見了小D。「仇人相見分外眼明」，阿Q便迎上去，小D也站住了。

「畜生！」阿Q怒目而視的說，嘴角上飛出唾沫來。

「我是蟲豸，好麼？……」小D說。

這謙遜反使阿Q更加憤怒起來，但他手裏沒有鋼鞭，於是只得撲上去，伸手去拔小D的辮子。小D一手護住了自己的辮根，一手也來拔阿Q的辮子，阿Q便也將空著的一隻手護住了自己的辮根。從先前的阿Q看來，小D本來是不足齒數的，但他近來挨了餓，又瘦又乏已經不下於小D，所以便成了勢均力敵的現象，四隻手拔著兩顆頭，都彎了腰，在錢家粉牆上映出一個藍色的虹形，至於半點鐘之久了。

「好了，好了！」看的人們說，大約是解勸的。

「好，好！」看的人們說，不知道是解勸，是頌揚，還是煽動。

然而他們都不聽。阿Q進三步，小D便退三步，都站著；小D進三步，阿Q便退三步，又都站著。大約半點鐘，——未莊少有自鳴鐘，所以很難說，或者二十分，——他們的頭髮裏便都冒煙，額上便都流汗，阿Q的手放鬆了，在同一瞬間，小D的手也正放鬆了，同時直起，同時退開，都擠出人叢去。

　　「記著罷，媽媽的……」阿Q回過頭去說。

　　「媽媽的，記著罷……」小D也回過頭來說。

　　這一場「龍虎鬥」似乎並無勝敗，也不知道看的人可滿足，都沒有發什麼議論，而阿Q卻仍然沒有人來叫他做短工。

　　有一日很溫和，微風拂拂的頗有些夏意了，阿Q卻覺得寒冷起來，但這還可擔當，第一倒是肚子餓。棉被，毯帽，布衫，早已沒有了，其次就賣了棉襖；現在有褲子，卻萬不可脫的；有破夾襖，又除了送人做鞋底之外，決定賣不出錢。他早想在路上拾得一注錢，但至今還沒有見；他想在自己的破屋裏忽然尋到一注錢，慌張的四顧，但屋內是空虛而且了然。於是他決計出門求食去了。

　　他在路上走著要「求食」，看見熟識的酒店，看見熟識的饅頭，但他都走過了，不但沒有暫停，而且並不想要。他所求的不是這類東西了；他求的是什麼東西，他自己不知道。

　　未莊本不是大村鎮，不多時便走盡了。村外多是水田，滿眼是新秧的嫩綠，夾著幾個圓形的活動的黑點，便是耕田的農夫。阿Q並不賞鑒這田家樂，卻只是走，因為他直覺的知道這與他的「求食」之道是很遼遠的。但他終於走到靜修庵的牆外了。

　　庵周圍也是水田，粉牆突出在新綠裏，後面的低土牆裏是菜園。阿Q遲疑了一會，四面一看，並沒有人。他便爬上這矮牆去，扯著何首烏藤，但泥土仍然簌簌的掉，阿Q的腳也索索的抖；終於攀著桑樹枝，跳到裏面了。裏面真是鬱鬱蔥蔥，但似乎並沒有黃酒饅頭，以及此外可吃的之類。靠西牆是竹叢，下面許多筍，只可惜都是並未煮熟的，還有油菜早經結子，芥菜已將開花，小白菜也很

阿Q正傳 1975年創作

阿Q近來用度窘，大約略略有些不平；加以午間喝了兩碗空肚酒，愈加醉得快，一面想一面走，便又飄飄然起來。不知怎麼一來，忽而似乎革命黨便是自己，……「造反了！造反了！」

阿Q正傳（之一） 1978年創作

我又不知道阿Q的名字是怎麼寫的。他活著的時候，人都叫他阿Quei，死了以後，便沒有一個人再叫阿Quei了，那裏還會有「著之竹帛」的事。

阿Q正傳（之四） 1978年創作

……因為未莊的人們之於阿Q，只要他幫忙，只拿他玩笑，從來沒有留心他的「行狀」的。而阿Q自己也不說，獨有和別人口角的時候，間或瞪著眼睛道：「我們先前——比你闊的多啦！你算是什麼東西！」

阿Q正傳（之七） 1978年創作

誰知道阿Q採用怒目主義之後，未莊的閒人們便愈喜歡玩笑他。一見面，他們便假作吃驚的説：「嚄，亮起來了。」阿Q照例的發了怒，他怒目而視了。「原來有保險燈在這裏！」他們並不怕。

阿Q正傳（之九） 1978年創作

「阿Q，這不是兒子打老子，是人打畜生。自己説：人打畜生！」阿Q兩隻手都捏住了自己的辮根，歪著頭，説道：「打蟲豸，好不好？我是蟲豸──還不放麼？」

阿Q正傳（之十） 1980年創作

這是未莊賽神的晚上。這晚上照例有一台戲，戲臺左近，也照例有許多的賭攤。做戲的鑼鼓，在阿Q耳朵裏仿佛在十里之外；他只聽得莊家的歌唱了。他贏而又贏，銅錢變成了角洋，角洋變成了大洋，大洋又成了疊。他興高采烈得非常：……

 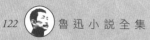

阿Q正傳（之十一） 1994年創作

有一年的春天，他醉醺醺的在街上走，在牆根的日光下，看見王胡在那裏赤著膊捉蝨子，他忽然覺得身上也癢起來了。這王胡，又癩又胡，別人都叫他王癩胡，阿Q卻刪去了一個癩字，然而非常渺視他……

阿Q正傳（之十二） 1980年創作

他擎起右手，用力在自己臉上連打了兩個嘴巴，熱剌剌的有些痛；打完之後，便心平氣和起來，似乎打的是自己，被打的是別一個自己，不久也就仿佛是自己打了別個一般，……

阿Q正傳（之十三） 1994年創作

他付過地保二百文酒錢，憤憤的躺下了，後來想：「現在的世界太不成話，
兒子打老子……」於是忽而想到趙太爺的威風，而現在是他的兒子了，便自
己也漸漸的得意起來，……

阿Q正傳（之十六） 1994年創作

這也是阿Q最厭惡的一個人，就是錢太爺的大兒子。他先前跑上城裏去進洋學堂，不知怎麼又跑到東洋去了，半年之後他回到家裏來，腿也直了，辮子也不見了，他的母親大哭了十幾場，他的老婆跳了三回井。後來，他的母親到處說「這辮子是被壞人灌醉了酒剪去的。本來可以做大官，現在只好等留長再說了。」然而阿Q不肯信，偏稱他「假洋鬼子」，……

阿Q正傳（之十九） 1979年創作

小尼姑全不睬，低了頭只是走。阿Q走近伊身旁，突然伸出手去摩著伊新剃的頭皮，呆笑著，說：「禿兒！快回去，和尚等著你……」……「和尚動得，我動不得？」他扭住伊的面頰。

阿Q正傳（之二十） 1979年創作

「這斷子絕孫的阿Q！」遠遠地聽得小尼姑的帶哭的聲音。「哈哈哈！」阿Q
十分得意的笑。

 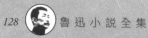

阿Q正傳（之二十一） 1980年創作

……誰知道這一晚，他很不容易合眼，他覺得自己的大拇指和第二指有點古怪：仿佛比平常滑膩些。不知道是小尼姑的臉上有一點滑膩的東西粘在他指上，還是他的指頭在小尼姑臉上磨得滑膩了？……

阿Q正傳（之二十二） 1994年創作

阿Q本來也是正人，我們雖然不知道他曾蒙什麼明師指授過，但他對於「男
女之大防」卻歷來非常嚴；……他的學說是：凡尼姑，一定與和尚私通；一
個女人在外面走，一定想引誘野男人；一男一女在那裏講話，一定要有勾當
了。……

阿Q正傳（之二十四） 1978年創作

「我和你睏覺，我和你睏覺！」阿Q忽然搶上去，對伊跪下了。一剎時中很寂然。「阿呀！」吳媽愣了一息，突然發抖，大叫著往外跑，且跑且嚷，似乎後來帶哭了。

老了。

阿Q仿佛文童落第似的覺得很冤屈，他慢慢走近園門去，忽而非常驚喜了，這分明是一畦老蘿蔔。他於是蹲下便拔，而門口突然伸出一個很圓的頭來，又即縮回去了，這分明是小尼姑。小尼姑之流是阿Q本來視若草芥的，但世事須「退一步想」，所以他便趕緊拔起四個蘿蔔，擰下青葉，兜在大襟裏。然而老尼姑已經出來了。

「阿彌陀佛，阿Q，你怎麼跳進園裏來偷蘿蔔！……阿呀，罪過呵，阿唷，阿彌陀佛！……」

「我什麼時候跳進你的園裏來偷蘿蔔？」阿Q且看且走的說。

「現在……這不是？」老尼姑指著他的衣兜。

「這是你的？你能叫得他答應你麼？你……」

阿Q沒有說完話，拔步便跑；追來的是一匹很肥大的黑狗。這本來在前門的，不知怎的到後園來了。黑狗哼而且追，已經要咬著阿Q的腿，幸而從衣兜裏落下一個蘿蔔來，那狗給一嚇，略略一停，阿Q已經爬上桑樹，跨到土牆，連人和蘿蔔都滾出牆外面了。只剩著黑狗還在對著桑樹嗥，老尼姑念著佛。

阿Q怕尼姑又放出黑狗來，拾起蘿蔔便走，沿路又撿了幾塊小石頭，但黑狗卻並不再出現。阿Q於是拋了石塊，一面走一面吃，而且想道，這裏也沒有什麼東西尋，不如進城去……

待三個蘿蔔吃完時，他已經打定了進城的主意了。

第六章　從中興到末路

在未莊再看見阿Q出現的時候，是剛過了這年的中秋。人們都驚異，說是阿Q回來了，於是又回上去想道，他先前那裏去了呢？阿Q前幾回的上城，大抵早就興高采烈的對人說，但這一次卻並不，所以也沒有一個人留心到。他或者也曾告訴過管土穀祠的老頭子，然而未莊老例，只有趙太爺錢太爺和秀才大爺上城才算一件事。假洋鬼子尚且不足數，何況是阿Q：因此老頭子也就不替他宣

傳，而未莊的社會上也就無從知道了。

　　但阿Q這回的回來，卻與先前大不同，確乎很值得驚異。天色將黑，他睡眼朦朧的在酒店門前出現了，他走近櫃檯，從腰間伸出手來，滿把是銀的和銅的，在櫃上一扔說，「現錢！打酒來！」穿的是新夾襖，看去腰間還掛著一個大搭連，沉鈿鈿的將褲帶墜成了很彎很彎的弧線。未莊老例，看見略有些醒目的人物，是與其慢也寧敬的，現在雖然明知道是阿Q，但因為和破夾襖的阿Q有些兩樣了，古人云，「士別三日便當刮目相待」，所以堂倌，掌櫃，酒客，路人，便自然顯出一種疑而且敬的形態來。掌櫃既先之以點頭，又繼之以談話：

　　「豁，阿Q，你回來了！」

　　「回來了。」

　　「發財發財，你是──在……」

　　「上城去了！」

　　這一件新聞，第二天便傳遍了全未莊。人人都願意知道現錢和新夾襖的阿Q的中興史，所以在酒店裏，茶館裏，廟簷下，便漸漸的探聽出來了。這結果，是阿Q得了新敬畏。

　　據阿Q說，他是在舉人老爺家裏幫忙。這一節，聽的人都肅然了。這老爺本姓白，但因為合城裏只有他一個舉人，所以不必再冠姓，說起舉人來就是他。這也不獨在未莊是如此，便是一百里方圓之內也都如此，人們幾乎多以為他的姓名就叫舉人老爺的了。在這人的府上幫忙，那當然是可敬的。但據阿Q又說，他卻不高興再幫忙了，因為這舉人老爺實在太「媽媽的」了。這一節，聽的人都歎息而且快意，因為阿Q本不配在舉人老爺家裏幫忙，而不幫忙是可惜的。

　　據阿Q說，他的回來，似乎也由於不滿意城裏人，這就在他們將長凳稱為條凳，而且煎魚用蔥絲，加以最近觀察所得的缺點，是女人的走路也扭得不很好。然而也偶有大可佩服的地方，即如未莊

的鄉下人不過打三十二張的竹牌，只有假洋鬼子能夠又「麻醬」，城裏卻連小烏龜子都又得精熟的。什麼假洋鬼子，只要放在城裏的十幾歲的小烏龜子的手裏，也就立刻是「小鬼見閻王」。這一節，聽的人都赧然了。

「你們可看見過殺頭麼？」阿Q說，「咳，好看。殺革命黨。唉，好看好看，……」他搖搖頭，將唾沫飛在正對面的趙司晨的臉上。這一節，聽的人都凜然了。但阿Q又四面一看，忽然揚起右手，照著伸長脖子聽得出神的王胡的後項窩上直劈下去道：

「嚓！」

王胡驚得一跳，同時電光石火似的趕快縮了頭，而聽的人又都悚然而且欣然了。從此王胡瘋頭瘋腦的許多日，並且再不敢走近阿Q的身邊；別的人也一樣。

阿Q這時在未莊人眼睛裏的地位，雖不敢說超過趙太爺，但謂之差不多，大約也就沒有什麼語病的了。

然而不多久，這阿Q的大名忽又傳遍了未莊的閨中。雖然未莊只有錢趙兩姓是大屋，此外十之九都是淺閨，但閨中究竟是閨中，所以也算得一件神異。女人們見面時一定說，鄒七嫂在阿Q那裏買了一條藍綢裙，舊固然是舊的，但只化了九角錢。還有趙白眼的母親，──一說是趙司晨的母親，待考，──也買了一件孩子穿的大紅洋紗衫，七成新，只用三百大錢九二串。於是伊們都眼巴巴的想見阿Q，缺綢裙的想問他買綢裙，要洋紗衫的想問他買洋紗衫，不但見了不逃避，有時阿Q已經走過了，也還要追上去叫住他，問道：

「阿Q，你還有綢裙麼？沒有？紗衫也要的，有罷？」

後來這終於從淺閨傳進深閨裏去了。因為鄒七嫂得意之餘，將伊的綢裙請趙太太去鑒賞，趙太太又告訴了趙太爺而且著實恭維了一番。趙太爺便在晚飯桌上，和秀才大爺討論，以為阿Q實在有些古怪，我們門窗應該小心些；但他的東西，不知道可還有什麼可

買，也許有點好東西罷。加以趙太太也正想買一件價廉物美的皮背心。於是家族決議，便託鄒七嫂即刻去尋阿Q，而且為此新闢了第三種的例外：這晚上也姑且特准點油燈。

油燈乾了不少了，阿Q還不到。趙府的全眷都很焦急，打著呵欠，或恨阿Q太飄忽，或怨鄒七嫂不上緊。趙太太還怕他因為春天的條件不敢來，而趙太爺以為不足慮：因為這是「我」去叫他的。果然，到底趙太爺有見識，阿Q終於跟著鄒七嫂進來了。

「他只說沒有沒有，我說你自己當面說去，他還要說，我說……」鄒七嫂氣喘吁吁的走著說。

「太爺！」阿Q似笑非笑的叫了一聲，在簷下站住了。

「阿Q，聽說你在外面發財，」趙太爺踱開去，眼睛打量著他的全身，一面說。「那很好，那很好的。這個，……聽說你有些舊東西，……可以都拿來看一看，……這也並不是別的，因為我倒要……」

「我對鄒七嫂說過了。都完了。」

「完了？」趙太爺不覺失聲的說，「那裏會完得這樣快呢？」

「那是朋友的，本來不多。他們買了些，……」

「總該還有一點罷。」

「現在，只剩了一張門幕了。」

「就拿門幕來看看罷。」趙太太慌忙說。

「那麼，明天拿來就是，」趙太爺卻不甚熱心了。「阿Q，你以後有什麼東西的時候，你儘先送來給我們看，……」

「價錢決不會比別家出得少！」秀才說。秀才娘子忙一瞥阿Q的臉，看他感動了沒有。

「我要一件皮背心。」趙太太說。

阿Q雖然答應著，卻懶洋洋的出去了，也不知道他是否放在心上。

這使趙太爺很失望，氣憤而且擔心，至於停止了打呵欠。秀才

對於阿Q的態度也很不平，於是說，這忘八蛋要提防，或者不如吩咐地保，不許他住在未莊。但趙太爺以爲不然，說這也怕要結怨，況且做這路生意的大概是「老鷹不吃窩下食」，本村倒不必擔心的；只要自己夜裏警醒點就是了。秀才聽了這「庭訓」，非常之以爲然，便即刻撤消了驅逐阿Q的提議，而且叮囑鄒七嫂，請伊萬不要向人提起這一段話。

但第二日，鄒七嫂便將那藍裙去染了皁，又將阿Q可疑之點傳揚出去了，可是確沒有提起秀才要驅逐他這一節。然而這已經於阿Q很不利。最先，地保尋上門了，取了他的門幕去，阿Q說是趙太太要看的，而地保也不還，並且要議定每月的孝敬錢。其次，是村人對於他的敬畏忽而變相了，雖然還不敢來放肆，卻很有遠避的神情，而這神情和先前的防他來「嚓」的時候又不同，頗混著「敬而遠之」的分子了。

只有一班閒人們卻還要尋根究底的去探阿Q的底細。阿Q也並不諱飾，傲然的說出他的經驗來。從此他們才知道，他不過是一個小腳色，不但不能上牆，並且不能進洞，只站在洞外接東西。有一夜，他剛才接到一個包，正手再進去，不一會，只聽得裏面大嚷起來，他便趕緊跑，連夜爬出城，逃回未莊來了，從此不敢再去做。然而這故事卻於阿Q更不利，村人對於阿Q的「敬而遠之」者，本因爲怕結怨，誰料他不過是一個不敢再偷的偷兒呢？這實在是「斯亦不足畏也矣」。

第七章　革命

宣統三年九月十四日 —— 即阿Q將搭連賣給趙白眼的這一天 —— 三更四點，有一隻大烏篷船到了趙府上的河埠頭。這船從黑中蕩來，鄉下人睡得熟，都沒有知道；出去時將近黎明，卻很有幾個看見的了。據探頭探腦的調查來的結果，知道那竟是舉人老爺的船！

那船便將大不安載給了未莊，不到正午，全村的人心就很搖動。船的使命，趙家本來是很秘密的，但茶坊酒肆裏卻都說，革命黨要進城，舉人老爺到我們鄉下來逃難了。惟有鄒七嫂不以爲然，說那不過是幾口破衣箱，舉人老爺想來寄存的，卻已被趙太爺回覆轉去。其實舉人老爺和趙秀才素不相能，在理本不能有「共患難」的情誼，況且鄒七嫂又和趙家是鄰居，見聞較爲切近，所以大概該是伊對的。

然而謠言很旺盛，說舉人老爺雖然似乎沒有親到，卻有一封長信，和趙家排了「轉折親」。趙太爺肚裏一輪，覺得於他總不會有壞處，便將箱子留下了，現就塞在太太的床底下。至於革命黨，有的說是便在這一夜進了城，個個白盔白甲：穿著崇正皇帝的素。

阿Q的耳朵裏，本來早聽到過革命黨這一句話，今年又親眼見過殺掉革命黨。但他有一種不知從那裏來的意見，以爲革命黨便是造反，造反便是與他爲難，所以一向是「深惡而痛絕之」的。殊不料這卻使百里聞名的舉人老爺有這樣怕，於是他未免也有些「神往」了，況且未莊的一群鳥男女的慌張的神情，也使阿Q更快意。

「革命也好罷，」阿Q想，「革這夥媽媽的命，太可惡！太可恨！……便是我，也要投降革命黨了。」

阿Q近來用度窘，大約略略有些不平；加以午間喝了兩碗空肚酒，愈加醉得快，一面想一面走，便又飄飄然起來。不知怎麼一來，忽而似乎革命黨便是自己，未莊人卻都是他的俘虜了。他得意之餘，禁不住大聲的嚷道：

「造反了！造反了！」

未莊人都用了驚懼的眼光對他看。這一種可憐的眼光，是阿Q從來沒有見過的，一見之下，又使他舒服得如六月裏喝了雪水。他更加高興的走而且喊道：

「好，……我要什麼就是什麼，我歡喜誰就是誰。

得得，鏘鏘！

悔不該，酒醉錯斬了鄭賢弟，

悔不該，呀呀呀……

得得，鏘鏘，得，鏘令鏘！

我手執鋼鞭將你打……」

趙府上的兩位男人和兩個眞本家，也正站在大門口論革命。阿Q沒有見，昂了頭直唱過去。

「得得，……」

「老Q，」趙太爺怯怯的迎著低聲的叫。

「鏘鏘，」阿Q料不到他的名字會和「老」字聯結起來，以爲是一句別的話，與己無干，只是唱。「得，鏘，鏘令鏘，鏘！」

「老Q。」

「悔不該……」

「阿Q！」秀才只得直呼其名了。

阿Q這才站住，歪著頭問道，「什麼？」

「老Q，……現在……」趙太爺卻又沒有話，「現在……發財麼？」

「發財？自然。要什麼就是什麼……」

「阿……Q哥，像我們這樣窮朋友是不要緊的……」趙白眼惴惴的說，似乎想探革命黨的口風。

「窮朋友？你總比我有錢。」阿Q說著自去了。

大家都憮然，沒有話。趙太爺父子回家，晚上商量到點燈。趙白眼回家，便從腰間扯下搭連來，交給他女人藏在箱底裏。

阿Q飄飄然的飛了一通，回到土穀祠，酒已經醒透了。這晚上，管祠的老頭子也意外的和氣，請他喝茶；阿Q便向他要了兩個餅，吃完之後，又要了一支點過的四兩燭和一個樹燭臺，點起來，獨自躺在自己的小屋裏。他說不出的新鮮而且高興，燭火像元夜似的閃閃的跳，他的思想也迸跳起來了：

「造反？有趣，……來了一陣白盔白甲的革命黨，都拿著板

儀，鋼鞭，炸彈，洋炮，三尖兩刃儀，鉤鐮槍，走過土穀祠，叫道，『阿Q！同去同去！』於是一同去。……

「這時未莊的一夥鳥男女才好笑哩，跪下叫道，『阿Q，饒命！』誰聽他！第一個該死的是小D和趙太爺，還有秀才，還有假洋鬼子，……留幾條麼？王胡本來還可留，但也不要了。……

「東西，……直走進去打開箱子來：元寶，洋錢，洋紗衫，……秀才娘子的一張寧式床先搬到土穀祠，此外便擺了錢家的桌椅，——或者也就用趙家的罷。自己是不動手的了，叫小D來搬，要搬得快，搬得不快打嘴巴。……

「趙司晨的妹子眞醜。鄒七嫂的女兒過幾年再說。假洋鬼子的老婆會和沒有辮子的男人睡覺，嚇，不是好東西！秀才的老婆是眼胞上有疤的。……吳媽長久不見了，不知道在那裏，——可惜腳太大。」

阿Q沒有想得十分停當，已經發了鼾聲，四兩燭還只點去了小半寸，紅焰焰的光照著他張開的嘴。

「荷荷！」阿Q忽而大叫起來，抬了頭倉皇的四顧，待到看見四兩燭，卻又倒頭睡去了。

第二天他起得很遲，走出街上看時，樣樣都照舊。他也仍然肚餓，他想著，想不起什麼來；但他忽而似乎有了主意了，慢慢的跨開步，有意無意的走到靜修庵。

庵和春天時節一樣靜，白的牆壁和漆黑的門。他想了一想，前去打門，一隻狗在裏面叫。他急急拾了幾塊斷磚，再上去較為用力的打，打到黑門上生出許多麻點的時候，才聽得有人來開門。

阿Q連忙捏好磚頭，擺開馬步，準備和黑狗來開戰。但庵門只開了一條縫，並無黑狗從中衝出，望進去只有一個老尼姑。

「你又來什麼事？」伊大吃一驚的說。

「革命了……你知道？……」阿Q說得很含糊。

「革命革命，革過一革的，……你們要革得我們怎麼樣呢？」

老尼姑兩眼通紅的說。

「什麼？……」阿Q詫異了。

「你不知道，他們已經來革過了！」

「誰？……」阿Q更其詫異了。

「那秀才和洋鬼子！」

阿Q很出意外，不由的一錯愕；老尼姑見他失了銳氣，便飛速的關了門，阿Q再推時，牢不可開，再打時，沒有回答了。

那還是上午的事。趙秀才消息靈，一知道革命黨已在夜間進城，便將辮子盤在頂上，一早去拜訪那歷來也不相能的錢洋鬼子。這是「咸與維新」的時候了，所以他們便談得很投機，立刻成了情投意合的同志，也相約去革命。他們想而又想，才想出靜修庵裏有一塊「皇帝萬歲萬萬歲」的龍牌，是應該趕緊革掉的，於是又立刻同到庵裏去革命。因為老尼姑來阻擋，說了三句話，他們便將伊當作滿政府，在頭上很給了不少的棍子和栗鑿。尼姑待他們走後，定了神來檢點，龍牌固然已經碎在地上了，而且又不見了觀音娘娘座前的一個宣德爐。

這事阿Q後來才知道。他頗悔自己睡著，但也深怪他們不來招呼他。他又退一步想道：

「難道他們還沒有知道我已經投降了革命黨麼？」

第八章　不准革命

未莊的人心日見其安靜了。據傳來的消息，知道革命黨雖然進了城，倒還沒有什麼大異樣。知縣大老爺還是原官，不過改稱了什麼，而且舉人老爺也做了什麼——這些名目，未莊人都說不明白——官，帶兵的也還是先前的老把總。只有一件可怕的事是另有幾個不好的革命黨夾在裏面搗亂，第二天便動手剪辮子，聽說那鄰村的航船七斤便著了道兒，弄得不像人樣子了。但這卻還不算大恐怖，因為未莊人本來少上城，即使偶有想進城的，也就立刻變

了計，碰不著這危險。阿Q本也想進城去尋他的老朋友，一得這消息，也只得作罷了。

但未莊也不能說是無改革。幾天之後，將辮子盤在頂上的逐漸增加起來了，早經說過，最先自然是茂才公，其次便是趙司晨和趙白眼，後來是阿Q。倘在夏天，大家將辮子盤在頭頂上或者打一個結，本不算什麼稀奇事，但現在是暮秋，所以這「秋行夏令」的情形，在盤辮家不能不說是萬分的英斷，而在未莊也不能說無關於改革了。

趙司晨腦後空蕩蕩的走來，看見的人大嚷說，

「豁，革命黨來了！」

阿Q聽到了很羨慕。他雖然早知道秀才盤辮的大新聞，但總沒有想到自己可以照樣做，現在看見趙司晨也如此，才有了學樣的意思，定下實行的決心。他用一支竹筷將辮子盤在頭頂上，遲疑多時，這才放膽的走去。

他在街上走，人也看他，然而不說什麼話，阿Q當初很不快，後來便很不平。他近來很容易鬧脾氣了；其實他的生活，倒也並不比造反之前反艱難，人見他也客氣，店鋪也不說要現錢。而阿Q總覺得自己太失意：既然革了命，不應該只是這樣的。況且有一回看見小D，愈使他氣破肚皮了。

小D也將辮子盤在頭頂上了，而且也居然用一支竹筷。阿Q萬料不到他也敢這樣做，自己也決不准他這樣做！小D是什麼東西呢？他很想即刻揪住他，拗斷他的竹筷，放下他的辮子，並且批他幾個嘴巴，聊且懲罰他忘了生辰八字，也敢來做革命黨的罪。但他終於饒放了，單是怒目而視的吐一口唾沫道「呸！」

這幾日裏，進城去的只有一個假洋鬼子。趙秀才本也想靠著寄存箱子的淵源，親身去拜訪舉人老爺的，但因為有剪辮的危險，所以也就中止了。他寫了一封「黃傘格」的信，托假洋鬼子帶上城，而且托他給自己紹介紹介，去進自由黨。假洋鬼子回來時，向秀才

討還了四塊洋錢，秀才便有一塊銀桃子掛在大襟上了；未莊人都驚服，說這是柿油黨的頂子，抵得一個翰林；趙太爺因此也驟然大闊，遠過於他兒子初雋秀才的時候，所以目空一切，見了阿Q，也就很有些不放在眼裏了。

阿Q正在不平，又時時刻刻感著冷落，一聽得這銀桃子的傳說，他立即悟出自己之所以冷落的原因了：要革命，單說投降，是不行的；盤上辮子，也不行的；第一著仍然要和革命黨去結識。他生平所知道的革命黨只有兩個，城裏的一個早已「嚓」的殺掉了，現在只剩了一個假洋鬼子。他除卻趕緊去和假洋鬼子商量之外，再沒有別的道路了。

錢府的大門正開著，阿Q便怯怯的進去。他一到裏面，很吃了驚，只見假洋鬼子正站在院子的中央，一身烏黑的大約是洋衣，身上也掛著一塊銀桃子，手裏是阿Q曾經領教過的棍子，已經留到一尺多長的辮子都拆開了披在肩背上，蓬頭散髮的像一個劉海仙。對面挺直的站著趙白眼和三個閒人，正在必恭必敬的聽說話。

阿Q輕輕的走近了，站在趙白眼的背後，心裏想招呼，卻不知道怎麼說才好：叫他假洋鬼子固然是不行的了，洋人也不妥，革命黨也不妥，或者就應該叫洋先生了罷。洋先生卻沒有見他，因為白著眼睛講得正起勁：

「我是性急的，所以我們見面，我總是說：洪哥！我們動手罷！他卻總說道No！——這是洋話，你們不懂的。否則早已成功了。然而這正是他做事小心的地方。他再三再四的請我上湖北，我還沒有肯。誰願意在這小縣城裏做事情。……」

「唔，……這個……」阿Q候他略停，終於用十二分的勇氣開口了，但不知道因為什麼，又並不叫他洋先生。

聽著說話的四個人都吃驚的回顧他。洋先生也才看見：

「什麼？」

「我……」

「出去！」

「我要投⋯⋯」

「滾出去！」洋先生揚起哭喪棒來了。

趙白眼和閒人們便都吆喝道：「先生叫你滾出去，你還不聽麼！」

阿Q將手向頭上一遮，不自覺的逃出門外；洋先生倒也沒有追。他快跑了六十多步，這才慢慢的走，於是心裏便湧起了憂愁：洋先生不准他革命，他再沒有別的路；從此決不能望有白盔白甲的人來叫他，他所有的抱負，志向，希望，前程，全被一筆勾銷了。至於閒人們傳揚開去，給小D王胡等輩笑話，倒是還在其次的事。

他似乎從來沒有經驗過這樣的無聊。他對於自己的盤辮子，仿佛也覺得無意味，要侮蔑；為報仇起見，很想立刻放下辮子來，但也沒有竟放。他遊到夜間，賒了兩碗酒，喝下肚去，漸漸的高興起來了，思想裏才又出現白盔白甲的碎片。

有一天，他照例的混到夜深，待酒店要關門，才踱回土穀祠去。

拍，吧——！

他忽而聽得一種異樣的聲音，又不是爆竹。阿Q本來是愛看熱鬧，愛管閒事的，便在暗中直尋過去。似乎前面有些腳步聲；他正聽，猛然間一個人從對面逃來了。阿Q一看見，便趕緊翻身跟著逃。那人轉彎，阿Q也轉彎，那人站住了，阿Q也站住。他看後面並無什麼，看那人便是小D。

「什麼？」阿Q不平起來了。

「趙⋯⋯趙家遭搶了！」小D氣喘吁吁的說。

阿Q的心怦怦的跳了。小D說了便走；阿Q卻逃而又停的兩三回。但他究竟是做過「這路生意」的人，格外膽大，於是躄出路角，仔細的聽，似乎有些嚷嚷，又仔細的看，似乎許多白盔白甲的人，絡繹的將箱子抬出了，器具抬出了，秀才娘子的寧式床也抬出

了，但是不分明，他還想上前，兩隻腳卻沒有動。

這一夜沒有月，未莊在黑暗裏很寂靜，寂靜到像羲皇時候一般太平。阿Q站著看到自己發煩，也似乎還是先前一樣，在那裏來來往往的搬，箱子抬出了，器具抬出了，秀才娘子的寧式床也抬出了，……抬得他自己有些不信他的眼睛了。但他決計不再上前，卻回到自己的祠裏去了。

土穀祠裏更漆黑；他關好大門，摸進自己的屋子裏。他躺了好一會，這才定了神，而且發出關於自己的思想來：白盔白甲的人明明到了，並不來打招呼，搬了許多好東西，又沒有自己的份，——這全是假洋鬼子可惡，不准我造反，否則，這次何至於沒有我的份呢？阿Q越想越氣，終於禁不住滿心痛恨起來，毒毒的點一點頭：「不准我造反，只准你造反？媽媽的假洋鬼子，——好，你造反！造反是殺頭的罪名呵，我總要告一狀，看你抓進縣裏去殺頭，——滿門抄斬，——嚓！嚓！」

第九章　大團圓

趙家遭搶之後，未莊人大抵很快意而且恐慌，阿Q也很快意而且恐慌。但四天之後，阿Q在半夜裏忽被抓進縣城裏去了。那時恰是暗夜，一隊兵，一隊團丁，一隊員警，五個偵探，悄悄地到了未莊，乘昏暗圍住土穀祠，正對門架好機關槍；然而阿Q不衝出。許多時沒有動靜，把總焦急起來了，懸了二十千的賞，才有兩個團丁冒了險，踰垣進去，裏應外合，一擁而入，將阿Q抓出來；直待擒出祠外面的機關槍左近，他才有些清醒了。

到進城，已經是正午，阿Q見自己被攙進一所破衙門，轉了五六個彎，便推在一間小屋裏。他剛剛一踉蹌，那用整株的木料做成的柵欄門便跟著他的腳跟闔上了，其餘的三面都是牆壁，仔細看時，屋角上還有兩個人。

阿Q雖然有些忐忑，卻並不很苦悶，因爲他那土穀祠裏的臥

室，也並沒有比這間屋子更高明。那兩個也仿佛是鄉下人，漸漸和他兜搭起來了，一個說是舉人老爺要追他祖父欠下來的陳租，一個不知道為了什麼事。他們問阿Q，阿Q爽利的答道，「因為我想造反。」

他下半天便又被抓出柵欄門去了，到得大堂，上面坐著一個滿頭剃得精光的老頭子。阿Q疑心他是和尚，但看見下面站著一排兵，兩旁又站著十幾個長衫人物，也有滿頭剃得精光像這老頭子的，也有將一尺來長的頭髮披在背後像那假洋鬼子的，都是一臉橫肉，怒目而視的看他；他便知道這人一定有些來歷，膝關節立刻自然而然的寬鬆，便跪了下去了。

「站著說！不要跪！」長衫人物都吆喝說。

阿Q雖然似乎懂得，但總覺得站不住，身不由己的蹲了下去，而且終於趁勢改為跪下了。

「奴隸性！……」長衫人物又鄙夷似的說，但也沒有叫他起來。

「你從實招來罷，免得吃苦。我早都知道了。招了可以放你。」那光頭的老頭子看定了阿Q的臉，沉靜的清楚的說。

「招罷！」長衫人物也大聲說。

「我本來要……來投……」阿Q糊裡糊塗的想了一通，這才斷斷續續的說。

「那麼，為什麼不來的呢？」老頭子和氣的問。

「假洋鬼子不准我！」

「胡說！此刻說，也遲了。現在你的同黨在那裏？」

「什麼？……」

「那一晚打劫趙家的一夥人。」

「他們沒有來叫我。他們自己搬走了。」阿Q提起來便憤憤。

「走到那裏去了呢？說出來便放你了。」老頭子更和氣了。

「我不知道，……他們沒有來叫我……」

然而老頭子使了一個眼色，阿Q便又被抓進柵欄門裏了。他第

二次抓出柵欄門，是第二天的上午。

大堂的情形都照舊。上面仍然坐著光頭的老頭子，阿Q也仍然下了跪。

老頭子和氣的問道，「你還有什麼話說麼？」

阿Q一想，沒有話，便回答說，「沒有。」

於是一個長衫人物拿了一張紙，並一支筆送到阿Q的面前，要將筆塞在他手裏。阿Q這時很吃驚，幾乎「魂飛魄散」了：因為他的手和筆相關，這回是初次。他正不知怎樣拿；那人卻又指著一處地方教他畫花押。

「我……我……不認得字。」阿Q一把抓住了筆，惶恐而且慚愧的說。

「那麼，便宜你，畫一個圓圈！」

阿Q要畫圓圈了，那手捏著筆卻只是抖。於是那人替他將紙鋪在地上，阿Q伏下去，使盡了平生的力畫圓圈。他生怕被人笑話，立志要畫得圓，但這可惡的筆不但很沉重，並且不聽話，剛剛一抖一抖的幾乎要合縫，卻又向外一聳，畫成瓜子模樣了。

阿Q正羞愧自己畫得不圓，那人卻不計較，早已掣了紙筆去，許多人又將他第二次抓進柵欄門。

他第二次進了柵欄，倒也並不十分懊惱。他以為人生天地之間，大約本來有時要抓進抓出，有時要在紙上畫圓圈的，惟有圈而不圓，卻是他「行狀」上的一個污點。但不多時也就釋然了，他想：孫子才畫得很圓的圓圈呢。於是他睡著了。

然而這一夜，舉人老爺反而不能睡：他和把總嘔了氣了。舉人老爺主張第一要追贓，把總主張第一要示眾。把總近來很不將舉人老爺放在眼裏了，拍案打凳的說道，「懲一儆百！你看，我做革命黨還不上二十天，搶案就是十幾件，全不破案，我的面子在那裏？破了案，你又來迂。不成！這是我管的！」舉人老爺窘急了，然而還堅持，說是倘若不追贓，他便立刻辭了幫辦民政的職務。而把總

卻道，「請便罷！」於是舉人老爺在這一夜竟沒有睡，但幸而第二天倒也沒有辭。

阿Q第三次抓出柵欄門的時候，便是舉人老爺睡不著的那一夜的明天的上午了。他到了大堂，上面還坐著照例的光頭老頭子；阿Q也照例的下了跪。

老頭子很和氣的問道，「你還有什麼話麼？」

阿Q一想，沒有話，便回答說，「沒有。」

許多長衫和短衫人物，忽然給他穿上一件洋布的白背心，上面有些黑字。阿Q很氣苦：因為這很像是帶孝，而帶孝是晦氣的。然而同時他的兩手反縛了，同時又被一直抓出衙門外去了。

阿Q被抬上了一輛沒有篷的車，幾個短衣人物也和他同坐在一處。這車立刻走動了，前面是一班背著洋炮的兵們和團丁，兩旁是許多張著嘴的看客，後面怎樣，阿Q沒有見。但他突然覺到了：這豈不是去殺頭麼？他一急，兩眼發黑，耳朵裏喤的一聲，似乎發昏了。然而他又沒有全發昏，有時雖然著急，有時卻也泰然；他意思之間，似乎覺得人生天地間，大約本來有時也未免要殺頭的。

他還認得路，於是有些詫異了：怎麼不向著法場走呢？他不知道這是在遊街，在示眾。但即使知道也一樣，他不過便以為人生天地間，大約本來有時也未免要遊街要示眾罷了。

他省悟了，這是繞到法場去的路，這一定是「嚓」的去殺頭。他惘惘的向左右看，全跟著馬蟻似的人，而在無意中，卻在路旁的人叢中發見了一個吳媽。很久違，伊原來在城裏做工了。阿Q忽然很羞愧自己沒志氣：竟沒有唱幾句戲。他的思想仿佛旋風似的在腦裏一迴旋：《小孤孀上墳》欠堂皇，《龍虎鬥》裏的「悔不該……」也太乏，還是「手執鋼鞭將你打」罷。他同時想將手一揚，才記得這兩手原來都捆著，於是「手執鋼鞭」也不唱了。

「過了二十年又是一個……」阿Q在百忙中，「無師自通」的說出半句從來不說的話。

「好！！！」從人叢裏，便發出豺狼的嗥叫一般的聲音來。

車子不住的前行，阿Q在喝采聲中，輪轉眼睛去看吳媽，似乎伊一向並沒有見他，卻只是出神的看著兵們背上的洋炮。

阿Q於是再看那些喝采的人們。

這剎那中，他的思想又仿佛旋風似的在腦裏一迴旋了。四年之前，他曾在山腳下遇見一隻餓狼，永是不近不遠的跟定他，要吃他的肉。他那時嚇得幾乎要死，幸而手裏有一柄斫柴刀，才得仗這壯了膽，支持到未莊；可是永遠記得那狼眼睛，又凶又怯，閃閃的像兩顆鬼火，似乎遠遠的來穿透了他的皮肉。而這回他又看見從來沒有見過的更可怕的眼睛了，又鈍又鋒利，不但已經咀嚼了他的話，並且還要咀嚼他皮肉以外的東西，永是不遠不近的跟他走。

這些眼睛們似乎連成一氣，已經在那裏咬他的靈魂。

「救命，……」

然而阿Q沒有說。他早就兩眼發黑，耳朵裏嗡的一聲，覺得全身仿佛微塵似的迸散了。

至於當時的影響，最大的倒反在舉人老爺，因爲終於沒有追贓，他全家都號咷了。其次是趙府，非特秀才因爲上城去報官，被不好的革命黨剪了辮子，而且又破費了二十千的賞錢，所以全家也號咷了。

從這一天以來，他們便漸漸的都發生了遺老的氣味。

至於輿論，在未莊是無異議，自然都說阿Q壞，被槍斃便是他的壞的證據：不壞又何至於被槍斃呢？而城裏的輿論卻不佳，他們多半不滿足，以爲槍斃並無殺頭這般好看；而且那是怎樣的一個可笑的死囚呵，遊了那麼久的街，竟沒有唱一句戲：他們白跟一趟了。

一九二一年十二月

《阿Q正傳》就是在更大的規模、更深遠的意義上，來揭露「國民性」的痼疾的。就經濟地位而言，阿Q是個勞動人民，然而在阿Q身上，除了勞動人民的一些品質而外，還有不少的封建階級的思想意識，而這些思想意識恰恰又成為阿Q精神上的枷鎖和麻醉劑；但即使這樣，當中國發生了革命時，阿Q便做了革命黨，然而又「不准革命」，終於被搖身一變的假革命的新貴們拿去作為「示眾」的材料。這就不但是阿Q個人的悲劇，也是辛亥革命的悲劇。有人以為阿Q終於做了革命黨是不符合阿Q的性格的。

1926年，魯迅在《阿Q正傳的成因》裏，曾經這樣答覆：「據我的意思，中國倘不革命，阿Q便不做，既然革命，就會做的。我的阿Q的命運，也只能如此，人格也恐怕並不是兩個……此後倘再有改革，我相信還會有阿Q似的革命黨出現。我也很願意如人們所說，我只寫出了現在以前的或一時期，但我還恐怕我所看見的並非現代的前身，而是其後，或者竟是二三十年之後。」這最後幾句話，暗指著當時就要到來的1927年的革命。魯迅對於那一次革命是並不樂觀的，甚至於悲觀。

阿Q這典型，如果只作為雇農來看，阿Q的故事，如果只作為反映辛亥革命的失敗來看，那就不能夠說明它的複雜性和深刻性。在舊社會中，所謂「阿Q相」是普遍存在的；從「袞袞諸公」到「正人君子」（偽善者），知識份子，市民，乃至勞動人民，都是或多或少地有幾分阿Q的「精神品質」。因為，所謂「阿Q相」者，其構成的因素不是別的，而正是階級社會的剝削制度所產生的等級觀念和自私自利的思想意識，再加上半封建、半殖民地的媚外成性的統治階級的愚民政策。當《阿Q正傳》在報上連續刊登的時候，有些「正人君子」（偽善者）和高貴的紳士們，惴惴不安，都以為是罵到了自己。他們這惴惴不安實在是有理由的，因為在阿Q這面鏡子裏正照出了他們的嘴臉。認

真説來，即今天的我們，怕也不敢完全肯定地説：「阿Q這面鏡子裏沒有自己的影子，即使只是淡淡的一個影子，也到底是影子呵！」這是因為，社會制度雖然改變了，舊社會制度所產生的思想意識的殘餘，卻不能夠馬上在人們腦子裏消滅的。

毋庸諱言，《阿Q正傳》的畫面是相當陰暗的，而且魯迅所強調的國民性的痼疾，也不無偏頗之處，這就是忽視了人民品性上的優點。這雖然可以用「良藥苦口而利於病」來解釋，但也和魯迅當時對於歷史的認識有關係。魯迅曾經在另一篇文章中引用他的一個朋友的話而表示同情：歷史上中國人只有做穩了奴隸和求為奴隸而不得這樣兩個時代。這顯然對於中國歷史上人民作用，估計太低了。但說這樣的話時的魯迅，有的是憤激，是苦悶，而絕不是消沉。正如他在《野草》中所表現的內心思想一樣，儘管有矛盾，苦悶，而並不消沉。他還是堅決地戰鬥著，同時也不懈不息地追求著真理。這正是魯迅之所以成其偉大。

——茅盾《魯迅——從革命民主主義到共產主義》

阿Q正傳（之二十八） 1979年創作

酒店不賒，熬著也罷了；老頭子催他走，嚕蘇一通也就算了；只是沒有人來
叫他做短工，卻使阿Q肚子餓：這委實是一件非常「媽媽的」的事情。……他
留心打聽，才知道他們有事都去叫小Don。

阿Q正傳（之二十九） 1979年創作

幾天之後，他竟在錢府的照壁前遇見了小D。「仇人相見分外眼明」，阿Q便迎上去，小D也站住了。……四隻手拔著兩顆頭，都彎了腰，在錢家粉牆上映出一個藍色的虹形，至於半點鐘之久了。

魯迅小說全集

阿Q正傳（之三十） 1994年創作

他在路上走著要「求食」，看見熟識的酒店，看見熟識的饅頭，但他都走過了，……未莊本不是大村鎮，不多時便走盡了。村外都是水田，滿眼是新秧的嫩綠，……但他終於走到靜修庵的牆外了。

阿Q正傳（之三十三） 1979年創作

……人人都願意知道現錢和新夾襖的阿Q的中興史，所以在酒店裏，茶館裏，廟簷下，便漸漸的探聽出來了。這結果，是阿Q得了新敬畏。

阿Q正傳（之三十六） 1994年創作

「阿Q，聽說你在外面發財，」趙太爺踱開去，眼睛打量著他的全身，一面
說。「那很好，那很好。這個，……聽說你有些舊東西，……可以都拿來看
一看，……這也並不是別的，因為我倒要……」
「我對鄒七嫂說過了。都完了。」

阿Q正傳（之三十八） 1980年創作

……村人對於阿Q的「敬而遠之」者，本因為怕結怨，誰料他不過是一個不敢再偷的偷兒呢？這實在是「斯亦不足畏也矣」。

阿Q正傳（之三十九） 1980年創作

宣統三年九月十四日——即阿Q將搭連賣給趙白眼的這一天——三更四點，有一隻大烏篷船到了趙府的河埠頭。這船從黑魆魆中蕩來，鄉下人睡得熟，都沒有知道；出去時將近黎明，卻很有幾個看見的了。據探頭探腦的調查來的結果，知道那竟是舉人老爺的船！

阿Q正傳（之四十）　1978年創作

未莊人都用了驚懼的眼光對他看。這一種可憐的眼光，是阿Q從來沒有見過的，一見之下，又使他舒服得如六月裏喝了雪水。他更加高興的走而且喊道：「好，……我要什麼就是什麼，我歡喜誰就是誰。……」

阿Q正傳（之四十一） 1978年創作

趙府上的兩位男人和兩個真本家，也正站在大門口論革命。阿Q沒有見，昂了頭直唱過去。「得得，……」「老Q，」趙太爺怯怯的迎著低聲的叫。

阿Q正傳（之四十二） 1978年創作

「造反？有趣，……「這時未莊的一夥鳥男女才好笑哩，跪下叫道，「阿Q，饒命！」……「……直走進去打開箱子來：元寶，洋錢，洋紗衫，……「……假洋鬼子的老婆會和沒有辮子的男人睡覺，嚇，不是好東西！秀才的老婆是眼泡上有疤的。……吳媽長久不見了，不知道在那裏，——可惜腳太大。」

阿Q正傳（之四十三） 1978年創作

趙司晨腦後空蕩蕩的走來，看見的人大嚷說，「嚄，革命黨來了！」

阿Q正傳（之四十四） 1980年創作

這是「咸與維新」的時候了，所以他們便談得很投機，立刻成了情投意合的
同志。

 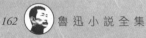

阿Q正傳（之四十六） 1994年創作

小D也將辮子盤在頭頂上了，而且也居然用一支竹筷。阿Q萬料不到他也敢這樣做，自己也決不准他這樣做！

阿Q正傳（之四十七） 1980年創作

阿Q……一聽得這銀桃子的傳說，他立即揣出自己之所以冷落的原因了：要革命，單說投降，是不行的；盤上辮子，也不行的；第一著仍然要和革命黨去結識。

阿Q正傳（之四十八） 1978年創作

他忽而聽得一種異樣的聲音，又不是爆竹。阿Q本來是愛看熱鬧，愛管閒事的，便在暗中直尋過去。似乎前面有些腳步聲；他正聽，猛然間一個人從對面逃來了……

阿Q正傳（之四十九） 1978年創作

「趙……趙家遭搶了！」小D氣喘吁吁的説。

阿Q的心怦怦的跳了。小D説了便走；阿Q卻逃而又停的兩三回。但他究竟是做過「這路生意」的人，格外膽大，於是出路角，仔細的聽，似乎有些嚷嚷，又仔細的看，似乎許多白盔白甲的人⋯⋯

阿Q正傳（之五十三） 1994年創作

……一隊兵，一隊團丁，一隊員警，五個偵探，悄悄地到了未莊，乘昏暗圍住土穀祠，正對門架好機關槍；然而阿Q不衝出。許多時沒有動靜，把總焦急起來了，懸了二十千的賞，才有兩個團丁冒了險，踰垣進去，……

阿Q正傳（之五十四） 1994年創作

……裏應外合，一擁而入，將阿Q抓出來；直待擒出祠外面的機關槍左近，他才有些清醒了。

阿Q正傳（之五十五） 1994年創作

到進城，已經是正午，阿Q見自己被攛進一所破衙門，轉了五六個彎，便推在一間小屋裏。他剛剛一蹌踉，那用整株的木料做成的柵欄門便跟著他的腳跟闔上了，……

阿Q正傳（之五十七） 1978年創作

「我……我……不認得字。」阿Q一把抓住了筆，惶恐而且慚愧的說。「那麼，便宜你，畫一個圓圈！」阿Q要畫圓圈了，那手捏著筆卻只是抖。於是那人替他將紙鋪在地上，阿Q伏下去，使盡了平生的力畫圓圈。

阿Q正傳（之五十八） 1980年創作

把總近來很不將舉人老爺放在眼裏了，拍案打凳的説道，「懲一儆百！你看，我做革命黨還不上二十天，搶案就是十幾件，全不破案，我的面子在那裏？破了案，你又來迂。不成！這是我管的！」

阿Q正傳（之五十九） 1994年創作

「過了二十年又是一個……」阿Q在百忙中，「無師自通」的説出半句
從來不説的話。
「好！！！」從人叢中，便發出豺狼的嗥叫一般的聲音來。

阿Q正傳（之六十） 1980年創作

這些眼睛們似乎連成一氣，已經在那裏咬他的靈魂。

「救命，……」然而阿Q沒有說。他早就兩眼發黑，耳朵裏嗡的一聲，覺得全身仿佛微塵似的进散了。

端午節

　　方玄綽近來愛說「差不多」這一句話，幾乎成了「口頭禪」似的；而且不但說，的確也盤據在他腦裏了。他最初說的是「都一樣」，後來大約覺得欠穩當了，便改為「差不多」，一直使用到現在。

　　他自從發見了這一句平凡的警句以後，雖然引起了不少的新感慨，同時卻也得到許多新慰安。譬如看見老輩威壓青年，在先是要憤憤的，但現在卻就轉念道，將來這少年有了兒孫時，大抵也要擺這架子的罷，便再沒有什麼不平了。又如看見兵士打車夫，在先也要憤憤的，但現在也就轉念道，倘使這車夫當了兵，這兵拉了車，大抵也就這麼打，便再也不放在心上了。他這樣想著的時候，有時也疑心是因為自己沒有和惡社會奮鬥的勇氣，所以瞞心昧己的故意造出來的一條逃路，很近於「無是非之心」，遠不如改正了好。然而這意見，總反而在他腦裏生長起來。

　　他將這「差不多說」最初公表的時候是在北京首善學校的講堂上，其時大概是提起關於歷史上的事情來，於是說到「古今人不相遠」，說到各色人等的「性相近」，終於牽扯到學生和官僚身上，大發其議論道：

「現在社會上時髦的都通行罵官僚，而學生罵得尤利害。然而官僚並不是天生的特別種族，就是平民變就的。現在學生出身的官僚就不少，和老官僚有什麼兩樣呢？『易地則皆然』，思想言論舉動豐采都沒有什麼大區別……便是學生團體新辦的許多事業，不是也已經難免出弊病，大半煙消火滅了麼？差不多的。但中國將來之可慮就在此……」

　　散坐在講堂裏的二十多個聽講者，有的悵然了，或者是以爲這話對；有的勃然了，大約是以爲侮辱了神聖的青年；有幾個卻對他微笑了，大約以爲這是他替自己的辯解：因爲方玄綽就是兼做官僚的。

　　而其實卻是都錯誤。這不過是他的一種新不平；雖說不平，又只是他的一種安分的空論。他自己雖然不知道是因爲懶，還是因爲無用，總之覺得是一個不肯運動，十分安分守己的人。總長冤他有神經病，只要地位還不至於動搖，他決不開一開口；教員的薪水欠到大半年了，只要別有官俸支持，他也決不開一開口。不但不開口，當教員聯合索薪的時候，他還暗地裏以爲欠斟酌，太嚷嚷；直到聽得同寮過分的奚落他們了，這才略有些小感慨，後來一轉念，這或者因爲自己正缺錢，而別的官並不兼做教員的緣故罷，於是也就釋然了。

　　他雖然也缺錢，但從沒有加入教員的團體內，大家議決罷課，可是不去上課了。政府說「上了課才給錢」，他才略恨他們的類乎用果子耍猴子；一個大教育家說道「教員一手挾書包，一手要錢不高尚」，他才對於他的太太正式的發牢騷了。

　　「喂，怎麼只有兩盤？」聽了「不高尚說」這一日的晚餐時候，他看著荣蔬說。

　　他們是沒有受過新教育的，太太並無學名或雅號，所以也就沒有什麼稱呼了，照老例雖然也可以叫「太太」但他又不願意太守舊，於是就發明了一個「喂」字。太太對他卻連「喂」字也沒有，

只要臉向著他說話，依據習慣法，他就知道這話是對他而發的。

「可是上月領來的一成半都完了……昨天的米，也還是好容易才賒來的呢。」伊站在桌旁，臉對著他說。

「你看，還說教書的要薪水是卑鄙哩。這種東西似乎連人要吃飯，飯要米做，米要錢買這一點粗淺事情都不知道……」

「對啦。沒有錢怎麼買米，沒有米怎麼煮……」

他兩頰都鼓起來了，仿佛氣惱這答案正和他的議論「差不多」，近乎隨聲附和模樣；接著便將頭轉向別一面去了，依據習慣法，這是宣告討論中止的表示。

待到淒風冷雨這一天，教員們因為向政府去索欠薪，在新華門前爛泥裏被國軍打得頭破血出之後，倒居然也發了一點薪水。方玄綽不費一舉手之勞的領了錢，酌還些舊債，卻還缺一大筆款，這是因為官俸也頗有些拖欠了。當是時，便是廉吏清官們也漸以為薪之不可不索，而況兼做教員的方玄綽，自然更表同情於學界起來，所以大家主張繼續罷課的時候，他雖然仍未到場，事後卻尤其心悅誠服的確守了公共的決議。

然而政府竟又付錢，學校也就開課了。但在前幾天，卻有學生總會上一個呈文給政府，說「教員倘若不上課，便不要付欠薪。」這雖然並無效，而方玄綽卻忽而記起前回政府所說的「上了課才給錢」的話來，「差不多」這一個影子在他眼前又一幌，而且並不消滅，於是他便在講堂上公表了。

准此，可見如果將「差不多說」鍛煉羅織起來，自然也可以判作一種挾帶私心的不平，但總不能說是專為自己做官的辯解。只是每到這些時，他又常常喜歡拉上中國將來的命運之類的問題，一不小心，便連自己也以為是一個憂國的志士：人們是每苦於沒有「自知之明」的。

但是「差不多」的事實又發生了，政府當初雖只不理那些招人頭痛的教員，後來竟不理到無關痛癢的官吏，欠而又欠，終於逼得

先前鄙薄教員要錢的好官，也很有幾員化為索薪大會裏的驍將了。惟有幾種日報上卻很發了些鄙薄譏笑他們的文字。方玄綽也毫不為奇，毫不介意，因為他根據了他的「差不多說」，知道這是新聞記者還未缺少潤筆的緣故，萬一政府或是闊人停了津貼，他們多半也要開大會的。

他既已表同情於教員的索薪，自然也贊成同寮的索俸，然而他仍然安坐在衙門中，照例的並不一同去討債。至於有人疑心他孤高，那可也不過是一種誤解罷了。他自己說，他是自從出世以來，只有人向他來要債，他從沒有向人去討過債，所以這一端是「非其所長」。而且他是不敢見手握經濟之權的人物，這種人待到失了權勢之後，捧著一本《大乘起信論》講佛學的時候，固然也很是「藹然可親」的了，但還在寶座上時，卻總是一副閻王臉，將別人都當奴才看，自以為手操著你們這些窮小子們的生殺之權。他因此不敢見，也不願見他們。這種脾氣，雖然有時連自己也覺得是孤高，但往往同時也疑心這其實是沒本領。

大家左索右索，總算一節一節的挨過去了，但比起先前來，方玄綽究竟是萬分的拮据，所以使用的小廝和交易的店家不消說，便是方太太對於他也漸漸的缺了敬意，只要看伊近來不很附和，而且常常提出獨創的意見，有些唐突的舉動，也就可以了然了。到了陰曆五月初四的午前，他一回來，伊便將一疊帳單塞在他的鼻子跟前，這也是往常所沒有的。

「一總總得一百八十塊錢才夠開消……發了麼？」伊並不對著他看的說。

「哼，我明天不做官了。錢的支票是領來的了，可是索薪大會的代表不發放，先說是沒有同去的人都不發，後來又說是要到他們跟前去親領。他們今天單捏著支票，就變了閻王臉了，我實在怕看見……我錢也不要了，官也不做了，這樣無限量的卑屈……」

方太太見了這少見的義憤，倒有些愕然了，但也就沉靜下來。

「我想，還不如去親領罷，這算什麼呢。」伊看著他的臉說。

「我不去！這是官俸，不是賞錢，照例應該由會計科送來的。」

「可是不送來又怎麼好呢……哦，昨夜忘記說了，孩子們說那學費，學校裏已經催過好幾次了，說是倘若再不繳……」

「胡說！做老子的辦事教書都不給錢，兒子去念幾句書倒要錢？」

伊覺得他已經不很顧忌道理，似乎就要將自己當作校長來出氣，犯不上，便不再言語了。

兩個默默的吃了午飯。他想了一會，又懊惱的出去了。

照舊例，近年是每逢節根或年關的前一天，他一定須在夜裏的十二點鐘才回家，一面走，一面掏著懷中，一面大聲的叫道，「喂，領來了！」於是遞給伊一疊簇新的中交票，臉上很有些得意的形色。誰知道初四這一天卻破了例，他不到七點鐘便回家來。方太太很驚疑，以爲他竟已辭了職了，但暗暗地察看他臉上，卻也並不見有什麼格外倒運的神情。

「怎麼了？……這樣早？……」伊看定了他說。

「發不及了，領不出了，銀行已經關了門，得等初八。」

「親領？……」伊惴惴的問。

「親領這一層，倒也已經取消了，聽說仍舊由會計科分送。可是銀行今天已經關了門，休息三天，得等到初八的上午。」他坐下，眼睛看著地面了，喝過一口茶，才又慢慢的開口說，「幸而衙門裏也沒有什麼問題了，大約到初八就準有錢……向不相干的親戚朋友去借錢，實在是一件煩難事。我午後硬著頭皮去尋金永生，談了一會，他先恭維我不去索薪，不肯親領，非常之清高，一個人正應該這樣做；待到知道我想要向他通融五十元，就像我在他嘴裏塞了一大把鹽似的，凡有臉上可以打皺的地方都打起皺來，說房租怎樣的收不起，買賣怎樣的賠本，在同事面前親身領款，也不算什麼

的，即刻將我支使出來了。」

「這樣緊急的節根，誰還肯借出錢去呢。」方太太卻只淡淡的說，並沒有什麼慨然。

方玄綽低下頭來了，覺得這也無怪其然的，況且自己和金永生本來很疏遠。他接著就記起去年年關的事來，那時有一個同鄉來借十塊錢，他其時明明已經收到了衙門的領款憑單的了，因為死怕這人將來未必會還錢，便裝了一副為難的神色，說道衙門裏既然領不到俸錢，學校裏又不發薪水，實在「愛莫能助」，將他空手送走了。他雖然自己並不看見裝了怎樣的臉，但此時卻覺得很局促，嘴唇微微一動，又搖一搖頭。

然而不多久，他忽而恍然大悟似的發命令了：叫小廝即刻上街去賒一瓶蓮花白。他知道店家希圖明天多還賬，大抵是不敢不賒的，假如不賒，則明天分文不還，正是他們應得的懲罰。

蓮花白竟賒來了，他喝了兩杯，青白色的臉上泛了紅，吃完飯，又頗有些高興了，他點上一枝大號哈德門香煙，從桌上抓起一本《嘗試集》來，躺在床上就要看。

「那麼，明天怎麼對付店家呢？」方太太追上去，站在床面前，看著他的臉說。

「店家？……教他們初八的下半天來。」

「我可不能這麼說。他們不相信，不答應的。」

「有什麼不相信。他們可以問去，全衙門裏什麼人也沒有領到，都得初八！」他戟著第二個指頭在帳子裏的空中畫了一個半圓，方太太跟著指頭也看了一個半圓，只見這手便去翻開了《嘗試集》。

方太太見他強橫到出乎情理之外了，也暫時開不得口。

「我想，這模樣是鬧不下去的，將來總得想點法，做點什麼別的事……」伊終於尋到了別的路，說。

「什麼法呢？我『文不像謄錄生，武不像救火兵』，別的做什

麼？」

「你不是給上海的書鋪子做過文章麼？」

「上海的書鋪子？買稿要一個一個的算字，空格不算數。你看我做在那裏的白話詩去，空白有多少，怕只值三百大錢一本罷。收版權稅又半年六月沒消息，『遠水救不得近火』，誰耐煩。」

「那麼，給這裏的報館裏……」

「給報館裏？便在這裏很大的報館裏，我靠著一個學生在那裏做編輯的大情面，一千字也就是這幾個錢，即使一早做到夜，能夠養活你們麼？況且我肚子裏也沒有這許多文章。」

「那麼，過了節怎麼辦呢？」

「過了節麼？──仍舊做官……明天店家來要錢，你只要說初八的下午。」

他又要看《嘗試集》了。

方太太怕失了機會，連忙吞吞吐吐的說：「我想，過了節，到了初八，我們……倒不如去買一張彩票……」

「胡說！會說出這樣無教育的……」

這時候，他忽而又記起被金永生支使出來以後的事了。那時他惘惘的走過稻香村，看店門口豎著許多斗大的字的廣告道「頭彩幾萬元」，彷彿記得心裏也一動，或者也許放慢了腳步的罷，但似乎因為捨不得皮夾裏僅存的六角錢，所以竟也毅然決然的走遠了。他臉色一變，方太太料想他是在惱著伊的無教育，便趕緊退開，沒有說完話。方玄綽也沒有說完話，將腰一伸，咿咿鳴鳴的就念《嘗試集》。

一九二二年六月

　　在《端午節》中，魯迅塑造了一位在北洋軍閥統治下，以清高自居，又因清高自誤的知識份子形象。魯迅對這一典型人物的刻畫，特別是他的細致複雜的思想面貌，是熨帖入微的。……這是一位對自己切身利益不到非不得已也懶得開口的人。但是，在北洋軍閥的黑暗統治下，即使像他這樣的人也漸漸地萌動了不滿的情緒。

　　魯迅描繪了這種不滿情緒萌動的細微的漸進過程。可見，他的不思反抗是由於他的清高；他的開始「略恨」政府，也由於他的清高。清高是他「與世無爭」的根據，清高又是他不滿現實的動力。但是，清高決不是一種戰鬥的武器，因此，方玄綽的不滿現實大概是不會發展成反抗現實的。

　　方玄綽的清高的性格不僅用來對付政府，而且也有用來對付同僚……方玄綽既缺乏行動，又不看對象，以清高為尺規，待人處世，他不可能有所作為。

　　缺乏反抗的行動果然是方玄綽的致命弱點，但值得肯定的是他至少還有不滿現實的思想。可是魯迅告訴我們，以清高自許的方玄綽最後連不滿現實的思想也漸漸泯滅了。因為不滿現實的思想，要求他爆發出反抗現實的行動；但缺乏反抗勇氣的他必然受到自己良心的責備，覺得自己是太「懶惰」和「無用」了，所以需要有迴避現實鬥爭的藉口，又需要有安慰自己心靈的遁逃藪。這個藉口和遁逃藪就是他當作口頭禪的警句：「差不多」。這「差不多」學說竟使他的許多新感慨雲消霧散，使他許多「憤憤」變為「釋然」，使他從自我思想責難的境界中解脫出來，而且還「得到許多新慰安」。這樣，魯迅就為我們深入挖掘了方玄綽「因清高而自誤」的錯誤邏輯。如果我們仔細去剖析這種求得「新慰安」的邏輯結構，竟發現它還有和阿Q的精神勝利法相類似的運行軌跡……——他們都需要瞞和騙。

　　　　——范伯群 曾華鵬《瞞心昧己者的精神慰安法》

端午節 2000年創作

「那麼，過了節怎麼辦呢？」
……
「胡說！會說出這樣無教育的……」

 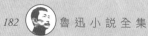

白光

　　陳士成看過縣考的榜，回到家裏的時候，已經是下午了。他去得本很早，一見榜，便先在這上面尋陳字。陳字也不少，似乎也都爭先恐後的跳進他眼睛裏來，然而接著的卻全不是士成這兩個字。

　　他於是重新再在十二張榜的圓圖裏細細地搜尋，看的人全已散盡了，而陳士成在榜上終於沒有見，單站在試院的照壁的面前。

　　涼風雖然拂拂的吹動他斑白的短髮，初冬的太陽卻還是很溫和的來曬他。但他似乎被太陽曬得頭暈了，臉色越加變成灰白，從勞乏的紅腫的兩眼裏，發出古怪的閃光。這時他其實早已不看到什麼牆上的榜文了，只見有許多烏黑的圓圈，在眼前泛泛的遊走。

　　雋了秀才，上省去鄉試，一徑聯捷上去，……紳士們既然千方百計的來攀親，人們又都像看見神明似的敬畏，深悔先前的輕薄，發昏，……趕走了租住在自己破宅門裏的雜姓——那是不勞說趕，自己就搬的，——屋宇全新了，門口是旗竿和扁額，……要清高可以做京官，否則不如謀外放。……他平日安排停當的前程，這時候又像受潮的糖塔一般，剎時倒塌，只剩下一堆碎片了。他不自覺的旋轉了覺得渙散了身軀，惘惘的走向歸家的路。

　　他剛到自己的房門口，七個學童便一齊放開喉嚨，吱的念起書

來。他大吃一驚，耳朵邊似乎敲了一聲磬，只見七個頭拖了小辮子在眼前幌，幌得滿房，黑圈子也夾著跳舞。他坐下了，他們送上晚課來，臉上都顯出小覷他的神色。

「回去罷。」他遲疑了片時，這才悲慘的說。

他們胡亂的包了書包，挾著，一溜煙跑走了。陳士成還看見許多小頭夾著黑圓圈在眼前跳舞，有時雜亂，有時也擺成異樣的陣圖，然而漸漸的減少了，模糊了。

「這回又完了！」

他大吃一驚，直跳起來，分明就在耳邊的話，回過頭去卻並沒有什麼人，仿佛又聽得嗡的敲了一聲磬，自己的嘴也說道：

「這回又完了！」

他忽而舉起一隻手來，屈指計數著想，十一，十三回，連今年是十六回，竟沒有一個考官懂得文章，有眼無珠，也是可憐的事，便不由嘻嘻的失了笑。然而他憤然了，驀地從書包布底下抽出謄眞的制藝和試帖來，拿著往外走，剛近房門，卻看見滿眼都明亮，連一群雞也正在笑他，便禁不住心頭突突的狂跳，只好縮回裏面了。

他又就了坐，眼光格外的閃爍；他目睹著許多東西，然而很模糊，——是倒塌了的糖塔一般的前程躺在他面前，這前程又只是廣大起來，阻住了他的一切路。

別家的炊煙早消歇了，碗筷也洗過了，而陳士成還不去做飯。寓在這裏的雜姓是知道老例的，凡遇到縣考的年頭，看見放榜後的這樣的眼光，不如及早關了門，不要多管事。最先就絕了人聲，接著是陸續的熄了燈火，獨有月亮，卻緩緩的出現在寒夜的空中。

空中青碧到如一片海，略有些浮雲，仿佛有誰將粉筆洗在筆洗裏似的搖曳。月亮對著陳士成注下寒冷的光波來，當初也不過像是一面新磨的鐵鏡罷了，而這鏡卻詭秘的照透了陳士成的全身，就在他身上映出鐵的月亮的影。

他還在房外的院子裏徘徊，眼裏頗清靜了，四近也寂靜。但這

寂靜忽又無端的紛擾起來，他耳邊又確鑿聽到急促的低聲說：

「左彎右彎……」

他聳然了，傾耳聽時，那聲音卻又提高的複述道：「右彎！」

他記得。這院子，是他家還未如此凋零的時候，一到夏天的夜間，夜夜和他的祖母在此納涼的院子。那時他不過十歲有零的孩子，躺在竹榻上，祖母便坐在榻旁邊，講給他有趣的故事聽。伊說是曾經聽得伊的祖母說，陳氏的祖宗是巨富的，這屋子便是祖基，祖宗埋著無數的銀子，有福氣的子孫一定會得到的罷，然而至今還沒有現。至於處所，那是藏在一個謎語的中間：

「左彎右彎，前走後走，量金量銀不論斗。」

對於這謎語，陳士成便在平時，本也常常暗地裏加以揣測的，可惜大抵剛以為可通，卻又立刻覺得不合了。有一回，他確有把握，知道這是在租給唐家的房底下的了，然而總沒有前去發掘的勇氣；過了幾時，可又覺得太不相像了。至於他自己房子裏的幾個掘過的舊痕跡，那卻全是先前幾回下第以後的發了怔忡的舉動，後來自己一看到，也還感到慚愧而且羞人。

但今天鐵的光罩住了陳士成，又軟軟的來勸他了，他或者偶一遲疑，便給他正經的證明，又加上陰森的催逼，使他不得不又向自己的房裏轉過眼光去。

白光如一柄白團扇，搖搖擺擺的閃起在他房裏了。

「也終於在這裏！」

他說著，獅子似的趕快走進那房裏去，但跨進裏面的時候，便不見了白光的影蹤，只有莽蒼蒼的一間舊房，和幾個破書桌都沒在昏暗裏。他爽然的站著，慢慢的再定睛，然而白光卻分明的又起來了，這回更廣大，比硫黃火更白淨，比朝霧更霏微，而且便在靠東牆的一張書桌下。

陳士成獅子似的奔到門後邊，伸手去摸鋤頭，撞著一條黑影。他不知怎的有些怕了，張惶的點了燈，看鋤頭無非倚著。他移開桌

子，用鋤頭一氣掘起四塊大方磚，蹲身一看，照例是黃澄澄的細沙，揎了袖爬開細沙，便露出下面的黑土來。他極小心的，幽靜的，一鋤一鋤往下掘，然而深夜究竟太寂靜了，尖鐵觸土的聲音，總是鈍重的不肯瞞人的發響。

土坑深到二尺多了，並不見有甕口，陳士成正心焦，一聲脆響，頗震得手腕痛，鋤尖碰到什麼堅硬的東西了；他急忙拋下鋤頭，摸索著看時，一塊大方磚在下面。他的心抖得很利害，聚精會神的挖起那方磚來，下面也滿是先前一樣的黑土，爬鬆了許多土，下面似乎還無窮。但忽而又觸著堅硬的小東西了，圓的，大約是一個鏽銅錢；此外也還有幾片破碎的磁片。

陳士成心裏仿佛覺得空虛了，渾身流汗，急躁的只爬搔；這其間，心在空中一抖動，又觸著一種古怪的小東西了，這似乎約略有些馬掌形的，但觸手很鬆脆。他又聚精會神的挖起那東西來，謹慎的撮著，就燈光下仔細的看時，那東西斑斑剝剝的像是爛骨頭，上面還帶著一排零落不全的牙齒。他已經悟到這許是下巴骨了，而那下巴骨也便在他手裏索索的動彈起來，而且笑吟吟的顯出笑影，終於聽得他開口道：

「這回又完了！」

他栗然的發了大冷，同時也放了手，下巴骨輕飄飄的回到坑底裏不多久，他也就逃到院子裏了。他偷看房裏面，燈火如此輝煌，下巴骨如此嘲笑，異乎尋常的怕人，便再不敢向那邊看。他躲在遠處的簷下的陰影裏，覺得較為平安了；但在這平安中，忽而耳朵邊又聽得竊竊的低聲說：

「這裏沒有……到山裏去……」

陳士成似乎記得白天在街上也曾聽得有人說這種話，他不待再聽完，已經恍然大悟了。他突然仰面向天，月亮已向西高峰這方面隱去，遠想離城三十五里的西高峰正在眼前，朝笏一般黑的挺立著，周圍便放出浩大閃爍的白光來。

而且這白光又遠遠的就在前面了。

「是的，到山裏去！」

他決定的想，慘然的奔出去了。幾回的開門聲之後，門裏面便再不聞一些聲息。燈火結了大燈花照著空屋和坑洞，畢畢剝剝的炸了幾聲之後，便漸漸的縮小以至於無有，那是殘油已經燒盡了。

「開城門來——」

含著大希望的恐怖的悲聲，遊絲似的在西關門前的黎明中，戰戰兢兢的叫喊。

第二天的日中，有人在離西門十五里的萬流湖裏看見一個浮屍，當即傳揚開去，終於傳到地保的耳朵裏了，便叫鄉下人撈將上來。

那是一個男屍，五十多歲，「身中面白無鬚」，渾身也沒有什麼衣褲。或者說這就是陳士成。但鄰居懶得去看，也並無屍親認領，於是經縣委員相驗之後，便由地保抬埋了。至於死因，那當然是沒有問題的，剝取死屍的衣服本來是常有的事，夠不上疑心到謀害去；而且仵作也證明是生前的落水，因為他確鑿曾在水底裏掙命，所以十個指甲裏都滿嵌著河底泥。

一九二二年六月

　　《白光》描寫一個士子落第後的心理……科舉制度本身是一個大騙局……十年寒窗，學一點起承轉合，這怎麼造就得了人才呢？而一旦中試，從而便平步登天，變做合格的剝削者，則又的確成全了一批奴才，並且大大地發揚了不勞而獲的寄生者的哲學。例如這《白光》裏陳士成，他還是一個奴才的候補者，多次應考都不曾進學，然而他的夢很「美麗」：雋了秀才，聯捷上去，普通人敬若神明，紳士們千方百計的來攀親，全新的層宇，門前威風凜凜的匾額和旗杆。當他參加的第十六回縣考放榜的時候，不幸希望又像受潮的糖塔一般倒塌了。陳士成的悲劇不在於他多次落第，而在於他已經頑固地接受了一種哲學——為一切奴才所崇奉的寄生者的哲學。

　　小說從主角看榜寫起，作家抓住這個重要的時刻，一步緊似一步地展開了人物的精神面貌。陳士成沒有那麼幸運。他發現自己依然留在萬劫不復的「冰湖」裏，繼續和被蹂躪的魂靈在一起受罪。他的神經同樣是錯亂的，臉色灰白，眼前遊走著烏黑的圓圈。

　　魯迅運用早年獲得的病理學上的知識，以及自己對社會分析和精神剖析的稀有的才能，細緻地描繪了他的主角。寄生者的哲學支配著他：撈不到榜上的功名，便去掘地下的藏鏹。一道同樣是由他思想幻成的「白光」又軟軟地來勸誘他，「不是也終於在這裏嗎？」他狂喜，恐懼，張惶失措。這個倒楣的人物卻讓詭秘的「白光」在黎明之前把他接引到城外的萬流湖裏，連身後的衣褲也被剝光，赤條條地到這個世界上來，又赤條條地離開這個世界了。作家在一路描寫中不斷地鞭撻他的人物，到結束處才透露出一點同情。正是這點同情，它把讀者的注意力從人物身上轉移到科舉制度上，以集中的憎恨轟炸了這個吃人的制度。

　　——唐弢《〈白光〉和〈長明燈〉——為英文版〈中國文學〉作》

白光 1977年創作

他又聚精會神的挖起那東西來，謹慎的撮著，就燈光下仔細的看時，那東西
斑斑剝剝的像是爛骨頭，上面還帶著一排零落不全的牙齒。

兔和貓

　　住在我們後進院子裏的三太太，在夏間買了一對白兔，是給伊的孩子們看的。

　　這一對白兔，似乎離娘並不久，雖然是異類，也可以看出他們的天眞爛熳來。但也豎直了小小的通紅的長耳朵，動著鼻子，眼睛裏頗現些驚疑的神色，大約究竟覺得人地生疏，沒有在老家時候的安心了。這種東西，倘到廟會日期自己出去買，每個至多不過兩吊錢，而三太太卻花了一元，因爲是叫小使上店買來的。

　　孩子們自然大得意了，嚷著圍住了看；大人也都圍著看；還有一匹小狗名叫S的也跑來，闖過去一嗅，打了一個噴嚏，退了幾步。三太太呔喝道，「S，聽著，不准你咬他！」於是在他頭上打了一拳，S便退開了，從此並不咬。

　　這一對兔總是關在後窗後面的小院子裏的時候多，聽說是因爲太喜歡撕壁紙，也常常啃木器腳。這小院子裏有一株野桑樹，桑子落地，他們最愛吃，便連餵他們的波菜也不吃了。烏鴉喜鵲想要下來時，他們便躬著身子用後腳在地上使勁的一彈，書的一聲直跳上來，像飛起了一團雪，鴉鵲嚇得趕緊走，這樣的幾回，再也不敢近來了。三太太說，鴉鵲倒不打緊，至多也不過搶吃一點食料，可惡

的是一匹大黑貓，常在矮牆上惡狠狠的看，這卻要防的，幸而S和貓是對頭，或者還不至於有什麼罷。

孩子們時時捉他們來玩耍；他們很和氣，豎起耳朵，動著鼻子，馴良的站在小手的圈子裏，但一有空，卻也就溜開去了。他們夜裏的臥榻是一個小木箱，裏面鋪些稻草，就在後窗的房檐下。

這樣的幾個月之後，他們忽而自己掘土了，掘得非常快，前腳一抓，後腳一踢，不到半天，已經掘成一個深洞。大家都奇怪，後來仔細看時，原來一個的肚子比別一個的大得多了。他們第二天便將乾草和樹葉銜進洞裏去，忙了大半天。

大家都高興，說又有小兔可看了；三太太便對孩子們下了戒嚴令，從此不許再去捉。我的母親也很喜歡他們家族的繁榮，還說待生下來的離了乳，也要去討兩匹來養在自己的窗外面。

他們從此便住在自造的洞府裏，有時也出來吃些食，後來不見了，可不知道他們是預先運糧存在裏面呢還是竟不吃。過了十多天，三太太對我說，那兩匹又出來了，大約小兔是生下來又都死掉了，因為雌的一匹的奶非常多，卻並不見有進去哺養孩子的形跡。伊言語之間頗氣憤，然而也沒有法。

有一天，太陽很溫暖，也沒有風，樹葉都不動，我忽聽得許多人在那裏笑，尋聲看時，卻見許多人都靠著三太太的後窗看：原來有一個小兔，在院子裏跳躍了。這比他的父母買來的時候還小得遠，但也已經能用後腳一彈地，迸跳起來了。孩子們爭著告訴我說，還看見一個小兔到洞口來探一探頭，但是即刻縮回去了，那該是他的弟弟罷。

那小的也檢些草葉吃，然而大的似乎不許他，往往夾口的搶去了，而自己並不吃。孩子們笑得響，那小的終於吃驚了，便跳著鑽進洞裏去；大的也跟到洞門口，用前腳推著他的孩子的脊梁，推進之後，又爬開泥土來封了洞。

從此小院子裏更熱鬧，窗口也時時有人窺探了。

然而竟又全不見了那小的和大的。這時是連日的陰天，三太太又慮到遭了那大黑貓的毒手的事去。我說不然，那是天氣冷，當然都躲著，太陽一出，一定出來的。

　　太陽出來了，他們卻都不見。於是大家就忘卻了。

　　惟有三太太是常在那裏餵他們波菜的，所以常想到。伊有一回走進窗後的小院子去，忽然在牆角上發見了一個別的洞，再看舊洞口，卻依稀的還見有許多爪痕。這爪痕倘說是大兔的，爪該不會有這樣大，伊又疑心到那常在牆上的大黑貓去了，伊於是也就不能不定下發掘的決心了。伊終於出來取了鋤子，一路掘下去，雖然疑心，卻也希望著意外的見了小白兔的，但是待到底，卻只見一堆爛草夾些兔毛，怕還是臨蓐時候所鋪的罷，此外是冷清清的，全沒有什麼雪白的小兔的蹤跡，以及他那只一探頭未出洞外的弟弟了。

　　氣憤和失望和凄涼，使伊不能不再掘那牆角上的新洞了。一動手，那大的兩匹便先竄出洞外面。伊以為他們搬了家了，很高興，然而仍然掘，待見底，那裏面也鋪著草葉和兔毛，而上面卻睡著七個很小的兔，遍身肉紅色，細看時，眼睛全都沒有開。

　　一切都明白了，三太太先前的預料果不錯。伊為預防危險起見，便將七個小的都裝在木箱中，搬進自己的房裏，又將大的也捺進箱裏面，勒令伊去哺乳。

　　三太太從此不但深恨黑貓，而且頗不以大兔為然了。據說當初那兩個被害之先，死掉的該還有，因為他們生一回，決不至於只兩個，但為了哺乳不勻，不能爭食的就先死了。這大概也不錯的，現在七個之中，就有兩個很瘦弱。所以三太太一有閒空，便捉住母兔，將小兔一個一個輪流的擺在肚子上來喝奶，不准有多少。

　　母親對我說，那樣麻煩的養兔法，伊歷來連聽也未曾聽到過，恐怕是可以收入《無雙譜》的。白兔的家族更繁榮；大家也又都高興了。

　　但自此之後，我總覺得凄涼。夜半在燈下坐著想，那兩條小性

命，竟是人不知鬼不覺的早在不知什麼時候喪失了，生物史上不著一些痕跡，並S也不叫一聲。我於是記起舊事來，先前我住在會館裏，清早起身，只見大槐樹下一片散亂的鴿子毛，這明明是膏於鷹吻的了，上午長班來一打掃，便什麼都不見，誰知道曾有一個生命斷送在這裏呢？我又曾路過西四牌樓，看見一匹小狗被馬車軋得快死，待回來時，什麼也不見了，搬掉了罷，過往行人憧憧的走著，誰知道曾有一個生命斷送在這裏呢？夏夜，窗外面，常聽到蒼蠅的悠長的吱吱的叫聲，這一定是給蠅虎咬住了，然而我向來無所容心於其間，而別人並且不聽到……

假使造物也可以責備，那麼，我以為他實在將生命造得太濫，毀得太濫了。

嗥的一聲，又是兩條貓在窗外打起架來。

「迅兒！你又在那裏打貓了？」

「不，他們自己咬。他那裏會給我打呢。」

我的母親是素來很不以我的虐待貓為然的，現在大約疑心我要替小兔抱不平，下什麼辣手，便起來探問了。而我在全家的口碑上，卻的確算一個貓敵。我曾經害過貓，平時也常打貓，尤其是在他們配合的時候。但我之所以打的原因並非因為他們配合，是因為他們嚷，嚷到使我睡不著，我以為配合是不必這樣大嚷而特嚷的。

況且黑貓害了小兔，我更是「師出有名」的了。我覺得母親實在太修善，於是不由的就說出模棱的近乎不以為然的答話來。

造物太胡鬧，我不能不反抗他了，雖然也許是倒是幫他的忙……那黑貓是不能久在矮牆上高視闊步的了，我決定的想，於是又不由的一瞥那藏在書箱裏的一瓶青酸鉀。

一九二二年十月

你能從這些文字的背後，看到那個站在孩子們中間，以欣賞的眼光默默地觀察小兔子，小小兔子，還有這些孩子的魯迅嗎？你能感覺到此時此刻的魯迅內心的溫暖與柔和嗎？

一觸及這些幼稚，魯迅的筆端就會流瀉出無盡的柔情與暖意。

這是《兔和貓》這篇小說最具有震撼力之處。我們說這是魯迅式的文字，是因為對小動物表示愛憐之情的文字所見多多，但這樣提到「生命」的高度，特別是這樣反身自己，痛苦地自責，卻是少見的。

對生命的關愛，確實是魯迅思想的一個亮點，一個底色。

這是一個博大的感情世界。這包含了兩個方面的內容。首先，魯迅的「生命」是一個「大生命」的概念。它不僅超越了自我生命的狹窄範圍，甚至超越了國家、民族、人類的範圍，昇華到了自我心靈與宇宙萬物（生物、非生物）的契合——這在我們剛讀過的《兔和貓》、《鴨的喜劇》裏有最鮮明的描述。另一方面，他所提倡並身體力行的「生命之愛」是一種「推己而及人（和萬物），推人（和萬物）而及己」的博愛。

魯迅對小兔子以及小狗、蒼蠅這些小動物即所謂幼稚的格外關愛，對他們無辜的死亡，感到格外的痛心，還因為他所宣導身體力行的「生命之愛」是一種無私的「以弱者為本位」的愛……魯迅由此而形成了他的「弱本位」的觀念。

當魯迅呼喚「生命之愛」時，他無法掩飾自己內心的悲涼感：因為他清醒地知道，自己正生活在一個無愛的國家，一個無愛的時代。

現在我們對於《兔和貓》結尾的「復仇」就可以理解的了：這些大自然與人世間的「黑貓」們，這些任意踐踏、毀滅生命，渴飲年輕人的鮮血的殺人者，絕不是魯迅的私仇，而是民眾的公敵，人民的公敵，人類的公敵，大自然的公敵。

——錢理群《從〈兔和貓〉讀起》

鴨的喜戲

　　俄國的盲詩人愛羅先珂君帶了他那六弦琴到北京之後不多久，便向我訴苦說：「寂寞呀，寂寞呀，在沙漠上似的寂寞呀！」

　　這應該是眞實的，但在我卻未曾感得；我住得久了，「入芝蘭之室，久而不聞其香」，只以爲很是嚷嚷罷了。然而我之所謂嚷嚷，或者也就是他之所謂寂寞罷。

　　我可是覺得在北京仿佛沒有春和秋。老於北京的人說，地氣北轉了，這裏在先是沒有這麼和暖。只是我總以爲沒有春和秋；冬末和夏初銜接起來，夏才去，冬又開始了。

　　一日就是這冬末夏初的時候，而且是夜間，我偶而得了閒暇，去訪問愛羅先珂君。他一向寓在仲密君的家裏；這時一家的人都睡了覺了，天下很安靜。他獨自靠在自己的臥榻上，很高的眉棱在金黃色的長髮之間微蹙了，是在想他舊遊之地的緬甸，緬甸的夏夜。

　　「這樣的夜間，」他說，「在緬甸是遍地是音樂。房裏，草間，樹上，都有昆蟲吟叫，各種聲音，成爲合奏，很神奇。其間時時夾著蛇鳴：『嘶嘶！』可是也與蟲聲相和協……」他沉思了，似乎想要追想起那時的情景來。

　　我開不得口。這樣奇妙的音樂，我在北京確乎未曾聽到過，所

以即使如何愛國，也辯護不得，因為他雖然目無所見，耳朵是沒有聾的。

「北京卻連蛙鳴也沒有……」他又歎息說。

「蛙鳴是有的！」這歎息，卻使我勇猛起來了，於是抗議說，「到夏天，大雨之後，你便能聽到許多蝦蟆叫，那是都在溝裏面的，因為北京到處都有溝。」

「哦……」

過了幾天，我的話居然證實了，因為愛羅先珂君已經買到了十幾個蝌蚪子。他買來便放在他窗外的院子中央的小池裏。那池的長有三尺，寬有二尺，是仲密所掘，以種荷花的荷池。從這荷池裏，雖然從來沒有見過養出半朵荷花來，然而養蝦蟆卻實在是一個極合適的處所。

蝌蚪成群結隊的在水裏面游泳；愛羅先珂君也常常踱來訪他們。有時候，孩子告訴他說，「愛羅先珂先生，他們生了腳了。」他便高興的微笑道，「哦！」

然而養成池沼的音樂家卻只是愛羅先珂君的一件事。他是向來主張自食其力的，常說女人可以畜牧，男人就應該種田。所以遇到很熟的友人，他便要勸誘他就在院子裏種白菜；也屢次對仲密夫人勸告，勸伊養蜂，養雞，養豬，養牛，養駱駝。後來仲密家裏果然有了許多小雞，滿院飛跑，啄完了鋪地錦的嫩葉，大約也許就是這勸告的結果了。

從此賣小雞的鄉下人也時常來，來一回便買幾隻，因為小雞是容易積食，發痧，很難得長壽的；而且有一匹還成了愛羅先珂君在北京所作唯一的小說《小雞的悲劇》裏的主人公。有一天的上午，那鄉下人竟意外的帶了小鴨來了，啾啾的叫著；但是仲密夫人說不要。愛羅先珂君也跑出來，他們就放一個在他兩手裏，而小鴨便在他兩手裏啾啾的叫。他以為這也很可愛，於是又不能不買了，一共

買了四個，每個八十文。

　　小鴨也誠然是可愛，遍身松花黃，放在地上，便蹣跚的走，互相招呼，總是在一處。大家都說好，明天去買泥鰍來餵他們罷。愛羅先珂君說，「這錢也可以歸我出的。」

　　他於是教書去了；大家也走散。不一會，仲密夫人拿冷飯來餵他們時，在遠處已聽得潑水的聲音，跑到一看，原來那四個小鴨都在荷池裏洗澡了，而且還翻筋斗，吃東西呢。等到攔他們上了岸，全池已經是渾水，過了半天，澄清了，只見泥裏露出幾條細藕來；而且再也尋不出一個已經生了腳的蝌蚪了。

　　「伊和珂先，沒有了，蝦蟆的兒子。」傍晚時候，孩子們一見他回來，最小的一個便趕緊說。

　　「唔，蝦蟆？」

　　仲密夫人也出來了，報告了小鴨吃完蝌蚪的故事。

　　「唉，唉！……」他說。

　　待到小鴨褪了黃毛，愛羅先珂君卻忽而渴念著他的「俄羅斯母親」了，便匆匆的向赤塔去。

　　待到四處蛙鳴的時候，小鴨也已經長成，兩個白的，兩個花的，而且不復咻咻的叫，都是「鴨鴨」的叫了。荷花池也早已容不下他們盤桓了，幸而仲密的住家的地勢是很低的，夏雨一降，院子裏滿積了水，他們便欣欣然，游水，鑽水，拍翅子，「鴨鴨」的叫。

　　現在又從夏末交了冬初，而愛羅先珂君還是絕無消息，不知道究竟在那裏了。

　　只有四個鴨，卻還在沙漠上「鴨鴨」的叫。

一九二二年十月

這是一篇取材於真人真事的小說，也是魯迅小說中惟一以外國人為主人公的作品。

魯迅從「吾將上下而求索」的戰鬥道路上深感愛羅先珂（烏克蘭盲詩人，魯迅的友人，本文的主人公——編者）宣揚的「回歸自然」和「自食其力」是天真的。他在《鴨的喜劇》中批評了愛羅先珂的這種不切實際的幻想……

但是魯迅決定不把愛羅先珂的以自然音樂來聊解寂寞，看成是「逃避現實」，或是找尋「避風港」的表現。不，魯迅是最理解愛羅先珂的。

魯迅是知道愛羅先珂的用自然音樂來彌補靈魂的「寂寞」的這種思想，在當時的尋求真理的知識份子中間有其一定的典型意義……而當時中國若干知識份子身上，還患著這「用種種法」麻醉自己的病症。於是魯迅用他的犀利的解剖刀，通過剖析愛羅先珂的靈魂，使我們看出了一幕寓意深刻的人間喜劇。

《鴨的喜劇》是「把那無價值的東西撕破給人看」，這無價值的東西就是作品中所批評的愛羅先珂的一種天真幻想，希望他自省，也使同類思想的知識份子覺醒後能「笑著和自己的過去告別」。這就是魯迅創作這出深情的喜劇的目的。

——范伯群 曾華鵬《「欲愛人類而不得」的人的悲哀》

社戲

　　我在倒數上去的二十年中，只看過兩回中國戲，前十年是絕不看，因為沒有看戲的意思和機會，那兩回全在後十年，然而都沒有看出什麼來就走了。

　　第一回是民國元年我初到北京的時候，當時一個朋友對我說，北京戲最好，你不去見見世面麼？我想，看戲是有味的，而況在北京呢。於是都興致勃勃的跑到什麼園，戲文已經開場了，在外面也早聽到冬冬地響。我們挨進門，幾個紅的綠的在我的眼前一閃爍，便又看見戲臺下滿是許多頭，再定神四面看，卻見中間也還有幾個空座，擠過去要坐時，又有人對我發議論，我因為耳朵已經的響著了，用了心，才聽到他是說「有人，不行！」

　　我們退到後面，一個辮子很光的卻來領我們到了側面，指出一個地位來。這所謂地位者，原來是一條長凳，然而他那坐板比我的上腿要狹到四分之三，他的腳比我的下腿要長過三分之二。我先是沒有爬上去的勇氣，接著便聯想到私刑拷打的刑具，不由的毛骨悚然的走出了。

　　走了許多路，忽聽得我的朋友的聲音道，「究竟怎的？」我回過臉去，原來他也被我帶出來了。他很詫異的說，「怎麼總是走，

不答應？」我說，「朋友，對不起，我耳朵只在冬冬的響，並沒有聽到你的話。」

後來我每一想到，便很以爲奇怪，似乎這戲太不好，——否則便是我近來在戲臺下不適於生存了。

第二回忘記了那一年，總之是募集湖北水災捐而譚叫天還沒有死。捐法是兩元錢買一張戲票，可以到第一舞臺去看戲，扮演的多是名角，其一就是小叫天。我買了一張票，本是對於勸募人聊以塞責的，然而似乎又有好事家乘機對我說了些叫天不可不看的大法要了。我於是忘了前幾年的冬冬喤喤之災，竟到第一舞臺去了，但大約一半也因爲重價購來的寶票，總得使用了才舒服。我打聽得叫天出臺是遲的，而第一舞臺卻是新式構造，用不著爭座位，便放了心，延宕到九點鐘才出去，誰料照例，人都滿了，連立足也難，我只得擠在遠處的人叢中看一個老旦在臺上唱。那老旦嘴邊插著兩個點火的紙撚子，旁邊有一個鬼卒，我費盡思量，才疑心他或者是目連的母親，因爲後來又出來了一個和尚。然而我又不知道那名角是誰，就去問擠小在我的左邊的一位胖紳士。他很看不起似的斜瞥了我一眼，說道，「龔雲甫！」我深愧淺陋而且粗疏，臉上一熱，同時腦裏也製出了決不再問的定章，於是看小旦唱，看花旦唱，看老生唱，看不知什麼角色唱，看一大班人亂打，看兩三個人互打，從九點多到十點，從十點到十一點，從十一點到十一點半，從十一點半到十二點，——然而叫天竟還沒有來。

我向來沒有這樣忍耐的等待過什麼事物，而況這身邊的胖紳士的吁吁的喘氣，這臺上的冬冬喤喤的敲打，紅紅綠綠的晃蕩，加之以十二點，忽而使我省悟到在這裏不適於生存了。我同時便機械的擰轉身子，用力往外只一擠，覺得背後便已滿滿的，大約那彈性的胖紳士早在我的空處胖開了他的右半身了。我後無回路，自然擠而又擠，終於出了大門。街上除了專等看客的車輛之外，幾乎沒有什麼行人了，大門口卻還有十幾個人昂著頭看戲目，別有一堆人站著

並不看什麼，我想：他們大概是看散戲之後出來的女人們的，而叫天卻還沒有來……

然而夜氣很清爽，真所謂「沁人心脾」，我在北京遇著這樣的好空氣，仿佛這是第一遭了。

這一夜，就是我對於中國戲告了別的一夜，此後再沒有想到他，即使偶而經過戲園，我們也漠不相關，精神上早已一在天之南一在地之北了。

但是前幾天，我忽在無意之中看到一本日本文的書，可惜忘記了書名和著者，總之是關於中國戲的。其中有一篇，大意仿佛說，中國戲是大敲，大叫，大跳，使看客頭昏腦眩，很不適於劇場，但若在野外散漫的所在，遠遠的看起來，也自有他的風致。我當時覺著這正是說了在我意中而未曾想到的話，因為我確記得在野外看過很好的戲，到北京以後的連進兩回戲園去，也許還是受了那時的影響哩。可惜我不知道怎麼一來，竟將書名忘卻了。

至於我看那好戲的時候，卻實在已經是「遠哉遙遙」的了，其時恐怕我還不過十一二歲。我們魯鎮的習慣，本來是凡有出嫁的女兒，倘自己還未當家，夏間便大抵回到母家去消夏。那時我的祖母雖然還康健，但母親也已分擔了些家務，所以夏期便不能多日的歸省了，只得在掃墓完畢之後，抽空去住幾天，這時我便每年跟了我的母親住在外祖母的家裏。那地方叫平橋村，是一個離海邊不遠，極偏僻的，臨河的小村莊；住戶不滿三十家，都種田，打魚，只有一家很小的雜貨店。但在我是樂土：因為我在這裏不但得到優待，又可以免念「秩秩斯乾幽幽南山」了。

和我一同玩的是許多小朋友，因為有了遠客，他們也都從父母那裏得了減少工作的許可，伴我來遊戲。在小村裏，一家的客，幾乎也就是公共的。我們年紀都相仿，但論起行輩來，卻至少是叔子，有幾個還是太公，因為他們合村都同姓，是本家。然而我們是朋友，即使偶而吵鬧起來，打了太公，一村的老老少少，也決沒有

一個會想出「犯上」這兩個字來，而他們也百分之九十九不識字。

我們每天的事情大概是掘蚯蚓，掘來穿在銅絲做的小鉤上，伏在河沿上去釣蝦。蝦是水世界裏的呆子，決不憚用了自己的兩個鉗捧著鉤尖送到嘴裏去的，所以不半天便可以釣到一大碗。這蝦照例是歸我吃的。其次便是一同去放牛，但或者因為高等動物了的緣故罷，黃牛水牛都欺生，敢於欺侮我，因此我也總不敢走近身，只好遠遠地跟著，站著。這時候，小朋友們便不再原諒我會讀「秩秩斯乾」，卻全都嘲笑起來了。

至於我在那裏所第一盼望的，卻在到趙莊去看戲。趙莊是離平橋村五里的較大的村莊；平橋村太小，自己演不起戲，每年總付給趙莊多少錢，算作合做的。當時我並不想到他們為什麼年年要演戲。現在想，那或者是春賽，是社戲了。

就在我十一二歲時候的這一年，這日期也看看等到了。不料這一年真可惜，在早上就叫不到船。平橋村只有一隻早出晚歸的航船是大船，決沒有留用的道理。其餘的都是小船，不合用；央人到鄰村去問，也沒有，早都給別人定下了。外祖母很氣惱，怪家裏的人不早定，絮叨起來。母親便寬慰伊，說我們魯鎮的戲比小村裏的好得多，一年看幾回，今天就算了。只有我急得要哭，母親卻竭力的囑咐我，說萬不能裝模裝樣，怕又招外祖母生氣，又不准和別人一同去，說是怕外祖母要擔心。

總之，是完了。到下午，我的朋友都去了，戲已經開場了，我似乎聽到鑼鼓的聲音，而且知道他們在戲臺下買豆漿喝。

這一天我不釣蝦，東西也少吃。母親很為難，沒有法子想。到晚飯時候，外祖母也終於覺察了，並且說我應當不高興，他們太怠慢，是待客的禮數裏從來所沒有的。吃飯之後，看過戲的少年們也都聚攏來了，高高興興的來講戲。只有我不開口；他們都歎息而且表同情。

忽然間，一個最聰明的雙喜大悟似的提議了，他說，「大船？

八叔的航船不是回來了麼？」十幾個別的少年也大悟，立刻攢掇起來，說可以坐了這航船和我一同去。我高興了。然而外祖母又怕都是孩子們，不可靠；母親又說是若叫大人一同去，他們白天全有工作，要他熬夜，是不合情理的。在這遲疑之中，雙喜可又看出底細來了，便又大聲的說道，「我寫包票！船又大；迅哥兒向來不亂跑；我們又都是識水性的！」

誠然！這十多個少年，委實沒有一個不會鳧水的，而且兩三個還是弄潮的好手。

外祖母和母親也相信，便不再駁回，都微笑了。我們立刻一哄的出了門。

我的很重的心忽而輕鬆了，身體也似乎舒展到說不出的大。一出門，便望見月下的平橋內泊著一隻白篷的航船，大家跳下船，雙喜拔前篙，阿發拔後篙，年幼的都陪我坐在艙中，較大的聚在船尾。母親送出來吩咐「要小心」的時候，我們已經點開船，在橋石上一磕，退後幾尺，即又上前出了橋。於是架起兩支櫓，一支兩人，一里一換，有說笑的，有嚷的，夾著潺潺的船頭激水的聲音，在左右都是碧綠的豆麥田地的河流中，飛一般徑向趙莊前進了。

兩岸的豆麥和河底的水草所發散出來的清香，夾雜在水氣中撲面的吹來；月色便朦朧在這水氣裏。淡黑的起伏的連山，仿佛是踴躍的鐵的獸脊似的，都遠遠地向船尾跑去了，但我卻還以爲船慢。他們換了四回手，漸望見依稀的趙莊，而且似乎聽到歌吹了，還有幾點火，料想便是戲臺，但或者也許是漁火。

那聲音大概是橫笛，宛轉，悠揚，使我的心也沉靜，然而又自失起來，覺得要和他彌散在含著豆麥蘊藻之香的夜氣裏。

那火接近了，果然是漁火；我才記得先前望見的也不是趙莊。那是正對船頭的一叢松柏林，我去年也曾經去遊玩過，還看見破的石馬倒在地下，一個石羊蹲在草裏呢。過了那林，船便彎進了叉港，於是趙莊便眞在眼前了。

最惹眼的是屹立在莊外臨河的空地上的一座戲臺，模糊在遠處的月夜中，和空間幾乎分不出界限，我疑心畫上見過的仙境，就在這裏出現了。這時船走得更快，不多時，在臺上顯出人物來，紅紅綠綠的動，近台的河裏一望烏黑的是看戲的人家的船篷。

　　「近台沒有什麼空了，我們遠遠的看罷。」阿發說。

　　這時船慢了，不久就到，果然近不得台旁，大家只能下了篙，比那正對戲臺的神棚還要遠。其實我們這白篷的航船，本也不願意和烏篷的船在一處，而況並沒有空地呢……

　　在停船的匆忙中，看見臺上有一個黑的長鬍子的背上插著四張旗，捏著長槍，和一群赤膊的人正打仗。雙喜說，那就是有名的鐵頭老生，能連翻八十四個筋斗，他日裏親自數過的。

　　我們便都擠在船頭上看打仗，但那鐵頭老生卻又並不翻筋斗，只有幾個赤膊的人翻，翻了一陣，都進去了，接著走出一個小旦來，咿咿呀呀的唱。雙喜說，「晚上看客少，鐵頭老生也懈了，誰肯顯本領給白地看呢？」我相信這話對，因為其時台下已經不很有人，鄉下人為了明天的工作，熬不得夜，早都睡覺去了，疏疏朗朗的站著的不過是幾十個本村和鄰村的閑漢。烏篷船裏的那些土財主的家眷固然在，然而他們也不在乎看戲，多半是專到戲臺下來吃糕餅水果和瓜子的。所以簡直可以算白地。

　　然而我的意思卻也並不在乎看翻筋斗。我最願意看的是一個人蒙了白布，兩手在頭上捧著一支棒似的蛇頭的蛇精，其次是套了黃布衣跳老虎。但是等了許多時都不見，小旦雖然進去了，立刻又出來了一個很老的小生。我有些疲倦了，托桂生買豆漿去。他去了一刻，回來說，「沒有。賣豆漿的聾子也回去了。日裏倒有，我還喝了兩碗呢。現在去舀一瓢水來給你喝罷。」

　　我不喝水，支撐著仍然看，也說不出見了些什麼，只覺得戲子的臉都漸漸的有些稀奇了，那五官漸不明顯，似乎融成一片的再沒有什麼高低。年紀小的幾個多打呵欠了，大的也各管自己談話。忽

而一個紅衫的小丑被綁在臺柱子上，給一個花白鬍子的用馬鞭打起來了，大家才又振作精神的笑著看。在這一夜裏，我以為這實在要算是最好的一折。

然而老旦終於出臺了。老旦本來是我所最怕的東西，尤其是怕他坐下了唱。這時候，看見大家也都很掃興，才知道他們的意見是和我一致的。那老旦當初還只是踱來踱去的唱，後來竟在中間的一把交椅上坐下了。我很擔心；雙喜他們卻就破口喃喃的罵。我忍耐的等著，許多工夫，只見那老旦將手一抬，我以為就要站起來了，不料他卻又慢慢的放下在原地方，仍舊唱。全船裏幾個人不住的吁氣，其餘的也打起哈欠來。雙喜終於熬不住了，說道，怕他會唱到天明還不完，還是我們走的好罷。大家立刻都贊成，和開船時候一樣踴躍，三四人徑奔船尾，拔了篙，點退幾丈，回轉船頭，駕起櫓，罵著老旦，又向那松柏林前進了。

月還沒有落，仿佛看戲也並不很久似的，而一離趙莊，月光又顯得格外的皎潔。回望戲臺在燈火光中，卻又如初來未到時候一般，又漂渺得像一座仙山樓閣，滿被紅霞罩著了。吹到耳邊來的又是橫笛，很悠揚；我疑心老旦已經進去了，但也不好意思說再回去看。

不多久，松柏林早在船後了，船行也並不慢，但周圍的黑暗只是濃，可知已經到了深夜。他們一面議論著戲子，或罵，或笑，一面加緊的搖船。這一次船頭的激水聲更其響亮了，那航船，就像一條大白魚背著一群孩子在浪花裏躥，連夜漁的幾個老漁父，也停了艇子看著喝采起來。

離平橋村還有一裏模樣，船行卻慢了，搖船的都說很疲乏，因為太用力，而且許久沒有東西吃。這回想出來的是桂生，說是羅漢豆正旺相，柴火又現成，我們可以偷一點來煮吃的。大家都贊成，立刻近岸停了船；岸上的田裏，烏油油的便都是結實的羅漢豆。

「阿阿，阿發，這邊是你家的，這邊是老六一家的，我們偷那

一邊的呢？」雙喜先跳下去了，在岸上說。

我們也都跳上岸。阿發一面跳，一面說道，「且慢，讓我來看一看罷，」他於是往來的摸了一回，直起身來說道，「偷我們的罷，我們的大得多呢。」一聲答應，大家便散開在阿發家的豆田裏，各摘了一大捧，拋入船艙中。雙喜以為再多偷，倘給阿發的娘知道是要哭罵的，於是各人便到六一公公的田裏又各偷了一大捧。

我們中間幾個年長的仍然慢慢的搖著船，幾個到後艙去生火，年幼的和我都剝豆。不久豆熟了，便任憑航船浮在水面上，都圍起來用手撮著吃。吃完豆，又開船，一面洗器具，豆莢豆殼全拋在河水裏，什麼痕跡也沒有了。雙喜所慮的是用了八公公船上的鹽和柴，這老頭子很細心，一定要知道，會罵的。然而大家議論之後，歸結是不怕。他如果罵，我們便要他歸還去年在岸邊拾去的一枝枯柏樹，而且當面叫他「八癩子」。

「都回來了！那裏會錯。我原說過寫包票的！」雙喜在船頭上忽而大聲的說。

我向船頭一望，前面已經是平橋。橋腳上站著一個人，卻是我的母親，雙喜便是對伊說著話。我走出前艙去，船也就進了平橋了，停了船，我們紛紛都上岸。母親頗有些生氣，說是過了三更了，怎麼回來得這樣遲，但也就高興了，笑著邀大家去吃炒米。

大家都說已經吃了點心，又渴睡，不如及早睡的好，各自回去了。第二天，我向午才起來，並沒有聽到什麼關係八公公鹽柴事件的糾葛，下午仍然去釣蝦。

「雙喜，你們這班小鬼，昨天偷了我的豆了罷？又不肯好好的摘，踏壞了不少。」我抬頭看時，是六一公公棹著小船，賣了豆回來了，船肚裏還有剩下的一堆豆。

「是的。我們請客。我們當初還不要你的呢。你看，你把我的蝦嚇跑了！」雙喜說。

六一公公看見我，便停了楫，笑道，「請客？——這是應該

的。」於是對我說，「迅哥兒，昨天的戲可好麼？」

我點一點頭，說道，「好。」

「豆可中吃呢？」

我又點一點頭，說道，「很好。」

不料六一公公竟非常感激起來，將大拇指一翹，得意的說道，「這眞是大市鎮裏出來的讀過書的人才識貨！我的豆種是粒粒挑選過的，鄉下人不識好夕，還說我的豆比不上別人的呢。我今天也要送些給我們的姑奶奶嘗嘗去……」他於是打著楫子過去了。

待到母親叫我回去吃晚飯的時候，桌上便有一大碗煮熟了的羅漢豆，就是六一公公送給母親和我吃的。聽說他還對母親極口誇獎我，說「小小年紀便有見識，將來一定要中狀元。姑奶奶，你的福氣是可以寫包票的了。」但我吃了豆，卻並沒有昨夜的豆那麼好。

眞的，一直到現在，我實在再沒有吃到那夜似的好豆，——也不再看到那夜似的好戲了。

一九二二年十月

作者通過回憶兒時和小朋友一道看社戲，把許多年前「一個離海邊不遠，極偏僻的，臨河的小村莊」中人們的生活情趣，活靈活現地展現在讀者面前。我們看到在那裏，人們生活雖不富裕，卻是那樣自如愉快；他們純樸誠摯，雖有「行輩」卻不分「行輩」，偶爾發生吵鬧也「決沒有人會想出犯上這兩個字來」；人們（包括孩子們）是那樣熱情好客，待人以禮，甚至私有觀念也比較淡薄，居然引人「偷」

自家地裏的豆子請客；對自己的勞動成果卻又那樣引以自豪，六一公公因自己種的豆子被別人稱讚而高興得「感激起來」；人們不識字，沒有強迫受封建教育的煩惱，人性也得以自由地舒展開來。

總之，在《社戲》裏，魯迅給讀者描繪了一幅人與人的關係、人與自然的關係都十分融洽、十分和諧的美的圖畫。這是既沒有受資本主義污染，又因為地處僻遠也少受封建主義約束的半桃花源式的社會環境。人們的精神生活帶著幾分原始式的純樸和健康，連那裏的山水月色都顯得格外迷人。和魯迅其他寫農村的小說《故鄉》、《風波》、《祝福》、《阿Q正傳》等相比，《社戲》中的農村雖然也是貧窮落後，卻沒有上述作品中所繪的破蔽，荒涼，陰冷，抑鬱。那麼，魯迅在這篇作品裏究想表現什麼？粗心的讀者一般都停留在作品的表層，認為作者僅僅是開念兒時的生活，展示勞動人民純樸的品格，表現自己和農民的血肉關係，等等。應該說這樣理解也是對的。問題是如果細讀作品，就會發現作品的問題遠非如此簡單。作者顯然是想通過兒時看社戲的回憶，充分抒發自己對純樸的人性以及人與人之間真誠關係的嚮往。這，也就是一種理想主義的表現和追求。

十分有意思的是，《社戲》卻是以作者兒時的回憶尖銳地對比出當前現實社會黑暗，讓人明顯感到現實是那樣使人感到逼促，感到窒息。作品為此在開篇用了很大的篇幅對在北京看戲進行了描繪和議論，讓讀者和作者一道去體驗當時的憋悶，結尾時又畫龍點睛地指出了後來再沒有吃過那樣好吃的豆，看過那樣好的戲，這無疑又加強和突出了對兒時的美好的回憶。這究意是怎麼回事？是今天不如昨天，現在不如過去了嗎？魯迅顯然不是要表現反進化論的觀點……他是把兒時的回憶當作一種政治的和社會的理想來加以描繪，通過形象的刻畫和感情的渲染，使讀者從心中泛起對美好生活的憧憬。

——張恩和《論魯迅小說的理想主義》

祝福

　　舊曆的年底畢竟最像年底，村鎮上不必說，就在天空中也顯出將到新年的氣象來。灰白色的沉重的晚雲中間時時發出閃光，接著一聲鈍響，是送灶的爆竹；近處燃放的可就更強烈了，震耳的大音還沒有息，空氣裏已經散滿了幽微的火藥香。我是正在這一夜回到我的故鄉魯鎮的。雖說故鄉，然而已沒有家，所以只得暫寓在魯四老爺的宅子裏。他是我的本家，比我長一輩，應該稱之曰「四叔」，是一個講理學的老監生。他比先前並沒有什麼大改變，單是老了些，但也還未留鬍子，一見面是寒暄，寒暄之後說我「胖了」，說我「胖了」之後即大罵其新黨。但我知道，這並非借題在罵我：因為他所罵的還是康有為。但是，談話是總不投機的了，於是不多久，我便一個人剩在書房裏。

　　第二天我起得很遲，午飯之後，出去看了幾個本家和朋友；第三天也照樣。他們也都沒有什麼大改變，單是老了些；家中卻一律忙，都在準備著「祝福」。這是魯鎮年終的大典，致敬盡禮，迎接福神，拜求來年一年中的好運氣的。殺雞，宰鵝，買豬肉，用心細細的洗，女人的臂膊都在水裏浸得通紅，有的還帶著絞絲銀鐲子。煮熟之後，橫七豎八的插些筷子在這類東西上，可就稱為「福禮」

了，五更天陳列起來，並且點上香燭，恭請福神們來享用，拜的卻只限於男人，拜完自然仍然是放爆竹。年年如此，家家如此，──只要買得起福禮和爆竹之類的，──今年自然也如此。天色愈陰暗了，下午竟下起雪來，雪花大的有梅花那麼大，滿天飛舞，夾著煙靄和忙碌的氣色，將魯鎮亂成一團糟。我回到四叔的書房裏時，瓦楞上已經雪白，房裏也映得較光明，極分明的顯出壁上掛著的朱拓的大「壽」字，陳摶老祖寫的；一邊的對聯已經脫落，鬆鬆的捲了放在長桌上，一邊的還在，道是「事理通達心氣和平」。我又無聊賴的到窗下的案頭去一翻，只見一堆似乎未必完全的《康熙字典》，一部《近思錄集注》和一部《四書襯》。無論如何，我明天決計要走了。

　　況且，一直到昨天遇見祥林嫂的事，也就使我不能安住。那是下午，我到鎮的東頭訪過一個朋友，走出來，就在河邊遇見她；而且見她瞪著的眼睛的視線，就知道明明是向我走來的。我這回在魯鎮所見的人們中，改變之大，可以說無過於她的了：五年前的花白的頭髮，即今已經全白，全不像四十上下的人；臉上瘦削不堪，黃中帶黑，而且消盡了先前悲哀的神色，仿佛是木刻似的；只有那眼珠間或一輪，還可以表示她是一個活物。她一手提著竹籃。內中一個破碗，空的；一手拄著一支比她更長的竹竿，下端開了裂：她分明已經純乎是一個乞丐了。

　　我就站住，預備她來討錢。

　　「你回來了？」她先這樣問。

　　「是的。」

　　「這正好。你是識字的，又是出門人，見識得多。我正要問你一件事──」她那沒有精采的眼睛忽然發光了。

　　我萬料不到她卻說出這樣的話來，詫異的站著。

　　「就是──」她走近兩步，放低了聲音，極秘密似的切切的說，「一個人死了之後，究竟有沒有魂靈的？」

我很悚然，一見她的眼釘著我的，背上也就遭了芒刺一般，比在學校裏遇到不及預防的臨時考，教師又偏是站在身旁的時候，惶急得多了。對於魂靈的有無，我自己是向來毫不介意的；但在此刻，怎樣回答她好呢？我在極短期的躊躇中，想，這裏的人照例相信鬼，然而她，卻疑惑了，——或者不如說希望：希望其有，又希望其無……。人何必增添末路的人的苦惱，爲她起見，不如說有罷。

　　「也許有罷，——我想。」我於是吞吞吐吐的說。

　　「那麼，也就有地獄了？」

　　「啊！地獄？」我很吃驚，只得支吾著，「地獄？——論理，就該也有。——然而也未必，……誰來管這等事……。」

　　「那麼，死掉的一家的人，都能見面的？」

　　「唉唉，見面不見面呢？……」這時我已知道自己也還是完全一個愚人，什麼躊躇，什麼計畫，都擋不住三句問，我即刻膽怯起來了，便想全翻過先前的話來，「那是，……實在，我說不清……。其實，究竟有沒有魂靈，我也說不清。」

　　我乘她不再緊接的問，邁開步便走，匆匆的逃回四叔的家中，心裏很覺得不安逸。自己想，我這答話怕於她有些危險。她大約因爲在別人的祝福時候，感到自身的寂寞了，然而會不會含有別的什麼意思的呢？——或者是有了什麼預感了？倘有別的意思，又因此發生別的事，則我的答話委實該負若干的責任……。但隨後也就自笑，覺得偶爾的事，本沒有什麼深意義，而我偏要細細推敲，正無怪教育家要說是生著神經病；而況明明說過「說不清」，已經推翻了答話的全局，即使發生什麼事，於我也毫無關係了。

　　「說不清」是一句極有用的話。不更事的勇敢的少年，往往敢於給人解決疑問，選定醫生，萬一結果不佳，大抵反成了怨府，然而一用這說不清來作結束，便事事逍遙自在了。我在這時，更感到這一句話的必要，即使和討飯的女人說話，也是萬不可省的。

但是我總覺得不安，過了一夜，也仍然時時記憶起來，仿佛開著什麼不祥的預感；在陰沉的雪天裏，在無聊的書房裏，這不安愈加強烈了。不如走罷，明天進城去。福興樓的清燉魚翅，一元一大盤，價廉物美，現在不知增價了否？往日同遊的朋友，雖然已經雲散，然而魚翅是不可不吃的，即使只有我一個……。無論如何，我明天決計要走了。

　　我因為常見些但願不如所料，以為未必竟如所料的事，卻每每恰如所料的起來，所以很恐怕這事也一律。果然，特別的情形開始了。傍晚，我竟聽到有些人聚在內室裏談話，仿佛議論什麼事似的，但不一會，說話聲也就止了，只有四叔且走而且高聲的說：

　　「不早不遲，偏偏要在這時候，——這就可見是一個謬種！」

　　我先是詫異，接著是很不安，似乎這話於我有關係。試望門外，誰也沒有。好容易待到晚飯前他們的短工來沖茶，我才得了打聽消息的機會。

　　「剛才，四老爺和誰生氣呢？」我問。

　　「還不是和祥林嫂？」那短工簡捷的說。

　　「祥林嫂？怎麼了？」我又趕緊的問。

　　「老了。」

　　「死了？」我的心突然緊縮，幾乎跳起來，臉上大約也變了色。但他始終沒有抬頭，所以全不覺。我也就鎮定了自己，接著問：

　　「什麼時候死的？」

　　「什麼時候？——昨天夜裏，或者就是今天罷。——我說不清。」

　　「怎麼死的？」

　　「怎麼死的？——還不是窮死的？」他淡然的回答，仍然沒有抬頭向我看，出去了。

　　然而我的驚惶卻不過暫時的事，隨著就覺得要來的事，已經

過去，並不必仰仗我自己的「說不清」和他之所謂「窮死的」的寬慰，心地已經漸漸輕鬆；不過偶然之間，還似乎有些負疚。晚飯擺出來了，四叔儼然的陪著。我也還想打聽些關於祥林嫂的消息，但知道他雖然讀過「鬼神者二氣之良能也」，而忌諱仍然極多，當臨近祝福時候，是萬不可提起死亡疾病之類的話的；倘不得已，就該用一種替代的隱語，可惜我又不知道，因此屢次想問，而終於中止了。我從他儼然的臉色上，又忽而疑他正以為我不早不遲，偏要在這時候來打擾他，也是一個謬種，便立刻告訴他明天要離開魯鎮，進城去，趁早放寬了他的心。他也不很留。這樣悶悶的吃完了一餐飯。

　　冬季日短，又是雪天，夜色早已籠罩了全市鎮。人們都在燈下匆忙，但窗外很寂靜。雪花落在積得厚厚的雪褥上面，聽去似乎瑟瑟有聲，使人更加感得沉寂。我獨坐在發出黃光的荼油燈下，想，這百無聊賴的祥林嫂，被人們布在塵芥堆中的，看得厭倦了的陳舊的玩物，先前還將形骸露在塵芥裏，從活得有趣的人們看來，恐怕要怪訝她何以還要存在，現在總算被無常打掃得於乾淨淨了。魂靈的有無，我不知道；然而在現世，則無聊生者不生，即使厭見者不見，為人為己，也還都不錯。我靜聽著窗外似乎瑟瑟作響的雪花聲，一面想，反而漸漸的舒暢起來。

　　然而先前所見所聞的她的半生事蹟的斷片，至此也聯成一片了。

　　她不是魯鎮人。有一年的冬初，四叔家裏要換女工，做中人的衛老婆子帶她進來了，頭上紮著白頭繩，烏裙，藍夾襖，月白背心，年紀大約二十六七，臉色青黃，但兩頰卻還是紅的。衛老婆子叫她祥林嫂，說是自己母家的鄰舍，死了當家人，所以出來做工了。四叔皺了皺眉，四嬸已經知道了他的意思，是在討厭她是一個寡婦。但是她模樣還周正，手腳都壯大，又只是順著眼，不開一句

口，很像一個安分耐勞的人，便不管四叔的皺眉，將她留下了。試工期內，她整天的做，似乎閑著就無聊，又有力，簡直抵得過一個男子，所以第三天就定局，每月工錢五百文。

大家都叫她祥林嫂；沒問她姓什麼，但中人是衛家山人，既說是鄰居，那大概也就姓衛了。她不很愛說話，別人問了才回答，答的也不多。直到十幾天之後，這才陸續的知道她家裏還有嚴屬的婆婆；一個小叔子，十多歲，能打柴了；她是春天沒了丈夫的；他本來也打柴為生，比她小十歲：大家所知道的就只是這一點。

日子很快的過去了，她的做工卻毫沒有懈，食物不論，力氣是不惜的。人們都說魯四老爺家裏雇著了女工，實在比勤快的男人還勤快。到年底，掃塵，洗地，殺雞，宰鵝，徹夜的煮福禮，全是一人擔當，竟沒有添短工。然而她反滿足，口角邊漸漸的有了笑影，臉上也白胖了。

新年才過，她從河邊淘米回來時，忽而失了色，說剛才遠遠地看見一個男人在對岸徘徊，很像夫家的堂伯，恐怕是正為尋她而來的。

四嬸很驚疑，打聽底細，她又不說。四叔一知道，就皺一皺眉，道：

「這不好。恐怕她是逃出來的。」

她誠然是逃出來的，不多久，這推想就證實了。

此後大約十幾天，大家正已漸漸忘卻了先前的事，衛老婆子忽而帶了一個三十多歲的女人進來了，說那是祥林嫂的婆婆。那女人雖是山裏人模樣，然而應酬很從容，說話也能幹，寒暄之後，就賠罪，說她特來叫她的兒媳回家去，因為開春事務忙，而家中只有老的和小的，人手不夠了。

「既是她的婆婆要她回去，那有什麼話可說呢。」四叔說。

於是算清了工錢，一共一千七百五十文，她全存在主人家，一文也還沒有用，便都交給她的婆婆。那女人又取了衣服，道過謝，

出去了。其時已經是正午。

「阿呀，米呢？祥林嫂不是去淘米的麼？……」好一會，四嬸這才驚叫起來。她大約有些餓，記得午飯了。

於是大家分頭尋淘籮。她先到廚下，次到堂前，後到臥房，全不見淘籮的影子。四叔踱出門外，也不見，一直到河邊，才見平平正正的放在岸上，旁邊還有一株菜。

看見的人報告說，河裏面上午就泊了一隻白篷船，篷是全蓋起來的，不知道什麼人在裏面，但事前也沒有人去理會他。待到祥林嫂出來淘米，剛剛要跪下去，那船裏便突然跳出兩個男人來，像是山裏人，一個抱住她，一個幫著，拖進船去了。祥林嫂還哭喊了幾聲，此後便再沒有什麼聲息，大約給用什麼堵住了罷。接著就走上兩個女人來，一個不認識，一個就是衛婆子。窺探艙裏，不很分明，她像是捆了躺在船板上。

「可惡！然而……。」四叔說。

這一天是四嬸自己煮中飯；他們的兒子阿牛燒火。

午飯之後，衛老婆子又來了。

「可惡！」四叔說。

「你是什麼意思？虧你還會再來見我們。」四嬸洗著碗，一見面就憤憤的說，「你自己薦她來，又合夥劫她去，鬧得沸反盈天的，大家看了成個什麼樣子？你拿我們家裏開玩笑麼？」

「阿呀阿呀，我真上當。我這回，就是為此特地來說說清楚的。她來求我薦地方，我那裏料得到是瞞著她的婆婆的呢。對不起，四老爺，四太太。總是我老發昏不小心，對不起主顧。幸而府上是向來寬洪大量，不肯和小人計較的。這回我一定薦一個好的來折罪……。」

「然而……。」四叔說。

於是祥林嫂事件便告終結，不久也就忘卻了。

只有四嫂，因為後來雇用的女工，大抵非懶即饞，或者饞而且懶，左右不如意，所以也還提起祥林嫂。每當這些時候，她往往自言自語的說，「她現在不知道怎麼樣了？」意思是希望她再來。但到第二年的新正，她也就絕了望。

　　新正將盡，衛老婆子來拜年了，已經喝得醉醺醺的，自說因為回了一趟衛家山的娘家，住下幾天，所以來得遲了。她們問答之間，自然就談到祥林嫂。

　　「她麼？」衛老婆子高興的說，「現在是交了好運了。她婆婆來抓她回去的時候，是早已許給了賀家墺的賀老六的，所以回家之後不幾天，也就裝在花轎裏抬去了。」

　　「阿呀，這樣的婆婆！……」四嬸驚奇的說。

　　「阿呀，我的太太！你真是大戶人家的太太的話。我們山裏人，小戶人家，這算得什麼？她有小叔子，也得娶老婆。不嫁了她，那有這一注錢來做聘禮？他的婆婆倒是精明強幹的女人呵，很有打算，所以就將她嫁到裏山去。倘許給本村人，財禮就不多；惟獨肯嫁進深山野墺裏去的女人少，所以她就到手了八十千。現在第二個兒子的媳婦也娶進了，財禮只花了五十，除去辦喜事的費用，還剩十多千。嚇，你看，這多麼好打算？……」

　　「祥林嫂竟肯依？……」

　　「這有什麼依不依。——鬧是誰也總要鬧一鬧的；只要用繩子一捆，塞在花轎裏，抬到男家，捺上花冠，拜堂，關上房門，就完事了。可是祥林嫂真出格，聽說那時實在鬧得利害，大家還都說大約因為在念書人家做過事，所以與眾不同呢。太太，我們見得多了：回頭人出嫁，哭喊的也有，說要尋死覓活的也有，抬到男家鬧得拜不成天地的也有，連花燭都砸了的也有。祥林嫂可是異乎尋常，他們說她一路只是嚎，罵，抬到賀家墺，喉嚨已經全啞了。拉出轎來，兩個男人和她的小叔子使勁的擒住她也還拜不成天地。他們一不小心，一鬆手，阿呀，阿彌陀佛，她就一頭撞在香案角上，

頭上碰了一個大窟窿，鮮血直流，用了兩把香灰，包上兩塊紅布還止不住血呢。直到七手八腳的將她和男人反關在新房裏，還是罵，阿呀呀，這真是⋯⋯。」她搖一搖頭，順下眼睛，不說了。

「後來怎麼樣呢？」四嬸還問。

「聽說第二天也沒有起來。」她抬起眼來說。

「後來呢？」

「後來？——起來了。她到年底就生了一個孩子，男的，新年就兩歲了。我在娘家這幾天，就有人到賀家墺去，回來說看見他們娘兒倆，母親也胖，兒子也胖；上頭又沒有婆婆，男人所有的是力氣，會做活；房子是自家的。——唉唉，她真是交了好運了。」

從此之後，四嬸也就不再提起祥林嫂。

但有一年的秋季，大約是得到祥林嫂好運的消息之後的又過了兩個新年，她竟又站在四叔家的堂前了。桌上放著一個荸薺式的圓籃，簷下一個小鋪蓋。她仍然頭上紮著白頭繩，烏裙，藍夾襖，月白背心，臉色青黃，只是兩頰上已經消失了血色，順著眼，眼角上帶些淚痕，眼光也沒有先前那樣精神了。而且仍然是衛老婆子領著，顯出慈悲模樣，絮絮的對四嬸說：

「⋯⋯這實在是叫作『天有不測風雲』，她的男人是堅實人，誰知道年紀青青，就會斷送在傷寒上？本來已經好了的，吃了一碗冷飯，復發了。幸虧有兒子；她又能做，打柴摘茶養蠶都來得，本來還可以守著，誰知道那孩子又會給狼銜去的呢？春天快完了，村上倒反來了狼，誰料到？現在她只剩了一個光身了。大伯來收屋，又趕她。她真是走投無路了，只好來求老主人。好在她現在已經再沒有什麼牽掛，太太家裏又湊巧要換人，所以我就領她來。——我想，熟門熟路，比生手實在好得多⋯⋯。」

「我真傻，真的，」祥林嫂抬起她沒有神采的眼睛來，接著說。「我單知道下雪的時候野獸在山墺裏沒有食吃，會到村裏來；

我不知道春天也會有。我一清早起來就開了門，拿小籃盛了一籃豆，叫我們的阿毛坐在門檻上剝豆去。他是很聽話的，我的話句句聽；他出去了。我就在屋後劈柴，淘米，米下了鍋，要蒸豆。我叫阿毛，沒有應，出去一看，只見豆撒得一地，沒有我們的阿毛了。他是不到別家去玩的；各處去一問，果然沒有。我急了，央人出去尋。直到下半天，尋來尋去尋到山墺裏，看見刺柴上掛著一隻他的小鞋。大家都說，糟了，怕是遭了狼了。再進去；他果然躺在草窠裏，肚裏的五臟已經都給吃空了，手上還緊緊的捏著那只小籃呢。……」她接著但是嗚咽，說不出成句的話來。

四嬸起刻還躊躕，待到聽完她自己的話，眼圈就有些紅了。她想了一想，便教拿圓籃和鋪蓋到下房去。衛老婆子仿佛卸了一肩重擔似的噓一口氣，祥林嫂比初來時候神氣舒暢些，不待指引，自己馴熟的安放了鋪蓋。她從此又在魯鎮做女工了。

大家仍然叫她祥林嫂。

然而這一回，她的境遇卻改變得非常大。上工之後的兩三天，主人們就覺得她手腳已沒有先前一樣靈活，記性也壞得多，死屍似的臉上又整日沒有笑影，四嬸的口氣上，已頗有些不滿了。當她初到的時候，四叔雖然照例皺過眉，但鑒於向來雇用女工之難，也就並不大反對，只是暗暗地告誡四嬸說，這種人雖然似乎很可憐，但是敗壞風俗的，用她幫忙還可以，祭祀時候可用不著她沾手，一切飯菜，只好自己做，否則，不乾不淨，祖宗是不吃的。

四叔家裏最重大的事件是祭祀，祥林嫂先前最忙的時候也就是祭祀，這回她卻清閒了。桌子放在堂中央，繫上桌幃，她還記得照舊的去分配酒杯和筷子。

「祥林嫂，你放著罷！我來擺。」四嬸慌忙的說。她訕訕的縮了手，又去取燭臺。「祥林嫂，你放著罷！我來拿。」四嬸又慌忙的說。她轉了幾個圓圈，終於沒有事情做，只得疑惑的走開。她在這一天可做的事是不過坐在灶下燒火。

鎮上的人們也仍然叫她祥林嫂，但音調和先前很不同；也還和她講話，但笑容卻冷冷的了。她全不理會那些事，只是直著眼睛，和大家講她自己日夜不忘的故事：

　　「我真傻，真的，」她說，「我單知道雪天是野獸在深山裏沒有食吃，會到村裏來；我不知道春天也會有。我一大早起來就開了門，拿小籃盛了一籃豆，叫我們的阿毛坐在門檻上剝豆去。他是很聽話的孩子，我的話句句聽；他就出去了。我就在屋後劈柴，淘米，米下了鍋，打算蒸豆。我叫，『阿毛！』沒有應。出去一看，只見豆撒得滿地，沒有我們的阿毛了。各處去一問，都沒有。我急了，央人去尋去。直到下半天，幾個人尋到山墺裏，看見刺柴上掛著一隻他的小鞋。大家都說，完了，怕是遭了狼了；再進去；果然，他躺在草窠裏，肚裏的五臟已經都給吃空了，可憐他手裏還緊緊的捏著那隻小籃呢。……」她於是淌下眼淚來，聲音也嗚咽了。

　　這故事倒頗有效，男人聽到這裏，往往斂起笑容，沒趣的走開去；女人們卻不獨寬恕了她似的，臉上立刻改換了鄙薄的神氣，還要陪出許多眼淚來。有些老女人沒有在街頭聽到她的話，便特意尋來，要聽她這一段悲慘的故事。直到她說到嗚咽，她們也就一齊流下那停在眼角上的眼淚，歎息一番，滿足的去了，一面還紛紛的評論著。

　　她就只是反覆的向人說她悲慘的故事，常常引住了三五個人來聽她。但不久，大家也都聽得純熟了，便是最慈悲的念佛的老太太們，眼裏也再不見有一點淚的痕跡。後來全鎮的人們幾乎都能背誦她的話，一聽到就煩厭得頭痛。

　　「我真傻，真的，」她開首說。

　　「是的，你是單知道雪天野獸在深山裏沒有食吃，才會到村裏來的。」他們立即打斷她的話，走開去了。

　　她張著口怔怔的站著，直著眼睛看他們，接著也就走了，似乎自己也覺得沒趣。但她還妄想，希圖從別的事，如小籃，豆，別人

的孩子上，引出她的阿毛的故事來。倘一看見兩三歲的小孩子，她就說：

「唉唉，我們的阿毛如果還在，也就有這麼大了……」

孩子看見她的眼光就吃驚，牽著母親的衣襟催她走。於是又只剩下她一個，終於沒趣的也走了，後來大家又都知道了她的脾氣，只要有孩子在眼前，便似笑非笑的先問她，道：

「祥林嫂，你們的阿毛如果還在，不是也就有這麼大了麼？」

她未必知道她的悲哀經大家咀嚼賞鑒了許多天，早已成為渣滓，只值得煩厭和唾棄；但從人們的笑影上，也仿佛覺得這又冷又尖，自己再沒有開口的必要了。她單是一瞥他們，並不回答一句話。

魯鎮永遠是過新年，臘月二十以後就忙起來了。四叔家裏這回須雇男短工，還是忙不過來，另叫柳媽做幫手，殺雞，宰鵝；然而柳媽是善女人，吃素，不殺生的，只肯洗器皿。祥林嫂除燒火之外，沒有別的事，卻閑著了，坐著只看柳媽洗器皿。微雪點點的下來了。

「唉唉，我真傻，」祥林嫂看了天空，歎息著，獨語似的說。

「祥林嫂，你又來了。」柳媽不耐煩的看著她的臉，說。「我問你：你額角上的傷痕，不就是那時撞壞的麼？」

「唔唔。」她含糊的回答。

「我問你：你那時怎麼後來竟依了呢？」

「我麼？……」

「你呀。我想：這總是你自己願意了，不然……。」

「阿阿，你不知道他力氣多麼大呀。」

「我不信。我不信你這麼大的力氣，真會拗他不過。你後來一定是自己肯了，倒推說他力氣大。」

「阿阿，你……你倒自己試試看。」她笑了。

柳媽的打皺的臉也笑起來，使她蹙縮得像一個核桃；乾枯的小

眼睛一看祥林嫂的額角，又釘住她的眼。祥林嫂似很局促了，立刻斂了笑容，旋轉眼光，自去看雪花。

「祥林嫂，你實在不合算。」柳媽詭秘的說。「再一強，或者索性撞一個死，就好了。現在呢，你和你的第二個男人過活不到兩年，倒落了一件大罪名。你想，你將來到陰司去，那兩個死鬼的男人還要爭，你給了誰好呢？閻羅大王只好把你鋸開來，分給他們。我想，這真是⋯⋯。」

她臉上就顯出恐怖的神色來，這是在山村裏所未曾知道的。

「我想，你不如及早抵當。你到土地廟裏去捐一條門檻，當作你的替身，給千人踏，萬人跨，贖了這一世的罪名，免得死了去受苦。」

她當時並不回答什麼話，但大約非常苦悶了，第二天早上起來的時候，兩眼上便都圍著大黑圈。早飯之後，她便到鎮的西頭的土地廟裏去求捐門檻，廟祝起初執意不允許，直到她急得流淚，才勉強答應了。價目是大錢十二千。她久已不和人們交口，因為阿毛的故事是早被大家厭棄了的；但自從和柳媽談了天，似乎又即傳揚開去，許多人都發生了新趣味，又來逗她說話了。至於題目，那自然是換了一個新樣，專在她額上的傷疤。

「祥林嫂，我問你：你那時怎麼竟肯了？」一個說。

「唉，可惜，白撞了這一下。」一個看著她的疤，應和道。

她大約從他們的笑容和聲調上，也知道是在嘲笑她，所以總是瞪著眼睛，不說一句話，後來連頭也不回了。她整日緊閉了嘴唇，頭上帶著大家以為恥辱的記號的那傷痕，默默的跑街，掃地，洗菜，淘米。快夠一年，她才從四嬸手裏支取了歷來積存的工錢，換算了十二元鷹洋，請假到鎮的西頭去。但不到一頓飯時候，她便回來，神氣很舒暢，眼光也分外有神，高興似的對四嬸說，自己已經在土地廟捐了門檻了。

冬至的祭祖時節，她做得更出力，看四嬸裝好祭品，和阿牛將

桌子抬到堂屋中央，她便坦然的去拿酒杯和筷子。「你放著罷，祥林嫂！」四嬸慌忙大聲說。

她像是受了炮烙似的縮手，臉色同時變作灰黑，也不再去取燭臺，只是失神的站著。直到四叔上香的時候，教她走開，她才走開。這一回她的變化非常大，第二天，不但眼睛窈陷下去，連精神也更不濟了。而且很膽怯，不獨怕暗夜，怕黑影，即使看見人，雖是自己的主人，也總惴惴的，有如在白天出穴遊行的小鼠，否則呆坐著，直是一個木偶人。不半年，頭髮也花白起來了，記性尤其壞，甚而至於常常忘卻了去淘米。

「祥林嫂怎麼這樣了？倒不如那時不留她。」四嬸有時當面就這樣說，似乎是警告她。

然而她總如此，全不見有伶俐起來的希望。他們於是想打發她走了，教她回到衛老婆子那裏去。但當我還在魯鎮的時候，不過單是這樣說；看現在的情狀，可見後來終於實行了。然而她是從四叔家出去就成了乞丐的呢，還是先到衛老婆子家然後再成乞丐的呢？那我可不知道。

我給那些因為在近旁而極響的爆竹聲驚醒，看見豆一般大的黃色的燈火光，接著又聽得畢畢剝剝的鞭炮，是四叔家正在「祝福」了；知道已是五更將近時候。我在朦朧中，又隱約聽到遠處的爆竹聲聯綿不斷，似乎合成一天音響的濃雲，夾著團團飛舞的雪花，擁抱了全市鎮。我在這繁響的擁抱中，也懶散而且舒適，從白天以至初夜的疑慮，全給祝福的空氣一掃而空了，只覺得天地聖眾歆享了牲醴和香煙，都醉醺醺的在空中蹣跚，預備給魯鎮的人們以無限的幸福。

一九二四年二月七日

　　祥林嫂第二次在魯四老爺家裏出現的時候，是賀老六病死、阿毛被狼叼走之後。這是整個故事的高潮。

　　魯迅是很講究語言的精練的，但作品裏卻兩次寫了祥林嫂的這段追述……這種背誦如流、幾乎一字不差的追述，表現了祥林嫂沒有感情變化，麻木遲鈍的神情，提示了深重的苦難給她造成的嚴重精神創傷。就表現悲劇的深刻性，表現人物內心痛苦的程度來說，這比描寫亡夫失子的場面，描寫人物的悲哀痛哭更強烈更深刻。親人的死亡，固然不幸，但不一定是最難忍受的；失去了精神支柱，還要接受種種鄙視和嘲笑，才是最難忍受的折磨。悲哀痛哭，不一定是最痛苦的內心表現。像祥林嫂這樣欲哭而淚乾，又無感情變化的訴說，難道不是包藏著更深沉的痛苦更引起人們的同情和思索嗎？……

　　祥林嫂默默地死去了，死在年終祝福、煙氣繚繞的街頭上。這環境，這氣氛，在魯迅的藝術構思中，是對祥林嫂悲劇的一種強烈的對照。特別是用「祝福」作為小說的題目，更是強化了這種對照的作用。通過這種對照，有力地表現出作者對封建神權，對那些剝奪別人的幸福而永不滿足，還在貪婪地祝福的人們，如魯四之流的無比的憎恨。

　　祥林嫂悲劇的深刻性表現在：她不僅在政治上、經濟上受盡了壓榨和摧殘，而且在精神上也受盡了人們的鄙視和嘲笑，不僅在生前哀哀無告，而且開著恐懼走向死亡，死亡在她的心目中，不是悲慘生活的結束，而是一種更大的恐怖的開始。祥林嫂是魯迅深刻地觀察了中國封建社會千千萬萬不幸的人們的命運加以典型化的一個完整的悲劇人物，同時也是中國勞動人民最悲慘的典型。作品正是以這種深刻無比的悲劇力量而震撼人心。

　　　　　——林志浩《祥林嫂形象描寫的深刻性和獨創性》

祝　福 1974年創作

她一手提著竹籃。內中一個破碗，空的；一手拄著一支比她更長的竹竿，下端開了裂：她分時已經純乎是一個乞丐了。

在酒樓上

　　我從北地向東南旅行，繞道訪了我的家鄉，就到S城。這城離我的故鄉不過三十里，坐了小船，小半天可到，我曾在這裏的學校裏當過一年的教員。深冬雪後，風景淒清，懶散和開舊的心緒聯結起來，我竟暫寓在S城的洛思旅館裏了；這旅館是先前所沒有的。城圈本不大，尋訪了幾個以爲可以會見的舊同事，一個也不在，早不知散到那裏去了；經過學校的門口，也改換了名稱和模樣，於我很生疏。不到兩個時辰，我的意興早已索然，頗悔此來爲多事了。

　　我所住的旅館是租房不賣飯的，飯菜必須另外叫來，但又無味，入口如嚼泥土。窗外只有漬痕斑駁的牆壁，帖著枯死的莓苔；上面是鉛色的天，白皚皚的絕無精采，而且微雪又飛舞起來了。我午餐本沒有飽，又沒有可以消遣的事情，便很自然的想到先前有一家很熟識的小酒樓，叫一石居的，算來離旅館並不遠。我於是立即鎖了房門，出街向那酒樓去。其實也無非想姑且逃避客中的無聊，並不專爲買醉。

　　一石居是在的，狹小陰濕的店面和破舊的招牌都依舊；但從掌櫃以至堂倌卻已沒有一個熟人，我在這一石居中也完全成了生客。然而我終於跨上那走熟的屋角的扶梯去了，由此徑到小樓上。上面

也依然是五張小板桌；獨有原是木櫺的後窗卻換嵌了玻璃。

「一斤紹酒。——菜？十個油豆腐，辣醬要多！」我一面說給跟我上來的堂倌聽，一面向後窗走，就在靠窗的一張桌旁坐下了。樓上「空空如也」，任我揀得最好的坐位：可以眺望樓下的廢園。這園大概是不屬於酒家的，我先前也曾眺望過許多回，有時也在雪天裏。但現在從慣於北方的眼睛看來，卻很值得驚異了：幾株老梅竟鬥雪開著滿樹的繁花，仿佛毫不以深冬爲意；倒塌的亭子邊還有一株山茶樹，從暗綠的密葉裏顯出十幾朵紅花來，赫赫的在雪中明得如火，憤怒而且傲慢，如蔑視遊人的甘心於遠行。我這時又忽地想到這裏積雪的滋潤，著物不去，晶瑩有光，不比朔雪的粉一般乾，大風一吹，便飛得滿空如煙霧。……

「客人，酒。……」

堂倌懶懶的說著，放下杯，筷，酒壺和碗碟，酒到了。我轉臉向了板桌，排好器具，斟出酒來。覺得北方固不是我的舊鄉，但南來又只能算一個客子，無論那邊的乾雪怎樣紛飛，這裏的柔雪又怎樣的依戀，於我都沒有什麼關係了。我略帶些哀愁，然而很舒服的呷一口酒。酒味很純正；油豆腐也煮得十分好；可惜辣醬太淡薄，本來S城人是不懂得吃辣的。

大概是因爲正在下午的緣故罷，這雖說是酒樓，卻毫無酒樓氣，我已經喝下三杯酒去了，而我以外還是四張空板桌。我看著廢園，漸漸的感到孤獨，但又不願有別的酒客上來。偶然聽得樓梯上腳步響，便不由的有些懊惱，待到看見是堂倌，才又安心了，這樣的又喝了兩杯酒。

我想，這回定是酒客了，因爲聽得那腳步聲比堂倌的要緩得多。約略料他走完了樓梯的時候，我便害怕似的抬頭去看這無干的同伴，同時也就吃驚的站起來。我竟不料在這裏意外的遇見朋友了，——假如他現在還許我稱他爲朋友。那上來的分明是我的舊同窗，也是做教員時代的舊同事，面貌雖然頗有些改變，但一見也就

認識，獨有行動卻變得格外迂緩，很不像當年敏捷精悍的呂緯甫了。

「阿，——緯甫，是你麼？我萬想不到會在這裏遇見你。」

「阿阿，是你？我也萬想不到……」

我就邀他同坐，但他似乎略略躊躕之後，方才坐下來。我起先很以為奇，接著便有些悲傷，而且不快了。細看他相貌，也還是亂蓬蓬的鬚髮；蒼白的長方臉，然而衰瘦了。精神很沉靜，或者卻是頹唐；又濃又黑的眉毛底下的眼睛也失了精采，但當他緩緩的四顧的時候，卻對廢園忽地閃出我在學校時代常常看見的射人的光來。

「我們，」我高興的，然而頗不自然的說，「我們這一別，怕有十年了罷。我早知道你在濟南，可是實在懶得太難，終於沒有寫一封信。……」

「彼此都一樣。可是現在我在太原了，已經兩年多，和我的母親。我回來接她的時候，知道你早搬走了，搬得很乾淨。」

「你在太原做什麼呢？」我問。

「教書，在一個同鄉的家裏。」

「這以前呢？」

「這以前麼？」他從衣袋裏掏出一支煙捲來，點了火銜在嘴裏，看著噴出的煙霧，沉思似的說，「無非做了些無聊的事情，等於什麼也沒有做。」

他也問我別後的景況；我一面告訴他一個大概，一面叫堂倌先取杯筷來，使他先喝著我的酒，然後再去添二斤。其間還點菜，我們先前原是毫不客氣的，但此刻卻推讓起來了，終於說不清那一樣是誰點的，就從堂倌的口頭報告上指定了四樣菜：茴香豆，凍肉，油豆腐，青魚乾。

「我一回來，就想到我可笑。」他一手擎著煙捲，一隻手扶著酒杯，似笑非笑的向我說。「我在少年時，看見蜂子或蠅子停在一個地方，給什麼來一嚇，即刻飛去了，但是飛了一個小圈子，便又

回來停在原地點，便以爲這實在很可笑，也可憐。可不料現在我自己也飛回來了，不過繞了一點小圈子。又不料你也回來了。你不能飛得更遠些麽？」

「這難說，大約也不外乎繞點小圈子罷。」我也似笑非笑的說。「但是你爲什麽飛回來的呢？」

「也還是爲了無聊的事。」他一口喝乾了一杯酒，吸幾口煙，眼睛略爲張大了。「無聊的。——但是我們就談談罷。」

堂倌搬上新添的酒菜來，排滿了一桌，樓上又添了煙氣和油豆腐的熱氣，仿佛熱鬧起來了；樓外的雪也越加紛紛的下。

「你也許本來知道，」他接著說，「我曾經有一個小兄弟，是三歲上死掉的，就葬在這鄉下。我連他的模樣都記不清楚了，但聽母親說，是一個很可愛念的孩子，和我也很相投，至今她提起來還似乎要下淚。今年春天，一個堂兄就來了一封信，說他的墳邊已經漸漸的浸了水，不久怕要陷入河裏去了，須得趕緊去設法。母親一知道就很著急，幾乎幾夜睡不著，——她又自己能看信的。然而我能有什麽法子呢？沒有錢，沒有工夫：當時什麽法也沒有。

「一直挨到現在，趁著年假的閒空，我才得回南給他來遷葬。」他又喝乾一杯酒，看著窗外，說，「這在那邊那裏能如此呢？積雪裏會有花，雪地下會不凍。就在前天，我在城裏買了一口小棺材，——因爲我預料那地下的應該早已朽爛了，——帶著棉絮和被褥，雇了四個土工，下鄉遷葬去。我當時忽而很高興，願意掘一回墳，願意一見我那曾經和我很親睦的小兄弟的骨殖：這些事我生平都沒有經歷過。到得墳地，果然，河水只是咬進來，離墳已不到二尺遠。可憐的墳，兩年沒有培土，也平下去了。我站在雪中，決然的指著他對土工說，「掘開來！」我實在是一個庸人，我這時覺得我的聲音有些稀奇，這命令也是一個在我一生中最爲偉大的命令。但土工們卻毫不駭怪，就動手掘下去了。待到掘著壙穴，我便過去看，果然，棺木已經快要爛盡了，只剩下一堆木絲和小木片。

我的心顫動著，自去拔開這些，很小心的，要看一看我的小兄弟，然而出乎意外！被褥，衣服，骨骼，什麼也沒有。我想，這些都消盡了，向來聽說最難爛的是頭髮，也許還有罷。我便伏下去，在該是枕頭所在的泥土裏仔仔細細的看，也沒有。蹤影全無！」

我忽而看見他眼圈微紅了，但立即知道是有了酒意。他總不很吃菜，單是把酒不停的喝，早喝了一斤多，神情和舉動都活潑起來，漸近於先前所見的呂緯甫了，我叫堂倌再添二斤酒，然後回轉身，也拿著酒杯，正對面默默的聽著。

「其實，這本已可以不必再遷，只要平了土，賣掉棺材，就此完事了的。我去賣棺材雖然有些離奇，但只要價錢極便宜，原鋪子就許要，至少總可以撈回幾文酒錢來。但我不這樣，我仍然鋪好被褥，用棉花裹了些他先前身體所在的地方的泥土，包起來，裝在新棺材裏，運到我父親埋著的墳地上，在他墳旁埋掉了。因為外面用磚墎，昨天又忙了我大半天：監工。但這樣總算完結了一件事，足夠去騙騙我的母親，使她安心些。——阿阿，你這樣的看我，你怪我何以和先前太不相同了麼？是的，我也還記得我們同到城隍廟裏去拔掉神像的鬍子的時候，連日議論些改革中國的方法以至於打起來的時候。但我現在就是這樣子，敷敷衍衍，模模糊糊。我有時自己也想到，倘若先前的朋友看見我，怕會不認我做朋友了。——然而我現在就是這樣。」

他又掏出一支煙捲來，銜在嘴裏，點了火。

「看你的神情，你似乎還有些期望我，——我現在自然麻木得多了，但是有些事也還看得出。這使我很感激，然而也使我很不安：怕我終於辜負了至今還對我開著好意的老朋友。……」他忽而停住了，吸幾口煙，才又慢慢的說，「正在今天，剛在我到這一石居來之前，也就做了一件無聊事，然而也是我自己願意做的。我先前的東邊的鄰居叫長富，是一個船戶。他有一個女兒叫阿順，你那時到我家裏來，也許見過的，但你一定沒有留心，因為那時她還

小。後來她也長得並不好看，不過是平常的瘦瘦的瓜子臉，黃臉皮；獨有眼睛非常大，睫毛也很長，眼白又青得如夜的晴天，而且是北方的無風的晴天，這裏的就沒有那麼明淨了。她很能幹，十多歲沒了母親，招呼兩個小弟妹都靠她；又得服侍父親，事事都周到；也經濟，家計倒漸漸的穩當起來了。鄰居幾乎沒有一個不誇獎她，連長富也時常說些感激的活。這一次我動身回來的時候，我的母親又記得她了，老年人記性真長久。她說她曾經知道順姑因為看見誰的頭上戴著紅的剪絨花，自己也想有一朵，弄不到，哭了，哭了小半夜，就挨了她父親的一頓打，後來眼眶還紅腫了兩三天。這種剪絨花是外省的東西，S城裏尚且買不出，她那裏想得到手呢？趁我這一次回南的便，便叫我買兩朵去送她。

「我對於這差使倒並不以為煩厭，反而很喜歡；為阿順，我實在還有些願意出力的意思的。前年，我回來接我母親的時候，有一天，長富正在家，不知怎的我和他閒談起來了。他便要請我吃點心，蕎麥粉，並且告訴我所加的是白糖。你想，家裏能有白糖的船戶，可見決不是一個窮船戶了，所以他也吃得很闊綽。我被勸不過，答應了，但要求只要用小碗。他也很識世故，便囑咐阿順說，「他們文人，是不會吃東西的。你就用小碗，多加糖！」然而等到調好端來的時候，仍然使我吃一嚇，是一大碗，足夠我吃一天。但是和長富吃的一碗比起來，我的也確乎算小碗。我生平沒有吃過蕎麥粉，這回一嘗，實在不可口，卻是非常甜。我漫然的吃了幾口，就想不吃了，然而無意中，忽然間看見阿順遠遠的站在屋角裏，就使我立刻消失了放下碗筷的勇氣。我看她的神情，是害怕而且希望，大約怕自己調得不好，願我們吃得有味，我知道如果剩下大半碗來，一定要使她很失望，而且很抱歉。我於是同時決心，放開喉嚨灌下去了，幾乎吃得和長富一樣快。我由此才知道硬吃的苦痛，我只記得還做孩子時候的吃盡一碗拌著驅除蛔蟲藥粉的沙糖才有這樣難。然而我毫不抱怨，因為她過來收拾空碗時候的忍著的得意的

笑容，已盡夠賠償我的苦痛而有餘了。所以我這一夜雖然飽脹得睡不穩，又做了一大串惡夢，也還是祝贊她一生幸福，願世界爲她變好。然而這些意思也不過是我的那些舊日的夢的痕跡，即刻就自笑，接著也就忘卻了。

「我先前並不知道她曾經爲了一朵剪絨花挨打，但因爲母親一說起，便也記得了蕎麥粉的事，意外的勤快起來了。我先在太原城裏搜求了一遍，都沒有；一直到濟南……」

窗外沙沙的一陣聲響，許多積雪從被他壓彎了的一枝山茶樹上滑下去了，樹枝筆挺的伸直，更顯出烏油油的肥葉和血紅的花來。

天空的鉛色來得更濃，小鳥雀啾唧的叫著，大概黃昏將近，地面又全罩了雪，尋不出什麼食糧，都趕早回巢來休息了。

「一直到了濟南，」他向窗外看了一回，轉身喝乾一杯酒，又吸幾口煙，接著說。「我才買到剪絨花。我也不知道使她挨打的是不是這一種，總之是絨做的罷了。我也不知道她喜歡深色還是淺色，就買了一朵大紅的，一朵粉紅的，都帶到這裏來。

「就是今天午後，我一吃完飯，便去看長富，我爲此特地耽擱了一天。他的家倒還在，只是看去很有些晦氣色了，但這恐怕不過是我自己的感覺。他的兒子和第二個女兒——阿昭，都站在門口，大了。阿昭長得全不像她姊姊，簡直像一個鬼，但是看見我走向她家，便飛奔的逃進屋裏去。我就問那小子，知道長富不在家。「你的大姊呢？」他立刻瞪起眼睛，連聲問我尋她什麼事，而且惡狠狠的似乎就要撲過來，咬我。我支吾著退走了，我現在是敷敷衍衍……

「你不知道，我可是比先前更怕去訪人了。因爲我已經深知道自己之討厭，連自己也討厭，又何必明知故犯的去使人暗暗地不快呢？然而這回的差使是不能不辦妥的，所以想了一想，終於回到就在斜對門的柴店裏。店主的母親，老發奶奶，倒也還在，而且也還認識我，居然將我邀進店裏坐去了。我們寒暄幾句之後，我就說明

了回到Ｓ城和尋長富的緣故。不料她歎息說：『可惜順姑沒有福氣戴這剪絨花了。』

「她於是詳細的告訴我，說是『大約從去年春天以來，她就見得黃瘦，後來忽而常常下淚了，問她緣故又不說；有時還整夜的哭，哭得長富也忍不住生氣，罵她年紀大了，發了瘋。可是一到秋初，起先不過小傷風，終於躺倒了，從此就起不來。直到咽氣的前幾天，才肯對長富說，她早就像她母親一樣，不時的吐紅和流夜汗。但是瞞著，怕他因此要擔心，有一夜，她的伯伯長庚又來硬借錢，——這是常有的事，——她不給，長庚就冷笑著說：你不要驕氣，你的男人比我還不如！她從此就發了愁，又怕羞，不好問，只好哭。長富趕緊將她的男人怎樣的掙氣的話說給她聽，那裏還來得及？況且她也不信，反而說：好在我已經這樣，什麼也不要緊了。』

「她還說，『如果她的男人真比長庚不如，那就真可怕呵！比不上一個偷雞賊，那是什麼東西呢？然而他來送殮的時候，我是親眼看見他的，衣服很乾淨，人也體面；還眼淚汪汪的說，自己撐了半世小船，苦熬苦省的積起錢來聘了一個女人，偏偏又死掉了。可見他實在是一個好人，長庚說的全是誑。只可惜順姑竟會相信那樣的賊骨頭的誑話，白送了性命。——但這也不能去怪誰，只能怪順姑自己沒有這一份好福氣。』

「那倒也罷，我的事情又完了。但是帶在身邊的兩朵剪絨花怎麼辦呢？好，我就托她送了阿昭。這阿昭一見我就飛跑，大約將我當作一隻狼或是什麼，我實在不願意去送她。——但是我也就送她了，母親只要說阿順見了喜歡的了不得就是。這些無聊的事算什麼？只要模模糊糊。模模糊糊的過了新年，仍舊教我的「子曰詩云」去。」

「你教的是「子曰詩云」麼？」我覺得奇異，便問。

「自然。你還以為教的是ＡＢＣＤ麼？我先是兩個學生，一個讀

《詩經》，一個讀《孟子》。新近又添了一個，女的，讀《女兒經》。連算學也不教，不是我不教，他們不要教。」

「我實在料不到你倒去教這類的書，……」

「他們的老子要他們讀這些；我是別人，無乎不可的。這些無聊的事算什麼？只要隨隨便便，……」

他滿臉已經通紅，似乎很有些醉，但眼光卻又消沉下去了。我微微的歎息，一時沒有話可說。樓梯上一陣亂響，擁上幾個酒客來：當頭的是矮子，擁腫的圓臉；第二個是長的，在臉上很惹眼的顯出一個紅鼻子；此後還有人，一疊連的走得小樓都發抖。我轉眼去看呂緯甫，他也正轉眼來看我，我就叫堂倌算酒賬。

「你藉此還可以支援生活麼？」我一面準備走，一面問。

「是的。——我每月有二十元，也不大能夠敷衍。」

「那麼，你以後預備怎麼辦呢？」

「以後？——我不知道。你看我們那時預想的事可有一件如意？我現在什麼也不知道，連明天怎樣也不知道，連後一分……」

堂倌送上賬來，交給我；他也不像初到時候的謙虛了，只向我看了一眼，便吸煙，聽憑我付了賬。

我們一同走出店門，他所住的旅館和我的方向正相反，就在門口分別了。我獨自向著自己的旅館走，寒風和雪片撲在臉上，倒覺得很爽快。見天色已是黃昏，和屋宇和街道都織在密雪的純白而不定的羅網裏。

一九二四年二月一六日

從這一段（指小說開頭——編者）文字裏，你看到的是什麼呢？微雪，廢園，酒和文人，於是依稀回到那個魏晉時代；你還感到一種懶散、淒涼的氣氛，以及隨之蔓延而來的驅之不去的飄泊感，這恐怕也正是魏晉時代的氣氛，卻也是現實魯迅所感到的。

《在酒樓上》所要傳達的，就是這樣的刻骨銘心的飄泊感。

在這個背景下，在微雪、廢園和酒當中，我們的主人公出現了……

結合《寫在〈墳〉後面》，再來讀《在酒樓上》，我們會再一次體會到魯迅和魏晉文人的相通，表面的放達，掩飾不住對逝去生命和已在的生命深情的眷戀。於是，我們也終於明白，呂緯甫其實是魯迅生命的一部分，或者說，正是在呂緯甫身上，隱藏了魯迅先生某些我們不大注意的方面，甚至是魯迅的自我敘述中也常常有意無意遮蔽的方面，這就是他那種濃濃的人情味，他對生命的眷戀之情。這正是我們在魯迅大部分著作中不大看得到的，呂緯甫這個形象，就具有某種特殊的意義和價值。

……這在某程度上，是表達了魯迅（及同類知識份子）的內在矛盾的：作為現實的選擇與存在，魯迅無疑是一個「飄泊者」，他為自己的無所歸宿而感到痛苦。因此，他在心靈的深處是開有對大地的「堅守者」的嚮往的，但他又警惕著這樣的「堅守」可能產生的新的精神危機：這又是一個魯迅式的往返質疑，因此，小說中的「我」與「呂緯甫」確實都有魯迅的身影，但他自己是生活在「我」與「呂緯甫」之外的。而讀者讀這篇作品，卻會因自己處境的不同而引起不同的反響……魯迅將一個大的想像空間、言說空間留給了讀者，這是一個開放的文本；這也是魯迅小說魅力所在。

——錢理群《「最魯迅氣氛」的小說》

幸福的家庭

——擬許欽文

「……做不做全由自己的便；那作品，像太陽的光一樣，從無量的光源中湧出來，不像石火，用鐵和石敲出來，這才是真藝術。那作者，也才是真的藝術家。——而我，……這算是什麼？……」他想到這裏，忽然從床上跳起來了。以先他早已想過，須得撈幾文稿費維持生活了；投稿的地方，先定為幸福月報社，因為潤筆似乎比較的豐。但作品就須有範圍，否則，恐怕要不收的。範圍就範圍，……現在的青年的腦裏的大問題是？……大概很不少，或者有許多是戀愛，婚姻，家庭之類罷。……是的，他們確有許多人煩悶著，正在討論這些事。

那麼，就來做家庭。然而怎麼做呢？……否則，恐怕要不收的，何必說些背時的話，然而……。他跳下臥床之後，四五步就走到書桌面前，坐下去，抽出一張綠格紙，毫不遲疑，但又自暴自棄似的寫下一行題目道：《幸福的家庭》。

他的筆立刻停滯了；他仰了頭，兩眼瞪著房頂，正在安排那安置這「幸福的家庭」的地方。他想：「北京？不行，死氣沉沉，連空氣也是死的。假如在這家庭的周圍築一道高牆，難道空氣也就隔斷了麼？簡直不行！江蘇浙江天天防要開仗；福建更無須說。

四川，廣東？都正在打。山東河南之類？——阿阿，要綁票的，倘使綁去一個，那就成爲不幸的家庭了。上海天津的租界上房租貴；……假如在外國，笑話。雲南貴州不知道怎樣，但交通也太不便……。」他想來想去，想不出好地方，便要假定爲A了，但又想，「現有不少的人是反對用西洋字母來代人地名的，說是要減少讀者的興味。我這回的投稿，似乎也不如不用，安全些。那麼，在那裏好呢？——湖南也打仗；大連仍然房租貴；察哈爾，吉林，黑龍江罷，——聽說有馬賊，也不行！……」他又想來想去，又想不出好地方，於是終於決心，假定這「幸福的家庭」所在的地方叫作A。

「總之，這幸福的家庭一定須在A，無可磋商。家庭中自然是兩夫婦，就是主人和主婦，自由結婚的。他們訂有四十多條條約，非常詳細，所以非常平等，十分自由。而且受過高等教育，優美高尚……。東洋留學生已經不通行，——那麼，假定爲西洋留學生罷。主人始終穿洋服，硬領始終雪白；主婦是前頭的頭髮始終燙得蓬蓬鬆鬆像一個麻雀窠，牙齒是始終雪白的露著，但衣服卻是中國裝，……」

「不行不行，那不行！二十五斤！」

他聽得窗外一個男人的聲音，不由的回過頭去看，窗幔垂著，日光照著，明得眩目，他的眼睛昏花了；接著是小木片撒在地上的聲響。「不相干，」他又回過頭來想，「什麼『二十五斤』？——他們是優美高尚，很愛文藝的。但因爲都從小生長在幸福裏，所以不愛俄國的小說……。俄國小說多描寫下等人，實在和這樣的家庭也不合。『二十五斤』？不管他。那麼，他們看看什麼書呢？——裴倫（拜倫）的詩？吉支（濟慈）的？不行，都不穩當。——哦，有了，他們都愛看《理想之良人》。我雖然沒有見過這部書，但既然連大學教授也那麼稱讚他，想來他們也一定都愛看，你也看，我也看，——他們一人一本，這家庭裏一共有兩本，……」他覺得胃裏有點空虛了，放下筆，用兩隻手支著頭，教自己的頭像地球儀似

的在兩個柱子間掛著。

「……他們兩人正在用午餐，」他想，「桌上鋪了雪白的布；廚子送上菜來，——中國菜。什麼『二十五斤』？不管他。為什麼倒是中國菜？西洋人說，中國菜最進步，最好吃，最合於衛生：所以他們採用中國菜。送來的是第一碗，但這第一碗是什麼呢？……」「劈柴……」他吃驚的回過頭去看，靠左肩，便立著他自己家裏的主婦，兩隻陰淒淒的眼睛恰恰釘住他的臉。

「什麼？」他以為她來攪擾了他的創作，頗有些憤怒了。

「劈柴，都用完了，今天買了些。前一回還是十斤兩吊四，今天就要兩吊六。我想給他兩吊五，好不好？」

「好好，就是兩吊五。」

「稱得太吃虧了。他一定只肯算二十四斤半；我想就算他二十三斤半，好不好？」

「好好，就算他二十三斤半。」

「那麼，五五二十五，三五一十五，……」

「唔唔，五五二十五，三五一十五，……」他也說不下去了，停了一會，忽而奮然的抓起筆來，就在寫著一行「幸福的家庭」的綠格紙上起算草，起了好久，這才仰起頭來說道：「五吊八！」

「那是，我這裏不夠了，還差八九個……。」

他抽開書桌的抽屜，一把抓起所有的銅元，不下二三十，放在她攤開的手掌上，看她出了房，才又回過頭來向書桌。他覺得頭裏面很脹滿，似乎椏椏叉叉的全被木柴填滿了，五五二十五，腦皮質上還印著許多散亂的亞剌伯數目字。他很深的吸一口氣，又用力的呼出，仿佛要借此趕出腦裏的劈柴，五五二十五和亞剌伯數字來。果然，吁氣之後，心地也就輕鬆不少了，於是仍復恍恍忽忽的想——

「什麼菜？菜倒不妨奇特點。滑溜里脊，蝦子海參，實在太凡庸。我偏要說他們吃的是『龍虎鬥』。但『龍虎鬥』又是什麼呢？

有人說是蛇和貓，是廣東的貴重菜，非大宴會不吃的。但我在江蘇飯館的菜單上就見過這名目，江蘇人似乎不吃蛇和貓，恐怕就如誰所說，是蛙和鱔魚了。現在假定這主人和主婦為那裏人呢？——不管他。總而言之，無論那裏人吃一碗蛇和貓或者蛙和鱔魚，於幸福的家庭是決不會有損傷的。總之這第一碗一定是『龍虎鬥』，無可磋商。

「於是一碗『龍虎鬥』擺在桌子中央了，他們兩人同時捏起筷子，指著碗沿，笑迷迷的你看我，我看你……。

「『My dear，please.』

「『Please you eat first，my dear.』

「『Oh no，please you!』

「於是他們同時伸下筷子去，同時夾出一塊蛇肉來，——不不，蛇肉究竟太奇怪，還不如說是鱔魚罷。那麼，這碗『龍虎鬥』是蛙和鱔魚所做的了。他們同時夾出一塊鱔魚來，一樣大小，五五二十五，三五……不管他，同時放進嘴裏去，……」他不能自制的只想回過頭去看，因為他覺得背後很熱鬧，有人來來往往的走了兩三回。但他還熬著，亂嘈嘈的接著想，「這似乎有點肉麻，那有這樣的家庭？唉唉，我的思路怎麼會這樣亂，這好題目怕是做不完篇的了。——或者不必定用留學生，就在國內受了高等教育的也可以。他們都是大學畢業的，高尚優美，高尚……。男的是文學家；女的也是文學家，或者文學崇拜家。或者女的是詩人；男的是詩人崇拜者，女性尊重者。或者……」他終於忍不住，回過頭去了。

就在他背後的書架的旁邊，已經出現了一座白菜堆，下層三株，中層兩株，頂上一株，向他疊成一個很大的A字。

「唉唉！」他吃驚的歎息，同時覺得臉上驟然發熱了，脊樑上還有許多針輕輕的刺著。「吁……。」他很長的噓一口氣，先斥退了脊梁上的針，仍然想，「幸福的家庭的房子要寬綽。有一間堆積房，白菜之類都到那邊去。主人的書房另一間，靠壁滿排著書

架，那旁邊自然決沒有什麼白菜堆；架上滿是中國書，外國書，《理想之良人》自然也在內，——一共有兩部。臥室又一間；黃銅床，或者質樸點，第一監獄工廠做的榆木床也就夠，床底下很乾淨，……」他當即一瞥自己的床下，劈柴已經用完了，只有一條稻草繩，卻還死蛇似的懶懶的躺著。

「二十三斤半，……」他覺得劈柴就要向床下「川流不息」的進來，頭裏面又有些椏椏叉叉了，便急忙起立，走向門口去想關門。但兩手剛觸著門，卻又覺得未免太暴躁了，就歇了手，只放下那積著許多灰塵的門幕。他一面想，這既無閉關自守之操切，也沒有開放門戶之不安：是很合於「中庸之道」的。

「……所以主人的書房門永遠是關起來的。」他走回來，坐下，想，『有事要商量先敲門，得了許可才能進來，這辦法實在對。現在假如主人坐在自己的書房裏，主婦來談文藝了，也就先敲門。——這可以放心，她必不至於捧著白菜的。

「『Come in，please，my dear.』

「然而主人沒有工夫談文藝的時候怎麼辦呢？那麼，不理她，聽她站在外面老是剝剝的敲？這大約不行罷。或者《理想之良人》裏面都寫著，——那恐怕確是一部好小說，我如果有了稿費，也得去買他一部來看看……。」

拍！他腰骨筆直了，因為他根據經驗，知道這一聲「拍」是主婦的手掌打在他們的三歲的女兒的頭上的聲音。「幸福的家庭，……」他聽到孩子的嗚咽了，但還是腰骨筆直的想，「孩子是生得遲的，生得遲。或者不如沒有，兩個人乾乾淨淨。——或者不如住在客店裏，什麼都包給他們，一個人幹幹……」他聽得嗚咽聲高了起來，也就站了起來，鑽過門幕，想著，「馬克思在兒女的啼哭聲中還會做《資本論》，所以他是偉人，……」走出外間，開了風門，聞得一陣煤油氣。孩子就躺倒在門的右邊，臉向著地，一見他，便「哇」的哭出來了。

「阿阿，好好，莫哭莫哭，我的好孩子。」他彎下腰去抱她。他抱了她回轉身，看見門左邊還站著主婦，也是腰骨筆直，然而兩手插腰，怒氣衝衝的似乎預備開始練體操。

「連你也來欺侮我！不會幫忙，只會搗亂，——連油燈也要翻了他。晚上點什麼？……」

「阿阿，好好，莫哭莫哭，」他把那些發抖的聲音放在腦後，抱她進房，摩著她的頭，說，「我的好孩子。」於是放下她，拖開椅子，坐下去，使她站在兩膝的中間，擎起手來道，「莫哭了呵，好孩子。爹爹做『貓洗臉』給你看。」他同時伸長頸子，伸出舌頭，遠遠的對著手掌舐了兩舐，就用這手掌向了自己的臉上畫圓圈。

「呵呵呵，花兒。」她就笑起來了。

「是的是的，花兒。」他又連畫上幾個圓圈，這才歇了手，只見她還是笑迷迷的掛著眼淚對他看。他忽而覺得，她那可愛的天真的臉，正像五年前的她的母親，通紅的嘴唇尤其像，不過縮小了輪廓。那時也是晴朗的冬天，她聽得他說決計反抗一切阻礙，為她犧牲的時候，也就這樣笑迷迷的掛著眼淚對他看。他惘然的坐著，仿佛有些醉了。「阿阿，可愛的嘴唇……」他想。

門幕忽然掛起。劈柴運進來了。

他也忽然驚醒，一定睛，只見孩子還是掛著眼淚，而且張開了通紅的嘴唇對他看。「嘴唇……」他向旁邊一瞥，劈柴正在進來，「……恐怕將來也就是五五二十五，九九八十一！……而且兩隻眼睛陰淒淒的……。」他想著，隨即粗暴的抓起那寫著一行題目和一堆算草的綠格紙來，揉了幾揉，又展開來給她拭去了眼淚和鼻涕。「好孩子，自己玩去罷。」他一面推開她，說；一面就將紙團用力的擲在紙簍裏。

但他又立刻覺得對於孩子有些抱歉了，重覆回頭，目送著她獨自縈縈的出去；耳朵裏聽得木片聲。他想要定一定神，便又回轉

頭，閉了眼睛，息了雜念，平心靜氣的坐著。他看見眼前浮出一朵扁圓的烏花，橙黃心，從左眼的左角漂到右，消失了；接著一朵明綠花，墨綠色的心；接著一座六株的白菜堆，屹然的向他疊成一個很大的A字。

一九二四年二月一八日。

名·家·解·讀

　　這篇小說是魯迅模仿許欽文的《理想的伴侶》的寫法而創作的。但是正如許欽文所說：「魯迅先生的作品內容深厚，思想性尤其強。我的作品膚淺、單薄，不可以比擬。魯迅先生對於我的《理想的伴侶》，只是引起了他寫《幸福的家庭》的動機就是了。」

　　這篇作品的諷刺有它自身的特點，這就是可笑與可悲緊密地交織在一起，在喜劇和悲劇性的交融中透露出作者的憤懣與同情。《幸福的家庭》中的這位文學家，自己的生活是貧苦的，住房擁擠，時常挨餓，夫妻為生活所累，不得不每日為柴米油鹽而精打細算，可是他在寫小說時偏要憑空幻想一個住房寬敞，不愁衣食，處處顯示溫文爾雅的紳士風度的幸福家庭。作者揭示了這種矛盾，指出畫餅充饑式的行為是多麼可笑，從這個意義上說，這是帶有喜劇色彩的。在這裏，人們在聽到作者的笑聲的同時也可以看到他閃閃的淚光。而這又構成了《幸福的家庭》這篇小說獨有的詼諧而又深沉的藝術風格。

——范伯群、曾華鵬《真空中的理想之花的凋零》

肥皂

　　四銘太太正在斜日光中背著北窗和她八歲的女兒秀兒糊紙錠，忽聽得又重又緩的布鞋底聲響，知道四銘進來了，並不去看他，只是糊紙錠。但那布鞋底聲卻愈響愈逼近，覺得終於停在她的身邊了，於是不免轉過眼去看，只見四銘就在她面前聳肩曲背的狠命掏著布馬掛底下的袍子的大襟後面的口袋。

　　他好容易曲曲折折的匯出手來，手裏就有一個小小的長方包，葵綠色的，一徑遞給四太太。她剛接到手，就聞到一陣似橄欖非橄欖的說不清的香味，還看見葵綠色的紙包上有一個金光燦爛的印子和許多細簇簇的花紋。秀兒即刻跳過來要搶著看，四太太趕忙推開她。

　　「上了街？……」她一面看，一面問。

　　「唔唔。」他看著她手裏的紙包，說。

　　於是這葵綠色的紙包被打開了，裏面還有一層很薄的紙，也是葵綠色，揭開薄紙，才露出那東西的本身來，光滑堅致，也是葵綠色，上面還有細簇簇的花紋，而薄紙原來卻是米色的，似橄欖非橄欖的說不清的香味也來得更濃了。

　　「唉唉，這實在是好肥皂。」她捧孩子似的將那葵綠色的東西

送到鼻子下面去，嗅著說。

「唔唔，你以後就用這個……。」

她看見他嘴裏這麼說，眼光卻射在她的脖子上，便覺得顴骨以下的臉上似乎有些熱。她有時自己偶然摸到脖子上，尤其是耳朵後，指面上總感著些粗糙，本來早就知道是積年的老泥，但向來倒也並不很介意。現在在他的注視之下，對著這葵綠市香的洋肥皂，可不禁臉上有些發熱了，而且這熱又不絕的蔓延開去，即刻一徑到耳根。她於是就決定晚飯後要用這肥皂來拚命的洗一洗。

「有些地方，本來單用皂莢子是洗不乾淨的。」她自對自的說。

「媽，這給我！」秀兒伸手來搶葵綠紙；在外面玩耍的小女兒招兒也跑到了。四太太趕忙推開她們，裹好薄紙，又照舊包上葵綠紙，欠過身去擱在洗臉臺上最高的一層格子上，看一看，翻身仍然糊紙錠。

「學程！」四銘記起了一件事似的，忽而拖長了聲音叫，就在她對面的一把高背椅子上坐下了。

「學程！」她也幫著叫。

她停下糊紙錠，側耳一聽，什麼回應也沒有，又見他仰著頭焦急的等著，不禁很有些抱歉了，便盡力提高了喉嚨，尖利的叫：

「絟兒呀！」

這一叫確乎有效，就聽到皮鞋聲橐橐的近來，不一會，兒已站在她面前了，只穿短衣，肥胖的圓臉上亮晶晶的流著油汗。

「你在做什麼？怎麼爹叫也不聽見？」她譴責的說。

「我剛在練八卦拳……。」他立即轉身向了四銘，筆挺的站著，看著他，意思是問他什麼事。

「學程，我就要問你：『惡毒婦』是什麼？」

「『惡毒婦』？……那是，『很凶的女人』罷？……」

「胡說！胡鬧！」四銘忽而怒得可觀。「我是『女人』麼!?」

學程嚇得倒退了兩步，站得更挺了。他雖然有時覺得他走路

很像上臺的老生，卻從沒有將他當作女人看待，他知道自己答的很錯了。「『惡毒婦』是『很凶的女人』，我倒不懂，得來請教你？——這不是中國話，是鬼子話，我對你說。這是什麼意思，你懂麼？」

「我，……我不懂。」學程更加局促起來。

「嚇，我白化錢送你進學堂，連這一點也不懂。虧煞你的學堂還誇什麼『口耳並重』，倒教得什麼也沒有。說這鬼話的人至多不過十四五歲，比你還小些呢，已經嘰嘰咕咕的能說了，你卻連意思也說不出，還有這臉說『我不懂』！——現在就給我去查出來！」

學程在喉嚨底裏答應了一聲「是」，恭恭敬敬的退出去了。

「這眞叫作不成樣子，」過了一會，四銘又慷慨的說，「現在的學生是。其實，在光緒年間，我就是最提倡開學堂的，可萬料不到學堂的流弊竟至於如此之大：什麼解放咧，自由咧，沒有實學，只會胡鬧。學程呢，爲他化了的錢也不少了，都白化。好容易給他進了中西折中的學堂，英文又專是『口耳並重』的，你以爲這該好了罷，哼，可是讀了一年，連『惡毒婦』也不懂，大約仍然是念死書。嚇，什麼學堂，造就了些什麼？我簡直說：應該統統關掉！」

「對咧，眞不如統統關掉的好。」四太太糊著紙錠，同情的說。

「秀兒她們也不必進什麼學堂了。『女孩子，念什麼書？』九公公先前這樣說，反對女學的時候，我還攻擊他呢；可是現在看起來，究竟是老年人的話對。你想，女人一陣一陣的在街上走，已經很不雅觀的了，她們卻還要剪頭髮。我最恨的就是那些剪了頭髮的女學生，我簡直說，軍人土匪倒還情有可原，攪亂天下的就是她們，應該很嚴的辦一辦……。」

「對咧，男人都像了和尙還不夠，女人又來學尼姑了。」

「學程！」

學程正捧著一本小而且厚的金邊書快步進來，便呈給四銘，指著一處說：

「這倒有點像。這個……。」

四銘接來看時，知道是字典，但文字非常小，又是橫行的。他眉頭一皺，擎向視窗，細著眼睛，就學程所指的一行念過去：「『第十八世紀創立之共濟講社之稱』。——唔，不對。——這聲音是怎麼念的？」他指著前面的「鬼子」字，問。

「惡特拂羅斯（Oddfellows）。」

「不對，不對，不是這個。」四銘又忽而憤怒起來了。「我對你說：那是一句壞話，罵人的話，罵我這樣的人的。懂了麼？查去！」

學程看了他幾眼，沒有動。

「這是什麼悶胡盧，沒頭沒腦的？你也先得說說清，教他好用心的查去。」她看見學程為難，覺得可憐，便排解而且不滿似的說。

「就是我在大街上廣潤祥買肥皂的時候，」四銘呼出了一口氣，向她轉過臉去，說。「店裏又有三個學生在那裏買東西。我呢，從他們看起來，自然也怕太嚕蘇一點了罷。我一氣看了六七樣，都要四角多，沒有買；看一角一塊的，又太壞，沒有什麼香。我想，不如中通的好，便挑定了那綠的一塊，兩角四分。夥計本來是勢利鬼，眼睛生在額角上的，早就撅著狗嘴的了；可恨那學生這壞小子又都擠眉弄眼的說著鬼話笑。後來，我要打開來看一看才付錢：洋紙包著，怎麼斷得定貨色的好壞呢。誰知道那勢利鬼不但不依，還蠻不講理，說了許多可惡的廢話；壞小子們又附和著說笑。那一句是頂小的一個說的，而且眼睛看著我，他們就都笑起來了：可見一定是一句壞話。」他於是轉臉對著學程道，「你只要在『壞話類』裏去查去！」

學程在喉嚨底裏答應了一聲「是」，恭恭敬敬的退去了。

「他們還嚷什麼『新文化新文化』，『化』到這樣了，還不夠？」他兩眼釘著屋樑，儘自說下去。「學生也沒有道德，社會上

也沒有道德，再不想點法子來挽救，中國這才眞個要亡了。——你想，那多麼可歎？……」

「什麼？」她隨口的問，並不驚奇。

「孝女。」他轉眼對著她，鄭重的說。「就在大街上，有兩個討飯的。一個是姑娘，看去該有十八九歲了。——其實這樣的年紀，討飯是很不相宜的了，可是她還討飯。——和一個六七十歲的老的，白頭髮，眼睛是瞎的，坐在布店的簷下求乞。大家多說她是孝女，那老的是祖母。她只要討得一點什麼，便都獻給祖母吃，自己情願餓肚皮。可是這樣的孝女，有人肯佈施麼？」他射出眼光來釘住她，似乎要試驗她的識見。

她不答話，也只將眼光釘住他，似乎倒是專等他來說明。

「哼，沒有。」他終於自己回答說。「我看了好半天，只見一個人給了一文小錢；其餘的圍了一大圈，倒反去打趣。還有兩個光棍，竟肆無忌憚的說：『阿發，你不要看得這貨色髒。你只要去買兩塊肥皂來，咯支咯支遍身洗一洗，好得很哩！』哪，你想，這成什麼話？」

「哼，」她低下頭去了，久之，才又懶懶的問，「你給了錢麼？」

「我麼？——沒有。一兩個錢，是不好意思拿出去的。她不是平常的討飯，總得……。」

「嗡。」她不等說完話，便慢慢地站起來，走到廚下去。昏黃只顯得濃密，已經是晚飯時候了。

四銘也站起身，走出院子去。天色比屋子裏還明亮，學程就在牆角落上練習八卦拳：這是他的「庭訓」，利用晝夜之交的時間的經濟法，學程奉行了將近大半年了。他贊許似的微微點一點頭，便反背著兩手在空院子裏來回的踱方步。不多久，那惟一的盆景萬年青的闊葉又已消失在昏暗中，破絮一般的白雲間閃出星點，黑夜就從此開頭。四銘當這時候，便也不由的感奮起來，仿佛就要大有所

為，與周圍的壞學生以及惡社會宣戰。他意氣漸漸勇猛，腳步愈跨愈大，布鞋底聲也愈走愈響，嚇得早已睡在籠子裏的母雞和小雞也都唧唧足足的叫起來了。

堂前有了燈光，就是號召晚餐的烽火，闔家的人們便都齊集在中央的桌子周圍。燈在下橫；上首是四銘一人居中，也是學程一般肥胖的圓臉，但多兩撇細鬍子，在菜湯的熱氣裏，獨據一面，很像廟裏的財神。左橫是四太太帶著招兒；右橫是學程和秀兒一列。碗筷聲雨點似的響，雖然大家不言語，也就是很熱鬧的晚餐。

招兒帶翻了飯碗了，菜湯流得小半桌。四銘儘量的睜大了細眼睛瞪著看得她要哭，這才收回眼光，伸筷自去夾那早先看中了的一個菜心去。可是菜心已經不見了，他左右一瞥，就發見學程剛剛夾著塞進他張得很大的嘴裏去，他於是只好無聊的吃了一筷黃菜葉。

「學程，」他看著他的臉說，「那一句查出了沒有？」

「那一句？——那還沒有。」

「哼，你看，也沒有學問，也不懂道理，單知道吃！學學那個孝女罷，做了乞丐，還是一味孝順祖母，自己情願餓肚子。但是你們這些學生那裏知道這些，肆無忌憚，將來只好像那光棍……。」

「想倒想著了一個，但不知可是。——我想，他們說的也許是『阿爾特膚爾』。」

「哦哦，是的！就是這個！他們說的就是這樣一個聲音：『惡毒夫咧。』這是什麼意思？你也就是他們這一黨：你知道的。」

「意思，——意思我不很明白。」

「胡說！瞞我。你們都是壞種！」

「『天不打吃飯人』，你今天怎麼盡鬧脾氣，連吃飯時候也是打雞罵狗的。他們小孩子們知道什麼。」四太太忽而說。

「什麼？」四銘正想發話，但一回頭，看見她陷下的兩頰已經鼓起，而且很變了顏色，三角形的眼裏也發著可怕的光，便趕緊改口說，「我也沒有鬧什麼脾氣，我不過教學程應該懂事些。」

「他那裏懂得你心裏的事呢。」她可是更氣忿了，「他如果能懂事，早就點了燈籠火把，尋了那孝女來了。好在你已經給她買好了一塊肥皂在這裏，只要再去買一塊……」

「胡說！那話是那光棍說的。」

「不見得。只要再去買一塊，給她咯支咯支的遍身洗一洗，供起來，天下也就太平了。」

「什麼話？那有什麼相干？我因爲記起了你沒有肥皂……」

「怎麼不相干？你是特誠買給孝女的，你咯支咯支的去洗去。我不配，我不要，我也不要沾孝女的光。」

「這眞是什麼話？你們女人……」四銘支吾著，臉上也像學程練了八卦拳之後似的流出油汗來，但大約大半也因爲吃了太熱的飯。

「我們女人怎麼樣？我們女人，比你們男人好得多。你們男人不是罵十八九歲的女學生，就是稱讚十八九歲的女討飯：都不是什麼好心思。『咯支咯支』，簡直是不要臉！」

「我不是已經說過了？那是一個光棍……」

「四翁！」外面的暗中忽然起了極響的叫喊。

「道翁麼？我就來！」四銘知道那是高聲有名的何道統，便遇赦似的，也高興的大聲說。「學程，你快點燈照何老伯到書房去！」

學程點了燭，引著道統走進西邊的廂房裏，後面還跟著卜薇園。

「失迎失迎，對不起。」四銘還嚼著飯，出來拱一拱手，說。「就在舍間用便飯，何如？……」

「已經偏過了。」薇園迎上去，也拱一拱手，說。「我們連夜趕來，就爲了那移風文社的第十八屆徵文題目，明天不是『逢七』麼？」

「哦！今天十六？」四銘恍然的說。

「你看，多麼糊塗！」道統大嚷道。

「那麼，就得連夜送到報館去，要他明天一準登出來。」

「文題我已經擬下了。你看怎樣，用得用不得？」道統說著，就從手巾包裏挖出一張紙條來交給他。四銘踱到燭臺面前，展開紙條，一字一字的讀下去：

「『恭擬全國人民合詞籲請貴大總統特頒明令專重聖經崇祀孟母以挽頹風而存國粹文』。——好極好極。可是字數太多了罷？」

「不要緊的！」道統大聲說。「我算過了，還無須乎多加廣告費。但是詩題呢？」

「詩題麼？」四銘忽而恭敬之狀可掬了。「我倒有一個在這裏：孝女行。那是實事，應該表彰表彰她。我今天在大街上……」

「哦哦，那不行。」薇園連忙搖手，打斷他的話。「那是我也看見的。她大概是『外路人』，我不懂她的話，她也不懂我的話，不知道她究竟是那裏人。大家倒都說她是孝女；然而我問她可能做詩，她搖搖頭。要是能做詩，那就好了。」

「然而忠孝是大節，不會做詩也可以將就……。」

「那倒不然，而孰知不然！」薇園攤開手掌，向四銘連搖帶推的奔過去，力爭說，「要會做詩，然後有趣。」

「我們，」四銘推開他，「就用這個題目，加上說明，登報去。一來可以表彰表彰她；二來可以借此針砭社會。現在的社會還成個什麼樣子，我從旁考察了好半天，竟不見有什麼人給一個錢，這豈不是全無心肝……」

「阿呀，四翁！」薇園又奔過來，「你簡直是在『對著和尚罵賊禿』了。我就沒有給錢，我那時恰恰身邊沒有帶著。」

「不要多心，薇翁。」四銘又推開他，「你自然在外，又作別論。你聽我講下去：她們面前圍了一大群人，毫無敬意，只是打趣。還有兩個光棍，那是更其肆無忌憚了，有一個簡直說，『阿發，你去買兩塊肥皂來，咯支咯支遍身洗一洗，好得很哩。』你

想，這……」

「哈哈哈！兩塊肥皂！」道統的響亮的笑聲突然發作了，震得人耳朵喤喤的叫，「你買，哈哈，哈哈！」

「道翁，道翁，你不要這麼嚷。」四銘吃了一驚，慌張的說。

「咯支咯支，哈哈！」

「道翁！」四銘沉下臉來了，「我們講正經事，你怎麼只胡鬧，鬧得人頭昏。你聽，我們就用這兩個題目，即刻送到報館去，要他明天一準登出來。這事只好偏勞你們兩位了。」

「可以可以，那自然。」薇園極口應承說。

「呵呵，洗一洗，咯支……唏唏……」

「道翁！！！」四銘憤憤的叫。

道統給這一喝，不笑了。他們擬好了說明，薇園謄在信箋上，就和道統跑往報館去。四銘拿著燭臺，送出門口，回到堂屋的外面，心裏就有些不安逸，但略一躊躕，也終於跨進門檻去了。他一進門，迎頭就看見中央的方桌中間放著那肥皂的葵綠色的小小的長方包，包中央的金印子在燈光下明晃晃的發閃，周圍還有細小的花紋。

秀兒和招兒都蹲在桌子下橫的地上玩；學程坐在右橫查字典。最後在離燈最遠的陰影裏的高背椅子上發見了四太太，燈光照處，見她死板板的臉上並不顯出什麼喜怒，眼睛也並不看著什麼東西。

「咯支咯支，不要臉不要臉……」

四銘微微的聽得秀兒在他背後說，回頭看時，什麼動作也沒有了，只有招兒還用了她兩隻小手的指頭在自己臉上抓。

他覺得存身不住，便熄了燭，踱出院子去。他來回的踱，一不小心，母雞和小雞又唧唧足足的叫了起來，他立即放輕腳步，並且走遠些。經過許多時，堂屋裏的燈移到臥室裏去了。他看見一地月光，仿佛滿鋪了無縫的白紗，玉盤似的月亮現在白雲間，看不出一點缺。

他很有些悲傷，似乎也像孝女一樣，成了「無告之民」，孤苦零丁了。他這一夜睡得非常晚。

但到第二天的早晨，肥皂就被錄用了。這日他比平日起得遲，看見她已經伏在洗臉臺上擦脖子，肥皂的泡沫就如大螃蟹嘴上的水泡一般，高高的堆在兩個耳朵後，比起先前用皂莢時候的只有一層極薄的白沫來，那高低真有天壤之別了。從此之後，四太太的身上便總帶著些似橄欖非橄欖的說不清的香味；幾乎小半年，這才忽而換了樣，凡有聞到的都說那可似乎是檀香。

一九二四年三月二二日

名·家·解·讀

作品中的四銘，是一個封建復古派代表人物。在家中，他實行的是封建家長制，要妻子兒女糊紙錠，打八卦拳，學孝女，惟命是從；在社會上，他攻擊改革，反對學生的自由解放，說學生的新思想「攪亂了天下」，主張「應該很嚴的辦一辦」，他特別仇視「五四」新文化運動，攻擊「新文化，新文化」，「化到了這樣了，還不夠？」……他們的救世藥方是什麼呢？不外是幾個臭味相投的封建餘孽組織「移風文社」，「籲請大總統」、「重聖經」「崇祀孟母」，以挽世風。但就是這幫「正人君子」，在見「孝女」，買肥皂的舉動中，恰恰洩露了他們一肚子男盜女娼的卑劣心理。因此，對《肥皂》的主題，我們可以這樣的認識：

小說通過四銘見孝女、買肥皂的事件，以及由肥皂而掀起的家庭風波，集中揭露了封建復古派政治上的極端反動，道德上的極端墮

落，戳穿了他們關心世道人心、國家命運的畫皮，把封建復古派的反動本質和骯髒靈魂暴露在光天化日之下，使這夥醜類於「麒麟皮下露出馬腳」。

魯迅在《中國新文學大系・小說二集序》中說，《肥皂》「技巧稍為圓熟，刻畫也稍加深切。」綜觀《吶喊》、《彷徨》，《肥皂》確實是一篇藝術技巧圓熟的成功之作。

(1)於平常的生活瑣事中見出深刻的諷刺藝術。

買肥皂，本來是一件極為普通的事，誰都不以為奇，但是，魯迅將四銘買肥皂的舉動，與見孝女動欲心並與兩個無賴的話聯繫起來，揭示了道學先生的假道學……魯迅就是這樣，總是在極為平常的事件中，讓它們在藝術的顯微鏡下，看到了被諷刺物件的不合理性、反動性，感受到舊勢力的可笑、可鄙、可惡。

諷刺藝術中，魯迅特別重視畫出人的靈魂。他認為，俄國作家陀思妥耶夫斯基將「靈魂顯示於人」，「是在高的藝術上的寫實主義者」。（《集外集・〈窮人〉小引》）在《肥皂》中魯迅通過四銘見孝女、聽到兩個無賴的話，萌動買肥皂的念頭，並真的買了肥皂，滿足其「咯支咯支」洗一遍的欲望，畫出了假道學的卑劣動機和骯髒靈魂。一塊肥皂，洗盡了道學家莊嚴、厚重的油彩，顯示本來面目。這就是畫靈魂的藝術。

(2)人物設計、故事情節安排精當、巧妙……

(3)「並寫兩面，使之相形」——「隱」與「顯」的藝術辯證法。……

(4)無一貶詞，而情偽畢露的白描手法。

——于朝貴《魯迅作品手冊》

肥 皂 1976年創作

「哈哈哈！兩塊肥皂！」道統的響亮的笑聲突然發作了，震得人耳朵喤喤的叫，「你買，哈哈，哈哈！」

長明燈

　　春陰的下午，吉光屯唯一的茶館子裏的空氣又有些緊張了，人們的耳朵裏，仿佛還留著一種微細沉實的聲息——

　　「熄掉他罷！」

　　但當然並不是全屯的人們都如此。這屯上的居民是不大出行的，動一動就須查黃曆，看那上面是否寫著「不宜出行」；倘沒有寫，出去也須先走喜神方，迎吉利。不拘禁忌地坐在茶館裏的不過幾個以豁達自居的青年人，但在蟄居人的意中卻以為個個都是敗家子。

　　現在也無非就是這茶館裏的空氣有些緊張。

　　「還是這樣麼？」三角臉的拿起茶碗，問。

　　「聽說，還是這樣，」方頭說，「還是盡說『熄掉他熄掉他』。眼光也越加發閃了。見鬼！這是我們屯上的一個大害，你不要看得微細。我們倒應該想個法子來除掉他！」

　　「除掉他，算什麼一回事。他不過是一個……。什麼東西！造廟的時候，他的祖宗就捐過錢，現在他卻要來吹熄長明燈。這不是不肖子孫？我們上縣去，送他忤逆！」闊亭捏了拳頭，在桌上一擊，慷慨地說。一隻斜蓋著的茶碗蓋子也噫的一聲，翻了身。

「不成。要送忤逆，須是他的父母，母舅……」方頭說。

「可惜他只有一個伯父……」闊亭立刻頹唐了。

「闊亭！」方頭突然叫道。「你昨天的牌風可好？」

闊亭睜著眼看了他一會，沒有便答；胖臉的莊七光已經放開喉嚨嚷起來了：「吹熄了燈，我們的吉光屯還成什麼吉光屯，不就完了麼？老年人不都說麼：這燈還是梁武帝點起的，一直傳下來，沒有熄過；連長毛造反的時候也沒有熄過……。你看，嘖，那火光不是綠瑩瑩的麼？外路人經過這裏的都要看一看，都稱讚……。嘖，多麼好……。他現在這麼胡鬧，什麼意思？……」

「他不是發了瘋麼？你還沒有知道？」方頭帶些藐視的神氣說。

「哼，你聰明！」莊七光的臉上就走了油。

「我想：還不如用老法子騙他一騙，」灰五嬸，本店的主人兼工人，本來是旁聽著的，看見形勢有些離了她專注的本題了，便趕忙來岔開紛爭，拉到正經事上去。

「什麼老法子？」莊七光詫異地問。

「他不是先就發過一回瘋麼，和現在一模一樣。那時他的父親還在，騙了他一騙，就治好了。」

「怎麼騙？我怎麼不知道？」莊七光更其詫異地問。

「你怎麼會知道？那時你們都還是小把戲呢，單知道喝奶拉矢。便是我，那時也不這樣。你看我那時的一雙手呵，真是粉嫩粉嫩……」

「你現在也還是粉嫩粉嫩……」方頭說。

「放你媽的屁！」灰五嬸怒目地笑了起來，「莫胡說了。我們講正經話。他那時也還年青哩；他的老子也就有些瘋的。聽說：有一天他的祖父帶他進社廟去，教他拜社老爺，瘟將軍，王靈官老爺，他就害怕了，硬不拜，跑了出來，從此便有些怪。後來就像現在一樣，一見人總和他們商量吹熄正殿上的長明燈。他說熄了便再不會有蝗蟲和病痛，真是像一件天大的正事似的。大約那是邪祟附

了體，怕見正路神道了。要是我們，會怕見社老爺麼？你們的茶不冷了麼？對一點熱水罷。好，他後來就自己闖進去，要去吹。他的老子又太疼愛他，不肯將他鎖起來。呵，後來不是全屯動了公憤，和他老子去吵鬧了麼？可是，沒有辦法，──幸虧我家的死鬼那時還在，給想了一個法：將長明燈用厚棉被一圍，漆漆黑黑地，領他去看，說是已經吹熄了。」

「唉唉，這真虧他想得出。」三角臉吐一口氣，說，不勝感服之至似的。

「費什麼這樣的手腳，」闊亭憤憤地說，「這樣的東西，打死了就完了，嚇！」

「那怎麼行？」她吃驚地看著他，連忙搖手道，「那怎麼行！他的祖父不是捏過印靶子的麼？」

闊亭們立刻面面相覷，覺得除了「死鬼」的妙法以外，也委實無法可想了。

「後來就好了的！」她又用手背抹去一些嘴角上的白沫，更快地說，「後來全好了的！他從此也就不再走進廟門去，也不再提起什麼來，許多年。不知道怎麼這回看了賽會之後不多幾天，又瘋了起來了。哦，同先前一模一樣。午後他就走過這裏，一定又上廟裏去了。你們和四爺商量商量去，還是再騙他一騙好。那燈不是梁五弟點起來的麼？不是說，那燈一滅，這裏就要變海，我們就都要變泥鰍麼？你們快去和四爺商量商量罷，要不……」

「我們還是先到廟前去看一看，」方頭說著，便軒昂地出了門。闊亭和莊七光也跟著出去了。

三角臉走得最後，將到門口，回過頭來說道：「這回就記了我的賬！入他……。」

灰五嬸答應著，走到東牆下拾起一塊木炭來，就在牆上畫有一個小三角形和一串短短的細線的下面，劃添了兩條線。

他們望見社廟的時候，果然一併看到了幾個人：一個正是他，兩個是閑看的，三個是孩子。但廟門卻緊緊地關著。

「好！廟門還關著。」闊亭高興地說。

他們一走近，孩子們似乎也都膽壯，圍近去了。本來對了廟門立著的他，也轉過臉來對他們看。

他也還如平常一樣，黃的方臉和藍布破大衫，只在濃眉底下的大而且長的眼睛中，略帶些異樣的光閃，看人就許多工夫不眨眼，並且總含著悲憤疑懼的神情。短的頭髮上粘著兩片稻草葉，那該是孩子暗暗地從背後給他放上去的，因為他們向他頭上一看之後，就都縮了頸子，笑著將舌頭很快地一伸。

他們站定了，各人都互看著別個的臉。

「你幹什麼？」但三角臉終於走上一步，詰問了。

「我叫老黑開門，」他低聲，溫和地說。「就因為那一盞燈必須吹熄。你看，三頭六臂的藍臉，三隻眼睛，長帽，半個的頭，牛頭和豬牙齒，都應該吹熄……吹熄。吹熄，我們就不會有蝗蟲，不會有豬嘴瘟……。」

「唏唏，胡鬧！」闊亭輕蔑地笑了出來，「你吹熄了燈，蝗蟲會還要多，你就要生豬嘴瘟！」

「唏唏！」莊七光也陪著笑。

一個赤膊孩子擎起他玩弄著的葦子，對他瞄準著，將櫻桃似的小口一張，道：「吧！」

「你還是回去罷！倘不，你的伯伯會打斷你的骨頭！燈麼，我替你吹。你過幾天來看就知道。」闊亭大聲說。

他兩眼更發出閃閃的光來，釘一般看定闊亭的眼，使闊亭的眼光趕緊關易了。

「你吹？」他嘲笑似的微笑，但接著就堅定地說，「不能！不要你們。我自己去熄，此刻去熄！」

闊亭便立刻頹唐得酒醒之後似的無力；方頭卻已站上去了，慢

慢地說道：「你是一向懂事的，這一回可是太糊塗了。讓我來開導你罷，你也許能夠明白。就是吹熄了燈，那些東西不是還在麼？不要這麼傻頭傻腦了，還是回去！睡覺去！」

「我知道的，熄了也還在。」他忽又現出陰鷙的笑容，但是立即收斂了，沉實地說道，「然而我只能姑且這麼辦。我先來這麼辦，容易些。我就要吹熄他，自己熄！」他說著，一面就轉過身去竭力地推廟門。

「喂！」闊亭生氣了，「你不是這裏的人麼？你一定要我們大家變泥鰍麼？回去！你推不開的，你沒有法子開的！吹不熄的！還是回去好！」

「我不回去！我要吹熄他！」

「不成！你沒法開！」

「…………」

「你沒法開！」

「那麼，就用別的法子來。」他轉臉向他們一瞥，沉靜地說。

「哼，看你有什麼別的法。」

「…………」

「看你有什麼別的法！」

「我放火。」

「什麼？」闊亭疑心自己沒有聽清楚。

「我放火！」

沉默像一聲清磬，搖曳著尾聲，周圍的活物都在其中凝結了。但不一會，就有幾個人交頭接耳，不一會，又都退了開去；兩三人又在略遠的地方站住了。廟後門的牆外就有莊七光的聲音喊道：

「老黑呀，不對了！你廟門要關得緊！老黑呀，你聽清了麼？關得緊！我們去想了法子就來！」

但他似乎並不留心別的事，只閃爍著狂熱的眼光，在地上，在空中，在人身上，迅速地搜查，仿佛想要尋火種。

方頭和闊亭在幾家的大門裏穿梭一般出入了一通之後，吉光屯全局頓然擾動了。許多人們的耳朵裏，心裏，都有了一個可怕的聲音：「放火！」但自然還有多少更深的蟄居人的耳朵裏心裏是全沒有。然而全屯的空氣也就緊張起來，凡有感得這緊張的人們，都很不安，仿佛自己就要變成泥鰍，天下從此毀滅。他們自然也隱約知道毀滅的不過是吉光屯，但也覺得吉光屯似乎就是天下。

　　這事件的中樞，不久就湊在四爺的客廳上了。坐在首座上的是年高德韶的郭老娃，臉上已經皺得如風乾的香橙，還要用手捋著下頦上的白鬍鬚，似乎想將他們拔下。

　　「上半天，」他放鬆了鬍子，慢慢地說，「西頭，老富的中風，他的兒子，就說是：因為，社神不安，之故。這樣一來，將來，萬一有，什麼，雞犬不寧，的事，就難免要到，府上……是的，都要來到府上，麻煩。」

　　「是麼，」四爺也捋著上唇的花白的鯰魚鬚，卻悠悠然，仿佛全不在意模樣，說，「這也是他父親的報應呵。他自己在世的時候，不就是不相信菩薩麼？我那時就和他不合，可是一點也奈何他不得。現在，叫我還有什麼法？」

　　「我想，只有一個。是的，有一個。明天，捆上城去，給他在那個，那個城隍廟裏擱一夜，是的，擱一夜，趕一趕，邪祟。」

　　闊亭和方頭以守護全屯的勞績，不但第一次走進這一個不易瞻仰的客廳，並且還坐在老娃之下和四爺之上，而且還有茶喝。他們跟著老娃進來，報告之後，就只是喝茶，喝乾之後，也不開口，但此時闊亭忽然發表意見了：「這辦法太慢！他們兩個還管著呢。最要緊的是馬上怎麼辦。如果真是燒將起來……」

　　郭老娃嚇了一跳，下巴有些發抖。

　　「如果真是燒將起來……」方頭搶著說。

　　「那麼，」闊亭大聲道，「就糟了！」

一個黃頭髮的女孩子又來沖上茶。闊亭便不再說話，立即拿起茶來喝。渾身一抖，放下了，伸出舌尖來舐了一舐上嘴唇，揭去碗蓋嘘嘘地吹著。

　　「真是拖累煞人！」四爺將手在桌上輕輕一拍，「這種子孫，真該死呵！唉！」

　　「的確，該死的。」闊亭抬起頭來了，「去年，連各莊就打死一個：這種子孫。大家一口咬定，說是同時同刻，大家一齊動手，分不出打第一下的是誰，後來什麼事也沒有。」

　　「那又是一回事。」方頭說，「這回，他們管著呢。我們得趕緊想法子。我想……」

　　老娃和四爺都肅然地看著他的臉。「我想：倒不如姑且將他關起來。」

　　「那倒也是一個妥當的辦法。」四爺微微地點一點頭。

　　「妥當！」闊亭說。

　　「那倒，確是，一個妥當的，辦法。」老娃說，「我們，現在，就將他，拖到府上來。府上，就趕快，收拾出，一間屋子來。還，準備著，鎖。」

　　「屋子？」四爺仰了臉，想了一會，說，「舍間可是沒有這樣的閑房。他也說不定什麼時候才會好……」

　　「就用，他，自己的……」老娃說。

　　「我家的六順，」四爺忽然嚴肅而且悲哀地說，聲音也有些發抖了。「秋天就要娶親……。你看，他年紀這麼大了，單知道發瘋，不肯成家立業。舍弟也做了一世人，雖然也不大安分，可是香火總歸是絕不得的……。」

　　「那自然！」三個人異口同音地說。

　　「六順生了兒子，我想第二個就可以過繼給他。但是，——別人的兒子，可以白要的麼？」

　　「那不能！」三個人異口同音地說。

  魯迅小說全集

「這一間破屋，和我是不相干；六順也不在乎此。可是，將親生的孩子白白給人，做母親的怕不能就這麼松爽罷？」

「那自然！」三個人異口同音地說。

四爺沉默了。三個人交互看著別人的臉。

「我是天天盼望他好起來，」四爺在暫時靜穆之後，這才緩緩地說，「可是他總不好。也不是不好，是他自己不要好。無法可想，就照這一位所說似的關起來，免得害人，出他父親的醜，也許倒反好，倒是對得起他的父親……。」

「那自然，」闊亭感動的說，「可是，房子……」

「廟裏就沒有閒房？……」四爺慢騰騰地問道。

「有！」闊亭恍然道，「有！進大門的西邊那一間就空著，又只有一個小方窗，粗木直柵的，決計挖不開。好極了！」

老娃和方頭也頓然都顯了歡喜的神色；闊亭吐一口氣，尖著嘴唇就喝茶。

未到黃昏時分，天下已經泰平，或者竟是全都忘卻了，人們的臉上不特已不緊張，並且早褪盡了先前的喜悅的痕跡。在廟前，人們的足跡自然比平日多，但不久也就稀少了。只因為關了幾天門，孩子們不能進去玩，便覺得這一天在院子裏格外玩得有趣，吃過了晚飯，還有幾個跑到廟裏去遊戲，猜謎。

「你猜。」一個最大的說，「我再說一遍：

白篷船，紅划楫，

搖到對岸歇一歇，

點心吃一些，

戲文唱一齣。」

「那是什麼呢？『紅划楫』的。」一個女孩說。

「我說出來罷，那是……」

「慢一慢！」生癩頭瘡的說，「我猜著了：航船。」

「航船。」赤膊的也道。

「哈，航船？」最大的道，「航船是搖櫓的。他會唱戲文麼？你們猜不著。我說出來罷……」

「慢一慢，」癩頭瘡還說。

「哼，你猜不著。我說出來罷，那是：鵝。」

「鵝！」女孩笑著說，「紅划楫的。」

「怎麼又是白篷船呢？」赤膊的問。

「我放火！」

孩子們都吃驚，立時記起他來，一齊注視西廂房，又看見一隻手扳著木柵，一隻手撕著木皮，其間有兩隻眼睛閃閃地發亮。

沉默只一瞬間，癩頭瘡忽而發一聲喊，拔步就跑；其餘的也都笑著嚷著跑出去了。赤膊的還將葦子向後一指，從喘吁吁的櫻桃似的小嘴唇裏吐出清脆的一聲道：「吧！」

從此完全靜寂了，暮色下來，綠瑩瑩的長明燈更其分明地照出神殿，神龕，而且照到院子，照到木柵裏的昏暗。孩子們跑出廟外也就立定，牽著手，慢慢地向自己的家走去，都笑吟吟地，合唱著隨口編派的歌：

「白篷船，對岸歇一歇。

此刻熄，自己熄。

戲文唱一齣。

我放火！哈哈哈！

火火火，點心吃一些。

戲文唱一齣。

………

………

………」

一九二五年三月一日

　　《長明燈》的主角和陳士成（《白光》的主角）不一樣，他是在另一種情況下發瘋的，而且當我們開始知道他的時候，他已經瘋了。作家並不是第一次用類似的題材，在和果戈理小說同名的短篇《狂人日記》裏，就曾以瘋子的近於錯亂的筆墨，巧妙地表達了徹底的反封建的主題。現在我們又從《長明燈》裏聽到了「熄滅它吧」的呼聲。在舊社會裏，地主階級為了炫耀自己的力量，用各種方法美化他們的統治，造起了據說是不倒之塔，點上了據說是不滅之燈。這一種塔和燈，長期以來已經成為封建傳統勢力的象徵，成為他們那一階級頂禮膜拜的圖騰，不容許任何抵觸和干犯。魯迅歡呼過塔的倒掉，又期待著燈的熄滅。他再一次選中瘋子作為向傳統宣戰的主角，這是因為在保守者的眼裏，一切革新者都是瘋子——稱號本身含有叛逆的意義。舉一個例，辛亥革命之後，臨總統府之門，大罵袁世凱含藏禍心的革命家章太炎，不就是因為褻瀆了後來主張君主立憲的籌安會諸「君子」的圖騰，而被直呼為章瘋子的嗎？

　　不過作為現實小說裏的人物，《長明燈》的主角也和《狂人日記》的主角一樣，作家沒有也不可能違背他的形象的真實。我們的主角是一個實實在在的瘋子，不是什麼革新者的化身；他要熄滅長明燈是認為從此「不會有蝗蟲，不會有豬嘴瘟」，主觀上並無反對封建傳統勢力的意圖；放火是要達到熄滅的目的，不是把舊中國投入烈焰；他有瘋子的固執，不等於戰士的倔強。兩者是不容許混淆的。自然，從另一個角度上說，小說的描寫前者，卻又確不可否認地是為了暗示後者。一切積極的意義可能通過作家構思和讀者的共感從客觀形象上去領會，藝術在這裏顯示了特殊的力量……吉光屯環境對於小說主角來說是非常典型的，有了這樣的環境，才會出現被這樣的環境逼成的瘋子。

　　唐弢《〈白光〉和〈長明燈〉——為英文版〈中國文學〉作》

長明燈 1977年創作

「我不回去！我要吹熄他！」「不成！你沒法開！」
……「那麼，就用別的法子來。」他轉臉向他們一瞥，沉靜地説。「哼，看你有什麼別的法。」……「我放火。」

示眾

　　首善之區的西城的一條馬路上，這時候什麼擾攘也沒有。火焰焰的太陽雖然還未直照，但路上的沙土仿佛已是閃爍地生光；酷熱滿和在空氣裏面，到處發揮著盛夏的威力。許多狗都拖出舌頭來，連樹上的烏老鴉也張著嘴喘氣，——但是，自然也有例外的。遠處隱隱有兩個銅盞相擊的聲音，使人憶起酸梅湯，依稀感到涼意，可是那懶懶的單調的金屬音的間作，卻使那寂靜更其深遠了。

　　只有腳步聲，車夫默默地前奔，似乎想趕緊逃出頭上的烈日。

　　「熱的包子咧！剛出屜的……。」

　　十一二歲的胖孩子，細著眼睛，歪了嘴在路旁的店門前叫喊。

　　聲音已經嘶嗄了，還帶些睡意，如給夏天的長日催眠。他旁邊的破舊桌子上，就有二三十個饅頭包子，毫無熱氣，冷冷地坐著。

　　「荷阿！饅頭包子咧，熱的……。」

　　像用力擲在牆上而反撥過來的皮球一般，他忽然飛在馬路的那邊了。在電杆旁，和他對面，正向著馬路，其時也站定了兩個人：一個是淡黃制服的掛刀的面黃肌瘦的巡警，手裏牽著繩頭，繩的那頭就拴在別一個穿藍布大衫上罩白背心的男人的臂膊上。這男人戴一頂新草帽，帽檐四面下垂，遮住了眼睛的一帶。但胖孩子身體

矮，仰起臉來看時，卻正撞見這人的眼睛了。那眼睛也似乎正在看他的腦殼。他連忙順下眼，去看白背心，只見背心上一行一行地寫著些大大小小的什麼字。

剎時間，也就圍滿了大半圈的看客。待到增加了禿頭的老頭子之後，空缺已經不多，而立刻又被一個赤膊的紅鼻子胖大漢補滿了。這胖子過於橫闊，占了兩人的地位，所以續到的便只能屈在第二層，從前面的兩個脖子之間伸進腦袋去。

禿頭站在白背心的略略正對面，彎了腰，去研究背心上的文字，終於讀起來：「嗡，都，哼，八，而，……」

胖孩子卻看見那白背心正研究著這發亮的禿頭，他也便跟著去研究，就只見滿頭光油油的，耳朵左近還有一片灰白色的頭髮，此外也不見得有怎樣新奇。但是後面的一個抱著孩子的老媽子卻想乘機擠進來了；禿頭怕失了位置，連忙站直，文字雖然還未讀完，然而無可奈何，只得另看白背心的臉：草帽簷下半個鼻子，一張嘴，尖下巴。

又像用了力擲在牆上而反撥過來的皮球一般，一個小學生飛奔上來，一手按住了自己頭上的雪白的小布帽，向人叢中直鑽進去。但他鑽到第三——也許是第四——層，竟遇見一件不可動搖的偉大的東西了，抬頭看時，藍褲腰上面有一座赤條條的很闊的背脊，背脊上還有汗正在流下來。他知道無可措手，只得順著褲腰右行，幸而在盡頭髮見了一條空處，透著光明。他剛剛低頭要鑽的時候，只聽得一聲「什麼」，那褲腰以下的屁股向右一歪，空處立刻閉塞，光明也同時不見了。

但不多久，小學生卻從巡警的刀旁邊鑽出來了。他詫異地四顧：外面圍著一圈人，上首是穿白背心的，那對面是一個赤膊的胖小孩，胖小孩後面是一個赤膊的紅鼻子胖大漢。他這時隱約悟出先前的偉大的障礙物的本體了，便驚奇而且佩服似的只望著紅鼻子。胖小孩本是注視著小學生的臉的，於是也不禁依了他的眼光，回轉

頭去了，在那裏是一個很胖的奶子，乳頭四近有幾枝很長的毫毛。

「他，犯了什麼事啦？……」

大家都愕然看時，是一個工人似的粗人，正在低聲下氣地請教那禿頭老頭子。

禿頭不作聲，單是睜起了眼睛看定他。他被看得順下眼光去，過一會再看時，禿頭還是睜起了眼睛看定他，而且別的人也似乎都睜了眼睛看定他。他於是仿佛自己就犯了罪似的局促起來，終至於慢慢退後，溜出去了。一個挾洋傘的長子就來補了缺；禿頭也旋轉臉去再看白背心。

長子彎了腰，要從垂下的草帽檐下去賞識白背心的臉，但不知道為什麼忽又站直了。於是他背後的人們又須竭力伸長了脖子；有一個瘦子竟至於連嘴都張得很大，像一條死鱸魚。

巡警，突然間，將腳一提，大家又愕然，趕緊都看他的腳；然而他又放穩了，於是又看白背心。長子忽又彎了腰，還要從垂下的草帽檐下去窺測，但即刻也就立直，擎起一隻手來拚命搔頭皮。

禿頭不高興了，因為他先覺得背後有些不太平，接著耳朵邊就有唧咕唧咕的聲響。他雙眉一鎖，回頭看時，緊挨他右邊，有一隻黑手拿著半個大饅頭正在塞進一個貓臉的人的嘴裏去。他也就不說什麼，自去看白背心的新草帽了。

忽然，就有暴雷似的一擊，連橫闊的胖大漢也不免向前一蹌踉。同時，從他肩膊上伸出一隻胖得不相上下的臂膊來，展開五指，拍的一聲正打在胖孩子的臉頰上。

「好快活！你媽的……」同時，胖大漢後面就有一個彌勒佛似的更圓的胖臉這麼說。

胖孩子也蹌踉了四五步，但是沒有倒，一手按著臉頰，旋轉身，就想從胖大漢的腿旁的空隙間鑽出去。胖大漢趕忙站穩，並且將屁股一歪，塞住了空隙，恨恨地問道：

「什麼？」

胖孩子就像小鼠子落在捕機裏似的，倉皇了一會，忽然向小學生那一面奔去，推開他，衝出去了。小學生也返身跟出去了。

「嚇，這孩子……。」總有五六個人都這樣說。

待到重歸平靜，胖大漢再看白背心的臉的時候，卻見白背心正在仰面看他的胸脯；他慌忙低頭也看自己的胸脯時，只見兩乳之間的窪下的坑裏有一片汗，他於是用手掌拂去了這些汗。

然而形勢似乎總不甚太平了。抱著小孩的老媽子因爲在騷擾時四顧，沒有留意，頭上梳著的喜鵲尾巴似的「蘇州俏」便碰了站在旁邊的車夫的鼻樑。車夫一推，卻正推在孩子上；孩子就扭轉身去，向著圈外，嚷著要回去了。老媽子先也略略一蹌踉，但便即站定，旋轉孩子來使他正對白背心，一手指點著，說道：

「阿，阿，看呀！多麼好看哪！……」

空隙間忽而探進一個戴硬草帽的學生模樣的頭來，將一粒瓜子之類似的東西放在嘴裏，下顎向上一磕，咬開，退出去了。這地方就補上了一個滿頭油汗而粘著灰土的橢圓臉。

挾洋傘的長子也已經生氣，斜下了一邊的肩膊，皺眉疾視著肩後的死鱸魚。大約從這麼大的大嘴裏呼出來的熱氣，原也不易招架的，而況又在盛夏。禿頭正仰視那電杆上釘著的紅牌上的四個白字，仿佛很覺得有趣。胖大漢和巡警都斜了眼研究著老媽子的鉤刀般的鞋尖。

「好！」

什麼地方忽有幾個人同聲喝采。都知道該有什麼事情起來了，一切頭便全數回轉去。連巡警和他牽著的犯人也都有些搖動了。

「剛出屜的包子咧！荷阿，熱的……。」

路對面是胖孩子歪著頭，磕睡似的長呼；路上是車夫們默默地前奔，似乎想趕緊逃出頭上的烈日。大家都幾乎失望了，幸而放出眼光去四處搜索，終於在相距十多家的路上，發見了一輛洋車停放著，一個車夫正在爬起來。

圓陣立刻散開，都錯錯落落地走過去。胖大漢走不到一半，就歇在路邊的槐樹下；長子比禿頭和橢圓臉走得快，接近了。車上的坐客依然坐著，車夫已經完全爬起，但還在摩自己的膝髁。周圍有五六個人笑嘻嘻地看他們。

　　「成麼？」車夫要來拉車時，坐客便問。

　　他只點點頭，拉了車就走；大家就惘惘然目送他。起先還知道那一輛是曾經跌倒的車，後來被別的車一混，知不清了。

　　馬路上就很清閒，有幾隻狗伸出了舌頭喘氣；胖大漢就在槐陰下看那很快地一起一落的狗肚皮。

　　老媽子抱了孩子從屋簷陰下蹩過去了。胖孩子歪著頭，擠細了眼睛，拖長聲音，磕睡地叫喊——

　　「熱的包子咧！荷阿！……剛出屜的……。」

一九二五年三月一八日

名·家·解·讀

　　《示眾》對故事情節的忽略，對人物個性化性格刻畫的放布，甚至取消姓名而將小說中的人物「符號化」，這都是有意為之的。引起魯迅創作衝動的，是人日常生活中的某些場景與細節，以及他對這些具體的場景、細節背後所隱藏著的人的存在、人性的存在、人與人關係的深度追問與抽象思考。

　　這就是說，魯迅是有自己的把握世界的方式和思維（包括藝術思維）方式的：他對人的生存形態（特別是生活細節）有極強的興趣和高度敏感——這是一個文學家的素質；但同時他又具有極強的思考興

趣與思想穿透力，他總能達到從現實向思想、從現象到精神、從具象向抽象的提升與飛躍——這正是一個思想家的素質；而他又始終保持著極強的形象記憶的能力，因而總能把具象與抽象有機地結合起來，在他的創作中，每一個具象的形象（人物、場景、細節等等）都隱含著他對人的生命存在，特別是現代中國人的生存困境的獨特發現與理性認識。

這樣，魯迅有的小說就具有了某種隱喻性，塗上了鮮明的象徵色彩。而《示眾》正是以強烈的象徵性而成為魯迅小說的代表作之一。

看戲（看別人）和演戲（被別人看）就成了中國人的基本生存方式，也構成了人與人之間的基本關係。——所謂「示眾」所隱喻的正是這樣一種生存狀態：每天每刻，都處在被「眾目睽睽」地「看」的境遇中，而自己也在時時「窺視」他人。

《示眾》還提示了人與人關係中的另一方面：總是在互相「堵」、「擋」、「塞」著，擠壓著他人的生存空間；於是就引起無休止的鬥爭：「打」著，「衝」著，「撞」著，等等。

我曾經說過，魯迅有兩篇小說是代表二十世紀中國短篇小說藝術最高水準的，其一就是《示眾》。

——錢理群《「遊戲國」裏的看客》

高老夫子

　　這一天，從早晨到午後，他的工夫全費在照鏡，看《中國歷史教科書》和查《袁了凡綱鑒》裏；真所謂「人生識字憂患始」，頓覺得對於世事很有些不平之意了。而且這不平之意，是他從來沒有經驗過的。

　　首先就想到往常的父母實在太不將兒女放在心裏。他還在孩子的時候，最喜歡爬上桑樹去偷桑椹吃，但他們全不管，有一回竟跌下樹來磕破了頭，又不給好好地醫治，至今左邊的眉棱上還帶著一個永不消滅的尖劈形的瘢痕。他現在雖然格外留長頭髮，左右分開，又斜梳下來，可以勉強遮住了，但究竟還看見尖劈的尖，也算得一個缺點，萬一給女學生發見，大概是免不了要看不起的。他放下鏡子，怨憤地吁一口氣。

　　其次，是《中國歷史教科書》的編纂者竟太不為教員設想。他的書雖然和《了凡綱鑒》也有些相合，但大段又很不相同，若即若離，令人不知道講起來應該怎樣拉在一處。但待到他瞥著那夾在教科書裏的一張紙條，卻又怨起中途辭職的歷史教員來了，因為那紙條上寫的是：「從第八章《東晉之興亡》起。」

　　如果那人不將三國的事情講完，他的預備就決不至於這麼困

苦。他最熟悉的就是三國，例如桃園三結義，孔明借箭，三氣周瑜，黃忠定軍山斬夏侯淵以及其他種種，滿肚子都是，一學期也許講不完。到唐朝，則有秦瓊賣馬之類，便又較爲擅長了，誰料偏偏是東晉。他又怨憤地籲一口氣，再拉過《了凡綱鑒》來。

「噲，你怎麼外面看看還不夠，又要鑽到裏面去看了？」

一隻手同時從他背後彎過來，一撥他的下巴。但他並不動，因爲從聲音和舉動上，便知道是暗暗躄進來的打牌的老朋友黃三。他雖然是他的老朋友，一禮拜以前還一同打牌，看戲，喝酒，跟女人，但自從他在《大中日報》上發表了《論中華國民皆有整理國史之義務》這一篇膾炙人口的名文，接著又得了賢良女學校的聘書之後，就覺得這黃三一無所長，總有些下等相了。所以他並不回頭，板著臉正正經經地回答道：

「不要胡說！我正在預備功課……。」

「你不是親口對老鉢說的麼：你要謀一個教員做，去看看女學生？」

「你不要相信老鉢的狗屁！」

黃三就在他桌旁坐下，向桌面上一瞥，立刻在一面鏡子和一堆亂書之間，發見了一個翻開著的大紅紙的帖子。他一把抓來，瞪著眼睛一字一字地看下去：

> 今敦請
> 爾礎高老夫子爲本校歷史教員每週授課
> 四小時每小時敬送修金大洋三角正
> 按時間計算此約
> 賢良女學校校長何萬淑貞斂衽謹訂
> 中華民國十三年夏曆菊月吉旦　　　立

「『爾礎高老夫子』？誰呢？你麼？你改了名字了麼？」黃

三一看完，就性急地問。

　　但高老夫子只是高傲地一笑；他的確改了名字了。然而黃三只會打牌，到現在還沒有留心新學問，新藝術。他既不知道有一個俄國大文豪高爾基，又怎麼說得通這改名的深遠的意義呢？所以他只是高傲地一笑，並不答覆他。

　　「喂喂，老杆，你不要鬧這些無聊的玩意兒了！」黃三放下聘書，說。「我們這裏有了一個男學堂，風氣已經鬧得夠壞了；他們還要開什麼女學堂，將來真不知道要鬧成什麼樣子才罷。你何苦也去鬧，犯不上……。」

　　「這也不見得。況且何太太一定要請我，辭不掉……。」因為黃三謗了學校，又看手錶上已經兩點半，離上課時間只有半點了，所以他有些氣忿，又很露出焦躁的神情。

　　「好！這且不談。」黃三是乖覺的，即刻轉帆，說，「我們說正經事罷：今天晚上我們有一個局面。毛家屯毛資甫的大兒子在這裏了，來請陽宅先生看墳地去的，手頭現帶著二百番。我們已經約定，晚上湊一桌，一個我，一個老缽，一個就是你。你一定來罷，萬不要誤事。我們三個人掃光他！」

　　老杆——高老夫子——沉吟了，但是不開口。

　　「你一定來，一定！我還得和老缽去接洽一回。地方還是在我的家裏。那傻小子是『初出茅廬』，我們準可以掃光他！你將那一副竹紋清楚一點的交給我罷！」

　　高老夫子慢慢地站起來，到床頭取了馬將牌盒，交給他；一看手錶，兩點四十分了。他想：黃三雖然能幹，但明知道我已經做了教員，還來當面謗學堂，又打攪別人的預備功課，究竟不應該。他於是冷淡地說道：

　　「晚上再商量罷。我要上課去了。」

　　他一面說，一面恨恨地向《了凡綱鑒》看了一眼，拿起教科書，裝在新皮包裏，又很小心地戴上新帽子，便和黃三出了門。他

一出門，就放開腳步，像木匠牽著的鑽子似的，肩膀一扇一扇地直走，不多久，黃三便連他的影子也望不見了。

高老夫子一跑到賢良女學校，即將新印的名片交給一個駝背的老門房。不一忽，就聽到一聲「請」，他於是跟著駝背走，轉過兩個彎，已到教員預備室了，也算是客廳。何校長不在校；迎接他的是花白鬍子的教務長，大名鼎鼎的萬瑤圃，別號「玉皇香案吏」的，新近正將他自己和女仙贈答的詩《仙壇酬唱集》陸續登在《大中日報》上。

「阿呀！礎翁！久仰久仰！……」萬瑤圃連連拱手，並將膝關節和腿關節接連彎了五六彎，仿佛想要蹲下去似的。「阿呀！瑤翁！久仰久仰！……」礎翁夾著皮包照樣地做，並且說。

他們於是坐下；一個似死非死的校役便端上兩杯白開水來。高老夫子看看對面的掛鐘，還只兩點四十分，和他的手錶要差半點。

「阿呀！礎翁的大作，是的，那個……。是的，那——『中國國粹義務論』，眞眞要言不煩，百讀不厭！實在是少年人們的座右銘，座右銘座右銘！兄弟也頗喜歡文學，可是，玩玩而已，怎麼比得上礎翁。」他重行拱一拱手，低聲說，「我們的盛德乩壇天天請仙，兄弟也常常去唱和。礎翁也可以光降光降罷。那乩仙，就是蕊珠仙子，從她的語氣上看來，似乎是一位謫降紅塵的花神。她最愛和名人唱和，也很贊成新黨，像礎翁這樣的學者，她一定大加青眼的。哈哈哈哈！」

但高老夫子卻不很能發表什麼崇論宏議，因爲他的預備——東晉之興亡——本沒有十分足，此刻又並不足的幾分也有些忘卻了。他煩躁愁苦著；從繁亂的心緒中，又湧出許多斷片的思想來：上堂的姿勢應該威嚴；額角的瘢痕總該遮住；教科書要讀得慢；看學生要大方。但同時還模模糊糊聽得瑤圃說著話：

「……賜了一個荸薺……。『醉倚青鸞上碧霄』，多麼超脫……那鄧孝翁叩求了五回，這才賜了一首五絕……『紅袖拂天

河，莫道……』蕊珠仙子說……礎翁還是第一回……這就是本校的植物園！」

「哦哦！」爾礎忽然看見他舉手一指，這才從亂頭思想中驚覺，依著指頭看去，窗外一小片空地，地上有四五株樹，正對面是三間小平房。

「這就是講堂。」瑤圃並不移動他的手指，但是說。

「哦哦！」

「學生是很馴良的。她們除聽講之外，就專心縫紉……。」

「哦哦！」爾礎實在頗有些窘急了，他希望他不再說話，好給自己聚精會神，趕緊想一想東晉之興亡。

「可惜內中也有幾個想學學做詩，那可是不行的。維新固然可以，但做詩究竟不是大家閨秀所宜。蕊珠仙子也不很贊成女學，以為淆亂兩儀，非天曹所喜。兄弟還很同她討論過幾回……。」

爾礎忽然跳了起來，他聽到鈴聲了。

「不，不。請坐！那是退班鈴。」

「瑤翁公事很忙罷，可以不必客氣……。」

「不，不！不忙，不忙！兄弟以為振興女學是順應世界的潮流，但一不得當，即易流於偏，所以天曹不喜，也許不過是防微杜漸的意思。只要辦理得人，不偏不倚，合乎中庸，一以國粹為歸宿，那是決無流弊的。礎翁，你想，可對？這是蕊珠仙子也以為『不無可採』的話。哈哈哈哈！」

校役又送上兩杯白開水來；但是鈴聲又響了。瑤圃便請爾礎喝了兩口白開水，這才慢慢地站起來，引導他穿過植物園，走進講堂去。

他心頭跳著，筆挺地站在講臺旁邊，只看見半屋子都是蓬蓬鬆鬆的頭髮。瑤圃從大襟袋裏掏出一張信箋，展開之後，一面看，一面對學生們說道：

「這位就是高老師，高爾礎高老師，是有名的學者，那一篇有名的《論中華國民皆有整理國史之義務》，是誰都知道的。《大中

日報》上還說過，高老師是：驟慕俄國文豪高君爾基之為人，因改字爾礎，以示景仰之意，斯人之出，誠吾中華文壇之幸也！現在經何校長再三敦請，竟惠然肯來，到這裏來教歷史了……」

高老師忽而覺得很寂然，原來瑤翁已經不見，只有自己站在講臺旁邊了。他只得跨上講臺去，行了禮，定一定神，又記起了態度應該威嚴的成算，便慢慢地翻開書本，來開講「東晉之興亡」。

「嘻嘻！」似乎有誰在那裏竊笑了。

高老夫子臉上登時一熱，忙看書本，和他的話並不錯，上面印著的的確是：「東晉之偏安」。書腦的對面，也還是半屋子蓬蓬鬆鬆的頭髮，不見有別的動靜。他猜想這是自己的疑心，其實誰也沒有笑；於是又定一定神，看住書本，慢慢地講下去。當初，是自己的耳朵也聽到自己的嘴說些什麼的，可是逐漸糊塗起來，竟至於不再知道說什麼，待到發揮「石勒之雄圖」的時候，便只聽得吃吃地竊笑的聲音了。

他不禁向講臺下一看，情形和原先已經很不同：半屋子都是眼睛，還有許多小巧的等邊三角形，三角形中都生著兩個鼻孔，這些連成一氣，宛然是流動而深邃的海，閃爍地汪洋地正衝著他的眼光。但當他瞥見時，卻又驟然一閃，變了半屋子蓬蓬鬆鬆的頭髮了。

他也連忙收回眼光，再不敢離開教科書，不得已時，就抬起眼來看看屋頂。屋頂是白而轉黃的洋灰，中央還起了一道正圓形的棱線；可是這圓圈又生動了，忽然擴大，忽然收小，使他的眼睛有些昏花。他預料倘將眼光下移，就不免又要遇見可怕的眼睛和鼻孔聯合的海，只好再回到書本上，這時已經是「淝水之戰」，苻堅快要駭得「草木皆兵」了。

他總疑心有許多人暗暗地發笑，但還是熬著講，明明已經講了大半天，而鈴聲還沒有響，看手錶是不行的，怕學生要小覷；可是講了一會，又到「拓跋氏之勃興」了，接著就是「六國興亡表」，他本以為今天未必講到，沒有預備的。

他自己覺得講義忽而中止了。

「今天是第一天，就是這樣罷……。」他惶惑了一會之後，才斷續地說，一面點一點頭，跨下講臺去，也便出了教室的門。

「嘻嘻嘻！」他似乎聽到背後有許多人笑，又仿佛看見這笑聲就從那深邃的鼻孔的海裏出來。他便惘惘然，跨進植物園，向著對面的教員預備室大踏步走。

他大吃一驚，至於連《中國歷史教科書》也失手落在地上了，因爲腦殼上突然遭了什麼東西的一擊。他倒退兩步，定睛看時，一枝夭斜的樹枝橫在他面前，已被他的頭撞得樹葉都微微發抖。他趕緊彎腰去拾書本，書旁邊豎著一塊木牌，上面寫道：

```
┌─────────────────┐
│        桑        │
│      桑  科      │
└─────────────────┘
```

他似乎聽到背後有許多人笑，又仿佛看見這笑聲就從那深邃的鼻孔的海裏出來。於是也就不好意思去撫摩頭上已經疼痛起來的皮膚，只一心跑進教員預備室裏去。

那裏面，兩個裝著白開水的杯子依然，卻不見了似死非死的校役，瑤翁也蹤影全無了。一切都黯淡，只有他的新皮包和新帽子在黯淡中發亮。看壁上的掛鐘，還只有三點四十分。

高老夫子回到自家的房裏許久之後，有時全身還驟然一熱；又無端的憤怒；終於覺得學堂確也要鬧壞風氣，不如停閉的好，尤其是女學堂，——有什麼意思呢，喜歡虛榮罷了！

「嘻嘻！」

他還聽到隱隱約約的笑聲。這使他更加憤怒，也使他辭職的決心更加堅固了。晚上就寫信給何校長，只要說自己患了足疾。但是，倘來挽留，又怎麼辦呢？——也不去。女學堂眞不知道要鬧到什麼樣子，自己又何苦去和她們爲伍呢？犯不上的。他想。

他於是決絕地將《了凡綱鑒》搬開；鏡子推在一旁；聘書也合上了。正要坐下，又覺得那聘書實在紅得可恨，便抓過來和《中國歷史教科書》一同塞入抽屜裏。

　　一切大概已經打疊停當，桌上只剩下一面鏡子，眼界清淨得多了。然而還不舒適，仿佛欠缺了半個魂靈，但他當即省悟，戴上紅結子的秋帽，徑向黃三的家裏去了。

　　「來了，爾礎高老夫子！」老鉢大聲說。

　　「狗屁！」他眉頭一皺，在老鉢的頭頂上打了一下，說。

　　「教過了罷？怎麼樣，可有幾個出色的？」黃三熱心地問。

　　「我沒有再教下去的意思。女學堂眞不知道要鬧成什麼樣子。我輩正經人，確乎犯不上醬在一起……。」

　　毛家的大兒子進來了，胖到像一個湯圓。

　　「阿呀！久仰久仰！……」滿屋子的手都拱起來，膝關節和腿關節接二連三地屈折，仿佛就要蹲了下去似的。

　　「這一位就是先前說過的高幹亭兄。」老鉢指著高老夫子，向毛家的大兒子說。

　　「哦哦！久仰久仰！……」毛家的大兒子便特別向他連連拱手，並且點頭。

　　這屋子的左邊早放好一頂斜擺的方桌，黃三一面招呼客人，一面和一個小鴉頭佈置著座位和籌馬。不多久，每一個桌角上都點起一枝細瘦的洋燭來，他們四人便入座了。萬籟無聲。只有打出來的骨牌拍在紫檀桌面上的聲音，在初夜的寂靜中清澈地作響。

　　高老夫子的牌風並不壞，但他總還抱著什麼不平。他本來是什麼都容易忘記的，惟獨這一回，卻總以爲世風有些可慮；雖然面前的籌馬漸漸增加了，也還不很能夠使他舒適，使他樂觀。但時移俗易，世風也終究覺得好了起來；不過其時很晚，已經在打完第二圈，他快要湊成「清一色」的時候了。

　　　　　　　　　　　　　　　　　　　一九二五年五月一日

　　魯迅通過高幹亭備課、上課、打牌，將高幹亭之類的新復古派的「前臺的架子」和「後臺的面目」加以對照，充分暴露他們不學無術和下流無恥的嘴臉。

　　小說在藝術上頗具特色，首先是高老夫子一天的活動，主要由三個場景構成。第一個場景：時間——早晨到中午；地點——高老夫子家。動作——照鏡、備課。第二個場景：時間——下午；地點——賢良女校。動作——上課、逃走。第三個場景：時間——晚上；地點——黃三家裏的牌桌上；動作——打牌，與黃三合謀搞鬼弄毛家大兒子的錢。三個場景，就是三幕鬧劇，三幅漫畫。第一幅——不學無術，故作正經；第二幅——自我暴露，狼狽不堪；第三幅——流氓本性，牌場老手。這樣便使高老夫子這一新國粹主義者復古派的醜惡形象，躍然紙上，呼之欲出。

　　其次是精緻細微的心理刻畫。

　　在藝術手法上，《高老夫子》與《肥皂》有相似之處，即喜劇性矛盾獲得喜劇效果，以自我暴露的方式揭示人物的靈魂。在《高老夫子》中除了這一特色外，魯迅更著意描寫人物處於特定環境條件下的心理活動，由人物內心情感的披露直接展示人物的靈魂。高老夫子在家裏備課的時候，照鏡子看見了眉棱上的瘢痕，他想到，這瘢痕大概會給女學生留下不好的印象，因此而憤憤不平；在教員預備室裏，他又想到：「上堂的姿勢應該威嚴；額角上的瘢痕總應該遮住；教科書要讀得慢；看學生要大方。」然而真的站在講臺上，他又心虛膽怯，「連忙收回眼光」。……這就把高老夫子台前臺後的心理活動，特別是在學生面前的慌亂、局促、窘迫的心理狀態，刻畫出來了，通過這樣的心理刻畫，高老夫子卑污、下流、醜惡的靈魂便暴露無遺了。

——于朝貴《魯迅作品手冊》

高老夫子 1980年創作

他心頭跳著，筆挺地站在講臺旁邊，只看見半屋子都是蓬蓬鬆鬆的頭髮。瑤圃從大襟袋裏掏出一張信箋，展開之後，一面看，一面對學生們説道：「這位就是高老師，高爾礎高老師，是有名的學者，那一篇有名的《論中華國民皆有整理國史之義務》，是誰都知道的……」

孤獨者

　　我和魏連殳（音：殊）相識一場，回想起來倒也別致，竟是以送殮始，以送殮終。

　　那時我在S城，就時時聽到人們提起他的名字，都說他很有些古怪：所學的是動物學，卻到中學堂去做歷史教員；對人總是愛理不理的，卻常喜歡管別人的閒事；常說家庭應該破壞，一領薪水卻一定立即寄給他的祖母，一日也不拖延。此外還有許多零碎的話柄；總之，在S城裏也算是一個給人當作談助的人。有一年的秋天，我在寒石山的一個親戚家裏閑住；他們就姓魏，是連殳的本家。但他們卻更不明白他，仿佛將他當作一個外國人看待，說是「同我們都異樣的」。

　　這也不足爲奇，中國的興學雖說已經二十年了，寒石山卻連小學也沒有。全山村中，只有連殳是出外遊學的學生，所以從村人看來，他確是一個異類；但也很妒羨，說他掙得許多錢。

　　到秋末，山村中痢疾流行了；我也自危，就想回到城中去。那時聽說連殳的祖母就染了病，因爲是老年，所以很沉重；山中又沒

有一個醫生。所謂他的家屬者，其實就只有一個這祖母，雇一名女工簡單地過活；他幼小失了父母，就由這祖母撫養成人的。聽說她先前也曾經吃過許多苦，現在可是安樂了。但因為他沒有家小，家中究竟非常寂寞，這大概也就是大家所謂異樣之一端罷。

寒石山離城是旱道一百里，水道七十里，專使人叫連殳去，往返至少就得四天。山村僻陋，這些事便算大家都要打聽的大新聞，第二天便轟傳她病勢已經極重，專差也出發了；可是到四更天竟咽了氣，最後的話，是：「為什麼不肯給我會一會連殳的呢？……」

族長，近房，他的祖母的母家的親丁，閒人，聚集了一屋子，預計連殳的到來，應該已是入殮的時候了。壽材壽衣早已做成，都無須籌畫；他們的第一大問題是在怎樣對付這「承重孫」，因為逆料他關於一切喪葬儀式，是一定要改變新花樣的。聚議之後，大概商定了三大條件，要他必行。一是穿白，二是跪拜，三是請和尚道士做法事。總而言之：是全都照舊。

他們既經議妥，便約定在連殳到家的那一天，一同聚在廳前，排成陣勢，互相策應，並力作一回極嚴厲的談判。村人們都咽著唾沫，新奇地聽候消息；他們知道連殳是「吃洋教」的「新黨」，向來就不講什麼道理，兩面的爭鬥，大約總要開始的，或者還會釀成一種出人意外的奇觀。

傳說連殳的到家是下午，一進門，向他祖母的靈前只是彎了一彎腰。族長們便立刻照預定計畫進行，將他叫到大廳上，先說過一大篇冒頭，然後引入本題，而且大家此唱彼和，七嘴八舌，使他得不到辯駁的機會。但終於話都說完了，沉默充滿了全廳，人們全數悚然地緊看著他的嘴。只見連殳神色也不動，簡單地回答道：

「都可以的。」

這又很出於他們的意外，大家的心的重擔都放下了，但又似乎反加重，覺得太「異樣」，倒很有些可慮似的。打聽新聞的村人們也很失望，口口相傳道，「奇怪！他說『都可以』哩！我們看去

罷！」都可以就是照舊，本來是無足觀了，但他們也還要看，黃昏之後，便欣欣然聚滿了一堂前。

我也是去看的一個，先送了一份香燭；待到走到他家，已見連殳在給死者穿衣服了。原來他是一個短小瘦削的人，長方臉，蓬鬆的頭髮和濃黑的鬚眉占了一臉的小半，只見兩眼在黑氣裏發光。那穿衣也穿得真好，井井有條，仿佛是一個大殮的專家，使旁觀者不覺嘆服。寒石山老例，當這些時候，無論如何，母家的親丁是總要挑剔的；他卻只是默默地，遇見怎麼挑剔便怎麼改，神色也不動。站在我前面的一個花白頭髮的老太太，便發出羨慕感歎的聲音。

其次是拜；其次是哭，凡女人們都念念有詞。其次入棺；其次又是拜；又是哭，直到釘好了棺蓋。沉靜了一瞬間，大家忽而擾動了，很有驚異和不滿的形勢。我也不由的突然覺到：連殳就始終沒有落過一滴淚，只坐在草薦上，兩眼在黑氣裏閃閃地發光。

大殮便在這驚異和不滿的空氣裏面完畢。大家都快快地，似乎想走散，但連殳卻還坐在草薦上沉思。忽然，他流下淚來了，接著就失聲，立刻又變成長嚎，像一匹受傷的狼，當深夜在曠野中嗥叫，慘傷裏夾雜著憤怒和悲哀。這模樣，是老例上所沒有的，先前也未曾預防到，大家都手足無措了，遲疑了一會，就有幾個人上前去勸止他，愈去愈多，終於擠成一大堆。但他卻只是兀坐著號咷，鐵塔似的動也不動。

大家又只得無趣地散開；他哭著，哭著，約有半點鐘，這才突然停了下來，也不向吊客招呼，逕自往家裏走。接著就有前去窺探的人來報告：他走進他祖母的房裏，躺在床上，而且，似乎就睡熟了。

隔了兩日，是我要動身回城的前一天，便聽到村人都遭了魔似的發議論，說連殳要將所有的器具大半燒給他祖母，餘下的便分贈生時侍奉，死時送終的女工，並且連房屋也要無期地借給她居住了。親戚本家都說到舌敝唇焦，也終於阻當不住。

恐怕大半也還是因為好奇心，我歸途中經過他家的門口，便又

順便去吊慰。他穿了毛邊的白衣出見，神色也還是那樣，冷冷的。我很勸慰了一番；他卻除了唯唯諾諾之外，只回答了一句話，是：

「多謝你的好意。」

<h2 style="text-align:center">二</h2>

我們第三次相見就在這年的冬初，S城的一個書鋪子裏，大家同時點了一點頭，總算是認識了。但使我們接近起來的，是在這年底我失了職業之後。從此，我便常常訪問連殳去。一則，自然是因為無聊賴；二則，因為聽人說，他倒很親近失意的人的，雖然素性這麼冷。但是世事升沉無定，失意人也不會長是失意人，所以他也就很少長久的朋友。這傳說果然不虛，我一投名片，他便接見了。兩間連通的客廳，並無什麼陳設，不過是桌椅之外，排列些書架，大家雖說他是一個可怕的「新黨」，架上卻不很有新書。他已經知道我失了職業；但套話一說就完，主客便只好默默地相對，逐漸沉悶起來。我只見他很快地吸完一枝煙，煙蒂要燒著手指了，才拋在地面上。

「吸煙罷。」他伸手取第二枝煙時，忽然說。

我便也取了一枝，吸著，講些關於教書和書籍的，但也還覺得沉悶。我正想走時，門外一陣喧嚷和腳步聲，四個男女孩子闖進來了。大的八九歲，小的四五歲，手臉和衣服都很髒，而且醜得可以。但是連殳的眼裏卻即刻發出歡喜的光來了，連忙站起，向客廳間壁的房裏走，一面說道：

「大良，二良，都來！你們昨天要的口琴，我已經買來了。」

孩子們便跟著一齊擁進去，立刻又各人吹著一個口琴一擁而出，一出客廳門，不知怎的便打將起來。有一個哭了。

「一人一個，都一樣的。不要爭呵！」他還跟在後面囑咐。

「這麼多的一群孩子都是誰呢？」我問。

「是房主人的。他們都沒有母親，只有一個祖母。」

「房東只一個人麼？」

「是的。他的妻子大概死了三四年了罷，沒有續娶。——否則，便要不肯將餘屋租給我似的單身人。」他說著，冷冷地微笑了。

我很想問他何以至今還是單身，但因為不很熟，終於不好開口。

只要和連殳一熟識，是很可以談談的。他議論非常多，而且往往頗奇警。使人不耐的倒是他的有些來客，大抵是讀過《沉淪》的罷，時常自命為「不幸的青年」或是「零餘者」，螃蟹一般懶散而驕傲地堆在大椅子上，一面唉聲歎氣，一面皺著眉頭吸煙。還有那房主的孩子們，總是互相爭吵，打翻碗碟，硬討點心，亂得人頭昏。但連殳一見他們，卻再不像平時那樣的冷冷的了，看得比自己的性命還寶貴。聽說有一回，三良發了紅斑痧，竟急得他臉上的黑氣愈見其黑了；不料那病是輕的，於是後來便被孩子們的祖母傳作笑柄。

「孩子總是好的。他們全是天真……。」他似乎也覺得我有些不耐煩了，有一天特地乘機對我說。

「那也不儘然。」我只是隨便回答他。

「不。大人的壞脾氣，在孩子們是沒有的。後來的壞，如你平日所攻擊的壞，那是環境教壞的。原來卻並不壞，天真……。我以為中國的可以希望，只在這一點。」

「不。如果孩子中沒有壞根苗，大起來怎麼會有壞花果？譬如一粒種子，正因為內中本含有枝葉花果的胚，長大時才能夠發出這些東西來。何嘗是無端……。」我因為閑著無事，便也如大人先生們一下野，就要吃素談禪一樣，正在看佛經。佛理自然是並不懂得的，但竟也不自檢點，一味任意地說。

然而連殳氣忿了，只看了我一眼，不再開口。我也猜不出他是無話可說呢，還是不屑辯。但見他又顯出許久不見的冷冷的態度來，默默地連吸了兩枝煙；待到他再取第三枝時，我便只好逃走了。

這仇恨是歷了三月之久才消釋的。原因大概是一半因為忘卻，

一半則他自己竟也被「天眞」的孩子所仇視了，於是覺得我對於孩子的冒瀆的話倒也情有可原。但這不過是我的推測。其時是在我的寓裏的酒後，他似乎微露悲哀模樣，半仰著頭道：

「想起來眞覺得有些奇怪。我到你這裏來時，街上看見一個很小的小孩，拿了一片蘆葉指著我道：殺！他還不很能走路……。」

「這是環境教壞的。」

我即刻很後悔我的話。但他卻似乎並不介意，只竭力地喝酒，其間又竭力地吸煙。

「我倒忘了，還沒有問你，」我便用別的話來支梧，「你是不大訪問人的，怎麼今天有這興致來走走呢？我們相識有一年多了，你到我這裏來卻還是第一回。」

「我正要告訴你呢：你這幾天切莫到我寓裏來看我了。我的寓裏正有很討厭的一大一小在那裏，都不像人！」

「一大一小？這是誰呢？」我有些詫異。

「是我的堂兄和他的小兒子。哈哈，兒子正如老子一般。」

「是上城來看你，帶便玩玩的罷？」

「不。說是來和我商量，就要將這孩子過繼給我的。」

「呵！過繼給你？」我不禁驚叫了，「你不是還沒有娶親麼？」

「他們知道我不娶的了。但這都沒有什麼關係。他們其實是要過繼給我那一間寒石山的破屋子。我此外一無所有，你是知道的；錢一到手就化完。只有這一間破屋子。他們父子的一生的事業是在逐出那一個借住著的老女工。」

他那詞氣的冷峭，實在又使我悚然。但我還慰解他說：

「我看你的本家也還不至於此。他們不過思想略舊一點罷了。譬如，你那年大哭的時候，他們就都熱心地圍著使勁來勸你……。」

「我父親死去之後，因爲奪我屋子，要我在筆據上畫花押，我大哭著的時候，他們也是這樣熱心地圍著使勁來勸我……。」他兩

眼向上凝視，仿佛要在空中尋出那時的情景來。

「總而言之：關鍵就全在你沒有孩子。你究竟爲什麼老不結婚的呢？」我忽而尋到了轉舵的話，也是久已想問的話，覺得這時是最好的機會了。

他詫異地看著我，過了一會，眼光便移到他自己的膝髁上去了，於是就吸煙，沒有回答。

三

但是，雖在這一種百無聊賴的境地中，也還不給連殳安住。漸漸地，小報上有匿名人來攻擊他，學界上也常有關於他的流言，可是這已經並非先前似的單是話柄，大概是於他有損的了。我知道這是他近來喜歡發表文章的結果，倒也並不介意。S城人最不願意有人發些沒有顧忌的議論，一有，一定要暗暗地來叮他，這是向來如此的，連殳自己也知道。但到春天，忽然聽說他已被校長辭退了。這卻使我覺得有些兀突；其實，這也是向來如此的，不過因爲我希望著自己認識的人能夠倖免，所以就以爲兀突罷了，S城人倒並非這一回特別惡。

其時我正忙著自己的生計，一面又在接洽本年秋天到山陽去當教員的事，竟沒有工夫去訪問他。待到有些餘暇的時候，離他被辭退那時大約快有三個月了，可是還沒有發生訪問連殳的意思。有一天，我路過大街，偶然在舊書攤前停留，卻不禁使我覺到震悚，因爲在那裏陳列著的一部汲古閣初印本《史記索隱》，正是連殳的書。他喜歡書，但不是藏書家，這種本子，在他是算作貴重的善本，非萬不得已，不肯輕易變賣的。難道他失業剛才兩三月，就一貧至此麼？雖然他向來一有錢即隨手散去，沒有什麼貯蓄。於是我便決意訪問連殳去，順便在街上買了一瓶燒酒，兩包花生米，兩個熏魚頭。

他的房門關閉著，叫了兩聲，不見答應。我疑心他睡著了，更

加大聲地叫，並且伸手拍著房門。

「出去了罷！」大良們的祖母，那三角眼的胖女人，從對面的窗口探出她花白的頭來了，也大聲說，不耐煩似的。

「那裏去了呢？」我問。

「那裏去了？誰知道呢？——他能到那裏去呢，你等著就是，一會兒總會回來的。」

我便推開門走進他的客廳去。真是「一日不見，如隔三秋」，滿眼是淒涼和空空洞洞，不但器具所餘無幾了，連書籍也只剩了在S城決沒有人會要的幾本洋裝書。屋中間的圓桌還在，先前曾經常常圍繞著憂鬱慷慨的青年，懷才不遇的奇士和腌臢吵鬧的孩子們的，現在卻見得很閒靜，只在面上蒙著一層薄薄的灰塵。我就在桌上放了酒瓶和紙包，拖過一把椅子來，靠桌旁對著房門坐下。

的確不過是「一會兒」，房門一開，一個人悄悄地陰影似的進來了，正是連殳。也許是傍晚之故罷，看去仿佛比先前黑，但神情卻還是那樣。

「阿！你在這裏？來得多久了？」他似乎有些喜歡。

「並沒有多久。」我說，「你到那裏去了？」

「並沒有到那裏去，不過隨便走走。」

他也拖過椅子來，在桌旁坐下；我們便開始喝燒酒，一面談些關於他的失業的事。但他卻不願意多談這些；他以為這是意料中的事，也是自己時常遇到的事，無足怪，而且無可談的。他照例只是一意喝燒酒，並且依然發些關於社會和歷史的議論。不知怎地我此時看見空空的書架，也記起汲古閣初印本的《史記索隱》，忽而感到一種淡漠的孤寂和悲哀。

「你的客廳這麼荒涼……。近來客人不多了麼？」

「沒有了。他們以為我心境不佳，來也無意味。心境不佳，實在是可以給人們不舒服的。冬天的公園，就沒有人去……。」他連喝兩口酒，默默地想著，突然，仰起臉來看著我問道，「你在圖謀

的職業也還是毫無把握罷？……」

我雖然明知他已經有些酒意，但也不禁憤然，正想發話，只見他側耳一聽，便抓起一把花生米，出去了。門外是大良們笑嚷的聲音。

但他一出去，孩子們的聲音便寂然，而且似乎都走了。他還追上去，說些話，卻不聽得有回答。他也就陰影似的悄悄地回來，仍將一把花生米放在紙包裏。

「連我的東西也不要吃了。」他低聲，嘲笑似的說。

「連殳，」我很覺得悲涼，卻強裝著微笑，說，「我以為你太自尋苦惱了。你看得人間太壞……。」

他冷冷的笑了一笑。

「我的話還沒有完哩。你對於我們，偶而來訪問你的我們，也以為因為閑著無事，所以來你這裏，將你當作消遣的資料的罷？」

「並不。但有時也這樣想。或者尋些談資。」

「那你可錯誤了。人們其實並不這樣。你實在親手造了獨頭繭，將自己裹在裏面了。你應該將世間看得光明些。」我嘆惜著說。

「也許如此罷。但是，你說：那絲是怎麼來的？——自然，世上也盡有這樣的人，譬如，我的祖母就是。我雖然沒有分得她的血液，卻也許會繼承她的運命。然而這也沒有什麼要緊，我早已預先一起哭過了……。」

我即刻記起他祖母大殮時候的情景來，如在眼前一樣。

「我總不解你那時的大哭……。」於是鶻突地問了。

「我的祖母入殮的時候罷？是的，你不解的。」他一面點燈，一面冷靜地說，「你的和我交往，我想，還正因為那時的哭哩。你不知道，這祖母，是我父親的繼母；他的生母，他三歲時候就死去了。」他想著，默默地喝酒，吃完了一個熏魚頭。

「那些往事，我原是不知道的。只是我從小時候就覺得不可解。那時我的父親還在，家景也還好，正月間一定要懸掛祖像，盛大地供養起來。看著這許多盛裝的畫像，在我那時似乎是不可多得

的眼福。但那時，抱著我的一個女工總指了一幅像說：『這是你自己的祖母。拜拜罷，保佑你生龍活虎似的大得快。』我眞不懂得我明明有著一個祖母，怎麼又會有什麼『自己的祖母』來。可是我愛這『自己的祖母』，她不比家裏的祖母一般老；她年青，好看，穿著描金的紅衣服，戴著珠冠，和我母親的像差不多。我看她時，她的眼睛也注視我，而且口角上漸漸增多了笑影：我知道她一定也是極其愛我的。

「然而我也愛那家裏的，終日坐在窗下慢慢地做針線的祖母。雖然無論我怎樣高興地在她面前玩笑，叫她，也不能引她歡笑，常使我覺得冷冷地，和別人的祖母們有些不同。但我還愛她。可是到後來，我逐漸疏遠她了；這也並非因爲年紀大了，已經知道她不是我父親的生母的緣故，倒是看久了終日終年的做針線，機器似的，自然免不了要發煩。但她卻還是先前一樣，做針線；管理我，也愛護我，雖然少見笑容，卻也不加呵斥。直到我父親去世，還是這樣；後來呢，我們幾乎全靠她做針線過活了，自然更這樣，直到我進學堂……。」

燈火銷沉下去了，煤油已經將涸，他便站起，從書架下摸出一個小小的洋鐵壺來添煤油。

「只這一月裏，煤油已經漲價兩次了……。」他旋好了燈頭，慢慢地說。「生活要日見其困難起來。──她後來還是這樣，直到我畢業，有了事做，生活比先前安定些；恐怕還直到她生病，實在打熬不住了，只得躺下的時候罷……。」

「她的晚年，據我想，是總算不很辛苦的，享壽也不小了，正無須我來下淚。況且哭的人不是多著麼？連先前竭力欺凌她的人們也哭，至少是臉上很慘然。哈哈！……可是我那時不知怎地，將她的一生縮在眼前了，親手造成孤獨，又放在嘴裏去咀嚼的人的一生。而且覺得這樣的人還很多哩。這些人們，就使我要痛哭，但大半也還是因爲我那時太過於感情用事……。

「你現在對於我的意見，就是我先前對於她的意見。然而我的那時的意見，其實也不對的。便是我自己，從略知世事起，就的確逐漸和她疏遠起來了……。」

他沉默了，指間夾著煙捲，低了頭，想著。燈火在微微地發抖。「呵，人要使死後沒有一個人為他哭，是不容易的事呵。」他自言自語似的說；略略一停，便仰起臉來向我道，「想來你也無法可想。我也還得趕緊尋點事情做……。」

「你再沒有可托的朋友了麼？」我這時正是無法可想，連自己。

「那倒大概還有幾個的，可是他們的境遇都和我差不多……。」

我辭別連殳出門的時候，圓月已經升在中天了，是極靜的夜。

四

山陽的教育事業的狀況很不佳。我到校兩月，得不到一文薪水，只得連煙捲也節省起來。但是學校裏的人們，雖是月薪十五六元的小職員，也沒有一個不是樂天知命的，仗著逐漸打熬成功的銅筋鐵骨，面黃肌瘦地從早辦公一直到夜，其間看見名位較高的人物，還得恭恭敬敬地站起，實在都是不必「衣食足而知禮節」的人民。我每看見這情狀，不知怎的總記起連殳臨別託付我的話來。他那時生計更其不堪了，窘相時時顯露，看去似乎已沒有往時的深沉，知道我就要動身，深夜來訪，遲疑了許久，才吞吞吐吐地說道：「不知道那邊可有法子想？——便是鈔寫，一月二三十塊錢的也可以的。我……。」

我很詫異了，還不料他竟肯這樣的遷就，一時說不出話來。

「我……，我還得活幾天……。」

「那邊去看一看，一定竭力去設法罷。」

這是我當日一口承當的答話，後來常常自己聽見，眼前也同時浮出連殳的相貌，而且吞吞吐吐地說道「我還得活幾天」。到這些

時，我便設法向各處推薦一番；但有什麼效驗呢，事少人多，結果是別人給我幾句抱歉的話，我就給他幾句抱歉的信。到一學期將完的時候，那情形就更加壞了起來。那地方的幾個紳士所辦的《學理週報》上，竟開始攻擊我了，自然是決不指名的，但措辭很巧妙，使人一見就覺得我是在挑剔學潮，連推薦連殳的事，也算是呼朋引伴。

我只好一動不動，除上課之外，便關起門來躲著，有時連煙捲的煙鑽出窗隙去，也怕犯了挑剔學潮的嫌疑。連殳的事，自然更是無從說起了。這樣地一直到深冬。

下了一天雪，到夜還沒有止，屋外一切靜極，靜到要聽出靜的聲音來。我在小小的燈火光中，閉目枯坐，如見雪花片片飄墜，來增補這一望無際的雪堆；故鄉也準備過年了，人們忙得很；我自己還是一個兒童，在後園的平坦處和一夥小朋友塑雪羅漢。雪羅漢的眼睛是用兩塊小炭嵌出來的，顏色很黑，這一閃動，便變了連殳的眼睛。

「我還得活幾天！」仍是這樣的聲音。

「為什麼呢？」我無端地這樣問，立刻連自己也覺得可笑了。

這可笑的問題使我清醒，坐直了身子，點起一枝煙捲來；推窗一望，雪果然下得更大了。聽得有人叩門；不一會，一個人走進來，但是聽熟的客寓雜役的腳步。他推開我的房門，交給我一封六寸多長的信，字跡很潦草，然而一瞥便認出「魏緘」兩個字，是連殳寄來的。

這是從我離開S城以後他給我的第一封信。我知道他疏懶，本不以杳無消息為奇，但有時也頗怨他不給一點消息。待到接了這信，可又無端地覺得奇怪了，慌忙拆開來。裏面也用了一樣潦草的字體，寫著這樣的話：

「申飛……。

「我稱你什麼呢？我空著。你自己願意稱什麼，你自己添上去罷。我都可以的。

「別後共得三信，沒有覆。這原因很簡單：我連買郵票的錢也沒有。

「你或者願意知道些我的消息，現在簡直告訴你罷：我失敗了。先前，我自以爲是失敗者，現在知道那並不，現在才眞是失敗者了。先前，還有人願意我活幾天，我自己也還想活幾天的時候，活不下去；現在，大可以無須了，然而要活下去……。

「然而就活下去麼？願意我活幾天的，自己就活不下去。這人已被敵人誘殺了。誰殺的呢？誰也不知道。

「人生的變化多麼迅速呵！這半年來，我幾乎求乞了，實際，也可以算得已經求乞。然而我還有所爲，我願意爲此求乞，爲此凍餒，爲此寂寞，爲此辛苦。但滅亡是不願意的。你看，有一個願意我活幾天的，那力量就這麼大。然而現在是沒有了，連這一個也沒有了。同時，我自己也覺得不配活下去；別人呢？也不配的。同時，我自己又覺得偏要爲不願意我活下去的人們而活下去；好在願意我好好地活下去的已經沒有了，再沒有誰痛心。使這樣的人痛心，我是不願意的。然而現在是沒有了，連這一個也沒有了。快活極了，舒服極了；我已經躬行我先前所憎惡，所反對的一切，拒斥我先前所崇仰，所主張的一切了。我已經眞的失敗，——然而我勝利了。

「你以爲我發了瘋麼？你以爲我成了英雄或偉人了麼？不，不的。這事情很簡單；我近來已經做了杜師長的顧問，每月的薪水就有現洋八十元了。

「申飛……。

「你將以我爲什麼東西呢，你自己定就是，我都可以的。

「你大約還記得我舊時的客廳罷，我們在城中初見和將別時候的客廳。現在我還用著這客廳。這裏有新的賓客，新的饋贈，新的頌揚，新的鑽營，新的磕頭和打拱，新的打牌和猜拳，新的冷眼和噁心，新的失眠和吐血……。

「你前信說你教書很不如意。你願意也做顧問麼？可以告訴我，我給你辦。其實是做門房也不妨，一樣地有新的賓客和新的饋贈，新的頌揚……。

「我這裏下大雪了。你那裏怎樣？現在已是深夜，吐了兩口血，使我清醒起來。記得你竟從秋天以來陸續給了我三封信，這是怎樣的可以驚異的事呵。我必須寄給你一點消息，你或者不至於倒抽一口冷氣罷。

「此後，我大約不再寫信的了，我這習慣是你早已知道的。何時回來呢？倘早，當能相見。——但我想，我們大概究竟不是一路的；那麼，請你忘記我罷。我從我的真心感謝你先前常替我籌畫生計。但是現在忘記我罷；我現在已經『好』了。

連殳。十二月十四日。」

這雖然並不使我「倒抽一口冷氣」，但草草一看之後，又細看了一遍，卻總有些不舒服，而同時可又夾雜些快意和高興；又想，他的生計總算已經不成問題，我的擔子也可以放下了，雖然在我這一面始終不過是無法可想。忽而又想寫一封信回答他，但又覺得沒有話說，於是這意思也立即消失了。

我的確漸漸地在忘卻他。在我的記憶中，他的面貌也不再時常出現。但得信之後不到十天，S城的學理七日報社忽然接續著郵寄他們的《學理七日報》來了。我是不大看這些東西的，不過既經寄到，也就隨手翻翻。這卻使我記起連殳來，因為裏面常有關於他的詩文，如《雪夜謁連殳先生》，《連殳顧問高齋雅集》等等；有一回，《學理閑譚》裏還津津地敘述他先前所被傳為笑柄的事，稱作「逸聞」，言外大有「且夫非常之人，必能行非常之事」的意思。

不知怎地雖然因此記起，但他的面貌卻總是逐漸模糊；然而又似乎和我日加密切起來，往往無端感到一種連自己也莫明其妙的不安和極輕微的震顫。幸而到了秋季，這《學理七日報》就不寄來

了；山陽的《學理週刊》上卻又按期登起一篇長論文：《流言即事實論》。裏面還說，關於某君們的流言，已在公正士紳間盛傳了。這是專指幾個人的，有我在內；我只好極小心，照例連吸煙卷的煙也謹防飛散。

小心是一種忙的苦痛，因此會百事俱廢，自然也無暇記得連殳。總之：我其實已經將他忘卻了。

但我也終於敷衍不到暑假，五月底，便離開了山陽。

五

從山陽到歷城，又到太谷，一總轉了大半年，終於尋不出什麼事情做，我便又決計回S城去了。到時是春初的下午，天氣欲雨不雨，一切都罩在灰色中；舊寓裏還有空房，仍然住下。在道上，就想起連殳的了，到後，便決定晚飯後去看他。我提著兩包聞喜名產的煮餅，走了許多潮濕的路，讓道給許多攔路高臥的狗，這才總算到了連殳的門前。裏面仿佛特別明亮似的。我想，一做顧問，連寓裏也格外光亮起來了，不覺在暗中一笑。但仰面一看，門旁卻白白的，分明帖著一張斜角紙。我又想，大良們的祖母死了罷；同時也跨進門，一直向裏面走。

微光所照的院子裏，放著一具棺材，旁邊站一個穿軍衣的兵或是馬弁，還有一個和他談話的，看時卻是大良的祖母；另外還閑站著幾個短衣的粗人。我的心即刻跳起來了。她也轉過臉來凝視我。

「阿呀！您回來了？何不早幾天……。」她忽而大叫起來。

「誰……誰沒有了？」我其實是已經大概知道了，但還是問。

「魏大人，前天沒有的。」

我四顧，客廳裏暗沉沉的，大約只有一盞燈；正屋裏卻掛著白的孝幃，幾個孩子聚在屋外，就是大良二良們。

「他停在那裏，」大良的祖母走向前，指著說，「魏大人恭喜之後，我把正屋也租給他了；他現在就停在那裏。」

孝幃上沒有別的，前面是一張條桌，一張方桌；方桌上擺著十來碗飯菜。我剛跨進門，當面忽然現出兩個穿白長衫的來攔住了，瞪了死魚似的眼睛，從中發出驚疑的光來，釘住了我的臉。我慌忙說明我和連殳的關係，大良的祖母也來從旁證實，他們的手和眼光這才逐漸弛緩下去，默許我近前去鞠躬。

　　我一鞠躬，地下忽然有人嗚嗚的哭起來了，定神看時，一個十多歲的孩子伏在草薦上，也是白衣服，頭髮剪得很光的頭上還絡著一大綹苧麻絲。

　　我和他們寒暄後，知道一個是連殳的從堂兄弟，要算最親的了；一個是遠房侄子。我請求看一看故人，他們卻竭力攔阻，說是「不敢當」的。然而終於被我說服了，將孝幃揭起。

　　這回我會見了死的連殳。但是奇怪！他雖然穿一套皺的短衫褲，大襟上還有血跡，臉上也瘦削得不堪，然而面目卻還是先前那樣的面目，寧靜地閉著嘴，合著眼，睡著似的，幾乎要使我伸手到他鼻子前面，去試探他可是其實還在呼吸著。

　　一切是死一般靜，死的人和活的人。我退開了，他的從堂兄弟卻又來周旋，說「舍弟」正在年富力強，前程無限的時候，竟遽爾「作古」了，這不但是「衰宗」不幸，也太使朋友傷心。言外頗有替連殳道歉之意；這樣地能說，在山鄉中人是少有的。但此後也就沉默了，一切是死一般靜，死的人和活的人。

　　我覺得很無聊，怎樣的悲哀倒沒有，便退到院子裏，和大良們的祖母閒談起來。知道入殮的時候是臨近了，只待壽衣送到；釘棺材釘時，「子午卯酉」四生肖是必須躲避的。她談得高興了，說話滔滔地泉流似的湧出，說到他的病狀，說到他生時的情景，也帶些關於他的批評。

　　「你可知道魏大人自從交運之後，人就和先前兩樣了，臉也抬高起來，氣昂昂的。對人也不再先前那麼迂。你知道，他先前不是像一個啞子，見我是叫老太太的麼？後來就叫『老傢伙』。唉唉，

眞是有趣。人送他仙居朮，他自己是不吃的，就摔在院子裏，——就是這地方，——叫道，『老傢伙，你吃去罷。』他交運之後，人來人往，我把正屋也讓給他住了，自己便搬在這廂房裏。他也眞是一走紅運，就與眾不同，我們就常常這樣說笑。要是你早來一個月，還趕得上看這裏的熱鬧，三日兩頭的猜拳行令，說的說，笑的笑，唱的唱，做詩的做詩，打牌的打牌……。

「他先前怕孩子們比孩子們見老子還怕，總是低聲下氣的。近來可也兩樣了，能說能鬧，我們的大良們也很喜歡和他玩，一有空，便都到他的屋裏去。他也用種種方法逗著玩；要他買東西，他就要孩子裝一聲狗叫，或者磕一個響頭。哈哈，眞是過得熱鬧。前兩月二良要他買鞋，還磕了三個響頭哩，哪，現在還穿著，沒有破呢。」

一個穿白長衫的人出來了，她就住了口。我打聽連殳的病症，她卻不大清楚，只說大約是早已瘦了下去的罷，可是誰也沒理會，因為他總是高高興興的。到一個多月前，這才聽到他吐過幾回血，但似乎也沒有看醫生；後來躺倒了；死去的前三天，就啞了喉嚨，說不出一句話。十三大人從寒石山路遠迢迢地上城來，問他可有存款，他一聲也不響。十三大人疑心他裝出來的，也有人說有些生癆病死的人是要說不出話來的，誰知道呢……。

「可是魏大人的脾氣也太古怪，」她忽然低聲說，「他就不肯積蓄一點，水似的化錢。十三大人還疑心我們得了什麼好處。有什麼屁好處呢？他就冤裏冤枉糊裡糊塗地化掉了。譬如買東西，今天買進，明天又賣出，弄破，眞不知道是怎麼一回事。待到死了下來，什麼也沒有，都糟掉了。要不然，今天也不至於這樣地冷靜……。

「他就是胡鬧，不想辦一點正經事。我是想到過的，也勸過他。這麼年紀了，應該成家；照現在的樣子，結一門親很容易；如果沒有門當戶對的，先買幾個姨太太也可以：人是總應該像個樣子

的。可是他一聽到就笑起來，說道，『老傢伙，你還是總替別人惦記著這等事麼？』你看，他近來就浮而不實，不把人的好話當好話聽。要是早聽了我的話，現在何至於獨自冷清清地在陰間摸索，至少，也可以聽到幾聲親人的哭聲……。」

一個店夥背了衣服來了。三個親人便檢出裏衣，走進幃後去。不多久，孝幃揭起了，裏衣已經換好，接著是加外衣。

這很出我意外。一條土黃的軍褲穿上了，嵌著很寬的紅條，其次穿上去的是軍衣，金閃閃的肩章，也不知道是什麼品級，那裏來的品級。到入棺，是連殳很不妥帖地躺著，腳邊放一雙黃皮鞋，腰邊放一柄紙糊的指揮刀，骨瘦如柴的灰黑的臉旁，是一頂金邊的軍帽。

三個親人扶著棺沿哭了一場，止哭拭淚；頭上絡麻線的孩子退出去了，三良也避去，大約都是屬「子午卯酉」之一的。

粗人打起棺蓋來，我走近去最後看一看永別的連殳。

他在不妥帖的衣冠中，安靜地躺著，合了眼，閉著嘴，口角間仿佛含著冰冷的微笑，冷笑著這可笑的死屍。

敲釘的聲音一響，哭聲也同時迸出來。這哭聲使我不能聽完，只好退到院子裏；順腳一走，不覺出了大門了。潮濕的路極其分明，仰看太空，濃雲已經散去，掛著一輪圓月，散出冷靜的光輝。

我快步走著，仿佛要從一種沉重的東西中衝出，但是不能夠。耳朵中有什麼掙扎著，久之，久之，終於掙扎出來了，隱約像是長嗥，像一匹受傷的狼，當深夜在曠野中嗥叫，慘傷裏夾雜著憤怒和悲哀。

我的心地就輕鬆起來，坦然地在潮濕的石路上走，月光底下。

一九二五年十月十七日畢

其實，像魏連殳那樣的人，並不是什麼很激烈的改革者，在舊社會也還不是了不起的危險分子，他不過是想要自己立住腳跟，不沉沒下去。他慘傷而憤怒地叫著我還要活幾天，也不過是想在將來他大概有些事可作；他還有朋友們，有朋友們在一起奮鬥著，或者可以有相當的進展，而他本身所受的，卻並不是什麼了不起的壓迫。像有些流言以至於強開嘴就怕人家把舌頭偷了去，時時刻刻要防備著從不知什麼地方鑽出來一下扯住你褲腳的東西，以及被校長辭退之類，都是很普通，差不多你要做得像一個人樣，就要遇到這許多的威迫同恫嚇，在這種時候，也只好孤獨起來，而且把這孤獨放到嘴裏去咀嚼，其實你就不孤獨起來也沒有辦法，人家決不會放你過去的，就像我們的魏先生，他決不自安於孤獨，時時想從他的繭裏伸出頭來。

但是，朋友們的死卻給他以一個最大的打擊……感到最大的壓迫，最大的頹喪，最大的孤獨與悲哀……

而魏連殳終於失敗了，他曾經向前攻擊，攻擊而失敗了。他被社會所遺布，他的朋友被敵人所謀殺，於是從前線上退回來，趨向於自殺的工作，在可能範圍之內，他侮辱他所能夠侮辱的人，並且也侮辱他自己，他以一種淒涼的悲哀的自覺向社會復仇，沒有憤怒，沒有火，沒有如狂風一般的力，只是冷冷的悲哀的自覺，對社會復仇而同時破壞自己。

孤獨者哭了，那聲音在慘傷裏夾雜憤怒和悲哀，像一個受傷的狼，在曠野裏嚎著，而他黑的眼睛在暗夜裏閃著火，雖然已經很安靜地合攏了……

——向培良《論〈孤獨者〉》

孤獨者 1977年創作

我也是去看的一個，先送了一份香燭；待到走到他家，已見連殳在給死者穿衣服了。原來他是一個短小瘦削的人，長方臉，蓬鬆的頭髮和濃黑的鬚眉占了一臉的小半，只見兩眼在黑氣裏發光。

 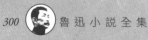

傷逝

——涓生的手記

如果我能夠，我要寫下我的悔恨和悲哀，爲子君，爲自己。

會館裏的被遺忘在偏僻裏的破屋是這樣地寂靜和空虛。時光過得眞快，我愛子君，仗著她逃出這寂靜和空虛，已經滿一年了。事情又這麼不湊巧，我重來時，偏偏空著的又只有這一間屋。依然是這樣的破窗，這樣的窗外的半枯的槐樹和老紫藤，這樣的窗前的方桌，這樣的敗壁，這樣的靠壁的板床。深夜中獨自躺在床上，就如我未曾和子君同居以前一般，過去一年中的時光全被消滅，全未有過，我並沒有曾經從這破子搬出，在吉兆胡同創立了滿開希望的小小的家庭。

不但如此。在一年之前，這寂靜和空虛是並不這樣的，常常含著期待；期待子君的到來。在久待的焦躁中，一聽到皮鞋的高底尖觸著磚路的清響，是怎樣地使我驟然生動起來呵！於是就看見帶著笑渦的蒼白的圓臉，蒼白的瘦的臂膊，布的有條紋的衫子，玄色的裙。她又帶了窗外的半枯的槐樹的新葉來，使我看見，還有掛在鐵似的老幹上的一房一房的紫白的藤花。

然而現在呢，只有寂靜和空虛依舊，子君卻決不再來了，而且永遠，永遠地！……

子君不在我這破屋裏時，我什麼也看不見。在百無聊賴中，順手抓過一本書來，科學也好，文學也好，橫豎什麼都一樣；看下去，看下去，忽而自己覺得，已經翻了十多頁了，但是毫不記得書上所說的事。只是耳朵卻分外地靈，仿佛聽到大門外一切往來的履聲，從中便有子君的，而且橐橐地逐漸臨近，——但是，往往又逐漸渺茫，終於消失在別的步聲的雜遝中了。我憎惡那不像子君鞋聲的穿布底鞋的長班的兒子，我憎惡那太像子君鞋聲的常常穿著新皮鞋的鄰院的搽雪花膏的小東西！

　　莫非她翻了車麼？莫非她被電車撞傷了麼？……

　　我便要取了帽子去看她，然而她的胞叔就曾經當面罵過我。

　　驀然，她的鞋聲近來了，一步響於一步，迎出去時，卻已經走過紫藤棚下，臉上帶著微笑的酒窩。她在她叔子的家裏大約並未受氣；我的心寧帖了，默默地相視片時之後，破屋裏便漸漸充滿了我的語聲，談家庭專制，談打破舊習慣，談男女平等，談伊孛生，談泰戈爾，談雪萊……。她總是微笑點頭，兩眼裏彌漫著稚氣的好奇的光澤。壁上就釘著一張銅板的雪萊半身像，是從雜誌上裁下來的，是他的最美的一張像。當我指給她看時，她卻只草草一看，便低了頭，似乎不好意思了。這些地方，子君就大概還未脫盡舊思想的束縛，——我後來也想，倒不如換一張雪萊淹死在海裏的紀念像或是伊孛生（易卜生）的罷；但也終於沒有換，現在是連這一張也不知那裏去了。

　　「我是我自己的，他們誰也沒有干涉我的權利！」

　　這是我們交際了半年，又談起她在這裏的胞叔和在家的父親時，她默想了一會之後，分明地，堅決地，沉靜地說了出來的話。其時是我已經說盡了我的意見，我的身世，我的缺點，很少隱瞞；她也完全瞭解的了。這幾句話很震動了我的靈魂，此後許多天還在耳中發響，而且說不出的狂喜，知道中國女性，並不如厭世家所說

那樣的無法可施，在不遠的將來，便要看見輝煌的曙色的。

送她出門，照例是相離十多步遠；照例是那鯰魚鬚的老東西的臉又緊帖在髒的窗玻璃上了，連鼻尖都擠成一個小平面；到外院，照例又是明晃晃的玻璃窗裏的那小東西的臉，加厚的雪花膏。她目不邪視地驕傲地走了，沒有看見；我驕傲地回來。

「我是我自己的，他們誰也沒有干涉我的權利！」這徹底的思想就在她的腦裏，比我還透澈，堅強得多。半瓶雪花膏和鼻尖的小平面，於她能算什麼東西呢？

我已經記不清那時怎樣地將我的純真熱烈的愛表示給她。豈但現在，那時的事後便已模糊，夜間回想，早只剩了一些斷片了；同居以後一兩月，便連這些斷片也化作無可追蹤的夢影。我只記得那時以前的十幾天，曾經很仔細地研究過表示的態度，排列過措辭的先後，以及倘或遭了拒絕以後的情形。可是臨時似乎都無用，在慌張中，身不由己地竟用了在電影上見過的方法了。後來一想到，就使我很愧恧，但在記憶上卻偏只有這一點永遠留遺，至今還如暗室的孤燈一般，照見我含淚握著她的手，一條腿跪了下去……。

不但我自己的，便是子君的言語舉動，我那時就沒有看得分明；僅知道她已經允許我了。但也還仿佛記得她臉色變成青白，後來又漸漸轉作緋紅，——沒有見過，也沒有再見的緋紅；孩子似的眼裏射出悲喜，但是夾著驚疑的光，雖然力避我的視線，張惶地似乎要破窗飛去。然而我知道她已經允許我了，沒有知道她怎樣說或是沒有說。

她卻是什麼都記得：我的言辭，竟至於讀熟了的一般，能夠滔滔背誦；我的舉動，就如有一張我所看不見的影片掛在眼下，敘述得如生，很細微，自然連那使我不願再想的淺薄的電影的一閃。夜闌人靜，是相對溫習的時候了，我常是被質問，被考驗，並且被命復述當時的言語，然而常須由她補足，由她糾正，像一個丁等的學生。

這溫習後來也漸漸稀疏起來。但我只要看見她兩眼注視空中，出神似的凝想著，於是神色越加柔和，笑窩也深下去，便知道她又在自修舊課了，只是我很怕她看到我那可笑的電影的一閃。但我又知道，她一定要看見，而且也非看不可的。

然而她並不覺得可笑。即使我自己以爲可笑，甚而至於可鄙的，她也毫不以爲可笑。這事我知道得很清楚，因爲她愛我，是這樣地熱烈，這樣地純眞。

去年的暮春是最爲幸福，也是最爲忙碌的時光。我的心平靜下去了，但又有別一部分和身體一同忙碌起來。我們這時才在路上同行，也到過幾回公園，最多的是尋住所。我覺得在路上時時遇到探索，譏笑，猥褻和輕蔑的眼光，一不小心，便使我的全身有些瑟縮，只得即刻提起我的驕傲和反抗來支持。她卻是大無畏的，對於這些全不關心，只是鎮靜地緩緩前行，坦然如入無人之境。

尋住所實在不是容易事，大半是被託辭拒絕，小半是我們以爲不相宜。起先我們選擇得很苛酷，——也非苛酷，因爲看去大抵不像是我們的安身之所；後來，便只要他們能相容了。看了二十多處，這才得到可以暫且敷衍的處所，是吉兆胡同一所小屋裏的兩間南屋；主人是一個小官，然而倒是明白人，自住著正屋和廂房。他只有夫人和一個不到周歲的女孩子，雇一個鄉下的女工，只要孩子不啼哭，是極其安閒幽靜的。

我們的傢俱很簡單，但已經用去了我籌來的款子的大半；子君還賣掉了她唯一的金戒指和耳環。我攔阻她，還是定要賣，我也就不再堅持下去了；我知道不給她加入一點股份去，她是住不舒服的。

和她的叔子，她早經鬧開，至於使他氣憤到不再認她做侄女；我也陸續和幾個自以爲忠告，其實是替我膽怯，或者竟是嫉妒的朋友絕了交。然而這倒很清靜。每日辦公散後，雖然已近黃昏，車夫又一定走得這樣慢，但究竟還有二人相對的時候。我們先是沉默的相視，接著是放開而親密的交談，後來又是沉默。大家低頭沉思

著，卻並未想著什麼事。我也漸漸清醒地讀遍了她的身體，她的靈魂，不過三星期，我似乎於她已經更加瞭解，揭去許多先前以為瞭解而現在看來卻是隔膜，即所謂真的隔膜了。

子君也逐日活潑起來。但她並不愛花，我在廟會時買來的兩盆小草花，四天不澆，枯死在壁角了，我又沒有照顧一切的閒暇。然而她愛動物，也許是從官太太那裏傳染的罷，不一月，我們的眷屬便驟然加得很多，四隻小油雞，在小院子裏和房主人的十多隻在一同走。但她們卻認識雞的相貌，各知道那一隻是自家的。還有一隻花白的叭兒狗，從廟會買來，記得似乎原有名字，子君卻給它另起了一個，叫作阿隨。我就叫它阿隨，但我不喜歡這名字。

這是真的，愛情必須時時更新，生長，創造。我和子君說起這，她也領會地點點頭。

唉唉，那是怎樣的寧靜而幸福的夜呵！

安寧和幸福是要凝固的，永久是這樣的安寧和幸福。我們在會館裏時，還偶有議論的衝突和意思的誤會，自從到吉兆胡同以來，連這一點也沒有了；我們只在燈下對坐的開舊譚中，回味那時衝突以後的和解的重生一般的樂趣。

子君竟胖了起來，臉色也紅活了；可惜的是忙。管了家務便連談天的工夫也沒有，何況讀書和散步。我們常說，我們總還得雇一個女工。

這就使我也一樣地不快活，傍晚回來，常見她包藏著不快活的顏色，尤其使我不樂的是她要裝作勉強的笑容。幸而探聽出來了，也還是和那小官太太的暗鬥，導火線便是兩家的小油雞。但又何必硬不告訴我呢？人總該有一個獨立的家庭。這樣的處所，是不能居住的。

我的路也鑄定了，每星期中的六天，是由家到局，又由局到家。在局裏便坐在辦公桌前鈔，鈔，鈔些公文和信件；在家裏是和

她相對或幫她生白爐子，煮飯，蒸饅頭。我的學會了煮飯，就在這時候。

但我的食品卻比在會館裏時好得多了。做菜雖不是子君的特長，然而她於此卻傾注著全力；對於她的日夜的操心，使我也不能不一同操心，來算作分甘共苦。況且她又這樣地終日汗流滿面，短髮都粘在腦額上；兩隻手又只是這樣地粗糙起來。

況且還要飼阿隨，飼油雞，……都是非她不可的工作。

我曾經忠告她：我不吃，倒也罷了；卻萬不可這樣地操勞。她只看了我一眼，不開口，神色卻似乎有點淒然；我也只好不開口。然而她還是這樣地操勞。

我所預期的打擊果然到來。雙十節的前一晚，我呆坐著，她在洗碗。聽到打門聲，我去開門時，是局裏的信差，交給我一張油印的紙條。我就有些料到了，到燈下去一看，果然，印著的就是：

> 奉
> 局長諭史涓生著毋庸到局辦事
> 　　　　秘書處啓　十月九號

這在會館裏時，我就早已料到了；那雪花膏便是局長的兒子的賭友，一定要去添些謠言，設法報告的。到現在才發生效驗，已經要算是很晚的了。其實這在我不能算是一個打擊，因為我早就決定，可以給別人去鈔寫，或者教讀，或者雖然費力，也還可以譯點書，況且《自由之友》的總編輯便是見過幾次的熟人，兩月前還通過信。但我的心卻跳躍著。那麼一個無畏的子君也變了色，尤其使我痛心；她近來似乎也較為怯弱了。

「那算什麼。哼，我們幹新的。我們……。」她說。

她的話沒有說完；不知怎地，那聲音在我聽去卻只是浮浮的；

燈光也覺得格外黯淡。人們眞是可笑的動物，一點極微末的小事情，便會受著很深的影響。我們先是默默地相視，逐漸商量起來，終於決定將現有的錢竭力節省，一面登「小廣告」去尋求鈔寫和教讀，一面寫信給《自由之友》的總編輯，說明我目下的遭遇，請他收用我的譯本，給我幫一點艱辛時候的忙。

「說做，就做罷！來開一條新的路！」

我立刻轉身向了書案，推開盛香油的瓶子和醋碟，子君便送過那黯淡的燈來。我先擬廣告；其次是選定可譯的書，遷移以來未曾翻閱過，每本的頭上都滿漫著灰塵了；最後才寫信。

我很費躊躇，不知道怎樣措辭好，當停筆凝思的時候，轉眼去一瞥她的臉，在昏暗的燈光下，又很見得淒然。我眞不料這樣微細的小事情，竟會給堅決的，無畏的子君以這麼顯著的變化。她近來實在變得很怯弱了，但也並不是今夜才開始的。我的心因此更繚亂，忽然有安寧的生活的影像——會館裏的破屋的寂靜，在眼前一閃，剛剛想定睛凝視，卻又看見了昏暗的燈光。

許久之後，信也寫成了，是一封頗長的信；很覺得疲勞，仿佛近來自己也較爲怯弱了。於是我們決定，廣告和發信，就在明日一同實行。大家不約而同地伸直了腰肢，在無言中，似乎又都感到彼此的堅忍倔強的精神，還看見從新萌芽起來的將來的希望。

外來的打擊其實倒是振作了我們的新精神。局裏的生活，原如鳥販子手裏的禽鳥一般，僅有一點小米維繫殘生，決不會肥胖；日子一久，只落得麻痺了翅子，即使放出籠外，早已不能奮飛。現在總算脫出這牢籠了，我從此要在新的開闊的天空中翱翔，趁我還未忘卻了我的翅子的扇動。

小廣告是一時自然不會發生效力的；但譯書也不是容易事，先前看過，以爲已經懂得的，一動手，卻疑難百出了，進行得很慢。然而我決計努力地做，一本半新的字典，不到半月，邊上便有了一

大片烏黑的指痕，這就證明著我的工作的切實。《自由之友》的總編輯曾經說過，他的刊物是決不會埋沒好稿子的。

可惜的是我沒有一間靜室，子君又沒有先前那麼幽靜，善於體貼了，屋子裏總是散亂著碗碟，彌漫著煤煙，使人不能安心做事，但是這自然還只能怨我自己無力置一間書齋。然而又加以阿隨，加以油雞們。加以油雞們又大起來了，更容易成為兩家爭吵的引線。

加以每日的「川流不息」的吃飯；子君的功業，仿佛就完全建立在這吃飯中。吃了籌錢，籌來吃飯，還要餵阿隨，飼油雞；她似乎將先前所知道的全都忘掉了，也不想到我的構思就常常為了這催促吃飯而打斷。即使在坐中給看一點怒色，她總是不改變，仍然毫無感觸似的大嚼起來。

使她明白了我的工作不能受規定的吃飯的束縛，就費去五星期。她明白之後，大約很不高興罷，可是沒有說。我的工作果然從此較為迅速地進行，不久就共譯了五萬言，只要潤色一回，便可以和做好的兩篇小品，一同寄給《自由之友》去。只是吃飯卻依然給我苦惱。菜冷，是無妨的，然而竟不夠；有時連飯也不夠，雖然我因為終日坐在家裏用腦，飯量已經比先前要減少得多。這是先去餵了阿隨了，有時還並那近來連自己也輕易不吃的羊肉。她說，阿隨實在瘦得太可憐，房東太太還因此嗤笑我們了，她受不住這樣的奚落。

於是吃我殘飯的便只有油雞們。這是我積久才看出來的，但同時也如赫胥黎的論定「人類在宇宙間的位置」一般，自覺了我在這裏的位置：不過是叭兒狗和油雞之間。

後來，經多次的抗爭和催逼，油雞們也逐漸成為看饌，我們和阿隨都享用了十多日的鮮肥；可是其實都很瘦，因為它們早已每日只能得到幾粒高粱了。從此便清靜得多。只有子君很頹唐，似乎常覺得淒苦和無聊，至於不大願意開口。我想，人是多麼容易改變呵！

但是阿隨也將留不住了。我們已經不能再希望從什麼地方會有來信，子君也早沒有一點食物可以引它打拱或直立起來。冬季又逼近得這麼快，火爐就要成為很大的問題；它的食量，在我們其實早是一個極易覺得的很重的負擔。於是連它也留不住了。

　　倘使插了草標到廟市去出賣，也許能得幾文錢罷，然而我們都不能，也不願這樣做。終於是用包袱蒙著頭，由我帶到西郊去放掉了，還要追上來，便推在一個並不很深的土坑裏。

　　我一回寓，覺得又清靜得多多了；但子君的淒慘的神色，卻使我很吃驚。那是沒有見過的神色，自然是為阿隨。但又何至於此呢？我還沒有說起推在土坑裏的事。

　　到夜間，在她的淒慘的神色中，加上冰冷的分子了。

　　「奇怪。——子君，你怎麼今天這樣兒了？」我忍不住問。

　　「什麼？」她連看也不看我。

　　「你的臉色……。」

　　「沒有什麼，——什麼也沒有。」

　　我終於從她言動上看出，她大概已經認定我是一個忍心的人。

　　其實，我一個人，是容易生活的，雖然因為驕傲，向來不與世交來往，遷居以後，也疏遠了所有舊識的人，然而只要能遠走高飛，生路還寬廣得很。現在忍受著這生活壓迫的苦痛，大半倒是為她，便是放掉阿隨，也何嘗不如此。但子君的識見卻似乎只是淺薄起來，竟至於連這一點也想不到了。

　　我揀了一個機會，將這些道理暗示她；她領會似的點頭。然而看她後來的情形，她是沒有懂，或者是並不相信的。

　　天氣的冷和神情的冷，逼迫我不能在家庭中安身。但是，往那裏去呢？大道上，公園裏，雖然沒有冰冷的神情，冷風究竟也刺得人皮膚欲裂。我終於在通俗圖書館裏覓得了我的天堂。

　　那裏無須買票；閱書室裏又裝著兩個鐵火爐。縱使不過是燒著不死不活的煤的火爐，但單是看見裝著它，精神上也就總覺得有些

溫暖。書卻無可看：舊的陳腐，新的是幾乎沒有的。

　　好在我到那裏去也並非爲看書。另外時常還有幾個人，多則十餘人，都是單薄衣裳，正如我，各人看各人的書，作爲取暖的口實。這於我尤爲合式。道路上容易遇見熟人，得到輕蔑的一瞥，但此地卻決無那樣的橫禍，因爲他們是永遠圍在別的鐵爐旁，或者靠在自家的白爐邊的。

　　那裏雖然沒有書給我看，卻還有安閒容得我想。待到孤身枯坐，回憶從前，這才覺得大半年來，只爲了愛，—— 盲目的愛，——而將別的人生的要義全盤疏忽了。第一，便是生活。人必生活著，愛才有所附麗。世界上並非沒有爲了奮鬥者而開的活路；我也還未忘卻翅子的扇動，雖然比先前已經頹唐得多……。

　　屋子和讀者漸漸消失了，我看見怒濤中的漁夫，戰壕中的兵士，摩托車中的貴人，洋場上的投機家，深山密林中的豪傑，講臺上的教授，昏夜的運動者和深夜的偷兒……。子君，——不在近旁。她的勇氣都失掉了，只爲著阿隨悲憤，爲著做飯出神；然而奇怪的是倒也並不怎樣瘦損……。

　　冷了起來，火爐裏的不死不活的幾片硬煤，也終於燒盡了，已是閉館的時候。又須回到吉兆胡同，領略冰冷的顏色去了。近來也間或遇到溫暖的神情，但這卻反而增加我的苦痛。記得有一夜，子君的眼裏忽而又發出久已不見的稚氣的光來，笑著和我談到還在會館時候的情形，時時又很帶些恐怖的神色。我知道我近來的超過她的冷漠，已經引起她的憂疑來，只得也勉力談笑，想給她一點慰藉。然而我的笑貌一上臉，我的話一出口，卻即刻變爲空虛，這空虛又即刻發生反響，回向我的耳目裏，給我一個難堪的惡毒的冷嘲。

　　子君似乎也覺得的，從此便失掉了她往常的麻木似的鎭靜，雖然竭力掩飾，總還是時時露出憂疑的神色來，但對我卻溫和得多了。

我要明告她，但我還沒有敢，當決心要說的時候，看見她孩子一般的眼色，就使我只得暫且改作勉強的歡容。但是這又即刻來冷嘲我，並使我失卻那冷漠的鎮靜。

　　她從此又開始了往事的溫習和新的考驗，逼我做出許多虛偽的溫存的答案來，將溫存示給她，虛偽的草稿便寫在自己的心上。我的心漸被這些草稿填滿了，常覺得難於呼吸。我在苦惱中常常想，說真實自然須有極大的勇氣的；假如沒有這勇氣，而苟安於虛偽，那也便是不能開闢新的生路的人。不獨不是這個，連這人也未嘗有！

　　子君有怨色，在早晨，極冷的早晨，這是從未見過的，但也許是從我看來的怨色。我那時冷冷地氣憤和暗笑了；她所磨練的思想和豁達無畏的言論，到底也還是一個空虛，而對於這空虛卻並未自覺。

　　她早已什麼書也不看，已不知道人的生活的第一著是求生，向著這求生的道路，是必須攜手同行，或奮身孤往的了，倘使只知道捶著一個人的衣角，那便是雖戰士也難於戰鬥，只得一同滅亡。

　　我覺得新的希望就只在我們的分離；她應該決然捨去，——我也突然想到她的死，然而立刻自責，懺悔了。幸而是早晨，時間正多，我可以說我的真實。我們的新的道路的開闢，便在這一遭。

　　我和她閒談，故意地引起我們的往事，提到文藝，於是涉及外國的文人，文人的作品：《諾拉》，《海的女人》。稱揚諾拉的果決……。

　　也還是去年在會館的破屋裏講過的那些話，但現在已經變成空虛，從我的嘴傳入自己的耳中，時時疑心有一個隱形的壞孩子，在背後惡意地刻毒地學舌。

　　她還是點頭答應著傾聽，後來沉默了。我也就斷續地說完了我的話，連餘音都消失在虛空中了。

　　「是的。」她又沉默了一會，說，「但是，……涓生，我覺得

你近來很兩樣了。可是的？你，——你老實告訴我。」

我覺得這似乎給了我當頭一擊，但也立即定了神，說出我的意見和主張來：新的路的開闢，新的生活的再造，爲的是免得一同滅亡。臨末，我用了十分的決心，加上這幾句話：

「……況且你已經可以無須顧慮，勇往直前了。你要我老實說；是的，人是不該虛僞的。我老實說罷：因爲，因爲我已經不愛你了！但這於你倒好得多，因爲你更可以毫無掛念地做事……。」

我同時預期著大的變故的到來，然而只有沉默。她臉色陡然變成灰黃，死了似的；瞬間便又蘇生，眼裏也發了稚氣的閃閃的光澤。這眼光射向四處，正如孩子在饑渴中尋求著慈愛的母親，但只在空中尋求，恐怖地回避著我的眼。

我不能看下去了，幸而是早晨，我冒著寒風徑奔通俗圖書館。在那裏看見《自由之友》，我的小品文都登出了。這使我一驚，仿佛得了一點生氣。我想，生活的路還很多，——但是，現在這樣也還是不行的。

我開始去訪問久已不相聞問的熟人，但這也不過一兩次；他們的屋子自然是暖和的，我在骨髓中卻覺得寒洌。夜間，便蜷伏在比冰還冷的冷屋中。

冰的針刺著我的靈魂，使我永遠苦於麻木的疼痛。生活的路還很多，我也還沒有忘卻翅子的扇動，我想。——我突然想到她的死，然而立刻自責，懺悔了。

在通俗圖書館裏往往瞥見一閃的光明，新的生路橫在前面。她勇猛地覺悟了，毅然走出這冰冷的家，而且，——毫無怨恨的神色。我便輕如行雲，漂浮空際，上有蔚藍的天，下是深山大海，廣廈高樓，戰場，摩托車，洋場，公館，晴明的鬧市，黑暗的夜……。

而且，眞的，我預感得這新生面便要來到了。

我們總算度過了極難忍受的多天，這北京的多天；就如蜻蜓落在惡作劇的壞孩子的手裏一般，被繫著細線，盡情玩弄，虐待，雖然幸而沒有送掉性命，結果也還是躺在地上，只爭著一個遲早之間。

　　寫給《自由之友》的總編輯已經有三封信，這才得到回信，信封裏只有兩張書券：兩角的和三角的。我卻單是催，就用了九分的郵票，一天的饑餓，又都白挨給於己一無所得的空虛了。

　　然而覺得要來的事，卻終於來到了。

　　這是多春之交的事，風已沒有這麼冷，我也更久地在外面徘徊；待到回家，大概已經昏黑。就在這樣一個昏黑的晚上，我照常沒精打采地回來，一看見寓所的門，也照常更加喪氣，使腳步放得更緩。但終於走進自己的屋子裏了，沒有燈火；摸火柴點起來時，是異樣的寂寞和空虛！

　　正在錯愕中，官太太便到窗外來叫我出去。

　　「今天子君的父親來到這裏，將她接回去了。」她很簡單地說。

　　這似乎又不是意料中的事，我便如腦後受了一擊，無言地站著。

　　「她去了麼？」過了些時，我只問出這樣一句話。

　　「她去了。」

　　「她，——她可說什麼？」

　　「沒說什麼。單是托我見你回來時告訴你，說她去了。」

　　我不信；但是屋子裏是異樣的寂寞和空虛。我遍看各處，尋覓子君；只見幾件破舊而黯淡的傢俱，都顯得極其清疏，在證明著它們毫無隱匿一人一物的能力。我轉念尋信或她留下的字跡，也沒有；只是鹽和乾辣椒，麵粉，半株白菜，卻聚集在一處了，旁邊還有幾十枚銅元。

　　這是我們兩人生活材料的全副，現在她就鄭重地將這留給我一

個人，在不言中，教我借此去維持較久的生活。

我似乎被周圍所排擠，奔到院子中間，有昏黑在我的周圍；正屋的紙窗上映出明亮的燈光，他們正在逗著孩子玩笑。我的心也沉靜下來，覺得在沉重的迫壓中，漸漸隱約地現出脫走的路徑：深山大澤，洋場，電燈下的盛筵，壕溝，最黑最黑的深夜，利刃的一擊，毫無聲響的腳步……。

心地有些輕鬆，舒展了，想到旅費，並且噓了一口氣。

躺著，在合著的眼前經過的預想的前途，不到半夜已經現盡；暗中忽然仿佛看見一堆食物，這之後，便浮出一個子君的灰黃的臉來，睜了孩子氣的眼睛，懇托似的看著我。我一定神，什麼也沒有了。

但我的心卻又覺得沉重。我為什麼偏不忍耐幾天，要這樣急急地告訴她真話的呢？現在她知道，她以後所有的只是她父親——兒女的債主——的烈日一般的嚴威和旁人的賽過冰霜的冷眼。此外便是虛空。負著虛空的重擔，在嚴威和冷眼中走著所謂人生的路，這是怎麼可怕的事呵！而況這路的盡頭，又不過是——連墓碑也沒有的墳墓。

我不應該將真實說給子君，我們相愛過，我應該永久奉獻她我的說謊。如果真實可以寶貴，這在子君就不該是一個沉重的空虛。謊語當然也是一個空虛，然而臨末，至多也不過這樣地沉重。

我以為將真實說給子君，她便可以毫無顧慮，堅決地毅然前行，一如我們將要同居時那樣。但這恐怕是我錯誤了。她當時的勇敢和無畏是因為愛。

我沒有負著虛偽的重擔的勇氣，卻將真實的重擔卸給她了。她愛我之後，就要負了這重擔，在嚴威和冷眼中走著所謂人生的路。

我想到她的死……。我看見我是一個卑怯者，應該被擯於強有力的人們，無論是真實者，虛偽者。然而她卻自始至終，還希望我

維持較久的生活……。

我要離開吉兆胡同，在這裏是異樣的空虛和寂寞。我想，只要離開這裏，子君便如還在我的身邊；至少，也如還在城中，有一天，將要出乎意表地訪我，像住在會館時候似的。

然而一切請托和書信，都是一無反響；我不得已，只好訪問一個久不問候的世交去了。他是我伯父的幼年的同窗，以正經出名的拔貢，寓京很久，交遊也廣闊的。

大概因爲衣服的破舊罷，一登門便很遭門房的白眼。好容易才相見，也還相識，但是很冷落。我們的往事，他全都知道了。「自然，你也不能在這裏了，」他聽了我托他在別處覓事之後，冷冷地說，「但那裏去呢？很難。── 你那，什麼呢，你的朋友罷，子君，你可知道，她死了。」

我驚得沒有話。

「真的？」我終於不自覺地問。

「哈哈。自然真的。我家的王升的家，就和她家同村。」

「但是，── 不知道是怎麼死的？」

「誰知道呢。總之是死了就是了。」

我已經忘卻了怎樣辭別他，回到自己的寓所。我知道他是不說謊話的；子君總不會再來的了，像去年那樣。她雖是想在嚴威和冷眼中負著虛空的重擔來走所謂人生的路，也已經不能。她的命運，已經決定她在我所給與的真實 ── 無愛的人間死滅了！

自然，我不能在這裏了；但是，「那裏去呢？」

四圍是廣大的空虛，還有死的寂靜。死於無愛的人們的眼前的黑暗，我仿佛一一看見，還聽得一切苦悶和絕望的掙扎的聲音。

我還期待著新的東西到來，無名的，意外的。但一天一天，無非是死的寂靜。

我比先前已經不大出門，只坐臥在廣大的空虛裏，一任這死的寂靜侵蝕著我的靈魂。死的寂靜有時也自己戰慄，自己退藏，於是在這絕續之交，便閃出無名的，意外的，新的期待。

　　一天是陰沉的上午，太陽還不能從雲裏面掙扎出來；連空氣都疲乏著。耳中聽到細碎的步聲和咻咻的鼻息，使我睜開眼。大致一看，屋子裏還是空虛；但偶然看到地面，卻盤旋著一匹小小的動物，瘦弱的，半死的，滿身灰土的……。

　　我一細看，我的心就一停，接著便直跳起來。

　　那是阿隨。它回來了。

　　我的離開吉兆胡同，也不單是為了房主人們和他家女工的冷眼，大半就為著這阿隨。但是，「那裏去呢？」新的生路自然還很多，我約略知道，也間或依稀看見，覺得就在我面前，然而我還沒有知道跨進那裏去的第一步的方法。

　　經過許多回的思量和比較，也還只有會館是還能相容的地方。依然是這樣的破屋，這樣的板床，這樣的半枯的槐樹和紫藤，但那時使我希望，歡欣，愛，生活的，卻全都逝去了，只有一個虛空，我用真實去換來的虛空存在。

　　新的生路還很多，我必須跨進去，因為我還活著。但我還不知道怎樣跨出那第一步。有時，仿佛看見那生路就像一條灰白的長蛇，自己蜿蜒地向我奔來，我等著，等著，看看臨近，但忽然便消失在黑暗裏了。

　　初春的夜，還是那麼長。長久的枯坐中記起上午在街頭所見的葬式，前面是紙人紙馬，後面是唱歌一般的哭聲。我現在已經知道他們的聰明了，這是多麼輕鬆簡截的事。

　　然而子君的葬式卻又在我的眼前，是獨自負著虛空的重擔，在灰白的長路上前行，而又即刻消失在周圍的嚴威和冷眼裏了。

　　我願意真有所謂鬼魂，真有所謂地獄，那麼，即使在孽風怒

吼之中，我也將尋覓子君，當面說出我的悔恨和悲哀，祈求她的饒恕；否則，地獄的毒焰將圍繞我，猛烈地燒盡我的悔恨和悲哀。

　　我將在孽風和毒焰中擁抱子君，乞她寬容，或者使她快意……。

　　但是，這卻更虛空於新的生路；現在所有的只是初春的夜，竟還是那麼長。我活著，我總得向著新的生路跨出去，那第一步，——卻不過是寫下我的悔恨和悲哀，為子君，為自己。

　　我仍然只有唱歌一般的哭聲，給子君送葬，葬在遺忘中。

　　我要遺忘；我為自己，並且要不再想到這用了遺忘給子君送葬。

　　我要向著新的生路跨進第一步去，我要將真實深深地藏在心的創傷中，默默地前行，用遺忘和說謊做我的前導……。

　　　　　　　　　　　　一九二五年十月二十一日畢

　　名·家·解·讀

　　這是魯迅小說中的惟一一篇以男女青年愛情為題材的作品。不過，《傷逝》不只是歌頌了男女青年反對封建專制，爭取戀愛自由、婚姻自主的鬥爭，還深刻地描寫了知識份子心靈的歷程，提出了一個重要的社會問題：中國青年，特別是婦女，究竟怎樣才能從舊勢力壓迫下得到解放？因此，《傷逝》成為魯迅的啟蒙主義小說所達到的一個新的高峰。

　　子君曾經是一個嫻靜、溫存而又纖弱的姑娘，不慕名門，不求

顯貴，她只渴望自由，渴望相互尊重的無邪的真情。她並不怎麼瞭解外界的生活，沒有經受過風雨的煆煉。當一線光明照到她身上時候，她的心靈就呈現了異彩⋯⋯她勇敢地反抗家庭、社會的束縛⋯⋯這是「五四」時期一個覺醒了的中國少女的可愛形象。

涓生呢？他接受新思想比較早，也比較多，但是，仍然生活在寂寞和空虛之中，沒有真正說得上真正勇敢的行動和追求。

這本身就顯示了他身上有著當時小資產階級知識份子的怯弱⋯⋯在和黑暗社會的最初交鋒裏，他就不如子君那樣勇敢、無畏和堅強⋯⋯在冷酷現實的逼迫下，涓生暴露了他的個人主義的自私自利的思想⋯⋯為了自己，他竟把子君送回了宗法社會那個大牢籠，子君終於含恨離開了人間。

子君死了，魯迅寫了涓生的內疚，悔恨，悲哀，同時也是對涓生行為的嚴厲譴責和批判。這種批判的深意在於，魯迅讓人們從涓生身上看到，年輕的知識份子不能再迷戀資產階級的個性解放了，不能再走個人奮鬥道路了。

這篇小說還具有深厚的抒情色彩，熱戀中的深情，新婚後的喜悅，失業打擊後的惶恐，感情瀕於破裂時的痛苦，終於分手後的絕望以及子君死後，涓生的悔恨和悲哀，都或隱或顯、或濃或淡地表現了出來。有時，如涓涓細流，有時如傾盆大雨。就這一點來看，《傷逝》也可以說是一篇感情濃郁的散文詩。

——趙遐秋《析魯迅的〈傷逝〉》

傷　逝 1978年創作

我仍然只有唱歌一般的哭聲，給子君送葬，葬在遺忘中。……我要向著新的
生路跨進第一步去，我要將真實深深地藏在心的創傷中，默默地前行，用遺
忘和說謊做我的前導……。

弟兄

公益局一向無公可辦，幾個辦事員在辦公室裏照例的談家務。秦益堂捧著水煙筒咳得喘不過氣來，大家也只得住口。久之，他抬起紫漲著的臉來了，還是氣喘吁吁的，說：

「到昨天，他們又打起架來了，從堂屋一直打到門口。我怎麼喝也喝不住。」他生著幾根花白鬍子的嘴唇還抖著。「老三說，老五折在公債票上的錢是不能開公賬的，應該自己賠出來……。」

「你看，還是爲錢，」張沛君就慷慨地從破的躺椅上站起來，兩眼在深眼眶裏慈愛地閃爍。「我真不解自家的弟兄何必這樣斤斤計較，豈不是橫豎都一樣？……」

「像你們的弟兄，那裏有呢。」益堂說。

「我們就是不計較，彼此都一樣。我們就將錢財兩字不放在心上。這麼一來，什麼事也沒有了。有誰家鬧著要分的，我總是將我們的情形告訴他，勸他們不要計較。益翁也只要對令郎開導開導……。」

「那——裏……。」益堂搖頭說。

「這大概也怕不成。」汪月生說，於是恭敬地看著沛君的眼，「像你們的弟兄，實在是少有的；我沒有遇見過。你們簡直是誰也

沒有一點自私自利的心思，這就不容易⋯⋯。」

「他們一直從堂屋打到大門口⋯⋯。」益堂說。

「令弟仍然是忙？⋯⋯」月生問。

「還是一禮拜十八點鐘功課，外加九十三本作文，簡直忙不過來。這幾天可是請假了，身熱，大概是受了一點寒⋯⋯。」

「我看這倒該小心些，」月生鄭重地說。「今天的報上就說，現在時症流行⋯⋯。」

「什麼時症呢？」沛君吃驚了，趕忙地問。

「那我可說不清了。記得是什麼熱罷。」

沛君邁開步就奔向閱報室去。

「眞是少有的，」月生目送他飛奔出去之後，向著秦益堂讚歎著。「他們兩個人就像一個人。要是所有的弟兄都這樣，家裏那裏還會鬧亂子。我就學不來⋯⋯。」

「說是折在公債票上的錢不能開公賬⋯⋯。」益堂將紙煤子插在紙煤管子裏，恨恨地說。

辦公室中暫時的寂靜，不久就被沛君的步聲和叫聽差的聲音震破了。他仿佛已經有什麼大難臨頭似的，說話有些口吃了，聲音也發著抖。他叫聽差打電話給普悌思普大夫，請他即刻到同興公寓張沛君那裏去看病。

月生便知道他很著急，因爲向來知道他雖然相信西醫，而進款不多，平時也節省，現在卻請的是這裏第一個有名而價貴的醫生。於是迎了出去，只見他臉色青青的站在外面聽聽差打電話。

「怎麼了？」

「報上說⋯⋯說流行的是猩⋯⋯猩紅熱。我午後來局的時候，靖甫就是滿臉通紅⋯⋯。已經出門了麼？請⋯⋯請他們打電話找，請他即刻來，同興公寓，同興公寓⋯⋯。」

他聽聽差打完電話，便奔進辦公室，取了帽子。汪月生也代爲著急，跟了進去。

「局長來時，請給我請假，說家裏有病人，看醫生……。」他胡亂點著頭，說。

「你去就是。局長也未必來。」月生說。

但是他似乎沒有聽到，已經奔出去了。

他到路上，已不再較量車價如平時一般，一看見一個稍微壯大，似乎能走的車夫，問過價錢，便一腳跨上車去，道，「好。只要給我快走！」

公寓卻如平時一般，很平安，寂靜；一個小夥計仍舊坐在門外拉胡琴。他走進他兄弟的臥室，覺得心跳得更利害，因為他臉上似乎見得更通紅了，而且發喘。他伸手去一摸他的頭，又熱得炙手。

「不知道是什麼病？不要緊罷？」靖甫問，眼裏發出憂疑的光，顯係他自己也覺得不尋常了。

「不要緊的，……傷風罷了。」他支吾著回答說。

他平時是專愛破除迷信的，但此時卻覺得靖甫的樣子和說話都有些不祥，仿佛病人自己就有了什麼預感。這思想更使他不安，立即走出，輕輕地叫了夥計，使他打電話去問醫院：可曾找到了普大夫？

「就是啦，就是啦。還沒有找到。」夥計在電話口邊說。

沛君不但坐不穩，這時連立也不穩了；但他在焦急中，卻忽而碰著了一條生路：也許並不是猩紅熱。然而普大夫沒有找到，……同寓的白問山雖然是中醫，或者於病名倒還能斷定的，但是他曾經對他說過好幾回攻擊中醫的話：況且追請普大夫的電話，他也許已經聽到了……。

然而他終於去請白問山。

白問山卻毫不介意，立刻戴起玳瑁邊墨晶眼鏡，同到靖甫的房裏來。他診過脈，在臉上端詳一回，又翻開衣服看了胸部，便從從容容地告辭。沛君跟在後面，一直到他的房裏。

他請沛君坐下，卻是不開口。

「問山兄，舍弟究竟是……？」他忍不住發問了。

「紅斑痧。你看他已經『見點』了。」

「那麼，不是猩紅熱？」沛君有些高興起來。

「他們西醫叫猩紅熱，我們中醫叫紅斑痧。」

這立刻使他手腳覺得發冷。

「可以醫麼？」他愁苦地問。

「可以。不過這也要看你們府上的家運。」

他已經糊塗得連自己也不知道怎樣竟請白問山開了藥方，從他房裏走出；但當經過電話機旁的時候，卻又記起普大夫來了。他仍然去問醫院，答說已經找到了，可是很忙，怕去得晚，須待明天早晨也說不定的。然而他還叮囑他要今天一定到。

他走進房去點起燈來看，靖甫的臉更覺得通紅了，的確還現出更紅的點子，眼瞼也浮腫起來。他坐著，卻似乎所坐的是針氈；在夜的漸就寂靜中，在他的翹望中，每一輛汽車的汽笛的呼嘯聲更使他聽得分明，有時竟無端疑為普大夫的汽車，跳起來去迎接。但是他還未走到門口，那汽車卻早經駛過去了；惘然地回身，經過院落時，見皓月已經西升，鄰家的一株古槐，便投影地上，森森然更來加濃了他陰鬱的心地。

突然一聲烏鴉叫。這是他平日常常聽到的；那古槐上就有三四個烏鴉窠。但他現在卻嚇得幾乎站住了，心驚肉跳地輕輕地走進靖甫的房裏時，見他閉了眼躺著，滿臉仿佛都見得浮腫；但沒有睡，大概是聽到腳步聲了，忽然張開眼來，那兩道眼光在燈光中異樣地悽愴地發閃。

「信麼？」靖甫問。

「不，不。是我。」他吃驚，有些失措，吃吃地說，「是我。我想還是去請一個西醫來，好得快一點。他還沒有來……。」

靖甫不答話，合了眼。他坐在窗前的書桌旁邊，一切都靜寂，

只聽得病人的急促的呼吸聲，和鬧鐘的箚箚地作響。忽而遠遠地有汽車的汽笛發響了，使他的心立刻緊張起來，聽它漸近，漸近，大概正到門口，要停下了罷，可是立刻聽出，駛過去了。這樣的許多回，他知道了汽笛聲的各樣：有如吹哨子的，有如擊鼓的，有如放屁的，有如狗叫的，有如鴨叫的，有如牛吼的，有如母雞驚啼的，有如嗚咽的……。他忽而怨憤自己：為什麼早不留心，知道，那普大夫的汽笛是怎樣的聲音的呢？對面的寓客還沒有回來，照例是看戲，或是打茶圍去了。但夜卻已經很深了，連汽車也逐漸地減少。強烈的銀白色的月光，照得紙窗發白。

他在等待的厭倦裏，身心的緊張慢慢地弛緩下來了，至於不再去留心那些汽笛。但凌亂的思緒，卻又乘機而起；他仿佛知道靖甫生的一定是猩紅熱，而且是不可救的。那麼，家計怎麼支持呢，靠自己一個？雖然住在小城裏，可是百物也昂貴起來了……。自己的三個孩子，他的兩個，養活尚且難，還能進學校去讀書麼？只給一兩個讀書呢，那自然是自己的康兒最聰明，——然而大家一定要批評，說是薄待了兄弟的孩子……。

後事怎麼辦呢，連買棺木的款子也不夠，怎麼能夠運回家，只好暫時寄頓在義莊裏……。

忽然遠遠地有一陣腳步聲進來，立刻使他跳起來了，走出房去，卻知道是對面的寓客。

「先帝爺，在白帝城……。」

他一聽到這低微高興的吟聲，便失望，憤怒，幾乎要奔上去叱罵他。但他接著又看見夥計提著風雨燈，燈光中照出後面跟著的皮鞋，上面的微明裏是一個高大的人，白臉孔，黑的絡腮鬍子。這正是普悌思。他像是得了寶貝一般，飛跑上去，將他領入病人的房中。兩人都站在床面前，他擎了洋燈，照著。

「先生，他發燒……。」沛君喘著說。

「什麼時候，起的？」普悌思兩手插在褲側的袋子裏，凝視著

病人的臉，慢慢地問。

「前天。不，大……大大前天。」

普大夫不作聲，略略按一按脈，又叫沛君擎高了洋燈，照著他在病人的臉上端詳一回；又叫揭去被臥，解開衣服來給他看。看過之後，就伸出手指在肚子上去一摩。

「Measles……」普悌思低聲自言自語似的說。

「疹子麼？」他驚喜得聲音也似乎發抖了。

「疹子。」

「就是疹子？……」

「疹子。」

「你原來沒有出過疹子？……」

他高興地剛在問靖甫時，普大夫已經走向書桌那邊去了，於是也只得跟過去。只見他將一隻腳踏在椅子上，拉過桌上的一張信箋，從衣袋裏掏出一段很短的鉛筆，就桌上颼颼地寫了幾個難以看清的字，這就是藥方。

「怕藥房已經關了罷？」沛君接了方，問。

「明天不要緊。明天吃。」

「明天再看？……」

「不要再看了。酸的，辣的，太鹹的，不要吃。熱退了之後，拿小便，送到我的，醫院裏來，查一查，就是了。裝在，乾淨的，玻璃瓶裏；外面，寫上名字。」

普大夫且說且走，一面接了一張五元的鈔票塞入衣袋裏，一逕出去了。他送出去，看他上了車，開動了，然後轉身，剛進店門，只聽得背後 go go 的兩聲，他才知道普悌思的汽車的叫聲原來是牛吼似的。但現在是知道也沒有什麼用了，他想。

房子裏連燈光也顯得愉悅；沛君仿佛萬事都已做訖，周圍都很平安，心裏倒是空空洞洞的模樣。他將錢和藥方交給跟著進來的夥計，叫他明天一早到美亞藥房去買藥，因為這藥房是普大夫指定

的，說惟獨這一家的藥品最可靠。

「東城的美亞藥房！一定得到那裏去。記住：美亞藥房！」他跟在出去的夥計後面，說。

院子裏滿是月色，白得如銀；「在白帝城」的鄰人已經睡覺了，一切都很幽靜。只有桌上的鬧鐘愉快而平勻地箚箚地作響；雖然聽到病人的呼吸，卻是很調和。他坐下不多久，忽又高興起來。

「你原來這麼大了，竟還沒有出過疹子？」他遇到了什麼奇跡似的，驚奇地問。

「…………」

「你自己是不會記得的。須得問母親才知道。」

「…………」

「母親又不在這裏。竟沒有出過疹子。哈哈哈！」

沛君在床上醒來時，朝陽已從紙窗上射入，刺著他朦朧的眼睛。但他卻不能即刻動彈，只覺得四肢無力，而且背上冷冰冰的還有許多汗，而且看見床前站著一個滿臉流血的孩子，自己正要去打她。

但這景象一剎那間便消失了，他還是獨自睡在自己的房裏，沒有一個別的人。他解下枕衣來拭去胸前和背上的冷汗，穿好衣服，走向靖甫的房裏去時，只見「在白帝城」的鄰人正在院子裏漱口，可見時候已經很不早了。

靖甫也醒著了，眼睜睜地躺在床上。

「今天怎樣？」他立刻問。

「好些……。」

「藥還沒有來麼？」

「沒有。」

他便在書桌旁坐下，正對著眠床；看靖甫的臉，已沒有昨天那樣通紅了。但自己的頭卻還覺得昏昏的，夢的斷片，也同時閃閃爍

爍地浮出：

　　——靖甫也正是這樣地躺著，但卻是一個死屍。他忙著收殮，獨自背了一口棺材，從大門外一徑背到堂屋裏去。地方仿佛是在家裏，看見許多熟識的人們在旁邊交口讚頌……。

　　——他命令康兒和兩個弟妹進學校去了；卻還有兩個孩子哭嚷著要跟去。他已經被哭嚷的聲音纏得發煩，但同時也覺得自己有了最高的威權和極大的力。他看見自己的手掌比平常大了三四倍，鐵鑄似的，向荷生的臉上一掌批過去……。

　　他因爲這些夢跡的襲擊，怕得想站起來，走出房外去，但終於沒有動。也想將這些夢跡壓下，忘卻，但這些卻像攪在水裏的鵝毛一般，轉了幾個圈，終於非浮上來不可：

　　——荷生滿臉是血，哭著進來了。他跳在神堂上……。那孩子後面還跟著一群相識和不相識的人。他知道他們是都來攻擊他的……。

　　——「我決不至於昧了良心。你們不要受孩子的誑話的騙……。」他聽得自己這樣說。

　　——荷生就在他身邊，他又舉起了手掌……。

　　他忽而清醒了，覺得很疲勞，背上似乎還有些冷。靖甫靜靜地躺在對面，呼吸雖然急促，卻是很調勻。桌上的鬧鐘似乎更用了大聲箭箭地作響。他旋轉身子去，對了書桌，只見蒙著一層塵，再轉臉去看紙窗，掛著的日曆上，寫著兩個漆黑的隸書：廿七。

　　夥計送藥進來了，還拿著一包書。

　　「什麼？」靖甫睜開了眼睛，問。

　　「藥。」他也從惝恍中覺醒，回答說。

　　「不，那一包。」

　　「先不管它。吃藥罷。」他給靖甫服了藥，這才拿起那包書來看，道，「索士寄來的。一定是你向他去借的那一本：《Sesame and Lilies》。」

靖甫伸手要過書去，但只將書面一看，書脊上的金字一摩，便放在枕邊，默默地合上眼睛了。過了一會，高興地低聲說：

　　「等我好起來，譯一點寄到文化書館去賣幾個錢，不知道他們可要……。」

　　這一天，沛君到公益局比平日遲得多，將要下午了；辦公室裏已經充滿了秦益堂的水煙的煙霧。汪月生遠遠地望見，便迎出來。

　　「嚘！來了。令弟全愈了罷？我想，這是不要緊的；時症年年有，沒有什麼要緊。我和益翁正惦記著呢；都說：怎麼還不見來？現在來了，好了！但是，你看，你臉上的氣色，多少……。是的，和昨天多少兩樣。」

　　沛君也仿佛覺得這辦公室和同事都和昨天有些兩樣，生疏了。雖然一切也還是他曾經看慣的東西：斷了的衣鉤，缺口的唾壺，雜亂而塵封的案卷，折足的破躺椅，坐在躺椅上捧著水煙筒咳嗽而且搖頭歎氣的秦益堂……。

　　「他們也還是一直從堂屋打到大門口……。」

　　「所以呀，」月生一面回答他，「我說你該將沛兄的事講給他們，教他們學學他。要不然，真要把你老頭兒氣死了……。」

　　「老三說，老五折在公債票上的錢是不能算公用的，應該……應該……。」益堂咳得彎下腰去了。

　　「真是『人心不同』……。」月生說著，便轉臉向了沛君，「那麼，令弟沒有什麼？」

　　「沒有什麼。醫生說是疹子。」

　　「疹子？是呵，現在外面孩子們正鬧著疹子。我的同院住著的三個孩子也都出了疹子了。那是毫不要緊的。但你看，你昨天竟急得那麼樣，叫旁人看了也不能不感動，這真所謂『兄弟怡怡』。」

　　「昨天局長到局了沒有？」

　　「還是『杳如黃鶴』。你去簿子上補畫上一個『到』就是

了。」

「說是應該自己賠。」益堂自言自語地說。

「這公債票也真害人，我是一點也莫名其妙。你一沾手就上當。到昨天，到晚上，也還是從堂屋一直打到大門口。老三多兩個孩子上學，老五也說他多用了公眾的錢，氣不過……。」

「這真是愈加鬧不清了！」月生失望似的說。

「所以看見你們弟兄，沛君，我真是『五體投地』。是的，我敢說，這決不是當面恭維的話。」

沛君不開口，望見聽差的送進一件公文來，便迎上去接在手裏。月生也跟過去，就在他手裏看著，念道：「『公民郝上善等呈：東郊倒斃無名男屍一具請飭分局速行撥棺抬埋以資衛生而重公益由』。我來辦。你還是早點回去罷，你一定惦記著令弟的病。你們真是「北鵲鴒在原」……。」

「不！」他不放手，「我來辦。」

月生也就不再去搶著辦了。沛君便十分安心似的沉靜地走到自己的桌前，看著呈文，一面伸手去揭開了綠鏽斑斕的墨水匣蓋。

一九二五年十一月三日

　　魯迅在《狂人日記》中寫了一對親兄弟。他們的關係被描寫成吃人者與被吃者的關系——「意在暴露家族制度和禮教的弊害」。時隔七年多，魯迅在《兄弟》中又寫了一對親兄弟，一反吃人與被吃的關係，「他們兩個人就像一個人」似的融洽，真所謂「兄弟怡怡」了。這樣的家庭還有什麼弊害可言呢？似乎是找到了挽救這種家庭制度的靈丹妙藥。但魯迅在小說中設計了一個「假想敵」——猩紅熱，從而使這個「鶺鴒在原」的家庭失去了平衡感。魯迅再一次告訴我們，中國「聖人之徒」宣導的家庭制度，已不以人們意志為轉移地進入了「彌留」階段，病入膏肓，藥石失靈，壽終正寢之期不遠矣。但《狂人日記》和《弟兄》的著眼點畢竟不同。前者從意識形態的角度提示其殘酷性，而後者是從經濟實利的角度提示其自私性。

　　在《兄弟》中，作家向我們介紹了兩個家庭。一個是正面描寫的沛君兄弟和悅的家庭，另一個是側面勾勒的秦益堂的打鬥的家庭。這兩個家庭形成了鮮明的對比。可是作家告訴我們，它們的實質是相近的，其差別在於秦益堂的家庭是青天白日從堂屋一直打到大門口，而沛君的家庭是在夢中打，打得滿臉是血。

　　作家用一個別開生面的結尾：聽差送來一件公文，要求公益局分局掩埋無名倒斃的男屍一具。這是一個沒有家庭，也沒有兄弟的孑然一身的孤魂罷？但那男屍如果還會說話的話，他恐怕會對張沛君和秦益堂說：幸虧我沒有家庭，幸虧我沒有兄弟。如果他有秦益堂一樣的家庭，在他的屍體旁，會有兄弟幾個打得不可開交，有誰會想到去葬殮他的屍體？如果他有沛君一樣的兄長，屍骨未寒，他的兒子可能被打得滿臉是血。他寧可「赤條條來去無牽掛」。至少還有一個名不符實的公益局來掩埋，而且屍體旁沒有傾軋和爭鬥。至此，魯迅對中國舊的家庭制度的憤慨的抨擊，已淋漓盡致地表達出來了。

——范伯群、曾華鵬《慈愛者的隱潛的自私》

離婚

「阿阿，木叔！新年恭喜，發財發財！」

「你好，八三！恭喜恭喜！……」

「唉唉，恭喜！愛姑也在這裏……」

「阿阿，木公公！……」

莊木三和他的女兒——愛姑——剛從木蓮橋頭跨下航船去，船裏面就有許多聲音一齊嗡的叫了起來，其中還有幾個人捏著拳頭打拱；同時，船旁的坐板也空出四人的坐位來了。莊木三一面招呼，一面就坐，將長煙管倚在船邊；愛姑便坐在他左邊，將兩隻鉤刀樣的腳正對著八三擺成一個「八」字。

「木公公上城去？」一個蟹殼臉的問。

「不上城，」木公公有些頹唐似的，但因為紫糖色臉上原有許多皺紋，所以倒也看不出什麼大變化，「就是到龐莊去走一遭。」

合船都沉默了，只是看他們。

「也還是為了愛姑的事麼？」好一會，八三質問了。

「還是為她。……這真是煩死我了，已經鬧了整三年，打過多少回架，說過多少回和，總是不落局……。」

「這回還是到慰老爺家裏去？……」

「還是到他家。他給他們說和也不止一兩回了，我都不依。這倒沒有什麼。這回是他家新年會親，連城裏的七大人也在……。」

「七大人？」八三的眼睛睜大了。「他老人家也出來說話了麼？……那是……。其實呢，去年我們將他們的灶都拆掉了，總算已經出了一口惡氣。況且愛姑回到那邊去，其實呢，也沒有什麼味兒……。」他於是順下眼睛去。

「我倒並不貪圖回到那邊去，八三哥！」愛姑憤憤地昂起頭，說，「我是賭氣。你想，『小畜生』姘上了小寡婦，就不要我，事情有這麼容易的？『老畜生』只知道幫兒子，也不要我，好容易呀！七大人怎樣？難道和知縣大老爺換帖，就不說人話了麼？他不能像慰老爺似的不通，只說是『走散好走散好』。我倒要對他說說我這幾年的艱難，且看七大人說誰不錯！」

八三被說服了，再開不得口。只有潺潺的船頭激水聲；船裏很靜寂。莊木三伸手去摸煙管，裝上煙。斜對面，挨八三坐著的一個胖子便從肚兜裏掏出一柄打火刀，打著火絨，給他按在煙斗上。

「對對。」木三點頭說。

「我們雖然是初會，木叔的名字卻是早已知道的。」胖子恭敬地說。「是的，這裏沿海三六十八村，誰不知道？施家的兒子姘上了寡婦，我們也早知道。去年木叔帶了六位兒子去拆平了他家的灶，誰不說應該？……你老人家是高門大戶都走得進的，腳步開闊，怕他們甚的！……」

「你這位阿叔真通氣，」愛姑高興地說，「我雖然不認識你這位阿叔是誰。」

「我叫汪得貴。」胖子連忙說。

「要撤掉我，是不行的。七大人也好，八大人也好。我總要鬧得他們家敗人亡！慰老爺不是勸過我四回麼？連爹也看得賠貼的錢有點頭昏眼熱了……。」

「你這媽的！」木三低聲說。

「可是我聽說去年年底施家送給慰老爺一桌酒席哩，八公公。」蟹殼臉道。

「那不礙事。」汪得貴說，「酒席能塞得人發昏麼？酒席如果能塞得人發昏，送大菜又怎樣？他們知書識理的人是專替人家講公道話的，譬如，一個人受眾人欺侮，他們就出來講公道話，倒不在乎有沒有酒喝。去年年底我們敝村的榮大爺從北京回來，他見過大場面的，不像我們鄉下人一樣。他就說，那邊的第一個人物要算光太太，又硬……。」

「汪家匯頭的客人上岸哩！」船家大聲叫著，船已經要停下來。

「有我有我！」胖子立刻一把取了煙管，從中艙一跳，隨著前進的船走在岸上了。「對對！」他還向船裏面的人點頭，說。

船便在新的靜寂中繼續前進；水聲又很聽得出了，潺潺的。八三開始打磕睡了，漸漸地向對面的鉤刀式的腳張開了嘴。前艙中的兩個老女人也低聲哼起佛號來，她們擷著念珠，又都看愛姑，而且互視，努嘴，點頭。

愛姑瞪著眼看定篷頂，大半正在懸想將來怎樣鬧得他們家敗人亡；『老畜生』，『小畜生』，全都走投無路。慰老爺她是不放在眼裏的，見過兩回，不過一個團頭團腦的矮子：這種人本村裏就很多，無非臉色比他紫黑些。

莊木三的煙早已吸到底，火逼得斗底裏的煙油吱吱地叫了，還吸著。他知道一過汪家匯頭，就到龐莊；而且那村口的魁星閣也確乎已經望得見。龐莊，他到過許多回，不足道的，以及慰老爺。他還記得女兒的哭回來，他的親家和女婿的可惡，後來給他們怎樣地吃虧。

想到這裏，過去的情景便在眼前展開，一到懲治他親家這一局，他向來是要冷冷地微笑的，但這回卻不，不知怎的忽而橫梗著一個胖胖的七大人，將他腦裏的局面擠得擺不整齊了。

船在繼續的寂靜中繼續前進；獨有念佛聲卻宏大起來；此外一

切，都似乎陪著木叔和愛姑一同浸在沉思裏。

「木叔，你老上岸罷，龐莊到了。」

木三他們被船家的聲音驚覺時，面前已是魁星閣了。

他跳上岸，愛姑跟著，經過魁星閣下，向著慰老爺家走。朝南走過三十家門面，再轉一個彎，就到了，早望見門口一列地泊著四隻烏篷船。

他們跨進黑油大門時，便被邀進門房去；大門後已經坐滿著兩桌船夫和長年。愛姑不敢看他們，只是溜了一眼，倒也並不見有『老畜生』和『小畜生』的蹤跡。

當工人搬出年糕湯來時，愛姑不由得越加局促不安起來了，連自己也不明白為什麼。「難道和知縣大老爺換帖，就不說人話麼？」她想。「知書識理的人是講公道話的。我要細細地對七大人說一說，從十五歲嫁過去做媳婦的時候起……。」

她喝完年糕湯；知道時機將到。果然，不一會，她已經跟著一個長年，和她父親經過大廳，又一彎，跨進客廳的門檻去了。

客廳裏有許多東西，她不及細看；還有許多客，只見紅青緞子馬掛發閃。在這些中間第一眼就看見一個人，這一定是七大人了。雖然也是團頭團腦，卻比慰老爺們魁梧得多；大的圓臉上長著兩條細眼和漆黑的細鬍鬚；頭頂是禿的，可是那腦殼和臉都很紅潤，油光光地發亮。愛姑很覺得稀奇，但也立刻自己解釋明白了：那一定是擦著豬油的。

「這就是『屁塞』，就是古人大殮的時候塞在屁股眼裏的。」七大人正拿著一條爛石似的東西，說著，又在自己的鼻子旁擦了兩擦，接著道，「可惜是『新坑』。倒也可以買得，至遲是漢。你看，這一點是『水銀浸』……。」

「水銀浸」周圍即刻聚集了幾個頭，一個自然是慰老爺；還有幾位少爺們，因為被威光壓得像瘟臭蟲了，愛姑先前竟沒有見。

她不懂後一段話；無意，而且也不敢去研究什麼「水銀浸」，

便偷空向四處一看望，只見她後面，緊挨著門旁的牆壁，正站著『老畜生』和『小畜生』。雖然只一瞥，但較之半年前偶然看見的時候，分明都見得蒼老了。

接著大家就都從「水銀浸」周圍散開；慰老爺接過「屁塞」，坐下，用指頭摩挲著，轉臉向莊木三說話。

「就是你們兩個麼？」

「是的。」

「你的兒子一個也沒有來？」

「他們沒有工夫。」

「本來新年正月又何必來勞動你們。但是，還是只爲那件事，……我想，你們也鬧得夠了。不是已經有兩年多了麼？我想，冤仇是宜解不宜結的。愛姑既然丈夫不對，公婆不喜歡……。也還是照先前說過那樣：走散的好。我沒有這麼大面子，說不通。七大人是最愛講公道話的，你們也知道。現在七大人的意思也這樣：和我一樣。可是七大人說，兩面都認點晦氣罷，叫施家再添十塊錢：九十元！」

「…………」

「九十元！你就是打官司打到皇帝伯伯跟前，也沒有這麼便宜。這話只有我們的七大人肯說。」

七大人睜起細眼，看著莊木三，點點頭。愛姑覺得事情有些危急了，她很怪平時沿海的居民對他都有幾分懼怕的自己的父親，爲什麼在這裏竟說不出話。她以爲這是大可不必的；她自從聽到七大人的一段議論之後，雖不很懂，但不知怎的總覺得他其實是和藹近人，並不如先前自己所揣想那樣的可怕。

「七大人是知書識理，頂明白的；」她勇敢起來了。「不像我們鄉下人。我是有冤無處訴；倒正要找七大人講講。自從我嫁過去，眞是低頭進，低頭出，一禮不缺。他們就是專和我作對，一個個都像個『氣殺鍾馗』。那年的黃鼠狼咬死了那匹大公雞，那裏是

我沒有關好嗎？那是那隻殺頭癩皮狗偷吃糠拌飯，拱開了雞櫥門。那『小畜生』不分青紅皂白，就夾臉一嘴巴……。」

七大人對她看了一眼。

「我知道那是有緣故的。這也逃不出七大人的明鑒；知書識理的人什麼都知道。他就是著了那濫婊子的迷，要趕我出去。我是三茶六禮定來的，花轎抬來的呵！那麼容易嗎？……我一定要給他們一個顏色看，就是打官司也不要緊。縣裏不行，還有府裏呢……。」

「那些事是七大人都知道的。」慰老爺仰起臉來說。「愛姑，你要是不轉頭，沒有什麼便宜的。你就總是這模樣。你看你的爹多少明白；你和你的弟兄都不像他。打官司打到府裏，難道官府就不會問問七大人麼？那時候是，『公事公辦』，那是，……你簡直……。」

「那我就拼出一條命，大家家敗人亡。」

「那倒並不是拼命的事，」七大人這才慢慢地說了。「年紀青青。一個人總要和氣些：『和氣生財』。對不對？我一添就是十塊，那簡直已經是『天外道理』了。要不然，公婆說『走！』就得走。莫說府裏，就是上海北京，就是外洋，都這樣。你要不信，他就是剛從北京洋學堂裏回來的，自己問他去。」於是轉臉向著一個尖下巴的少爺道，「對不對？」

「的的確確。」尖下巴少爺趕忙挺直身子，必恭必敬地低聲說。

愛姑覺得自己是完全孤立了；爹不說話，弟兄不敢來，慰老爺是原本幫他們的，七大人又不可靠，連尖下巴少爺也低聲下氣地像一個癟臭蟲，還打「順風鑼」。但她在糊裡糊塗的腦中，還仿佛決定要作一回最後的奮鬥。

「怎麼連七大人……。」她滿眼發了驚疑和失望的光。「是的……。我知道，我們粗人，什麼也不知道。就怨我爹連人情世故都不知道，老發昏了。就專憑他們『老畜生』『小畜生』擺佈；他

們會報喪似的急急忙忙鑽狗洞，巴結人……。」

「七大人看看，」默默地站在她後面的『小畜生』忽然說話了。「她在大人面前還是這樣。那在家裏是，簡直鬧得六畜不安。叫我爹是『老畜生』，叫我是口口聲聲『小畜生』，『逃生子』。」

「那個『娘濫十十萬人生』的叫你『逃生子』？」愛姑回轉臉去大聲說，便又向著七大人道，「我還有話要當大眾面前說說哩。他那裏有好聲好氣呵，開口『賤胎』，閉口『娘殺』。自從結識了那婊子，連我的祖宗都入起來了。七大人，你給我批評批評，這……。」她打了一個寒噤，連忙住口，因為她看見七大人忽然兩眼向上一翻，圓臉一仰，細長鬍子圍著的嘴裏同時發出一種高大搖曳的聲音來了。

「來——兮！」七大人說。

她覺得心臟一停，接著便突突地亂跳，似乎大勢已去，局面都變了；仿佛失足掉在水裏一般，但又知道這實在是自己錯。立刻進來一個藍袍子黑背心的男人，對七大人站定，垂手挺腰，像一根木棍。

全客廳裏是「鴉雀無聲」。七大人將嘴一動，但誰也聽不清說什麼。然而那男人，卻已經聽到了，而且這命令的力量仿佛又已鑽進了他的骨髓裏，將身子牽了兩牽，「毛骨聳然」似的；一面答應道：「是。」他倒退了幾步，才翻身走出去。

愛姑知道意外事情就要到來，那事情是萬料不到，也防不了的。

她這時才又知道七大人實在威嚴，先前都是自己的誤解，所以太放肆，太粗鹵了。她非常後悔，不由的自己說：

「我本來是專聽七大人吩咐……。」

全客廳裏是「鴉雀無聲」。她的話雖然微細得如絲，慰老爺卻像聽到霹靂似的了；他跳了起來。

「對呀！七大人也真公平；愛姑也真明白！」

他誇讚著，便向莊木三，「老木，那你自然是沒有什麼說的

了，她自己已經答應。我想你紅綠帖是一定已經帶來了的，我通知過你。那麼，大家都拿出來……。」

愛姑見她爹便伸手到肚兜裏去掏東西；木棍似的那男人也進來了，將小烏龜模樣的一個漆黑的扁的小東西遞給七大人。愛姑怕事情有變故，連忙去看莊木三，見他已經在茶几上打開一個藍布包裹，取出洋錢來。

七大人也將小烏龜頭拔下，從那身子裏面倒一點東西在掌心上；木棍似的男人便接了那扁東西去。七大人隨即用那一隻手的一個指頭蘸著掌心，向自己的鼻孔裏塞了兩塞，鼻孔和人中立刻黃焦焦了。他皺著鼻子，似乎要打噴嚏。

莊木三正在數洋錢。慰老爺從那沒有數過的一疊裏取出一點來，交還了『老畜生』；又將兩份紅綠帖子互換了地方，推給兩面，嘴裏說道：「你們都收好。老木，你要點清數目呀。這不是好當玩意兒的，銀錢事情……。」

「呃啾」的一聲響，愛姑明知道是七大人打噴嚏了，但不由得轉過眼去看。只見七大人張著嘴，仍舊在那裏皺鼻子，一隻手的兩個指頭卻撮著一件東西，就是那「古人大殮的時候塞在屁股眼裏的」，在鼻子旁邊摩擦著。

好容易，莊木三點清了洋錢；兩方面各將紅綠帖子收起，大家的腰骨都似乎直得多，原先收緊著的臉相也寬懈下來，全客廳頓然見得一團和氣了。

「好！事情是圓功了。」慰老爺看見他們兩面都顯出告別的神氣，便吐一口氣，說。「那麼，嗡，再沒有什麼別的了。恭喜大吉，總算解了一個結。你們要走了麼？不要走，在我們家裏喝了新年喜酒去：這是難得的。」

「我們不喝了。存著，明年再來喝罷。」愛姑說。

「謝謝慰老爺。我們不喝了。我們還有事情……。」莊木三，『老畜生』和『小畜生』，都說著，恭恭敬敬地退出去。

「唔？怎麼？不喝一點去麼？」慰老爺還注視著走在最後的愛姑，說。

「是的，不喝了。謝謝慰老爺。」

一九二五年十一月六日

名·家·解·讀

這裏的女主人公愛姑，具有和祥林嫂完全不同的性格，她大膽，潑辣，能幹，頗有點天不怕、地不怕的樣子。丈夫「姘上了小寡婦」而要拋棄她，她就整整鬧了三年。她把丈夫叫『小畜生』，把公公叫『老畜生』，別人也奈何不得。然而，就這樣一個愛姑，卻在一場正義的維護自己切身利益的鬥爭中失敗了。作品著重描寫了愛姑會見七大人時有幻想，到後來在他的威嚴面前感受到極大壓力終於屈服的全部心理活動過程。七大人玩「屁塞」，吸鼻煙，擺出「和知縣大老爺換過帖」的架勢，這些都是愛姑聞所未聞的，使她感到莫測高深。在這種精神壓力下，愛姑由勇於爭持轉為心慌意亂，由優勢轉為劣勢。小說表明，是封建勢力的過分強大和小生產者本身的弱點，決定了愛姑的反抗鬥爭落入敗局。作者嚴格地按照生活本身的邏輯，令人信服地寫出了這一發展過程，堅決摒棄了舊文學裏那種「愛之欲其生，惡之欲其死」的主觀主義方法，承認生活的複雜性，做到了「愛而知其醜，憎而知其威」。這是一種尊重客觀生活的真正的唯物主義態度。現實主義創作方法只有和這種唯物主義態度緊密聯繫在一起，才能建立在較為堅實可靠的基礎上面。這也就是前期魯迅現實主義的最可珍貴的特色。

——嚴家炎《魯迅小說的歷史地位》

離　婚 1963年創作

在這些中間第一眼就看見一個人，這一定是七大人了。雖然也是團頭団腦，
卻比慰老爺們魁梧得多；大的圓臉上長著兩條細眼和漆黑的細鬍鬚；頭頂是
禿的，可是那腦殼和臉都很紅潤，油光光地發亮。

補天

一

女媧忽然醒來了。

伊似乎是從夢中驚醒的，然而已經記不清做了什麼夢；只是很懊惱，覺得有什麼不足，又覺得有什麼太多了。煽動的和風，暖曔的將伊的氣力吹得彌漫在宇宙裏。

伊揉一揉自己的眼睛。粉紅的天空中，曲曲折折的漂著許多條石綠色的浮雲，星便在那後面忽明忽滅的映眼。天邊的血紅的雲彩裏有一個光芒四射的太陽，如流動的金球包在荒古的熔岩中；那一邊，卻是一個生鐵一般的冷而且白的月亮。然而伊並不理會誰是下去，和誰是上來。

地上都嫩綠了，便是不很換葉的松柏也顯得格外的嬌嫩。

桃紅和青白色的斗大的雜花，在眼前還分明，到遠處可就成為斑斕的煙靄了。

「唉唉，我從來沒有這樣的無聊過！」伊想著，猛然間站立起來了，擎上那非常圓滿而精力洋溢的臂膊，向天打一個欠伸，天空便突然失了色，化為神異的肉紅，暫時再也辨不出伊所在的處所。

伊在這肉紅色的天地間走到海邊，全身的曲線都消融在淡玫瑰似的光海裏，直到身中央才濃成一段純白。波濤都驚異，起伏得很有秩序了，然而浪花濺在伊身上。這純白的影子在海水裏動搖，仿佛全體都正在四面八方的逬散。但伊自己並沒有見，只是不由的跪下一足，伸手掬起帶水的軟泥來，同時又揉捏幾回，便有一個和自己差不多的小東西在兩手裏。

　　「阿，阿！」伊固然以爲是自己做的，但也疑心這東西就白薯似的原在泥土裏，禁不住很詫異了。然而這詫異使伊喜歡，以未曾有的勇往和愉快繼續著伊的事業，呼吸吹噓著，汗混和著……

　　「Nga！Nga！」那些小東西可是叫起來了。

　　「阿，阿！」伊又吃了驚，覺得全身的毛孔中無不有什麼東西飛散，於是地上便罩滿了乳白色的煙雲，伊才定了神，那些小東西也住了口。

　　「Akon，Agon！」有些東西向伊說。

　　「阿阿，可愛的寶貝。」伊看定他們，伸出帶著泥土的手指去撥他肥白的臉。

　　「Uvu，Ahaha！」他們笑了。這是伊第一回在天地間看見的笑，於是自己也第一回笑得合不上嘴唇來。

　　伊一面撫弄他們，一面還是做，被做的都在伊的身邊打圈，但他們漸漸的走得遠，說得多了，伊也漸漸的懂不得，只覺得耳朵邊滿是嘈雜的嚷，嚷得頗有些頭昏。

　　伊在長久的歡喜中，早已帶著疲乏了。幾乎吹完了呼吸，流完了汗，而況又頭昏，兩眼便矇矓起來，兩頰也漸漸的發了熱，自己覺得無所謂了，而且不耐煩。然而伊還是照舊的不歇手，不自覺的只是做。

　　終於，腰腿的酸痛逼得伊站立起來，倚在一座較爲光滑的高山上，仰面一看，滿天是魚鱗樣的白雲，下面則是黑壓壓的濃綠。伊自己也不知道怎樣，總覺得左右不如意了，便焦躁的伸出手去，信

手一拉，拔起一株從山上長到天邊的紫藤，一房一房的剛開著大不可言的紫花，伊一揮，那藤便橫搭在地面上，遍地散滿了半紫半白的花瓣。

伊接著一擺手，紫藤便在泥和水裏一翻身，同時也濺出拌著水的泥土來，待到落在地上，就成了許多伊先前做過了一般的小東西，只是大半呆頭呆腦，獐頭鼠目的有些討厭。然而伊不暇理會這等事了，單是有趣而且煩躁，夾著惡作劇的將手只是掄，愈掄愈飛速了，那藤便拖泥帶水的在地上滾，像一條給沸水燙傷了的赤練蛇。泥點也就暴雨似的從藤身上飛濺開來，還在空中便成了哇哇地啼哭的小東西，爬來爬去的撒得滿地。

伊近於失神了，更其掄，但是不獨腰腿痛，連兩條臂膊也都乏了力，伊於是不由的蹲下身子去，將頭靠著高山，頭髮漆黑的搭在山頂上，喘息一回之後，歎一口氣，兩眼就合上了。紫藤從伊的手裏落了下來，也困頓不堪似的懶洋洋的躺在地面上。

二

轟！！！

在這天崩地塌价的聲音中，女媧猛然醒來，同時也就向東南方直溜下去了。伊伸了腳想踏住，然而什麼也踹不到，連忙一舒臂揪住了山峰，這才沒有再向下滑的形勢。

但伊又覺得水和沙石都從背後向伊頭上和身邊滾濺過去了，略一回頭，便灌了一口和兩耳朵的水，伊趕緊低了頭，又只見地面不住的動搖。幸而這動搖也似乎平靜下去了，伊向後一移，坐穩了身子，這才挪出手來拭去額角上和眼睛邊的水，細看是怎樣的情形。

情形很不清楚，遍地是瀑布般的流水；大概是海裏罷，有幾處更站起很尖的波浪來。伊只得呆呆的等著。

可是終於大平靜了，大波不過高如從前的山，像是陸地的處所便露出棱棱的石骨。伊正向海上看，只見幾座山奔流過來，一面又

在波浪堆裏打鏇子。伊恐怕那些山碰了自己的腳，便伸手將他們撮住，望那山坳裏，還伏著許多未曾見過的東西。

伊將手一縮，拉近山來仔細的看，只見那些東西旁邊的地上吐得很狼藉，似乎是金玉的粉末，又夾雜些嚼碎的松柏葉和魚肉。他們也慢慢的陸續抬起頭來了，女媧圓睜了眼睛，好容易才省悟到這便是自己先前所做的小東西，只是怪模怪樣的已經都用什麼包了身子，有幾個還在臉的下半截長著雪白的毛毛了，雖然被海水粘得像一片尖尖的白楊葉。

「阿，阿！」伊詫異而且害怕的叫，皮膚上都起慄，就像觸著一支毛刺蟲。

「上真救命……」一個臉的下半截長著白毛的昂了頭，一面嘔吐，一面斷斷續續的說，「救命……臣等……是學仙的。誰料壞劫到來，天地分崩了。……現在幸而……遇到上真，……請救蟻命，……並賜仙……仙藥……」他於是將頭一起一落的做出異樣的舉動。

伊都茫然，只得又說，「什麼？」

他們中的許多也都開口了，一樣的是一面嘔吐，一面「上真上真」的只是嚷，接著又都做出異樣的舉動。伊被他們鬧得心煩，頗後悔這一拉，竟至於惹了莫名其妙的禍。伊無法可想的向四處看，便看見有一隊巨鼇正在海面上遊玩，伊不由的喜出望外了，立刻將那些山都擱在他們的脊樑上，囑咐道，「給我駝到平穩點的地方去罷！」巨鼇們似乎點一點頭，成群結隊的駝遠了。可是先前拉得過於猛，以致從山上摔下一個臉有白毛的來，此時趕不上，又不會鳧水，便伏在海邊自己打嘴巴。這倒使女媧覺得可憐了，然而也不管，因為伊實在也沒有工夫來管這些事。

伊噓一口氣，心地較為輕鬆了，再轉過眼光來看自己的身邊，流水已經退得不少，處處也露出廣闊的土石，石縫裏又嵌著許多東西，有的是直挺挺的了，有的卻還在動。伊瞥見有一個正在白著眼

睛呆看伊；那是遍身多用鐵片包起來的，臉上的神情似乎很失望而且害怕。

「那是怎麼一回事呢？」伊順便的問。

「嗚呼，天降喪。」那一個便淒涼可憐的說，「顓頊不道，抗我後，我後躬行天討，戰於郊，天不祐德，我師反走，……」

「什麼？」伊向來沒有聽過這類話，非常詫異了。

「我師反走，我後爰以厥首觸不周之山，折天柱，絕地維，我後亦殂落。嗚呼，是實惟……」

「夠了夠了，我不懂你的意思。」伊轉過臉去了，卻又看見一個高興而且驕傲的臉，也多用鐵片包了全身的。

「那是怎麼一回事呢？」伊到此時才知道這些小東西竟會變這麼花樣不同的臉，所以也想問出別樣的可懂的答話來。

「人心不古，康回實有豕心，覷天位，我後躬行天討，戰於郊，天實祐德，我師攻戰無敵，殛康回於不周之山。」

「什麼？」伊大約仍然沒有懂。

「人心不古，……」

「夠了夠了，又是這一套！」伊氣得從兩頰立刻紅到耳根，火速背轉頭，另外去尋覓，好容易才看見一個不包鐵片的東西，身子精光，帶著傷痕還在流血，只是腰間卻也圍著一塊破布片。他正從別一個直挺挺的東西的腰間解下那破布來，慌忙繫上自己的腰，但神色倒也很平淡。

伊料想他和包鐵片的那些是別一種，應該可以探出一些頭緒了，便問道：「那是怎麼一回事呢？」

「那是怎麼一回事呵。」他略一抬頭，說。

「那剛才鬧出來的是？……」

「那剛才鬧出來的麼？」

「是打仗罷？」伊沒有法，只好自己來猜測了。

「打仗罷？」然而他也問。

女媧倒抽了一口冷氣，同時也仰了臉去看天。天上一條大裂紋，非常深，也非常闊。伊站起來，用指甲去一彈，一點不清脆，竟和破碗的聲音相差無幾了。伊皺著眉心，向四面察看一番，又想了一會，便擰去頭髮裏的水，分開了搭在左右肩膀上，打起精神來向各處拔蘆柴：伊已經打定了「修補起來再說」的主意了。

伊從此日日夜夜堆蘆柴，柴堆高多少，伊也就瘦多少，因為情形不比先前，──仰面是歪斜開裂的天，低頭是齷齷破爛的地，毫沒有一些可以賞心悅目的東西了。

蘆柴堆到裂口，伊才去尋青石頭。當初本想用和天一色的純青石的，然而地上沒有這麼多，大山又捨不得用，有時到熱鬧處所去尋些零碎，看見的又冷笑，痛罵，或者搶回去，甚而至於還咬伊的手。

伊於是只好攙些白石，再不夠，便湊上些紅黃的和灰黑的，後來總算將就的填滿了裂口，止要一點火，一熔化，事情便完成，然而伊也累得眼花耳響，支援不住了。

「唉唉，我從來沒有這樣的無聊過。」伊坐在一座山頂上，兩手捧著頭，上氣不接下氣的說。

這時昆侖山上的古森林的大火還沒有熄，西邊的天際都通紅。伊向西一瞟，決計從那裏拿過一株帶火的大樹來點蘆柴積，正要伸手，又覺得腳趾上有什麼東西刺著了。

伊順下眼去看，照例是先前所做的小東西，然而更異樣了，累累墜墜的用什麼布似的東西掛了一身，腰間又格外掛上十幾條布，頭上也罩著些不知什麼，頂上是一塊烏黑的小小的長方板，手裏拿著一片物件，刺伊腳趾的便是這東西。

那頂著長方板的卻偏站在女媧的兩腿之間向上看，見伊一順眼，便倉皇的將那小片遞上來了。伊接過來看時，是一條很光滑的青竹片，上面還有兩行黑色的細點，比櫟樹葉上的黑斑小得多。伊倒也很佩服這手段的細巧。

「這是什麼？」伊還不免於好奇，又忍不住要問了。

頂長方板的便指著竹片，背誦如流的說道，「裸裎淫佚，失德蔑禮敗度，禽獸行。國有常刑，惟禁！」

女媧對那小方板瞪了一眼，倒暗笑自己問得太悖了，伊本已知道和這類東西扳談，照例是說不通的，於是不再開口，隨手將竹片擱在那頂頂上面的方板上，回手便從火樹林裏抽出一株燒著的大樹來，要向蘆柴堆上去點火。

忽而聽到嗚嗚咽咽的聲音了，可也是聞所未聞的玩藝，伊姑且向下再一瞟，卻見方板底下的小眼睛裏含著兩粒比芥子還小的眼淚。因為這和伊先前聽慣的「nga nga」的哭聲大不同了，所以竟不知道這也是一種哭。

伊就去點上火，而且不止一地方。

火勢並不旺，那蘆柴是沒有乾透的，但居然也烘烘的響，很久很久，終於伸出無數火焰的舌頭來，一伸一縮的向上舔，又很久，便合成火焰的重台花，又成了火焰的柱，赫赫的壓倒了昆侖山上的紅光。大風忽地起來，火柱旋轉著發吼，青的和雜色的石塊都一色通紅了，飴糖似的流布在裂縫中間，像一條不滅的閃電。

風和火勢捲得伊的頭髮都四散而且旋轉，汗水如瀑布一般奔流，大光焰烘托了伊的身軀，使宇宙間現出最後的肉紅色。火柱逐漸上升了，只留下一堆蘆柴灰。伊待到天上一色青碧的時候，才伸手去一摸，指面上卻覺得還很有些參差。

「養回了力氣，再來罷。……」伊自己想。

伊於是彎腰去捧蘆灰了，一捧一捧的填在地上的大水裏，蘆灰還未冷透，蒸得水漸漸的沸湧，灰水潑滿了伊的周身。大風又不肯停，夾著灰撲來，使伊成了灰土的顏色。

「吁！……」伊吐出最後的呼吸來。

天邊的血紅的雲彩裏有一個光芒四射的太陽，如流動的金球包在荒古的熔岩中；那一邊，卻是一個生鐵一般的冷而且白的月亮。

但不知道誰是下去和誰是上來。這時候，伊的以自己用盡了自己一切的軀殼，便在這中間躺倒，而且不再呼吸了。

上下四方是死滅以上的寂靜。

三

有一日，天氣很寒冷，卻聽到一點喧囂，那是禁軍終於殺到了，因爲他們等候著望不見火光和煙塵的時候，所以到得遲。他們左邊一柄黃斧頭，右邊一柄黑斧頭，後面一柄極大極古的大纛，躲躲閃閃的攻到女媧死屍的旁邊，卻並不見有什麼動靜。他們就在死屍的肚皮上紮了寨，因爲這一處最膏腴，他們檢選這些事是很伶俐的。然而他們卻突然變了口風，說惟有他們是女媧的嫡派，同時也就改換了大纛旗上的蝌蚪字，寫道「女媧氏之腸」。

落在海岸上的老道士也傳了無數代了。他臨死的時候，才將仙山被巨鼇背到海上這一件要聞傳授徒弟，徒弟又傳給徒孫，後來一個方士想討好，竟去奏聞了秦始皇，秦始皇便教方士去尋去。

方士尋不到仙山，秦始皇終於死掉了；漢武帝又教尋，也一樣的沒有影。

大約巨鼇們是並沒有懂得女媧的話的，那時不過偶而湊巧的點了點頭。模模糊糊的背了一程之後，大家便走散去睡覺，仙山也就跟著沉下了，所以直到現在，總沒有人看見半座神仙山，至多也不外乎發見了若干野蠻島。

一九二二年十一月作

　　女媧的形象是通過摶土做人和煉石補天的兩起創造性勞動來描繪的。小說一開始，就在廣闊的宇宙間展現出了濃豔「全體都在四面八方的迸散」，的畫卷……

　　女媧就是在這樣的背景下開始創造了人類的。由於女媧那些軟泥揉捏的小東西都從她的身上得到了生命，都是這位巨人的後裔。她第一回在天地間看見笑，「於是自己也第一次笑得合不上嘴唇來」。長久地浸沉在創造性勞動所帶來的喜悅中……

　　作者著力描寫的是這種創造性勞動的艱辛和女媧的獻身精神。這位人類之母以渾厚淳樸的心地，堅毅頑強的自我犧牲精神，創造了人類賴以生存的環境；她的勞動是艱辛的，但也給創造者自己帶來了歡樂、勇氣和滿足。作者歌頌了女媧，實際上也就是歌頌了古代人民創造了人類和世界的偉大業績。

　　魯迅並不是一味緬懷往古的人，他並沒有忘記現實世界中還存在著形形色色的有負於先民創造的猥瑣醜惡的破壞者。在女媧正要點火補天的時候，出現了含著眼淚的小丈夫；而在她死後，顓頊的禁軍竟然在她死屍的肚皮上紮了寨，並且自稱是「女媧的嫡派」，旗子上也寫了「女媧氏之腸」。魯迅曾經尖銳的指出過「一方面是莊嚴的工作，另一方面卻是荒淫與無恥」的社會現實，在《補天》中這種對比尤其強烈：一方面是偉大的創造，另一方面卻是卑瑣的破壞；這不僅更其顯示了創造精神的崇高，而且也使作品的思想意義大大的深化了。正因為如此，始終面向現實的魯迅才一直沿用了由《補天》開始的「油滑」的穿插，使之成為《故事新編》的重要的思想與藝術的特色。

　　　　　　　　　　　　——王瑤《魯迅〈故事新編〉散論》

補天（之一） 2003年創作

女媧忽然醒來了。

 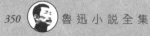

補天（之二） 2003年創作

……然而伊不暇理會這等事了，單是有趣而且煩躁，夾著惡作劇的將手只是掄，愈掄愈飛速了，那藤便拖泥帶水的在地上滾，像一條給沸水燙傷了的赤練蛇。

補天（之三） 2003年創作

那頂著長方板的卻偏站在女媧的兩腿之間向上看，見伊一順眼，便倉皇的將那小片遞上來了。伊接過來看時，是一條很光滑的青竹片，上面還有兩行黑色的細點，比槲樹葉上的黑斑小得多。伊倒也很佩服這手段的細巧。

「這是什麼？」伊還不免於好奇，又忍不住要問了。頂長方板的便指著竹片，背誦如流的說道，「裸裎淫佚，失德蔑禮敗度，禽獸行。國有常刑，惟禁！」

奔月

一

聰明的牲口確乎知道人意，剛剛望見宅門，那馬便立刻放緩腳步了，並且和它背上的主人同時垂了頭，一步一頓，像搗米一樣。

暮靄籠罩了大宅，鄰屋上都騰起濃黑的炊煙，已經是晚飯時候。家將們聽得馬蹄聲，早已迎了出來，都在宅門外垂著手直挺挺地站著。羿在垃圾堆邊懶懶地下了馬，家將們便接過韁繩和鞭子去。他剛要跨進大門，低頭看看掛在腰間的滿壺的簇新的箭和網裏的三匹烏老鴉和一匹射碎了的小麻雀，心裏就非常躊躕。但到底硬著頭皮，大踏步走進去了；箭在壺裏豁朗豁朗地響著。

剛到內院，他便見嫦娥在圓窗裏探了一探頭。他知道她眼睛快，一定早瞧見那幾匹烏鴉的了，不覺一嚇，腳步登時也一停，——但只得往裏走。使女們都迎出來，給他卸了弓箭，解下網兜。他仿佛覺得她們都在苦笑。

「太太……。」他擦過手臉，走進內房去，一面叫。

嫦娥正在看著圓窗外的暮天，慢慢回過頭來，似理不理的向他看了一眼，沒有答應。這種情形，羿倒久已習慣的了，至少已有一

年多。他仍舊走近去，坐在對面的鋪著脫毛的舊豹皮的木榻上，搔著頭皮，支支吾吾地說——

「今天的運氣仍舊不見佳，還是只有烏鴉……。」

「哼！」嫦娥將柳眉一揚，忽然站起來，風似的往外走，嘴裏咕嚕著，「又是烏鴉的炸醬麵，又是烏鴉的炸醬麵！你去問問去，誰家是一年到頭只吃烏鴉肉的炸醬麵的？我真不知道是走了什麼運，竟嫁到這裏來，整年的就吃烏鴉的炸醬麵！」

「太太，」羿趕緊也站起，跟在後面，低聲說，「不過今天倒還好，另外還射了一匹麻雀，可以給你做菜的。女辛！」他大聲地叫使女，「你把那一匹麻雀拿過來請太太看！」

野味已經拿到廚房裏去了，女辛便跑去挑出來，兩手捧著，送在嫦娥的眼前。

「哼！」她瞥了一眼，慢慢地伸手一捏，不高興地說，「一團糟！不是全都粉碎了麼？肉在那裏？」

「是的，」羿很惶恐，「射碎的。我的弓太強，箭頭太大了。」

「你不能用小一點的箭頭的麼？」

「我沒有小的。自從我射封豕長蛇……。」

「這是封豕長蛇麼？」她說著，一面回轉頭去對著女辛道，「放一碗湯罷！」便又退回房裏去了。

只有羿呆呆地留在堂屋裏，靠壁坐下，聽著廚房裏柴草爆炸的聲音。他回憶當年的封豕是多麼大，遠遠望去就像一坐小土崗，如果那時不去射殺它，留到現在，足可以吃半年，又何用天天愁飯菜。還有長蛇，也可以做羹喝……。

女乙來點燈了，對面牆上掛著的彤弓，彤矢，盧弓，盧矢，弩機，長劍，短劍，便都在昏暗的燈光中出現。羿看了一眼，就低了頭，歎一口氣；只見女辛搬進夜飯來，放在中間的案上，左邊是五大碗白麵；右邊兩大碗，一碗湯；中央是一大碗烏鴉肉做的炸醬。

羿吃著炸醬麵，自己覺得確也不好吃；偷眼去看嫦娥，她炸醬

是看也不看，只用湯泡了麵，吃了半碗，又放下了。他覺得她臉上仿佛比往常黃瘦些，生怕她生了病。

到二更時，她似乎和氣一些了，默坐在床沿上喝水。羿就坐在旁邊的木榻上，手摩著脫毛的舊豹皮。

「唉，」他和藹地說，「這西山的文豹，還是我們結婚以前射得的，那時多麼好看，全體黃金光。」他於是回想當年的食物，熊是只吃四個掌，駝留峰，其餘的就都賞給使女和家將們。後來大動物射完了，就吃野豬兔山雞；射法又高強，要多少有多少。「唉，」他不覺歎息，「我的箭法真太巧妙了，竟射得遍地精光。那時誰料到只剩下烏鴉做菜……。」

「哼。」嫦娥微微一笑。

「今天總還要算運氣的，」羿也高興起來，「居然獵到一隻麻雀。這是遠繞了三十里路才找到的。」

「你不能走得更遠一點的麼？！」

「對。太太。我也這樣想。明天我想起得早些。倘若你醒得早，那就叫醒我。我準備再遠走五十里，看看可有些麞子兔子。……但是，怕也難。當我射封豕長蛇的時候，野獸是那麼多。你還該記得罷，丈母的門前就常有黑熊走過，叫我去射了好幾回……。」

「是麼？」嫦娥似乎不大記得。

「誰料到現在竟至於精光的呢。想起來，真不知道將來怎麼過日子。我呢，倒不要緊，只要將那道士送給我的金丹吃下去，就會飛升。但是我第一先得替你打算，……所以我決計明天再走得遠一點……。」

「哼。」嫦娥已經喝完水，慢慢躺下，合上眼睛了。

殘膏的燈火照著殘妝，粉有些褪了，眼圈顯得微黃，眉毛的黛色也仿佛兩邊不一樣。但嘴唇依然紅得如火；雖然並不笑，頰上也還有淺淺的酒窩。

「唉唉，這樣的人，我就整年地只給她吃烏鴉的炸醬麵……。」羿想著，覺得慚愧，兩頰連耳根都熱起來。

二

過了一夜就是第二天。羿忽然睜開眼睛，只見一道陽光斜射在西壁上，知道時候不早了；看看嫦娥，兀自攤開了四肢沉睡著。他悄悄地披上衣服，爬下豹皮榻，出堂前，一面洗臉，一面叫女庚去吩咐王升備馬。

他因為事情忙，是早就廢止了朝食的；女乙將五個炊餅，五株蔥和一包辣醬都放在網兜裏，並弓箭一齊替他繫在腰間。他將腰帶緊了一緊，輕輕地跨出堂外面，一面告訴那正從對面進來的女庚道——

「我今天打算到遠地方去尋食物去，回來也許晚一些。看太太醒後，用過早點心，有些高興的時候，你便去稟告，說晚飯請她等一等，對不起得很。記得麼？你說：對不起得很。」

他快步出門，跨上馬，將站班的家將們扔在腦後，不一會便跑出村莊了。前面是天天走熟的高粱田，他毫不注意，早知道什麼也沒有的。加上兩鞭，一徑飛奔前去，一氣就跑了六十里上下，望見前面有一簇很茂盛的樹林，馬也喘氣不迭，渾身流汗，自然慢下去了。大約又走了十多里，這才接近樹林，然而滿眼是胡蜂，粉蝶，螞蟻，蚱蜢，那裏有一點禽獸的蹤跡。他望見這一塊新地方時，本以為至少總可以有一兩匹狐兒兔兒的，現在才知道又是夢想。他只得繞出樹林，看那後面卻又是碧綠的高粱田，遠處散點著幾間小小的土屋。風和日暖，鴉雀無聲。

「倒楣！」他儘量地大叫了一聲，出出悶氣。

但再前行了十多步，他即刻心花怒放了，遠遠地望見一間土屋外面的平地上，的確停著一匹飛禽，一步一啄，像是很大的鴿子。他慌忙拈弓搭箭，引滿弦，將手一放，那箭便流星般出去了。

這是無須遲疑的，向來有發必中；他只要策馬跟著箭路飛跑前去，便可以拾得獵物。誰知道他將要臨近，卻已有一個老婆子捧著帶箭的大鴿子，大聲嚷著，正對著他的馬頭搶過來。

「你是誰哪？怎麼把我家的頂好的黑母雞射死了？你的手怎的有這麼閑哪？……」

羿的心不覺跳了一跳，趕緊勒住馬。「阿呀！雞麼？我只道是一隻鷹鶘。」他惶恐地說。

「瞎了你的眼睛！看你也有四十多歲了罷。」

「是的。老太太。我去年就有四十五歲了。」

「你真是枉長白大！連母雞也不認識，會當作鷹鶘！你究竟是誰哪？」

「我就是夷羿。」他說著，看看自己所射的箭，是正貫了母雞的心，當然死了，末後的兩個字便說得不大響亮；一面從馬上跨下來。

「夷羿？……誰呢？我不知道。」她看著他的臉，說。

「有些人是一聽就知道的。堯爺的時候，我曾經射死過幾匹野豬，幾條蛇……。」

「哈哈，騙子！那是逢蒙老爺和別人合夥射死的。也許有你在內罷；但你倒說是你自己了，好不識羞！」

「阿阿，老太太。逢蒙那人，不過近幾年時常到我那裏來走走，我並沒有和他合夥，全不相干的。」

「說謊。近來常有人說，我一月就聽到四五回。」

「那也好。我們且談正經事罷。這雞怎麼辦呢？」

「賠。這是我家最好的母雞，天天生蛋。你得賠我兩柄鋤頭，三個紡錘。」

「老太太，你瞧我這模樣，是不耕不織的，那裏來的鋤頭和紡錘。我身邊又沒有錢，只有五個炊餅，倒是白麵做的，就拿來賠了你的雞，還添上五株蔥和一包甜辣醬。你以為怎樣？……」他一隻

手去網兜裏掏炊餅，伸出那一隻手去取雞。

　　老婆子看見白麵的炊餅，倒有些願意了，但是定要十五個。磋商的結果，好容易才定為十個，約好至遲明天正午送到，就用那射雞的箭作抵押。羿這時才放了心，將死雞塞進網兜裏，跨上鞍轎，回馬就走，雖然肚餓，心裏卻很喜歡，他們不喝雞湯實在已經有一年多了。

　　他繞出樹林時，還是下午，於是趕緊加鞭向家裏走；但是馬力乏了，剛到走慣的高粱田近旁，已是黃昏時候。只見對面遠處有人影子一閃，接著就有一枝箭忽地向他飛來。

　　羿並不勒住馬，任它跑著，一面卻也拈弓搭箭，只一發，只聽得錚的一聲，箭尖正觸著箭尖，在空中發出幾點火花，兩枝箭便向上擠成一個「人」字，又翻身落在地上了。第一箭剛剛相觸，兩面立刻又來了第二箭，還是錚的一聲，相觸在半空中。那樣地射了九箭，羿的箭都用盡了；但他這時已經看清逢蒙得意地站在對面，卻還有一枝箭搭在弦上正在瞄準他的咽喉。

　　「哈哈，我以為他早到海邊摸魚去了，原來還在這些地方幹這些勾當，怪不得那老婆子有那些話……。」羿想。

　　那時快，對面是弓如滿月，箭似流星。颼的一聲，徑向羿的咽喉飛過來。也許是瞄準差了一點了，卻正中了他的嘴；一個筋斗，他帶箭掉下馬去了，馬也就站住。

　　逢蒙見羿已死，便慢慢地 過來，微笑著去看他的死臉，當作喝一杯勝利的白乾。剛在定睛看時，只見羿張開眼，忽然直坐起來。

　　「你真是白來了一百多回。」他吐出箭，笑著說，「難道連我的『齧鏃法』都沒有知道麼？這怎麼行。你鬧這些小玩藝兒是不行的，偷去的拳頭打不死本人，要自己練練才好。」

　　「即以其人之道，反諸其人之身……。」勝者低聲說。

　　「哈哈哈！」他一面大笑，一面站了起來，「又是引經據典。

但這些話你只可以哄哄老婆子，本人面前搗什麼鬼？俺向來就只是打獵，沒有弄過你似的剪徑的玩藝兒……。」他說著，又看看網兜裏的母雞，倒並沒有壓壞，便跨上馬，逕自走了。

「……你打了喪鐘！……」遠遠地還送來叫罵。

「眞不料有這樣沒出息。青青年紀，倒學會了詛咒，怪不得那老婆子會那麼相信他。」羿想著，不覺在馬上絕望地搖了搖頭。

三

還沒有走完高粱田，天色已經昏黑；藍的空中現出明星來，長庚在西方格外燦爛。馬只能認著白色的田塍走，而且早已筋疲力竭，自然走得更慢了。幸而月亮卻在天際漸漸吐出銀白的清輝。

「討厭！」羿聽到自己的肚子裏骨碌骨碌地響了一陣，便在馬上焦躁了起來。「偏是謀生忙，便偏是多碰到些無聊事，白費工夫！」他將兩腿在馬肚子上一磕，催它快走，但馬卻只將後半身一扭，照舊地慢騰騰。

「嫦娥一定生氣了，你看今天多麼晚。」他想。「說不定要裝怎樣的臉給我看哩。但幸而有這一隻小母雞，可以引她高興。我只要說：太太，這是我來回跑了二百里路才找來的。不，不好，這話似乎太逞能。」

他望見人家的燈火已在前面，一高興便不再想下去了。馬也不待鞭策，自然飛奔。圓的雪白的月亮照著前途，涼風吹臉，眞是比大獵回來時還有趣。

馬自然而然地停在垃圾堆邊；羿一看，仿佛覺得異樣，不知怎地似乎家裏亂紛紛。迎出來的也只有一個趙富。

「怎的？王升呢？」他奇怪地問。

「王升到姚家找太太去了。」

「什麼？太太到姚家去了麼？」羿還呆坐在馬上，問。

「喳……。」他一面答應著，一面去接馬韁和馬鞭。

羿這才爬下馬來，跨進門，想了一想，又回過頭去問道——

「不是等不迭了，自己上飯館去了麼？」

「喳。三個飯館，小的都去問過了，沒有在。」

羿低了頭，想著，往裏面走，三個使女都惶惑地聚在堂前。他便很詫異，大聲的問道——

「你們都在家麼？姚家，太太一個人不是向來不去的麼？」

她們不回答，只看看他的臉，便來給他解下弓袋和箭壺和裝著小母雞的網兜。羿忽然心驚肉跳起來，覺得嫦娥是因爲氣忿尋了短見了，便叫女庚去叫趙富來，要他到後園的池裏樹上去看一遍。但他一跨進房，便知道這推測是不確的了：房裏也很亂，衣箱是開著，向床裏一看，首先就看出失少了首飾箱。他這時正如頭上淋了一盆冷水，金珠自然不算什麼，然而那道士送給他的仙藥，也就放在這首飾箱裏的。

羿轉了兩個圓圈，才看見王升站在門外面。

「回老爺，」王升說，「太太沒有到姚家去；他們今天也不打牌。」

羿看了他一眼，不開口。王升就退出去了。

「老爺叫？……」趙富上來，問。

羿將頭一搖，又用手一揮，叫他也退出去。羿又在房裏轉了幾個圈子，走到堂前，坐下，仰頭看著對面壁上的彤弓，彤矢，盧弓，盧矢，弩機，長劍，短劍，想了些時，才問那呆立在下面的使女們道——

「太太是什麼時候不見的？」

「掌燈時候就不看見了，」女乙說，「可是誰也沒見她走出去。」

「你們可見太太吃了那箱裏的藥沒有？」

「那倒沒有見。但她下午要我倒水喝是有的。」

羿急得站了起來，他似乎覺得，自己一個人被留在地上了。

「你們看見有什麼向天上飛升的麼？」他問。

「哦！」女辛想了一想，大悟似的說，「我點了燈出去的時候，的確看見一個黑影向這邊飛去的，但我那時萬想不到是太太……。」於是她的臉色蒼白了。

「一定是了！」羿在膝上一拍，即刻站起，走出屋外去，回頭問著女辛道，「那邊？」

女辛用手一指，他跟著看去時，只見那邊是一輪雪白的圓月，掛在空中，其中還隱約現出樓臺，樹木；當他還是孩子時候祖母講給他聽的月宮中的美景，他依稀記得起來了。他對著浮游在碧海裏似的月亮，覺得自己的身子非常沉重。

他忽然憤怒了。從憤怒裏又發了殺機，圓睜著眼睛，大聲向使女們叱吒道——

「拿我的射日弓來！和三枝箭！」

女乙和女庚從堂屋中央取下那強大的弓，拂去塵埃，並三枝長箭都交在他手裏。

他一手拈弓，一手捏著三枝箭，都搭上去，拉了一個滿弓，正對著月亮。身子是岩石一般挺立著，眼光直射，閃閃如岩下電，鬚髮開張飄動，像黑色火，這一瞬息，使人仿佛想見他當年射日的雄姿。

颼的一聲，——只一聲，已經連發了三枝箭，剛發便搭，一搭又發，眼睛不及看清那手法，耳朵也不及分別那聲音。本來對面是雖然受了三枝箭，應該都聚在一處的，因為箭箭相銜，不差絲髮。但他為必中起見，這時卻將手微微一動，使箭到時分成三點，有三個傷。

使女們發一聲喊，大家都看見月亮只一抖，以為要掉下來了，——但卻還是安然地懸著，發出和悅的更大的光輝，似乎毫無傷損。

「呔！」羿仰天大喝一聲，看了片刻；然而月亮不理他。他前

進三步，月亮便退了三步；他退三步，月亮卻又照數前進了。

　　他們都默著，各人看各人的臉。羿懶懶地將射日弓靠在堂門上，走進屋裏去。使女們也一齊跟著他。

　　「唉，」羿坐下，歎一口氣，「那麼，你們的太太就永遠一個人快樂了。她竟忍心撇了我獨自飛升？莫非看得我老起來了？但她上月還說：並不算老，若以老人自居，是思想的墮落。」

　　「這一定不是的。」女乙說，「有人說老爺還是一個戰士。」

　　「有時看去簡直好像藝術家。」女辛說。

　　「放屁！——不過烏老鴉的炸醬麵確也不好吃，難怪她忍不住……。」

　　「那豹皮褥子脫毛的地方，我去剪一點靠牆的腳上的皮來補一補罷，怪不好看的。」女辛就往房裏走。

　　「且慢，」羿說著，想了一想，「那倒不忙。我實在餓極了，還是趕快去做一盤辣子雞，烙五斤餅來，給我吃了好睡覺。明天再去找那道士要一服仙藥，吃了追上去罷。女庚，你去吩咐王升，叫他量四升白豆餵馬！」

一九二六年十二月作

　　《奔月》著重描寫了戰士的遭遇。羿是曾經射落九個太陽、射死封豕長蛇、為民除害的英雄。但現在不僅無用武之地，人們也早已忘記了他，老婆子甚至罵他是「騙子」。門庭冷落，彤弓高懸，生活的艱難不說，最痛心的是弟子逢蒙的背叛，反過來還造謠、誣衊，甚至暗害他；妻子嫦娥不耐清苦，離開他奔月去了，只剩下他一人，孤獨而寂寞。這對於一個戰士說來，是難堪的，但也是許多戰士所曾經有過的遭遇，《補天》中的女媧不也是在她為人類獻出一切以後，那些世界的毀壞者在她肚皮上紮寨的嗎？……世界上有這樣的事情並不重要，重要的是戰士對之所採取的態度。作品描寫了羿的勇敢豪邁的性格，他雖然感到寂寞和孤獨，但並不悲觀……戰士依然是戰士，即使失敗了，他仍然決定吃飽睡足，再去找一服仙藥，吃了追上去。羿不個僅勇猛，而且正直和豪邁，但周圍卻是逢蒙那樣的青年和嫦娥那樣的女人，他當然會感到寂寞。

　　這裏確實傾注了魯迅自己的經驗和感情，他痛感到「有些青年之於我，見可利用則盡情利用，倘覺不能利用了，便想一棒打殺，所以很有些悲憤之言」。這類青年看到「活著他不能吸血了，就要打殺了煮吃，有如此惡毒」。逢蒙的形象確實有這類青年的投影，所以羿給了他最大的蔑視……羿態度開朗，在詛咒聲中逕自走了。魯迅對於類似遭遇的態度也是這樣的，一方面他要對著誣衊他的人「黑的惡鬼似的站著」，一方面仍然對青年採取熱情的幫助的態度；如他所說：「不能因為遇見過幾個壞人，便將人們都作壞人看。」這種態度和情緒是影響到了羿的戰士形象的塑造的。儘管羿的遭遇是令人歎息的，但事業永生，雄姿常存，戰士依然是戰士，魯迅在羿精神氣質中注入了強烈的感情。《奔月》的主要情節都有古書上的根據，包括逢蒙的剪徑；只是在羿的女侍中有一些喜劇性的穿插。

——王瑤《魯迅〈故事新編〉散論》

理水

一

　　這時候是「湯湯洪水方割，浩浩開山襄陵」；舜爺的百姓，倒並不都擠在露出水面的山頂上，有的捆在樹頂，有的坐著木排，有些木排上還搭有小小的板棚，從岸上看起來，很富於詩趣。

　　遠地裏的消息，是從木排上傳過來的。大家終於知道鯀大人因爲治了九整年的水，什麼效驗也沒有，上頭龍心震怒，把他充軍到羽山去了，接任的好像就是他的兒子文命少爺，乳名叫作阿禹。

　　災荒得久了，大學早已解散，連幼稚園也沒有地方開，所以百姓們都有些混混沌沌。只在文化山上，還聚集著許多學者，他們的食糧，是都從奇肱國用飛車運來的，因此不怕缺乏，因此也能夠研究學問。然而他們裏面，大抵是反對禹的，或者簡直不相信世界上眞有這個禹。

　　每月一次，照例的半空中要簌簌的發響，愈響愈厲害，飛車看得清楚了，車上插一張旗，畫著一個黃圓圈在發毫光。離地五尺，就掛下幾隻籃子來，別人可不知道裏面裝的是什麼，只聽得上下在講話：

「古貌林！」

「好杜有圖」

「古魯幾哩……」

「O.K！」

飛車向奇肱國疾飛而去，天空中不再留下微聲，學者們也靜悄悄，這是大家在吃飯。獨有山周圍的水波，撞著石頭，不住的澎湃的在發響。午覺醒來，精神百倍，於是學說也就壓倒了濤聲了。

「禹來治水，一定不成功，如果他是鯀的兒子的話，」一個拿拄杖的學者說。「我曾經搜集了許多王公大臣和豪富人家的家譜，很下過一番研究工夫，得到一個結論：闊人的子孫都是闊人，壞人的子孫都是壞人——這就叫作『遺傳』。所以，鯀不成功，他的兒子禹一定也不會成功，因為愚人是生不出聰明人來的！」

「O.K！」一個不拿拄杖的學者說。

「不過您要想想咱們的太上皇，」別一個不拿拄杖的學者道。

「他先前雖然有些『頑』，現在可是改好了。倘是愚人，就永遠不會改好……」

「O.K！」

「這這些些都是費話，」又一個學者吃吃的說，立刻把鼻尖脹得通紅。「你們是受了謠言的騙的。其實並沒有所謂禹，『禹』是一條蟲，蟲蟲會治水的嗎？我看鯀也沒有的，『鯀』是一條魚，魚魚會治水水水的嗎？」他說到這裏，把兩腳一蹬，顯得非常用勁。

「不過鯀卻的確是有的，七年以前，我還親眼看見他到昆侖山腳下去賞梅花的。」

「那麼，他的名字弄錯了，他大概不叫『鯀』，他的名字應該叫『人』！至於禹，那可一定是一條蟲，我有許多證據，可以證明他的烏有，叫大家來公評……」

於是他勇猛的站了起來，摸出削刀，刮去了五株大松樹皮，用吃剩的麵包末屑和水研成漿，調了炭粉，在樹身上用很小的蝌蚪文

寫上抹殺阿禹的考據，足足化掉了三九廿七天工夫。但是凡有要看的人，得拿出十片嫩榆葉，如果住在木排上，就改給一貝殼鮮水苔。

橫豎到處都是水，獵也不能打，地也不能種，只要還活著，所有的是閒工夫，來看的人倒也很不少。松樹下挨擠了三天，到處都發出歡息的聲音，有的是佩服，有的是疲勞。但到第四天的正午，一個鄉下人終於說話了，這時那學者正在吃炒麵。

「人裏面，是有叫作阿禹的，」鄉下人說。「況且『禹』也不是蟲，這是我們鄉下人的簡筆字，老爺們都寫作『禹』，是大猴子……」

「人有叫作大大猴子的嗎？……」學者跳起來了，連忙咽下沒有嚼爛的一口麵，鼻子紅到發紫，吆喝道。

「有的呀，連叫阿狗阿貓的也有。」

「鳥頭先生，您不要和他去辯論了，」拿拄杖的學者放下面包，攔在中間，說。「鄉下人都是愚人。拿你的家譜來，」他又轉向鄉下人，大聲道，「我一定會發見你的上代都是愚人……」

「我就從來沒有過家譜……」

「呸，使我的研究不能精密，就是你們這些東西可惡！」

「不過這這也用不著家譜，我的學說是不會錯的。」鳥頭先生更加憤憤的說。「先前，許多學者都寫信來贊成我的學說，那些信我都帶在這裏……」

「不不，那可應該查家譜……」

「但是我竟沒有家譜，」那「愚人」說。「現在又是這麼的人荒馬亂，交通不方便，要等您的朋友們來信贊成，當作證據，真也比螺螄殼裏做道場還難。證據就在眼前：您叫鳥頭先生，莫非真的是一個鳥兒的頭，並不是人嗎？」

「哼！」鳥頭先生氣忿到連耳輪都發紫了。「你竟這樣的侮辱我！說我不是人！我要和你到皋陶大人那裏去法律解決！如果我真的不是人，我情願大辟——就是殺頭呀，你懂了沒有？要不然，你

是應該反坐的。你等著罷，不要動，等我吃完了炒麵。」

　　「先生，」鄉下人麻木而平靜的回答道，「您是學者，總該知道現在已是午後，別人也要肚子餓的。可恨的是愚人的肚子卻和聰明人的一樣：也要餓。眞是對不起得很，我要撈青苔去了，等您上了呈子之後，我再來投案罷。」於是他跳上木排，拿起網兜，撈著水草，泛泛的遠開去了。看客也漸漸的走散，鳥頭先生就紅著耳輪和鼻尖從新吃炒麵，拿拄杖的學者在搖頭。

　　然而「禹」究竟是一條蟲，還是一個人呢，卻仍是一個大疑問。

<h2 style="text-align:center">二</h2>

　　禹也眞好像是一條蟲。

　　大半年過去了，奇肱國的飛車已經來過八回，讀過松樹身上的文字的木排居民，十個裏面有九個生了腳氣病，治水的新官卻還沒有消息。直到第十回飛車來過之後，這才傳來了新聞，說禹是確有這麼一個人的，正是鯀的兒子，也確是簡放了水利大臣，三年之前，已從冀州啟程，不久就要到這裏了。

　　大家略有一點興奮，但又很淡漠，不大相信，因為這一類不甚可靠的傳聞，是誰都聽得耳朵起繭了的。

　　然而這一回卻又像消息很可靠，十多天之後，幾乎誰都說大臣的確要到了，因為有人出去撈浮草，親眼看見過官船；他還指著頭上一塊烏青的疙瘩，說是為了回避得太慢一點了，吃了一下官兵的飛石：這就是大臣確已到來的證據。這人從此就很有名，也很忙碌，大家都爭先恐後的來看他頭上的疙瘩，幾乎把木排踏沉；後來還經學者們召了他去，細心研究，決定了他的疙瘩確是眞疙瘩，於是使鳥頭先生也不能再執成見，只好把考據學讓給別人，自己另去搜集民間的曲子了。

　　一大陣獨木大舟的到來，是在頭上打出疙瘩的大約二十多天之後，每隻船上，有二十名官兵打槳，三十名官兵持矛，前後都是旗

巇；剛靠山頂，紳士們和學者們已在岸上列隊恭迎，過了大半天，這才從最大的船裏，有兩位中年的胖胖的大員出現，約略二十個穿虎皮的武士簇擁著，和迎接的人們一同到最高巔的石屋裏去了。

大家在水陸兩面，探頭探腦的悉心打聽，才明白原來那兩位只是考察的專員，卻並非禹自己。

大員坐在石屋的中央，吃過麵包，就開始考察。

「災情倒並不算重，糧食也還可敷衍，」一位學者們的代表，苗民言語學專家說。「麵包是每月會從半空中掉下來的；魚也不缺，雖然未免有些泥土氣，可是很肥，大人。至於那些下民，他們有的是榆葉和海苔，他們『飽食終日，無所用心』，──就是並不勞心，原只要吃這些就夠。我們也嘗過了，味道倒並不壞，特別得很⋯⋯」

「況且，」別一位研究《神農本草》的學者搶著說，「榆葉裏面是含有維他命W的；海苔裏有碘質，可醫療瘰癧病，兩樣都極合於衛生。」

「O.K！」又一個學者說。大員們瞪了他一眼。

「飲料呢，」那《神農本草》學者接下去道，「他們要多少有多少，一萬代也喝不完。可惜含一點黃土，飲用之前，應該蒸餾一下的。敝人指導過許多次了，然而他們冥頑不靈，絕對的不肯照辦，於是弄出數不清的病人來⋯⋯」

「就是洪水，也還不是他們弄出來的嗎？」一位五絡長鬚，身穿醬色長袍的紳士又搶著說。「水還沒來的時候，他們懶著不肯填，洪水來了的時候，他們又懶著不肯戽⋯⋯」

「是之謂失其性靈，」坐在後一排，八字鬍子的伏羲朝小品文學家笑道。「吾嘗登帕米爾之原，天風浩然，梅花開矣，白雲飛矣，金價漲矣，耗子眠矣，見一少年，口銜雪茄，面有蚩尤氏之霧⋯⋯哈哈哈！沒有法子⋯⋯」

「O.K！」

這樣的談了小半天。大員們都十分用心的聽著，臨末是叫他們合擬一個公呈，最好還有一種條陳，瀝述著善後的方法。於是大員們下船去了。

第二天，說是因為路上勞頓，不辦公，也不見客；第三天是學者們公請在最高峰上賞偃蓋古松，下半天又同往山背後釣黃鱔，一直玩到黃昏。第四天，說是因為考察勞頓了，不辦公，也不見客；第五天的午後，就傳見下民的代表。

下民的代表，是四天以前就在開始推舉的，然而誰也不肯去，說是一向沒有見過官。於是大多數就推定了頭有疙瘩的那一個，以為他曾有見過官的經驗。已經平復下去的疙瘩，這時忽然針刺似的痛起來了，他就哭著一口咬定：做代表，毋寧死！大家把他圍起來，連日連夜的責以大義，說他不顧公益，是利己的個人主義者，將為華夏所不容；激烈點的，還至於捏起拳頭，伸在他的鼻子跟前，要他負這回的水災的責任。他渴睡得要命，心想與其逼死在木排上，還不如冒險去做公益的犧牲，便下了絕大的決心，到第四天，答應了。

大家就都稱讚他，但幾個勇士，卻又有些妒忌。

就是這第五天的早晨，大家一早就把他拖起來，站在岸上聽呼喚。果然，大員們呼喚了。他兩腿立刻發抖，然而又立刻下了絕大的決心，決心之後，就又打了兩個大呵欠，腫著眼眶，自己覺得好像腳不點地，浮在空中似的走到官船上去了。

奇怪得很，持矛的官兵，虎皮的武士，都沒有打罵他，一直放進了中艙。艙裏鋪著熊皮，豹皮，還掛著幾副弩箭，擺著許多瓶罐，弄得他眼花繚亂。定神一看，才看見在上面，就是自己的對面，坐著兩位胖大的官員。什麼相貌，他不敢看清楚。

「你是百姓的代表嗎？」大員中的一個問道。

「他們叫我上來的。」他眼睛看著鋪在艙底上的豹皮的艾葉一般的花紋，回答說。

「你們怎麼樣？」

「……」他不懂意思，沒有答。

「你們過得還好麼？」

「托大人的鴻福，還好……」他又想了一想，低低的說道，「敷敷衍衍……混混……」

「吃的呢？」

「有，葉子呀，水苔呀……」

「都還吃得來嗎？」

「吃得來的。我們是什麼都弄慣了的，吃得來的。只有些小畜生還要嚷，人心在壞下去哩，媽的，我們就揍他。」

大人們笑起來了，有一個對別一個說道：「這傢伙倒老實。」

這傢伙一聽到稱讚，非常高興，膽子也大了，滔滔的講述道：

「我們總有法子想。比如水苔，頂好是做滑溜翡翠湯，榆葉就做一品當朝羹。剝樹皮不可剝光，要留下一道，那麼，明年春天樹枝梢還是長葉子，有收成。如果托大人的福，釣到了黃鱔……」

然而大人好像不大愛聽了，有一位也接連打了兩個大呵欠，打斷他的講演道：「你們還是合具一個公呈來罷，最好是還帶一個貢獻善後方法的條陳。」

「我們可是誰也不會寫……」他惴惴的說。

「你們不識字嗎？這真叫作不求上進！沒有法子，把你們吃的東西揀一份來就是！」

他又恐懼又高興的退了出來，摸一摸疙瘩疤，立刻把大人的吩咐傳給岸上，樹上和排上的居民，並且大聲叮囑道：「這是送到上頭去的呵！要做得乾淨，細緻，體面呀！……」

所有居民就同時忙碌起來，洗葉子，切樹皮，撈青苔，亂作一團。他自己是鋸木版，來做進呈的盒子。有兩片磨得特別光，連夜跑到山頂上請學者去寫字，一片是做盒子蓋的，求寫「壽山福海」，一片是給自己的木排上做扁額，以志榮幸的，求寫「老實

堂」。但學者卻只肯寫了「壽山福海」的一塊。

三

　　當兩位大員回到京都的時候，別的考察員也大抵陸續回來了，只有禹還在外。他們在家裏休息了幾天，水利局的同事們就在局裏大排筵宴，替他們接風，份子分福祿壽三種，最少也得出五十枚大貝殼。這一天眞是車水馬龍，不到黃昏時候，主客就全都到齊了，院子裏卻已經點起庭燎來，鼎中的牛肉香，一直透到門外虎賁的鼻子跟前，大家就一齊咽口水。酒過三巡，大員們就講了一些水鄉沿途的風景，蘆花似雪，泥水如金，黃鱔膏腴，青苔滑溜……等等。微醺之後，才取出大家採集了來的民食來，都裝著細巧的木匣子，蓋上寫著文字，有的是伏羲八卦體，有的是倉頡鬼哭體，大家就先來賞鑒這些字，爭論得幾乎打架之後，才決定以寫著「國泰民安」的一塊爲第一，因爲不但文字質樸難識，有上古淳厚之風，而且立言也很得體，可以宣付史館的。

　　評定了中國特有的藝術之後，文化問題總算告一段落，於是來考察盒子的內容了：大家一致稱讚著餅樣的精巧。然而大約酒也喝得太多了，便議論紛紛：有的咬一口松皮餅，極口歡賞它的清香，說自己明天就要掛冠歸隱，去享這樣的清福；咬了柏葉糕的，卻道質粗味苦，傷了他的舌頭，要這樣與下民共患難，可見爲君難，爲臣亦不易。有幾個又撲上去，想搶下他們咬過的糕餅來，說不久就要開展覽會募捐，這些都得去陳列，咬得太多是很不雅觀的。

　　局外面也起了一陣喧嚷。一群乞丐似的大漢，面目黧黑，衣服破舊，竟衝破了斷絕交通的界線，闖到局裏來了。衛兵們大喝一聲，連忙左右交叉了明晃晃的戈，擋住他們的去路。

　　「什麼？——看明白！」當頭是一條瘦長的莽漢，粗手粗腳的，怔了一下，大聲說。

　　衛兵們在昏黃中定睛一看，就恭恭敬敬的立正，舉戈，放他

們進去了，只攔住了氣喘吁吁的從後面追來的一個身穿深藍土布袍子，手抱孩子的婦女。

「怎麼？你們不認識我了嗎？」她用拳頭揩著額上的汗，詫異的問。

「禹太太，我們怎會不認識您家呢？」

「那麼，為什麼不放我進去的？」

「禹太太，這個年頭兒，不大好，從今年起，要端風俗而正人心，男女有別了。現在那一個衙門裏也不放娘兒們進去，不但這裏，不但您。這是上頭的命令，怪不著我們的。」

禹太太呆了一會，就把雙眉一揚，一面回轉身，一面嚷叫道：

「這殺千刀的！奔什麼喪！走過自家的門口，看也不進來看一下，就奔你的喪！做官做官，做官有什麼好處，仔細像你的老子，做到充軍，還掉在池子裏變大忘八！這沒良心的殺千刀！……」

這時候，局裏的大廳上也早發生了擾亂。大家一望見一群莽漢們奔來，紛紛都想躲避，但看不見耀眼的兵器，就又硬著頭皮，定睛去看。奔來的也臨近了，頭一個雖然面貌黑瘦，但從神情上，也就認識他正是禹；其餘的自然是他的隨員。

這一嚇，把大家的酒意都嚇退了，沙沙的一陣衣裳聲，立刻都退在下面。禹便一徑跨到席上，在上面坐下，大約是大模大樣，或者生了鶴膝風罷，並不屈膝而坐，卻伸開了兩腳，把大腳底對著大員們，又不穿襪子，滿腳底都是栗子一般的老繭。隨員們就分坐在他的左右。

「大人是今天回京的？」一位大膽的屬員，膝行而前了一點，恭敬的問。

「你們坐近一點來！」禹不答他的詢問，只對大家說。「查的怎麼樣？」

大員們一面膝行而前，一面面面相覷，列坐在殘筵的下面，看見咬過的松皮餅和啃光的牛骨頭。非常不自在──卻又不敢叫膳夫

來收去。

「稟大人，」一位大員終於說。「倒還像個樣子——印象甚佳。松皮水草，出產不少；飲料呢，那可豐富得很。百姓都很老實，他們是過慣了的。稟大人，他們都是以善於吃苦，馳名世界的人們。」

「卑職可是已經擬好了募捐的計畫，」又一位大員說。「準備開一個奇異食品展覽會，另請女隗小姐來做時裝表演。只賣票，並且聲明會裏不再募捐，那麼，來看的可以多一點。」

「這很好。」禹說著，向他彎一彎腰。

「不過第一要緊的是趕快派一批大木筏去，把學者們接上高原來。」第三位大員說，「一面派人去通知奇肱國，使他們知道我們的尊崇文化，接濟也只要每月送到這邊來就好。學者們有一個公呈在這裏，說的倒也很有意思，他們以為文化是一國的命脈，學者是文化的靈魂，只要文化存在，華夏也就存在，別的一切，倒還在其次……」

「他們以為華夏的人口太多了，」第一位大員道，「減少一些倒也是致太平之道。況且那些不過是愚民，那喜怒哀樂，也決沒有智者所推想的那麼精微的。知人論事，第一要憑主觀。例如莎士比亞……」

「放他媽的屁！」禹心裏想，但嘴上卻大聲的說道：「我經過查考，知道先前的方法：『湮』，確是錯誤了。以後應該用『導』！不知道諸位的意見怎麼樣？」

靜得好像墳山；大員們的臉上也顯出死色，許多人還覺得自己生了病，明天恐怕要請病假了。

「這是蚩尤的法子！」一個勇敢的青年官員悄悄的憤激著。

「卑職的愚見，竊以為大人是似乎應該收回成命的。」一位白鬚白髮的大員，這時覺得天下興亡，繫在他的嘴上了，便把心一橫，置死生於度外，堅決的抗議道：「湮是老大人的成法。『三年

無改於父之道，可謂孝矣。』——老大人升天還不到三年。」

禹一聲也不響。

「況且老大人化過多少心力呢。借了上帝的息壤，來湮洪水，雖然觸了上帝的惱怒，洪水的深度可也淺了一點了。這似乎還是照例的治下去。」另一位花白鬚髮的大員說，他是禹母舅的乾兒子。

禹一聲也不響。「我看大人還不如『幹父之蠱』，」一位胖大官員看得禹不作聲，以為他就要折服了，便帶些輕薄的大聲說，不過臉上還流出著一層油汗。「照著家法，挽回家聲。大人大約未必知道人們在怎麼講說老大人罷……」

「要而言之，『湮』是世界上已有定評的好法子，」白鬚髮的老官恐怕胖子鬧出岔子來，就搶著說道。「別的種種，所謂『摩登』者也，昔者蚩尤氏就壞在這一點上。」

禹微微一笑：「我知道的。有人說我的爸爸變了黃熊，也有人說他變了三足鱉，也有人說我在求名，圖利。說就是了。我要說的是我查了山澤的情形，徵了百姓的意見，已經看透實情，打定主意，無論如何，非『導』不可！這些同事，也都和我同意的。」

他舉手向兩旁一指。白鬚髮的，花鬚髮的，小白臉的，胖而流著油汗的，胖而不流油汗的官員們，跟著他的指頭看過去，只見一排黑瘦的乞丐似的東西，不動，不言，不笑，像鐵鑄的一樣。

四

禹爺走後，時光也過得真快，不知不覺間，京師的景況日見其繁盛了。首先是闊人們有些穿了繭綢袍，後來就看見大水果鋪裏賣著橘子和柚子，大綢緞店裏掛著華絲葛；富翁的筵席上有了好醬油，清燉魚翅，涼拌海參；再後來他們竟有熊皮褲子狐皮褂，那太太也戴上赤金耳環銀手鐲了。

只要站在大門口，也總有什麼新鮮的物事看：今天來一車竹箭，明天來一批松板，有時抬過了做假山的怪石，有時提過了做

魚生的鮮魚；有時是一大群一尺二寸長的大烏龜，都縮了頭裝著竹籠，載在車子上，拉向皇城那面去。

「媽媽，你瞧呀，好大的烏龜！」孩子們一看見，就嚷起來，跑上去，圍住了車子。

「小鬼，快滾開！這是萬歲爺的寶貝，當心殺頭！」

然而關於禹爺的新聞，也和珍寶的入京一同多起來了。百姓的簷前，路旁的樹下，大家都在談他的故事；最多的是他怎樣夜裏化爲黃熊，用嘴和爪子，一拱一拱的疏通了九河，以及怎樣請了天兵天將，捉住興風作浪的妖怪無支祁，鎮在龜山的腳下。皇上舜爺的事情，可是誰也不再提起了，至多，也不過談談丹朱太子的沒出息。

禹要回京的消息，原已傳佈得很久了，每天總有一群人站在關口，看可有他的儀仗的到來。並沒有。然而消息卻愈傳愈緊，也好像愈眞。一個半陰半晴的上午，他終於在百姓們的萬頭攢動之間，進了冀州的帝都了。前面並沒有儀仗，不過一大批乞丐似的隨員。臨末是一個粗手粗腳的大漢，黑臉黃鬚，腿彎微曲，雙手捧著一片烏黑的尖頂的大石頭——舜爺所賜的「玄圭」，連聲說道「借光，借光，讓一讓，讓一讓」，從人叢中擠進皇宮裏去了。

百姓們就在宮門外歡呼，議論，聲音正好像浙水的濤聲一樣。

舜爺坐在龍位上，原已有了年紀，不免覺得疲勞，這時又似乎有些驚駭。禹一到，就連忙客氣的站起來，行過禮，皋陶先去應酬了幾句，舜才說道：

「你也講幾句好話我聽呀。」

「哼，我有什麼說呢？」禹簡截的回答道。「我就是想，每天孳孳！」

「什麼叫作『孳孳』？」皋陶問。

「洪水滔天，」禹說，「浩浩懷山襄陵，下民都浸在水裏。我走旱路坐車，走水路坐船，走泥路坐橇，走山路坐轎。到一座山，

砍一通樹，和益倆給大家有飯吃，有肉吃。放田水入川，放川水入海，和稷倆給大家有難得的東西吃。東西不夠，就調有餘，補不足。搬家。大家這才靜下來了，各地方成了個樣子。」

「對啦對啦，這些話可眞好！」皋陶稱讚道。

「唉！」禹說。「做皇帝要小心，安靜。對天有良心，天才會仍舊給你好處！」

舜爺歎一口氣，就托他管理國家大事，有意見當面講，不要背後說壞話。看見禹都答應了，又歎一口氣，道：「莫像丹朱的不聽話，只喜歡遊蕩，旱地上要撐船，在家裏又搗亂，弄得過不了日子，這我可眞看的不順眼！」

「我討過老婆，四天就走，」禹回答說。「生了阿啓，也不當他兒子看。所以能夠治了水，分作五圈，簡直有五千里，計十二州，直到海邊，立了五個頭領，都很好。只是有苗可不行，你得留心點！」

「我的天下，眞是全仗的你的功勞弄好的！」舜爺也稱讚道。

於是皋陶也和舜爺一同肅然起敬，低了頭；退朝之後，他就趕緊下一道特別的命令，叫百姓都要學禹的行爲，倘不然，立刻就算是犯了罪。

這使商家首先起了大恐慌。但幸而禹爺自從回京以後，態度也改變一點了：吃喝不考究，但做起祭祀和法事來，是闊綽的；衣服很隨便，但上朝和拜客時候的穿著，是要漂亮的。所以市面仍舊不很受影響，不多久，商人們就又說禹爺的行爲眞該學，皋爺的新法令也很不錯；終於太平到連百獸都會跳舞，鳳凰也飛來湊熱鬧了。

一九三五年十一月作

　　這篇小說取材於大禹治水的傳說，歌頌了腳踏實地、拼命硬幹的大禹。禹的父親鯀因為治了九年水卻沒有效驗被「充軍到羽山去了」，禹便「接任」了父親的事業。禹面臨的困難很大：洪水滔天，災荒連年，學者們的誹謗，大員們的醉生夢死……尤其是在治水的方法上，究竟是『湮』還是「導」，禹遭到了保守官員們的一致反對。但禹不為所動，最後只微微一笑說：「……也有人說我在求名、圖利。說就是了。我要說的是我查了山澤的情形，徵了百姓的意見，已經看透實情，打定主意，無論如何，非『導』不可！」在治水的過程中，他過家門而不入，成天勞苦，弄得「面貌黑瘦」、「滿腳底都是栗子一般的老繭」；百姓中間關於他的傳說可多了：「最多的是他怎樣夜裏化為黃熊，用嘴和爪子，一拱一拱的疏通了九河。」這就是小說中的大禹形象：中華民族的脊梁。

　　在歌頌大禹形象的同時，小說還辛辣諷刺了那些不關心人民疾苦、只知道搜刮民脂民膏、過著荒淫無恥生活的官僚階層；諷刺了那些頑固保守、因循守舊、言不及義、散漫無稽的文人學者。小說中充滿了現實的細節描寫，描繪了眾多現實的生活畫面，這些都再清楚不過地表現了小說對國民黨黑暗統治的強烈不滿。對進步力量的歌頌和對反動勢力的鞭撻是小說的基本主題。

　　小說在藝術上的首要特色是浪漫主義和現實主義相結合，這表現在小說打破了時空界限，將古今融會，於「浩浩懷山襄陵」的描寫中融進了「莎士比亞」、「大學」、「維他命」等當代詞語和現實生活畫面，也表現在對禹的現實描繪與利用傳說烘托禹的形象的結合上。小說在諷刺藝術的運用上也很出色，如關於禹究竟是人還是蟲的辯論，關於大員們考察災情的敘述，學者們關於華夏文化保存和張揚的議論等。

——夏明釗《中國現代文學名著題解》

理水（之一） 2003年創作

「哼！」鳥頭先生氣忿到連耳輪都發紫了。「你竟這樣的侮辱我！說我不是人！我要和你到皋陶大人那裏去法律解決！如果我真的不是人，我情願大辟——就是殺頭呀，你懂了沒有？要不然，你是應該反坐的……」

理水（之二）　2003年創作

……每隻船上，有二十名官兵打槳，三十名官兵持矛，前後都是旗幟；剛靠山頂，紳士們和學者們已在岸上列隊恭迎，過了大半天，這才從最大的船裏，有兩位中年的胖胖的大員出現，約略二十個穿虎皮的武士簇擁著，和迎接的人們一同到最高巔的石屋裏去了。

大家在水陸兩面，探頭探腦的悉心打聽，才明白原來那兩位只是考察的專員，卻並非禹自己。

理水（之四） 2003年創作

當兩位大員回到京都的時候，別的考察員也大抵陸續回來了，只有禹還在外。他們在家裏休息了幾天，水利局的同事們就在局裏大排筵宴，替他們接風，份子分福祿壽三種，最少也得出五十枚大貝殼。

理水（之五） 2003年創作

一群乞丐似的大漢，面目黧黑，衣服破舊，竟衝破了斷絕交通的界線，闖到局裏來了。衛兵們大喝一聲，連忙左右交叉了明晃晃的戈，擋住他們的去路。

理水（之六） 2003年創作

這一嚇，把大家的酒意都嚇退了，沙沙的一陣衣裳聲，立刻都退在下面。禹便一徑跨到席上，在上面坐下，大約是大模大樣，或者生了鶴膝風罷，並不屈膝而坐，卻伸開了兩腳，把大腳底對著大員們，又不穿襪子，滿腳底都是栗子一般的老繭。隨員們就分坐在他的左右。

理水（之七） 2003年創作

……只見一排黑瘦的乞丐似的東西，不動，不言，不笑，像鐵鑄的一樣。

理水（之八） 2003年創作

「我的天下，真是全仗的你的功勞弄好的！」

 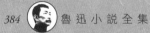

採薇

一

這半年來，不知怎的連養老堂裏也不大平靜了，一部分的老頭子，也都交頭接耳，跑進跑出的很起勁。只有伯夷最不留心閒事，秋涼到了，他又老的很怕冷，就整天的坐在階沿上曬太陽，縱使聽到匆忙的腳步聲，也決不抬起頭來看。

「大哥！」

一聽聲音自然就知道是叔齊。伯夷是向來最講禮讓的，便在抬頭之前，先站起身，把手一擺，意思是請兄弟在階沿上坐下。

「大哥，時局好像不大好！」叔齊一面並排坐下去，一面氣喘吁吁的說，聲音有些發抖。

「怎麼了呀？」伯夷這才轉過臉去看，只見叔齊的原是蒼白的臉色，好像更加蒼白了。

「您聽到過從商王那裏，逃來兩個瞎子的事了罷。」

「唔，前幾天，散宜生好像提起過。我沒有留心。」

「我今天去拜訪過了。一個是太師疵，一個是少師強，還帶來許多樂器。聽說前幾時還開過一個展覽會，參觀者都『嘖嘖稱

美』，——不過好像這邊就要動兵了。」

「爲了樂器動兵，是不合先王之道的。」伯夷慢吞吞的說。

「也不單爲了樂器。您不早聽到過商王無道，砍早上渡河不怕水冷的人的腳骨，看看他的骨髓，挖出比干王爺的心來，看它可有七竅嗎？先前還是傳聞，瞎子一到，可就證實了。況且還切切實實的證明了商王的變亂舊章。變亂舊章，原是應該征伐的。不過我想，以下犯上，究竟也不合先王之道……」

「近來的烙餅，一天一天的小下去了，看來確也像要出事情，」伯夷想了一想，說。「但我看你還是少出門，少說話，仍舊每天練你的太極拳的好！」

「是……」叔齊是很悌的，應了半聲。

「你想想看，」伯夷知道他心裏其實並不服氣，便接著說。「我們是客人，因爲西伯肯養老，呆在這裏的。烙餅小下去了，固然不該說什麼，就是事情鬧起來了，也不該說什麼的。」

「那麼，我們可就成了爲養老而養老了。」

「最好是少說話。我也沒有力氣來聽這些事。」

伯夷咳了起來，叔齊也不再開口。咳嗽一止，萬籟寂然，秋末的夕陽，照著兩部白鬍子，都在閃閃的發亮。

二

然而這不平靜，卻總是滋長起來，烙餅不但小下去，粉也粗起來了。養老堂的人們更加交頭接耳，外面只聽得車馬行走聲，叔齊更加喜歡出門，雖然回來也不說什麼話，但那不安的神色，卻惹得伯夷也很難開適了：他似乎覺得這碗平穩飯快要吃不穩。

十一月下旬，叔齊照例一早起了床，要練太極拳，但他走到院子裏，聽了一聽，卻開開堂門，跑出去了。約摸有烙十張餅的時候，這才氣急敗壞的跑回來，鼻子凍得通紅，嘴裏一陣一陣的噴著白蒸氣。

「大哥！你起來！出兵了！」他恭敬的垂手站在伯夷的床前，大聲說，聲音有些比平常粗。

伯夷怕冷，很不願意這麼早就起身，但他是非常友愛的，看見兄弟著急，只好把牙齒一咬，坐了起來，披上皮袍，在被窩裏慢吞吞的穿褲子。

「我剛要練拳，」叔齊等著，一面說。「卻聽得外面有人馬走動，連忙跑到大路上去看時——果然，來了。首先是一乘白彩的大轎，總該有八十一人抬著罷，裏面一座木主，寫的是「大周文王之靈位」；後面跟的都是兵。我想：這一定是要去伐紂了。現在的周王是孝子，他要做大事，一定是把文王抬在前面的。看了一會，我就跑回來，不料我們養老堂的牆外就貼著告示……」

伯夷的衣服穿好了，弟兄倆走出屋子，就覺得一陣冷氣，趕緊縮緊了身子。伯夷向來不大走動，一出大門，很看得有些新鮮。不幾步，叔齊就伸手向牆上一指，可真的貼著一張大告示：

「照得今殷王紂，乃用其婦人之言，自絕於天，毀壞其三正，離其王父母弟。乃斷布其先祖之樂；乃為淫聲，用變亂正聲，怡說婦人。故今予發，維共行天罰。勉哉夫子，不可再，不可三！此示。」

兩人看完之後，都不作聲，徑向大路走去。只見路邊都擠滿了民眾，站得水洩不通。兩人在後面說一聲「借光」，民眾回頭一看，見是兩位白鬚老者，便照文王敬老的上諭，趕忙閃開，讓他們走到前面。這時打頭的木主早已望不見了，走過去的都是一排一排的甲士，約有烙三百五十二張大餅的工夫，這才見別有許多兵丁，肩著九旒雲罕旗，仿佛五色雲一樣。接著又是甲士，後面一大隊騎著高頭大馬的文武官員，簇擁著一位王爺，紫糖色臉，絡腮鬍子，左捏黃斧頭，右拿白牛尾，威風凜凜：這正是「恭行天罰」的周王發。

大路兩旁的民眾，個個肅然起敬，沒有人動一下，沒有人響一聲。在百靜中，不提防叔齊卻拖著伯夷直撲上去，鑽過幾個

馬頭，拉住了周王的馬嚼子，直著脖子嚷起來道：「老子死了不葬，倒來動兵，說得上『孝』嗎？臣子想要殺主子，說得上『仁』嗎？……」

開初，是路旁的民眾，駕前的武將，都嚇得呆了；連周王手裏的白牛尾巴也歪了過去。但叔齊剛說了四句話，卻就聽得一片嘩啷聲響，有好幾把大刀從他們的頭上砍下來。

「且住！」

誰都知道這是姜太公的聲音，豈敢不聽，便連忙停了刀，看著這也是白鬚白髮，然而胖得圓圓的臉。

「義士呢。放他們去罷！」

武將們立刻把刀收回，插在腰帶上。一面是走上四個甲士來，恭敬的向伯夷和叔齊立正，舉手，之後就兩個挾一個，開正步向路旁走過去。民眾們也趕緊讓開道，放他們走到自己的背後去。到得背後，甲士們便又恭敬的立正，放了手，用力在他們倆的脊樑上一推。兩人只叫得一聲「阿呀」，蹌蹌踉踉的顛了周尺一丈路遠近，這才撲通的倒在地面上。叔齊還好，用手支著，只印了一臉泥；伯夷究竟比較的有了年紀，腦袋又恰巧磕在石頭上，便暈過去了。

三

大軍過去之後，什麼也不再望得見，大家便換了方向，把躺著的伯夷和坐著的叔齊圍起來。有幾個是認識他們的，當場告訴人們，說這原是遼西的孤竹君的兩位世子，因為讓位，這才一同逃到這裏，進了先王所設的養老堂。這報告引得眾人連聲讚歎，幾個人便蹲下身子，歪著頭去看叔齊的臉，幾個人回家去燒薑湯，幾個人去通知養老堂，叫他們快抬門板來接了。

大約過了烙好一百零三四張大餅的工夫，現狀並無變化，看客也漸漸的走散；又好久，才有兩個老頭子抬著一扇門板，一拐一拐的走來，板上面還鋪著一層稻草：這還是文王定下來的敬老老規矩。

板在地上一放，嘩一聲，震得伯夷突然張開了眼睛：他蘇甦了。叔齊驚喜的發一聲喊，幫那兩個人一同輕輕的把伯夷扛上門板，抬向養老堂裏去；自己是在旁邊跟定，扶住了掛著門板的麻繩。

走了六七十步路，聽得遠遠地有人在叫喊：「您哪！等一下！薑湯來哩！」望去是一位年青的太太，手裏端著一個瓦罐子，向這面跑來了，大約怕薑湯潑出罷，她跑得不很快。

大家只得停住，等候她的到來。叔齊謝了她的好意。她看見伯夷已經自己醒來了，似乎很有些失望，但想了一想，就勸他仍舊喝下去，可以暖暖胃。然而伯夷怕辣，一定不肯喝。

「這怎麼辦好呢？還是八年陳的老薑熬的呀。別人家還拿不出這樣的東西來呢。我們的家裏又沒有愛吃辣的人……」她顯然有點不高興。叔齊只得接了瓦罐，做好做歹的硬勸伯夷喝了一口半，餘下的還很多，便說自己也正在胃氣痛，統統喝掉了。眼圈通紅的，恭敬的誇讚了薑湯的力量，謝了那太太的好意之後，這才解決了這一場大糾紛。

他們回到養老堂裏，倒也並沒有什麼餘病，到第三天，伯夷就能夠起床了，雖然前額上腫著一大塊——然而胃口壞。

官民們都不肯給他們超然，時時送來些攪擾他們的消息，或者是官報，或者是新聞。十二月底，就聽說大軍已經渡了盟津，諸侯無一不到。不久也送了武王的《太誓》的鈔本來。這是特別鈔給養老堂看的，怕他們眼睛花，每個字都寫得有核桃一般大。不過伯夷還是懶得看，只聽叔齊朗誦了一遍，別的倒也並沒有什麼，但是「自棄其先祖肆祀不答，昏棄其家國……」這幾句，斷章取義，卻好像很傷了自己的心。

傳說也不少：有的說，周師到了牧野，和紂王的兵大戰，殺得他們屍橫遍野，血流成河，連木棍也浮起來，仿佛水上的草梗一樣；有的卻道紂王的兵雖然有七十萬，其實並沒有戰，一望見姜太公帶著大軍前來，便回轉身，反替武王開路了。

這兩種傳說，固然略有些不同，但打了勝仗，卻似乎確實的。此後又時時聽到運來了鹿台的寶貝，巨橋的白米，就更加證明了得勝的確實。傷兵也陸陸續續的回來了，又好像還是打過大仗似的。凡是能夠勉強走動的傷兵，大抵在茶館，酒店，理髮鋪，以及人家的檐前或門口閑坐，講述戰爭的故事，無論那裏，總有一群人眉飛色舞的在聽他。春天到了，露天下也不再覺得怎麼涼，往往到夜裏還講得很起勁。

伯夷和叔齊都消化不良，每頓總是吃不完應得的烙餅；睡覺還照先前一樣，天一暗就上床，然而總是睡不著。伯夷只在翻來覆去，叔齊聽了，又煩躁，又心酸，這時候，他常是重行起來，穿好衣服，到院子裏去走走，或者練一套太極拳。

有一夜，是有星無月的夜。大家都睡得靜靜的了，門口卻還有人在談天。叔齊是向來不偷聽人家談話的，這一回可不知怎的，竟停了腳步，同時也側著耳朵。

「媽的紂王，一敗，就奔上鹿台去了，」說話的大約是回來的傷兵。「媽的，他堆好寶貝，自己坐在中央，就點起火來。」

「阿唷，這可多麼可惜呀！」這分明是管門人的聲音。

「不慌！只燒死了自己，寶貝可沒有燒哩。咱們大王就帶著諸侯，進了商國。他們的百姓都在郊外迎接，大王叫大人們招呼他們道：『納福呀！』他們就都磕頭。一直進去，但見門上都貼著兩個大字道：『順民』。大王的車子一徑走向鹿台，找到紂王自尋短見的處所，射了三箭……」

「為什麼呀？怕他沒有死嗎？」別一人問道。

「誰知道呢。可是射了三箭，又拔出輕劍來，一砍，這才拿了黃斧頭，嚓！砍下他的腦袋來，掛在大白旗上。」

叔齊吃了一驚。

「之後就去找紂王的兩個小老婆。哼，早已統統吊死了。大王就又射了三箭，拔出劍來，一砍，這才拿了黑斧頭，割下她們的腦

袋，掛在小白旗上。這麼一來……」

「那兩個姨太太眞的漂亮嗎？」管門人打斷了他的話。

「知不淸。旗杆子高，看的人又多，我那時金創還很疼，沒有擠近去看。」

「他們說那一個叫作妲己的是狐狸精，只有兩隻腳變不成人樣，便用布條子裹起來：眞的？」

「誰知道呢。我也沒有看見她的腳。可是那邊的娘兒們卻眞有許多把腳弄得好像豬蹄子的。」

叔齊是正經人，一聽到他們從皇帝的頭，談到女人的腳上去了，便雙眉一皺，連忙掩住耳朵，返身跑進房裏去。伯夷也還沒有睡著，輕輕的問道：「你又去練拳了麼？」

叔齊不回答，慢慢的走過去，坐在伯夷的床沿上，彎下腰，告訴了他剛才聽來的一些話。這之後，兩人都沉默了許多時，終於是叔齊很困難的歎一口氣，悄悄的說道：

「不料竟全改了文王的規矩……你瞧罷，不但不孝，也不仁……這樣看來，這裏的飯是吃不得了。」

「那麼，怎麼好呢？」伯夷問。

「我看還是走……」

於是兩人商量了幾句，就決定明天一早離開這養老堂，不再吃周家的大餅；東西是什麼也不帶。兄弟倆一同走到華山去，吃些野果和樹葉來送自己的殘年。況且「天道無親，常與善人」，或者竟會有蒼朮和茯苓之類也說不定。

打定主意之後，心地倒十分輕鬆了。叔齊重覆解衣躺下，不多久，就聽到伯夷講夢話；自己也覺得很有興致，而且仿佛聞到茯苓的清香，接著也就在這茯苓的清香中，沉沉睡去了。

四

第二天，兄弟倆都比平常醒得早，梳洗完畢，毫不帶什麼東

西，其實也並無東西可帶，只有一件老羊皮長袍捨不得，仍舊穿在身上，拿了拄杖，和留下的烙餅，推稱散步，一徑走出養老堂的大門；心裏想，從此要長別了，便似乎還不免有些留戀似的，回過頭來看了幾眼。

街道上行人還不多；所遇見的不過是睡眼惺忪的女人，在井邊打水。將近郊外，太陽已經高升，走路的也多起來了，雖然大抵昂著頭，得意洋洋的，但一看見他們，卻還是照例的讓路。樹木也多起來了，不知名的落葉樹上，已經吐著新芽，一望好像灰綠的輕煙，其間夾著松柏，在朦朧中仍然顯得很蒼翠。

滿眼是闊大，自由，好看，伯夷和叔齊覺得仿佛年青起來，腳步輕鬆，心裏也很舒暢了。

到第二天的午後，迎面遇見了幾條岔路，他們決不定走那一條路近，便揀了一個對面走來的老頭子，很和氣的去問他。

「阿呀，可惜，」那老頭子說。「您要是早一點，跟先前過去的那隊馬跑就好了。現在可只得先走這條路。前面岔路還多，再問罷。」

叔齊就記得了正午時分，他們的確遇見過幾個廢兵，趕著一大批老馬，瘦馬，跛腳馬，癩皮馬，從背後衝上來，幾乎把他們踏死，這時就趁便問那老人，這些馬是趕去做什麼的。

「您還不知道嗎？」那人答道。「我們大王已經『恭行天罰』，用不著再來興師動眾，所以把馬放到華山腳下去的。這就是『歸馬於華山之陽』呀，您懂了沒有？我們還在『放牛於桃林之野』哩！嚇，這回可真是大家要吃太平飯了。」

然而這竟是兜頭一桶冷水，使兩個人同時打了一個寒噤，但仍然不動聲色，謝過老人，向著他所指示的路前行。無奈這『歸馬於華山之陽』，竟踏壞了他們的夢境，使兩個人的心裏，從此都有些七上八下起來。

心裏忐忑，嘴裏不說，仍是走，到得傍晚，臨近了一座並不很

高的黃土崗，上面有一些樹林，幾間土屋，他們便在途中議定，到這裏去借宿。

離土崗腳還有十幾步，林子裏便竄出五個彪形大漢來，頭包白布，身穿破衣，爲首的拿一把大刀，另外四個都是木棍。一到崗下，便一字排開，攔住去路，一同恭敬的點頭，大聲吆喝道：

「老先生，您好哇！」

他們倆都嚇得倒退了幾步，伯夷竟發起抖來，還是叔齊能幹，索性走上前，問他們是什麼人，有什麼事。

「小人就是華山大王小窮奇，」那拿刀的說，「帶了兄弟們在這裏，要請您老賞一點買路錢！」

「我們那裏有錢呢，大王。」叔齊很客氣的說。「我們是從養老堂裏出來的。」

「阿呀！」小窮奇吃了一驚，立刻肅然起敬，「那麼，您兩位一定是『天下之大老也』了。小人們也遵先王遺教，非常敬老，所以要請您老留下一點紀念品……」他看見叔齊沒有回答，便將大刀一揮，提高了聲音道：「如果您老還要謙讓，那可小人們只好恭行天搜，瞻仰一下您老的貴體了！」

伯夷叔齊立刻擎起了兩隻手；一個拿木棍的就來解開他們的皮袍，棉襖，小衫，細細搜檢了一遍。「兩個窮光蛋，真的什麼也沒有！」他滿臉顯出失望的顏色，轉過頭去，對小窮奇說。

小窮奇看出了伯夷在發抖，便上前去，恭敬的拍拍他肩膀，說道：「老先生，請您不要怕。海派會『剝豬玀』，我們是文明人，不幹這玩意兒的。什麼紀念品也沒有，只好算我們自己晦氣。現在您只要滾您的蛋就是了！」

伯夷沒有話好回答，連衣服也來不及穿好，和叔齊邁開大步，眼看著地，向前便跑。這時五個人都已經站在旁邊，讓出路來了。看見他們在面前走過，便恭敬的垂下雙手，同聲問道：

「您走了？您不喝茶了麼？」

「不喝了，不喝了……」伯夷和叔齊且走且說，一面不住的點著頭。

五

「歸馬於華山之陽」和華山大王小窮奇，都使兩位義士對華山害怕，於是重新商量，轉身向北，討著飯，曉行夜宿，終於到了首陽山。

這確是一座好山。既不高，又不深，沒有大樹林，不愁虎狼，也不必防強盜：是理想的幽棲之所。兩人到山腳下一看，只見新葉嫩碧，土地金黃，野草裏開著些紅紅白白的小花，真是連看看也賞心悅目。他們就滿心高興，用拄杖點著山徑，一步一步的挨上去，找到上面突出一片石頭，好像岩洞的處所，坐了下來，一面擦著汗，一面喘著氣。

這時候，太陽已經西沉，倦鳥歸林，啾啾唧唧的叫著，沒有上山時候那麼清靜了，但他們倒覺得也還新鮮，有趣。在鋪好羊皮袍，準備就睡之前，叔齊取出兩個大飯團，和伯夷吃了一飽。這是沿路討來的殘飯，因為兩人曾經議定，「不食周粟」，只好進了首陽山之後開始實行，所以當晚把它吃完，從明天起，就要堅守主義，絕不通融了。

他們一早就被烏老鴉鬧醒，後來重又睡去，醒來卻已是上午時分。伯夷說腰痛腿酸，簡直站不起；叔齊只得獨自去走走，看可有可吃的東西。他走了一些時，竟發見這山的不高不深，沒有虎狼盜賊，固然是其所長，然而因此也有了缺點：下面就是首陽村，所以不但常有砍柴的老人或女人，並且有進來玩耍的孩子，可吃的野果子之類，一顆也找不出，大約早被他們摘去了。

他自然就想到茯苓。但山上雖然有松樹，卻不是古松，都好像根上未必有茯苓；即使有，自己也不帶鋤頭，沒有法子想。接著又想到蒼朮，然而他只見過蒼朮的根，毫不知道那葉子的形狀，又不

能把滿山的草都拔起來看一看，即使蒼尤生在眼前，也不能認識。心裏一暴躁，滿臉發熱，就亂抓了一通頭皮。

但是他立刻平靜了，似乎有了主意，接著就走到松樹旁邊，摘了一衣兜的松針，又往溪邊尋了兩塊石頭，砸下松針外面的青皮，洗過，又細細的砸得好像面餅，另尋一片很薄的石片，拿著回到石洞去了。

「三弟，有什麼撈兒沒有？我是肚子餓的咕嚕咕嚕響了好半天了。」伯夷一望見他，就問。

「大哥，什麼也沒有。試試這玩意兒罷。」

他就近拾了兩塊石頭，支起石片來，放上松針面，聚些枯枝，在下面生了火。實在是許多工夫，才聽得濕的松針面有些吱吱作響，可也發出一點清香，引得他們倆咽口水。叔齊高興得微笑起來了，這是姜太公做八十五歲生日的時候，他去拜壽，在壽筵上聽來的方法。

發香之後，就發泡，眼見它漸漸的乾下去，正是一塊糕。叔齊用皮袍袖子裹著手，把石片笑嘻嘻的端到伯夷的面前。伯夷一面吹，一面拗，終於拗下一角來，連忙塞進嘴裏去。

他愈嚼，就愈皺眉，直著脖子咽了幾咽，倒哇的一聲吐出來了，訴苦似的看著叔齊道：「苦……粗……」

這時候，叔齊真好像落在深潭裏，什麼希望也沒有了。抖抖的也拗了一角，咀嚼起來，可真也毫沒有可吃的樣子：苦……粗……

叔齊一下子失了銳氣，坐倒了，垂了頭。然而還在想，掙扎的想，仿佛是在爬出一個深潭去。爬著爬著，只向前。終於似乎自己變了孩子，還是孤竹君的世子，坐在保姆的膝上了。這保姆是鄉下人，在和他講故事：黃帝打蚩尤，大禹捉無支祁，還有鄉下人荒年吃薇菜。

他又記得了自己問過薇菜的樣子，而且山上正見過這東西。他忽然覺得有了氣力，立刻站起身，跨進草叢，一路尋過去。

果然，這東西倒不算少，走不到一里路，就摘了半衣兜。

　　他還是在溪水裏洗了一洗，這才拿回來；還是用那烙過松針面的石片，來烤薇菜。葉子變成暗綠，熟了。但這回再不敢先去敬他的大哥了，撮起一株來，放在自己的嘴裏，閉著眼睛，只是嚼。

　　「怎麼樣？」伯夷焦急的問。

　　「鮮的！」

　　兩人就笑嘻嘻的來嘗烤薇菜；伯夷多吃了兩撮，因為他是大哥。他們從此天天採薇菜。先前是叔齊一個人去採，伯夷煮；後來伯夷覺得身體健壯了一些，也出去採了。做法也多起來：薇湯，薇羹，薇醬，清燉薇，原湯燜薇芽，生曬嫩薇葉……

　　然而近地的薇菜，卻漸漸的採完，雖然留著根，一時也很難生長，每天非走遠路不可了。搬了幾回家，後來還是一樣的結果。而且新住處也逐漸的難找了起來，因為既要薇菜多，又要溪水近，這樣的便當之處，在首陽山上實在也不可多得的。叔齊怕伯夷年紀太大了，一不小心會中風，便竭力勸他安坐在家裏，仍舊單是擔任煮，讓自己獨自去採薇。

　　伯夷遜讓了一番之後，倒也應允了，從此就較為安閒自在，然而首陽山上是有人跡的，他沒事做，脾氣又有些改變，從沉默成了多話，便不免和孩子去搭訕，和樵夫去扳談。也許是因為一時高興，或者有人叫他老乞丐的緣故罷，他竟說出了他們倆原是遼西的孤竹君的兒子，他老大，那一個是老三。父親在日原是說要傳位給老三的，一到死後，老三卻一定向他讓。他遵父命，省得麻煩，逃走了。不料老三也逃走了。兩人在路上遇見，便一同來找西伯——文王，進了養老堂。又不料現在的周王竟「以臣弒君」起來，所以只好不食周粟，逃上首陽山，吃野菜活命……等到叔齊知道，怪他多嘴的時候，已經傳播開去，沒法挽救了。但也不敢怎麼埋怨他；只在心裏想：父親不肯把位傳給他，可也不能不說很有些眼力。

　　叔齊的預料也並不錯：這結果壞得很，不但村裏時常講到他們的事，也常有特地上山來看他們的人。有的當他們名人，有的當他

們怪物，有的當他們古董。甚至於跟著看怎樣採，圍著看怎樣吃，指手畫腳，問長問短，令人頭昏。而且對付還須謙虛，倘使略不小心，皺一皺眉，就難免有人說是「發脾氣」。

不過輿論還是好的方面多。後來連小姐太太，也有幾個人來看了，回家去都搖頭，說是「不好看」，上了一個大當。

終於還引動了首陽村的第一等高人小丙君。他原是妲己的舅公的乾女婿，做著祭酒，因爲知道天命有歸，便帶著五十車行李和八百個奴婢，來投明主了。可惜已在會師盟津的前幾天，兵馬事忙，來不及好好的安插，便留下他四十車貨物和七百五十個奴婢，另外給予兩頃首陽山下的肥田，叫他在村裏研究八卦學。他也喜歡弄文學，村中都是文盲，不懂得文學概論，氣悶已久，便叫家丁打轎，找那兩個老頭子，談談文學去了；尤其是詩歌，因爲他也是詩人，已經做好一本詩集子。

然而談過之後，他一上轎就搖頭，回了家，竟至於很有些氣憤。他以爲那兩個傢伙是談不來詩歌的。第一、是窮：謀生之不暇，怎麼做得出好詩？第二、是「有所爲」，失了詩的「敦厚」；第三、是有議論，失了詩的「溫柔」。尤其可議的是他們的品格，通體都是矛盾。於是他大義凜然的斬釘截鐵的說道：「『普天之下，莫非王土』，難道他們在吃的薇，不是我們聖上的嗎！」

這時候，伯夷和叔齊也在一天一天的瘦下去了。這並非爲了忙於應酬，因爲參觀者倒在逐漸的減少。所苦的是薇菜也已經逐漸的減少，每天要找一捧，總得費許多力，走許多路。

然而禍不單行。掉在井裏面的時候，上面偏又來了一塊大石頭。

有一天，他們倆正在吃烤薇菜，不容易找，所以這午餐已在下午了。忽然走來了一個二十來歲的女人，先前是沒有見過的，看她模樣，好像是闊人家裏的婢女。

「您吃飯嗎？」她問。

叔齊仰起臉來，連忙陪笑，點點頭。

「這是什麼玩意兒呀？」她又問。

「薇。」伯夷說。

「怎麼吃著這樣的玩意兒的呀？」

「因爲我們是不食周粟……」伯夷剛剛說出口，叔齊趕緊使一個眼色，但那女人好像聰明得很，已經懂得了。她冷笑了一下，於是大義凜然的斬釘截鐵的說道：「『普天之下，莫非王土』，你們在吃的薇，難道不是我們聖上的嗎！」

伯夷和叔齊聽得清清楚楚，到了末一句，就好像一個大霹靂，震得他們發昏；待到清醒過來，那鴉頭已經不見了。薇，自然是不吃，也吃不下去了，而且連看看也害羞，連要去搬開它，也抬不起手來，覺得仿佛有好幾百斤重。

六

樵夫偶然發見了伯夷和叔齊都縮做一團，死在山背後的石洞裏，是大約這之後的二十天。並沒有爛，雖然因爲瘦，但也可見死的並不久；老羊皮袍卻沒有墊著，不知道弄到那裏去了。這消息一傳到村子裏，又哄動了一大批來看的人，來來往往，一直鬧到夜。結果是有幾個多事的人，就地用黃土把他們埋起來，還商量立一塊石碑，刻上幾個字，給後來好做古跡。

然而合村裏沒有人能寫字，只好去求小丙君。

然而小丙君不肯寫。「他們不配我來寫，」他說。「都是昏蛋。跑到養老堂裏來，倒也罷了，可又不肯超然；跑到首陽山裏來，倒也罷了，可是還要做詩；做詩倒也罷了，可是還要發感慨，不肯安分守己，『爲藝術而藝術』。你瞧，這樣的詩，可是有永久性的：

『上那西山呀採它的薇菜，

強盜來代強盜呀不知道這的不對。

神農虞夏一下子過去了，我又那裏去呢？

唉唉死罷，命裏註定的晦氣！』

「你瞧，這是什麼話？溫柔敦厚的才是詩。他們的東西，卻不但『怨』，簡直『罵』了。沒有花，只有刺，尚且不可，何況只有罵。即使放開文學不談，他們撇下祖業，也不是什麼孝子，到這裏又譏訕朝政，更不像一個良民……我不寫！……」

文盲們不大懂得他的議論，但看見聲勢洶洶，知道一定是反對的意思，也只好作罷了。

伯夷和叔齊的喪事，就這樣的算是告了一段落。

然而夏夜納涼的時候，有時還談起他們的事情來。有人說是老死的，有人說是病死的，有人說是給搶羊皮袍子的強盜殺死的。後來又有人說其實恐怕是故意餓死的，因為他從小丙君府上的鴉頭阿金姐那裏聽來：這之前的十多天，她曾經上山去奚落他們了幾句，傻瓜總是脾氣大，大約就生氣了，絕了食撒賴，可是撒賴只落得一個自己死。

於是許多人就非常佩服阿金姐，說她很聰明，但也有些人怪她太刻薄。阿金姐卻並不以為伯夷叔齊的死掉，是和她有關係的。自然，她上山去開了幾句玩笑，是事實，不過這僅僅是玩笑。那兩個傻瓜發脾氣，因此不吃薇菜了，也是事實，不過並沒有死，倒招來了很大的運氣。

「老天爺的心腸是頂好的，」她說。「他看見他們的撒賴，快要餓死了，就吩咐母鹿，用它的奶去餵他們。您瞧，這不是頂好的福氣嗎？用不著種地，用不著砍柴，只要坐著，就天天有鹿奶自己送到你嘴裏來。可是賤骨頭不識抬舉，那老三，他叫什麼呀，得步進步，喝鹿奶還不夠了。他喝著鹿奶，心裏想，『這鹿有這麼胖，殺它來吃，味道一定是不壞的。』一面就慢慢的伸開臂膊，要去拿石片。可不知道鹿是通靈的東西，它已經知道了人的心思，立刻一溜煙逃走了。老天爺也討厭他們的貪嘴，叫母鹿從此不要去。您瞧，他們還不只好餓死嗎？那裏是為了我的話，倒是為了自己的貪心，貪嘴呵！……」

聽到這故事的人們，臨末都深深的歎一口氣，不知怎的，連自己的肩膀也覺得輕鬆不少了。即使有時還會想起伯夷叔齊來，但恍恍忽忽，好像看見他們蹲在石壁下，正在張開白鬍子的大口，拚命的吃鹿肉。

一九三五年十二月作

《採薇》中借了那兩個「不食周粟」而終於餓死在首陽山上的迂腐的老人的傳說，對現實中的盲目的正統觀念者予以嘲笑。

作品表現了伯夷和叔齊的思想糊塗，顯示出他們那非常狹隘的正統觀念以及消極抵抗的舉動，實質上仍然是奴才思想的一種表現，這就使他們顯得迂腐而又可憐，終於只能得到被人嘲弄的結局。作為他們的對照的，是那個毫無氣節，高唱「溫柔敦厚才是詩」、「為藝術而藝術」的無恥文人小丙君的醜惡形象，現實中的那些自命清高地打著「為藝術而藝術」旗幟，實際上卻厚顏無恥向統治者賣身投靠的文士們，他們正像使人唾棄的小丙君一樣，企圖狂妄粗暴地罵倒一切人，以達到向弱小者作威作福的目的……

他們「為藝術而藝術」的目的，就是要使一切人都像「良民」似的毫無怨言地被統治著，他們所痛恨的正是「譏訕朝政」，「不像良民」，他們的「為虎作倀」的反動本質是掩在「清高」、「超然」一類美名之下的。

——李桑牧《卓越的諷刺文學——〈故事新編〉》

採薇（之一） 2003年創作

一聽聲音自然就知道是叔齊。伯夷是向來最講禮讓的，便在抬頭之前，先站起身，把手一擺，意思是請兄弟在階沿上坐下。「大哥，時局好像不大好！」叔齊一面並排坐下去，一面氣喘吁吁的說，聲音有些發抖。「怎麼了呀？」伯夷這才轉過臉去看，只見叔齊的原是蒼白的臉色，好像更加蒼白了。

採薇（之二） 2003年創作

大路兩旁的民眾，個個肅然起敬，沒有人動一下，沒有人響一聲。在百靜中，不提防叔齊卻拖著伯夷直撲上去，鑽過幾個馬頭，拉住了周王的馬嚼子，直著脖子嚷起來道：「老子死了不葬，倒來動兵，說得上『孝』嗎？臣子想要殺主子，說得上『仁』嗎？……」

採薇（之三） 2003年創作

於是重新商量，轉身向北，討著飯，曉行夜宿，終於到了首陽山。

採薇（之四） 2003年創作

「『普天之下，莫非王土』，你們在吃的薇，難道不是我們聖上的嗎！」

魯迅小說全集

採薇（之五） 2003年創作

樵夫偶然發見了伯夷和叔齊都縮做一團，死在山背後的石洞裏，是大約這之後的二十天

鑄劍

一

眉間尺剛和他的母親睡下，老鼠便出來咬鍋蓋，使他聽得發煩。他輕輕地叱了幾聲，最初還有些效驗，後來是簡直不理他了，格支格支地逕自咬。他又不敢大聲趕，怕驚醒了白天做得勞乏，晚上一躺就睡著了的母親。

許多時光之後，平靜了；他也想睡去。忽然，撲通一聲，驚得他又睜開眼。同時聽到沙沙地響，是爪子抓著瓦器的聲音。

「好！該死！」他想著，心裏非常高興，一面就輕輕地坐起來。

他跨下床，借著月光走向門背後，摸到鑽火傢伙，點上松明，向水甕裏一照。果然，一匹很大的老鼠落在那裏面了；但是，存水已經不多，爬不出來，只沿著水甕內壁，抓著，團團地轉圈子。

「活該！」他一想到夜夜咬傢俱，鬧得他不能安穩睡覺的便是它們，很覺得暢快。他將松明插在土牆的小孔裏，賞玩著；然而那圓睜的小眼睛，又使他發生了憎恨，伸手抽出一根蘆柴，將它直按到水底去。過了一會，才放手，那老鼠也隨著浮了上來，還是抓著甕壁轉圈子。只是抓勁已經沒有先前似的有力，眼睛也淹在水裏

面，單露出一點尖尖的通紅的小鼻子，咻咻地急促地喘氣。

　　他近來很有點不大喜歡紅鼻子的人。但這回見了這尖尖的小紅鼻子，卻忽然覺得它可憐了，就又用那蘆柴，伸到它的肚下去，老鼠抓著，歇了一回力，便沿著蘆幹爬了上來。待到他看見全身，──濕淋淋的黑毛，大的肚子，蚯蚓似的尾巴，──便又覺得可恨可憎得很，慌忙將蘆柴一抖，撲通一聲，老鼠又落在水甕裏，他接著就用蘆柴在它頭上搗了幾下，叫它趕快沉下去。

　　換了六回松明之後，那老鼠已經不能動彈，不過沉浮在水中間，有時還向水面微微一跳。眉間尺又覺得很可憐，隨即折斷蘆柴，好容易將它夾了出來，放在地面上。老鼠先是絲毫不動，後來才有一點呼吸；又許多時，四隻腳運動了，一翻身，似乎要站起來逃走。這使眉間尺大吃一驚，不覺提起左腳，一腳踏下去。只聽得吱的一聲，他蹲下去仔細看時，只見口角上微有鮮血，大概是死掉了。

　　他又覺得很可憐，仿佛自己作了大惡似的，非常難受。他蹲著，呆看著，站不起來。

　　「尺兒，你在做什麼？」他的母親已經醒來了，在床上問。

　　「老鼠……。」他慌忙站起，回轉身去，卻只答了兩個字。

　　「是的，老鼠。這我知道。可是你在做什麼？殺它呢，還是在救它？」

　　他沒有回答。松明燒盡了；他默默地立在暗中，漸看見月光的皎潔。

　　「唉！」他的母親歎息說，「一交子時，你就是十六歲了，性情還是那樣，不冷不熱地，一點也不變。看來，你的父親的仇是沒有人報的了。」

　　他看見他的母親坐在灰白色的月影中，仿佛身體都在顫動；低微的聲音裏，含著無限的悲哀，使他冷得毛骨悚然，而一轉眼間，又覺得熱血在全身中忽然騰沸。

　　「父親的仇？父親有什麼仇呢？」他前進幾步，驚急地問。

「有的。還要你去報。我早想告訴你的了；只因為你太小，沒有說。現在你已經成人了，卻還是那樣的性情。這教我怎麼辦呢？你似的性情，能行大事的麼？」

「能。說罷，母親。我要改過……。」

「自然。我也只得說。你必須改過……。那麼，走過來罷。」他走過去；他的母親端坐在床上，在暗白的月影裏，兩眼發出閃閃的光芒。

「聽哪！」她嚴肅地說，「你的父親原是一個鑄劍的名工，天下第一。他的工具，我早已都賣掉了來救了窮了，你已經看不見一點遺跡；但他是一個世上無二的鑄劍的名工。二十年前，王妃生下了一塊鐵，聽說是抱了一回鐵柱之後受孕的，是一塊純青透明的鐵。大王知道是異寶，便決計用來鑄一把劍，想用它保國，用它殺敵，用它防身。不幸你的父親那時偏偏入了選，便將鐵捧回家裏來，日日夜夜地鍛煉，費了整三年的精神，煉成兩把劍。

「當最末次開爐的那一日，是怎樣地駭人的景象呵！嘩拉拉地騰上一道白氣的時候，地面也覺得動搖。那白氣到天半便變成白雲，罩住了這處所，漸漸現出緋紅顏色，映得一切都如桃花。我家的漆黑的爐子裏，是躺著通紅的兩把劍。你父親用井華水慢慢地滴下去，那劍嘶嘶地吼著，慢慢轉成青色了。這樣地七日七夜，就看不見了劍，仔細看時，卻還在爐底裏，純青的，透明的，正像兩條冰。

「大歡喜的光彩，便從你父親的眼睛裏四射出來；他取起劍，拂拭著，拂拭著。然而悲慘的皺紋，卻也從他的眉頭和嘴角出現了。他將那兩把劍分裝在兩個匣子裏。

「『你只要看這幾天的景象，就明白無論是誰，都知道劍已煉就的了。』他悄悄地對我說。『一到明天，我必須去獻給大王。但獻劍的一天，也就是我命盡的日子。怕我們從此要長別了。』

「『你……。』我很駭異，猜不透他的意思，不知怎麼說的好。我只是這樣地說：『你這回有了這麼大的功勞……。』

「『唉！你怎麼知道呢！』他說。『大王是向來善於猜疑，又極殘忍的。這回我給他煉成了世間無二的劍，他一定要殺掉我，免得我再去給別人煉劍，來和他匹敵，或者超過他。』

　　「我掉淚了。『你不要悲哀。這是無法逃避的。眼淚決不能洗掉運命。我可是早已有準備在這裏了！』他的眼裏忽然發出電火似的光芒，將一個劍匣放在我膝上。『這是雄劍。』他說。『你收著。明天，我只將這雌劍獻給大王去。倘若我一去竟不回來了呢，那是我一定不再在人間了。你不是開孕已經五六個月了麼？不要悲哀；待生了孩子，好好地撫養。一到成人之後，你便交給他這雄劍，教他砍在大王的頸子上，給我報仇！』」

　　「那天父親回來了沒有呢？」眉間尺趕緊問。

　　「沒有回來！」她冷靜地說。「我四處打聽，也杳無消息。後來聽得人說，第一個用血來飼你父親自己煉成的劍的人，就是他自己——你的父親。還怕他鬼魂作怪，將他的身首分埋在前門和後苑了！」

　　眉間尺忽然全身都如燒著猛火，自己覺得每一枝毛髮上都仿佛閃出火星來。他的雙拳，在暗中捏得格格地作響。

　　他的母親站起了，揭去床頭的木板，下床點了松明，到門背後取過一把鋤，交給眉間尺道：「掘下去！」眉間尺心跳著，但很沉靜的一鋤一鋤輕輕地掘下去。掘出來的都是黃土，約到五尺多深，土色有些不同了，似乎是爛掉的材木。「看罷！要小心！」他的母親說。

　　眉間尺伏在掘開的洞穴旁邊，伸手下去，謹慎小心地撮開爛樹，待到指尖一冷，有如觸著冰雪的時候，那純青透明的劍也出現了。

　　他看清了劍靶，捏著，提了出來。

　　窗外的星月和屋裏的松明似乎都驟然失了光輝，惟有青光充塞宇內。那劍便溶在這青光中，看去好像一無所有。眉間尺凝神細視，這才仿佛看見長五尺餘，卻並不見得怎樣鋒利，劍口反而有些

渾圓，正如一片韭葉。

「你從此要改變你優柔的性情，用這劍報仇去！」他的母親說。

「我已經改變了我的優柔的性情，要用這劍報仇去！」

「但願如此。你穿了青衣，背上這劍，衣劍一色，誰也看不分明的。衣服我已經做在這裏，明天就上你的路去罷。不要紀念我！」她向床後的破衣箱一指，說。

眉間尺取出新衣，試去一穿，長短正很合式。他便重行疊好，裹了劍，放在枕邊，沉靜地躺下。他覺得自己已經改變了優柔的性情；他決心要並無心事一般，倒頭便睡，清晨醒來，毫不改變常態，從容地去尋他不共戴天的仇讎。

但他醒著。他翻來覆去，總想坐起來。他聽到他母親的失望的輕輕的長歎。他聽到最初的雞鳴；他知道已交子時，自己是上了十六歲了。

二

當眉間尺腫著眼眶，頭也不回的跨出門外，穿著青衣，背著青劍，邁開大步，徑奔城中的時候，東方還沒有露出陽光。杉樹林的每一片葉尖，都掛著露珠，其中隱藏著夜氣。但是，待到走到樹林的那一頭，露珠裏卻閃出各樣的光輝，漸漸幻成曉色了。遠望前面，便依稀看見灰黑色的城牆和雉堞。

和挑蔥賣菜的一同混入城裏，街市上已經很熱鬧。男人們一排一排的呆站著；女人們也時時從門裏探出頭來。她們大半也腫著眼眶；蓬著頭；黃黃的臉，連脂粉也不及塗抹。

眉間尺預覺到將有巨變降臨，他們便都是焦躁而忍耐地等候著這巨變的。

他逕自向前走；一個孩子突然跑過來，幾乎碰著他背上的劍尖，使他嚇出了一身汗。轉出北方，離王宮不遠，人們就擠得密密層層，都伸著脖子。人叢中還有女人和孩子哭嚷的聲音。他怕那看

不見的雄劍傷了人，不敢擠進去；然而人們卻又在背後擁上來。他只得宛轉地退避；面前只看見人們的背脊和伸長的脖子。

忽然，前面的人們都陸續跪倒了；遠遠地有兩匹馬並著跑過來。此後是拿著木棍，戈，刀，弓弩，旌旗的武人，走得滿路黃塵滾滾。又來了一輛四匹馬拉的大車，上面坐著一隊人，有的打鐘擊鼓，有的嘴上吹著不知道叫什麼名目的勞什子。此後又是車，裏面的人都穿畫衣，不是老頭子，便是矮胖子，個個滿臉油汗。接著又是一隊拿刀槍劍戟的騎士。跪著的人們便都伏下去了。這時眉間尺正看見一輛黃蓋的大車馳來，正中坐著一個畫衣的胖子，花白鬍子，小腦袋；腰間還依稀看見佩著和他背上一樣的青劍。

他不覺全身一冷，但立刻又灼熱起來，像是猛火焚燒著。他一面伸手向肩頭捏住劍柄，一面提起腳，便從伏著的人們的脖子的空處跨出去。

但他只走得五六步，就跌了一個倒栽蔥，因為有人突然捏住了他的一隻腳。這一跌又正壓在一個乾癟臉的少年身上；他正怕劍尖傷了他，吃驚地起來看的時候，肋下就挨了很重的兩拳。他也不暇計較，再望路上，不但黃蓋車已經走過，連擁護的騎士也過去了一大陣了。

路旁的一切人們也都爬起來。乾癟臉的少年卻還扭住了眉間尺的衣領，不肯放手，說被他壓壞了貴重的丹田，必須保險，倘若不到八十歲便死掉了，就得抵命。閒人們又即刻圍上來，呆看著，但誰也不開口；後來有人從旁笑罵了幾句，卻全是附和乾癟臉少年的。眉間尺遇到了這樣的敵人，真是怒不得，笑不得，只覺得無聊，卻又脫身不得。這樣地經過了煮熟一鍋小米的時光，眉間尺早已焦躁得渾身發火，看的人卻仍不見減，還是津津有味似的。

前面的人圈子動搖了，擠進一個黑色的人來，黑鬚黑眼睛，瘦得如鐵。他並不言語，只向眉間尺冷冷地一笑，一面舉手輕輕地一撥乾癟臉少年的下巴，並且看定了他的臉。那少年也向他看了一

會，不覺慢慢地鬆了手，溜走了；那人也就溜走了；看的人們也都無聊地走散。只有幾個人還來問眉間尺的年紀，住址，家裏可有姊姊。眉間尺都不理他們。他向南走著；心裏想，城市中這麼熱鬧，容易誤傷，還不如在南門外等候他回來，給父親報仇罷，那地方是地曠人稀，實在很便於施展。這時滿城都議論著國王的遊山，儀仗，威嚴，自己得見國王的榮耀，以及俯伏得有怎麼低，應該探作國民的模範等等，很像蜜蜂的排衙。直至將近南門，這才漸漸地冷靜。

他走出城外，坐在一株大桑樹下，取出兩個饅頭來充了饑；吃著的時候忽然記起母親來，不覺眼鼻一酸，然而此後倒也沒有什麼。周圍是一步一步地靜下去了，他至於很分明地聽到自己的呼吸。

天色愈暗，他也愈不安，盡目力望著前方，毫不見有國王回來的影子。上城賣菜的村人，一個個挑著空擔出城回家去了。

人跡絕了許久之後，忽然從城裏閃出那一個黑色的人來。

「走罷，眉間尺！國王在捉你了！」他說，聲音好像鴟鴞。

眉間尺渾身一顫，中了魔似的，立即跟著他走；後來是飛奔。他站定了喘息許多時，才明白已經到了杉樹林邊。後面遠處有銀白的條紋，是月亮已從那邊出現；前面卻僅有兩點磷火一般的那黑色人的眼光。

「你怎麼認識我？……」他極其惶駭地問。

「哈哈！我一向認識你。」那人的聲音說。「我知道你背著雄劍，要給你的父親報仇，我也知道你報不成。豈但報不成；今天已經有人告密，你的仇人早從東門還宮，下令捕拿你了。」

眉間尺不覺傷心起來。

「唉唉，母親的歎息是無怪的。」他低聲說。

「但她只知道一半。她不知道我要給你報仇。」

「你麼？你肯給我報仇麼，義士？」

「阿，你不要用這稱呼來冤枉我。」

「那麼，你同情於我們孤兒寡婦？……」

「唉，孩子，你再不要提這些受了污辱的名稱。」他嚴冷地說，「仗義，同情，那些東西，先前曾經乾淨過，現在卻都成了放鬼債的資本。我的心裏全沒有你所謂的那些。我只不過要給你報仇！」

「好。但你怎麼給我報仇呢？」

「只要你給我兩件東西。」兩粒磷火下的聲音說。「那兩件麼？你聽著：一是你的劍，二是你的頭！」

眉間尺雖然覺得奇怪，有些狐疑，卻並不吃驚。他一時開不得口。

「你不要疑心我將騙取你的性命和寶貝。」暗中的聲音又嚴冷地說。「這事全由你。你信我，我便去；你不信，我便住。」

「但你為什麼給我去報仇的呢？你認識我的父親麼？」

「我一向認識你的父親，也如一向認識你一樣。但我要報仇，卻並不為此。聰明的孩子，告訴你罷。你還不知道麼，我怎麼地善於報仇。你的就是我的；他也就是我。我的魂靈上是有這麼多的，人我所加的傷，我已經憎惡了我自己！」

暗中的聲音剛剛停止，眉間尺便舉手向肩頭抽取青色的劍，順手從後項窩向前一削，頭顱墜在地面的青苔上，一面將劍交給黑色人。

「呵呵！」他一手接劍，一手捏著頭髮，提起眉間尺的頭來，對著那熱的死掉的嘴唇，接吻兩次，並且冷冷地尖利地笑。

笑聲即刻散佈在杉樹林中，深處似著有一群磷火似的眼光閃動，倏忽臨近，聽到啾啾的餓狼的喘息。第一口撕盡了眉間尺的青衣，第二口便身體全都不見了，血痕也頃刻舐盡，只微微聽得咀嚼骨頭的聲音。

最先頭的一匹大狼就向黑色人撲過來。他用青劍一揮，狼頭便墜在地面的青苔上。別的狼們第一口撕盡了它的皮，第二口便身體全都不見了，血痕也頃刻舐盡，只微微聽得咀嚼骨頭的聲音。

他已經掣起地上的青衣，包了眉間尺的頭，和青劍都背在背脊上，回轉身，在暗中向王城揚長地走去。

狼們站定了，聳著肩，伸出舌頭，咻咻地喘著，放著綠的眼光看他揚長地走。

他在暗中向王城揚長地走去，發出尖利的聲音唱著歌：

> 哈哈愛兮愛乎愛乎！
> 愛青劍兮一個仇人自屠。
> 夥頤連翩兮多少一夫。
> 一夫愛青劍兮嗚呼不孤。
> 頭換頭兮兩個仇人自屠。
> 一夫則無兮愛乎嗚呼！
> 愛乎嗚呼兮嗚呼阿呼，
> 阿呼嗚呼兮嗚呼嗚呼！

三

遊山並不能使國王覺得有趣；加上了路上將有刺客的密報，更使他掃興而還。那夜他很生氣，說是連第九個妃子的頭髮，也沒有昨天那樣的黑得好看了。幸而她撒嬌坐在他的御膝上，特彎扭了七十多回，這才使龍眉之間的皺紋漸漸地舒展。

午後，國王一起身，就又有些不高興，待到用過午膳，簡直現出怒容來。「唉唉！無聊！」他打一個大呵欠之後，高聲說。

上自王后，下至弄臣，看見這情形，都不覺手足無措。白鬚老臣的講道，矮胖侏儒的打諢，王是早已聽厭了的了；近來便是走索，緣竿，拋丸，倒立，吞刀，吐火等等奇妙的把戲，也都看得毫無意味。他常常要發怒；一發怒，便按著青劍，總想尋點小錯處，殺掉幾個人。

偷空在宮外閒遊的兩個小宦官，剛剛回來，一看見宮裏面大家的愁苦的情形，便知道又是照例的禍事臨頭了，一個嚇得面如

土色；一個卻像是大有把握一般，不慌不忙，跑到國王的面前，俯伏著，說道：「奴才剛才訪得一個異人，很有異術，可以給大王解悶，因此特來奏聞。」

「什麼？！」王說。他的話是一向很短的。

「那是一個黑瘦的，乞丐似的男子。穿一身青衣，背著一個圓圓的青包裹；嘴裏唱著胡謅的歌。人問他。他說善於玩把戲，空前絕後，舉世無雙，人們從來就沒有看見過；一見之後，便即解煩釋悶，天下太平。但大家要他玩，他卻又不肯。說是第一須有一條金龍，第二須有一個金鼎。……」

「金龍？我是的。金鼎？我有。」

「奴才也正是這樣想。……」

「傳進來！」

話聲未絕，四個武士便跟著那小宦官疾趨而出。上自王后，下至弄臣，個個喜形於色。他們都願意這把戲玩得解愁釋悶，天下太平；即使玩不成，這回也有了那乞丐似的黑瘦男子來受禍，他們只要能挨到傳了進來的時候就好了。

並不要許多工夫，就望見六個人向金階趨進。先頭是宦官，後面是四個武士，中間夾著一個黑色人。待到近來時，那人的衣服卻是青的，鬚眉頭髮都黑；瘦得顴骨，眼圈骨，眉棱骨都高高地突出來。他恭敬地跪著俯伏下去時，果然看見背上有一個圓圓的小包袱，青色布，上面還畫上一些暗紅色的花紋。

「奏來！」王暴躁地說。他見他像伙簡單，以為他未必會玩什麼好把戲。

「臣名叫宴之敖者；生長汶汶鄉。少無職業；晚遇明師，教臣把戲，是一個孩子的頭。這把戲一個人玩不起來，必須在金龍之前，擺一個金鼎，注滿清水，用獸炭煎熬。於是放下孩子的頭去，一到水沸，這頭便隨波上下，跳舞百端，且發妙音，歡喜歌唱。這歌舞為一人所見，便解愁釋悶，為萬民所見，便天下太平。」

「玩來！」王大聲命令說。

並不要許多工夫，一個煮牛的大金鼎便擺在殿外，注滿水，下面堆了獸炭，點起火來。那黑色人站在旁邊，見炭火一紅，便解下包袱，打開，兩手捧出孩子的頭來，高高舉起。那頭是秀眉長眼，皓齒紅唇；臉帶笑容；頭髮蓬鬆，正如青煙一陣。黑色人捧著向四面轉了一圈，便伸手擎到鼎上，動著嘴唇說了幾句不知什麼話，隨即將手一鬆，只聽得撲通一聲，墜入水中去了。水花同時濺起，足有五尺多高，此後是一切平靜。

許多工夫，還無動靜。國王首先暴躁起來，接著是王后和妃子，大臣，宦官們也都有些焦急，矮胖的侏儒們則已經開始冷笑了。王一見他們的冷笑，便覺自己受愚，回顧武士，想命令他們就將那欺君的莠民擲入牛鼎裏去煮殺。

但同時就聽得水沸聲；炭火也正旺，映著那黑色人變成紅黑，如鐵的燒到微紅。王剛又回過臉來，他也已經伸起兩手向天，眼光向著無物，舞蹈著，忽地發出尖利的聲音唱起歌來：

> 哈哈愛兮愛乎愛乎！
> 愛兮血兮兮誰乎獨無。
> 民萌冥行兮一夫壺盧。
> 彼用百頭顱，千頭顱兮用萬頭顱！
> 我用一頭顱兮而無萬夫。
> 愛一頭顱兮血乎嗚呼！
> 血乎嗚呼兮嗚呼阿呼，
> 阿呼嗚呼兮嗚呼嗚呼！

隨著歌聲，水就從鼎口湧起，上尖下廣，像一座小山，但自水尖至鼎底，不住地迴旋運動。那頭即隨水上上下下，轉著圈子，一面又滴溜溜自己翻筋斗，人們還可以隱約看見他玩得高興的笑容。

過了些時，突然變了逆水的游泳，打鏇子夾著穿梭，激得水花向四面飛濺，滿庭灑下一陣熱雨來。一個侏儒忽然叫了一聲，用手摸著自己的鼻子。他不幸被熱水燙了一下，又不耐痛，終於免不得出聲叫苦了。

　　黑色人的歌聲才停，那頭也就在水中央停住，面向王殿，顏色轉成端莊。這樣的有十餘瞬息之久，才慢慢地上下抖動；從抖動加速而為起伏的游泳，但不很快，態度很雍容。繞著水邊一高一低地遊了三匝，忽然睜大眼睛，漆黑的眼珠顯得格外精采，同時也開口唱起歌來：

> 王澤流兮浩洋洋；
> 克服怨敵，怨敵克服兮，赫兮強！
> 宇宙有窮止兮萬壽無疆。
> 幸我來也兮青其光！
> 青其光兮永不相忘。
> 異處異處兮堂哉皇！
> 堂哉皇哉兮嚄嚄唷，
> 嗟來歸來，嗟來陪來兮青其光！

　　頭忽然升到水的尖端停住；翻了幾個筋斗之後，上下升降起來，眼珠向著左右瞥視，十分秀媚，嘴裏仍然唱著歌：

> 阿呼嗚呼兮嗚呼嗚呼，
> 愛乎嗚呼兮嗚呼阿呼！
> 血一頭顱兮愛乎嗚呼。
> 我用一頭顱兮而無萬夫！
> 彼用百頭顱，千頭顱……

唱到這裏，是沉下去的時候，但不再浮上來了；歌詞也不能辨別。湧起的水，也隨著歌聲的微弱，漸漸低落，像退潮一般，終至到鼎口以下，在遠處什麼也看不見。

　　「怎了？」等了一會，王不耐煩地問。

　　「大王，」那黑色人半跪著說。「他正在鼎底裏作最神奇的團圓舞，不臨近是看不見的。臣也沒有法術使他上來，因為作團圓舞必須在鼎底裏。」

　　王站起身，跨下金階，冒著炎熱立在鼎邊，探頭去看。只見水準如鏡，那頭仰面躺在水中間，兩眼正看著他的臉。待到王的眼光射到他臉上時，他便嫣然一笑。這一笑使王覺得似曾相識，卻又一時記不起是誰來。剛在驚疑，黑色人已經掣出了背著的青色的劍，只一揮，閃電般從後項窩直劈下去，撲通一聲，王的頭就落在鼎裏了。

　　仇人相見，本來格外眼明，況且是相逢狹路。王頭剛到水面，眉間尺的頭便迎上來，狠命在他耳輪上咬了一口。鼎水即刻沸湧，澎湃有聲；兩頭即在水中死戰。約有二十回合，王頭受了五個傷，眉間尺的頭上卻有七處。王又狡猾，總是設法繞到他的敵人的後面去。眉間尺偶一疏忽，終於被他咬住了後項窩，無法轉身。這一回王的頭可是咬定不放了，他只是連連蠶食進去；連鼎外面也仿佛聽到孩子的失聲叫痛的聲音。

　　上自王后，下至弄臣，駭得凝結著的神色也應聲活動起來，似乎感到暗無天日的悲哀，皮膚上都一粒一粒地起慄；然而又夾著秘密的歡喜，瞪了眼，像是等候著什麼似的。

　　黑色人也仿佛有些驚慌，但是面不改色。他從從容容地伸開那捏著看不見的青劍的臂膊，如一段枯枝；伸長頸子，如在細看鼎底。臂膊忽然一彎，青劍便驀地從他後面劈下，劍到頭落，墜入鼎中，的一聲，雪白的水花向著空中同時四射。

　　他的頭一入水，即刻直奔王頭，一口咬住了王的鼻子，幾乎要咬下來。王忍不住叫一聲「阿唷」，將嘴一張，眉間尺的頭就乘機

掙脫了，一轉臉倒將王的下巴下死勁咬住。他們不但都不放，還用全力上下一撕，撕得王頭再也合不上嘴。於是他們就如餓雞啄米一般，一頓亂咬，咬得王頭眼歪鼻塌，滿臉鱗傷。先前還會在鼎裏面四處亂滾，後來只能躺著呻吟，到底是一聲不響，只有出氣，沒有進氣了。

黑色人和眉間尺的頭也慢慢地住了嘴，離開王頭，沿鼎壁游了一匝，看他可是裝死還是眞死。待到知道了王頭確已斷氣，便四目相視，微微一笑，隨即合上眼睛，仰面向天，沉到水底裏去了。

四

煙消火滅；水波不興。特別的寂靜倒使殿上殿下的人們警醒。他們中的一個首先叫了一聲，大家也立刻迭連驚叫起來；一個邁開腿向金鼎走去，大家便爭先恐後地擁上去了。有擠在後面的，只能從人脖子的空隙間向裏面窺探。

熱氣還炙得人臉上發燒。鼎裏的水卻一平如鏡，上面浮著一層油，照出許多人臉孔：王后，王妃，武士，老臣，侏儒，太監。……

「阿呀，天哪！咱們大王的頭還在裏面哪，！」第六個妃子忽然發狂似的哭嚷起來。

上自王后，下至弄臣，也都恍然大悟，倉皇散開，急得手足無措，各自轉了四五個圈子。一個最有謀略的老臣獨又上前，伸手向鼎邊一摸，然而渾身一抖，立刻縮了回來，伸出兩個指頭，放在口邊吹個不住。

大家定了定神，便在殿門外商議打撈辦法。約略費去了煮熟三鍋小米的工夫，總算得到一種結果，是：到大廚房去調集了鐵絲勺子，命武士協力撈起來。

器具不久就調集了，鐵絲勺，漏勺，金盤，擦桌布，都放在鼎旁邊。武士們便揎起衣袖，有用鐵絲勺的，有用漏勺的，一齊恭行

打撈。有勺子相觸的聲音，有勺子刮著金鼎的聲音；水是隨著勺子的攪動而旋繞著。好一會，一個武士的臉色忽而很端莊了，極小心地兩手慢慢舉起了勺子，水滴從勺孔中珠子一般漏下，勺裏面便顯出雪白的頭骨來。大家驚叫了一聲；他便將頭骨倒在金盤裏。

「阿呀！我的大王呀！」王后，妃子，老臣，以至太監之類，都放聲哭起來。但不久就陸續停止了，因為武士又撈起了一個同樣的頭骨。

他們淚眼模糊地四顧，只見武士們滿臉油汗，還在打撈。此後撈出來的是一團糟的白頭髮和黑頭髮；還有幾勺很短的東西，似乎是白鬍鬚和黑鬍鬚。此後又是一個頭骨。此後是三枝簪。

直到鼎裏面只剩下清湯，才始住手；將撈出的物件分盛了三金盤：一盤頭骨，一盤鬚髮，一盤簪。

「咱們大王只有一個頭。那一個是咱們大王的呢？」第九個妃子焦急地問。

「是呵⋯⋯。」老臣們都面面相覷。

「如果皮肉沒有煮爛，那就容易辨別了。」一個侏儒跪著說。

大家只得平心靜氣，去細看那頭骨，但是黑白大小，都差不多，連那孩子的頭，也無從分辨。王后說王的右額上有一個疤，是做太子時候跌傷的，怕骨上也有痕跡。果然，侏儒在一個頭骨上發見了：大家正在歡喜的時候，另外的一個侏儒卻又在較黃的頭骨的右額上看出相仿的瘢痕來。

「我有法子。」第三個王妃得意地說，「咱們大王的龍準是很高的。」

太監們即刻動手研究鼻準骨，有一個確也似乎比較地高，但究竟相差無幾；最可惜的是右額上卻並無跌傷的瘢痕。

「況且，」老臣們向太監說，「大王的後枕骨是這麼尖的麼？」

「奴才們向來就沒有留心看過大王的後枕骨⋯⋯。」

王后和妃子們也各自回想起來，有的說是尖的，有的說是平的。叫梳頭太監來問的時候，卻一句話也不說。

當夜便開了一個王公大臣會議，想決定那一個是王的頭，但結果還同白天一樣。並且連鬚髮也發生了問題。白的自然是王的，然而因為花白，所以黑的也很難處置。討論了小半夜，只將幾根紅色的鬍子選出；接著因為第九個王妃抗議，說她確曾看見王有幾根通黃的鬍子，現在怎麼能知道決沒有一根紅的呢。於是也只好重行歸併，作為疑案了。

到後半夜，還是毫無結果。大家卻居然一面打呵欠，一面繼續討論，直到第二次雞鳴，這才決定了一個最慎重妥善的辦法，是：只能將三個頭骨都和王的身體放在金棺裏落葬。

七天之後是落葬的日期，合城很熱鬧。城裏的人民，遠處的人民，都奔來瞻仰國王的「大出喪」。天一亮，道上已經擠滿了男男女女；中間還夾著許多祭桌。待到上午，清道的騎士才緩轡而來。又過了不少工夫，才看見儀仗，什麼旌旗，木棍，戈戟，弓弩，黃鉞之類；此後是四輛鼓吹車。再後面是黃蓋隨著路的不平而起伏著，並且漸漸近來了，於是現出靈車，上載金棺，棺裏面藏著三個頭和一個身體。

百姓都跪下去，祭桌便一列一列地在人叢中出現。幾個義民很忠憤，咽著淚，怕那兩個大逆不道的逆賊的魂靈，此時也和王一同享受祭禮，然而也無法可施。

此後是王后和許多王妃的車。百姓看她們，她們也看百姓，但哭著。此後是大臣，太監，侏儒等輩，都裝著哀戚的顏色。只是百姓已經不看他們，連行列也擠得亂七八糟，不成樣子了。

一九二六年十月作

　　這篇小說原題《眉間尺》；收在以「神話、傳說及史實的演義」為內容的短篇小說集《故事新編》中。

　　主人公眉間尺的父親奉命給楚王鑄劍，歷經三年鑄成兩把劍：一雌，一雄。他知道楚王一定要殺他，所以只獻了雌劍，卻把雄劍留下。他對夫人說：「孩子成人以後，教他給我報仇。」眉間尺便帶著雄劍，告別母親，去王宮刺楚王。誰知楚王在夢中得悉了詳情，於是按夢中的眉間尺的形象張榜通緝，逼得眉間尺只好逃往深林。眉間尺正怨歎間，遇見一黑色人，他聲稱認得眉間尺並知道他的隱情，說只要眉間尺把自己的頭和劍給他，他便可以為眉間尺報仇。眉間尺慨然應允，立即割下自己的頭，用雙手捧著，連同劍都交給黑色人。黑色人用眉間尺的頭玩把戲，騙得楚王的信任，終於殺了楚王，自己也自刎。

　　小說借眉間尺為父報仇的故事，表達了受害者一定要復仇的主題。小說著力刻畫了兩個人物：眉間尺和黑色人。小說開頭通過眉間尺對待一隻老鼠的細節，寫出了他優柔寡斷和入世不深的心理性格，而這種「性情」是難以復仇的。在母親的教誨下，在血的事實面前，眉間尺「改過」了，清醒了，為仇恨所燃燒，「他的雙拳，在暗中捏得格格地作響」。所以一旦得悉黑色人能夠為他報仇雪恨，他就毫不猶豫地奉獻了自己的生命。這是一個在壓迫和仇恨中成長起來的復仇者的形象。黑色人充滿著神秘色彩，他沉著，智慧，果決，堅定。在烹鼎中，眼看老奸巨滑的「王頭」就要得勝，他便立即割下自己的頭，參加了對「王頭」的鬥爭，終於反敗為勝。這是一個帶有理想色彩的大智大勇的復仇者形象。聯繫 1926 年前後中國人民所遭受的壓迫，小說題旨的積極意義就十分清楚了。

──夏明釗《中國現代文學名著題解》

出關

　　老子毫無動靜的坐著，好像一段呆木頭。

　　「先生，孔丘又來了！」他的學生庚桑楚，不耐煩似的走進來，輕輕的說。

　　「請……」

　　「先生，您好嗎？」孔子極恭敬的行著禮，一面說。

　　「我總是這樣子，」老子答道。「您怎麼樣？所有這裏的藏書，都看過了罷？」

　　「都看過了。不過……」孔子很有些焦躁模樣，這是他從來所沒有的。「我研究《詩》，《書》，《禮》，《樂》，《易》，《春秋》六經，自以爲很長久了，夠熟透了。去拜見了七十二位主子，誰也不採用。人可眞是難得說明白呵。還是『道』的難以說明白呢？」

　　「你還算運氣的哩，」老子說，「沒有遇著能幹的主子。六經這玩藝兒，只是先王的陳跡呀。那裏是弄出跡來的東西呢？你的話，可是和跡一樣的。跡是鞋子踏成的，但跡難道就是鞋子嗎？」停了一會，又接著說道：「白鶂們只要瞧著，眼珠子動也不動，然而自然有孕；蟲呢，雄的在上風叫，雌的在下風應，自然有孕；類

是一身上兼具雌雄的，所以自然有孕。性，是不能改的；命，是不能換的；時，是不能留的；道，是不能塞的。只要得了道，什麼都行，可是如果失掉了，那就什麼都不行。」

孔子好像受了當頭一棒，亡魂失魄的坐著，恰如一段呆木頭。

大約過了八分鐘，他深深的倒抽了一口氣，就起身要告辭，一面照例很客氣的致謝著老子的教訓。

老子也並不挽留他，站起來扶著拄杖，一直送他到圖書館的大門外。孔子就要上車了，他才留聲機似的說道：

「您走了？您不喝點兒茶去嗎？……」

孔子答應著「是是」，上了車，拱著兩隻手極恭敬的靠在橫板上；冉有把鞭子在空中一揮，嘴裏喊一聲「都」，車子就走動了。待到車子離開了大門十幾步，老子才回進自己的屋裏去。

「先生今天好像很高興，」庚桑楚看老子坐定了，才站在旁邊，垂著手，說。「話說的很不少……」

「你說的對。」老子微微的歎一口氣，有些頹唐似的回答道。「我的話真也說的太多了。」他又仿佛突然記起一件事情來，「哦，孔丘送我的一隻雁鵝，不是曬了臘鵝了嗎？你蒸蒸吃去罷。我橫豎沒有牙齒，咬不動。」

庚桑楚出去了。老子就又靜下來，合了眼。圖書館裏很寂靜。只聽得竹竿子碰著屋簷響，這是庚桑楚在取掛在簷下的臘鵝。

一過就是三個月。老子仍舊毫無動靜的坐著，好像一段呆木頭。

「先生，孔丘來了哩！」他的學生庚桑楚，詫異似的走進來，輕輕的說。「他不是長久沒來了嗎？這的來，不知道是怎的？……」

「請……」老子照例只說了這一個字。

「先生，您好嗎？」孔子極恭敬的行著禮，一面說。

「我總是這樣子，」老子答道。「長久不看見了，一定是躲在

寓裏用功罷？」

「那裏那裏，」孔子謙虛的說。「沒有出門，在想著。想通了一點：鴉鵲親嘴；魚兒塗口水；細腰蜂兒化別個；開了弟弟，做哥哥的就哭。我自己久不投在變化裏了，這怎麼能夠變化別人呢！……」

「對對！」老子道。「您想通了！」

大家都從此沒有話，好像兩段呆木頭。

大約過了八分鐘，孔子這才深深的呼出了一口氣，就起身要告辭，一面照例很客氣的致謝著老子的教訓。

老子也並不挽留他。站起來扶著拄杖，一直送他到圖書館的大門外。孔子就要上車了，他才留聲機似的說道：

「您走了？您不喝點兒茶去嗎？……」

孔子答應著「是是」，上了車，拱著兩隻手極恭敬的靠在橫板上；冉有把鞭子在空中一揮，嘴裏喊一聲「都」，車子就走動了。待到車子離開了大門十幾步，老子才回進自己的屋裏去。

「先生今天好像不大高興，」庚桑楚看老子坐定了，才站在旁邊，垂著手，說。「話說的很少……」

「你說的對。」老子微微的歎一口氣，有些頹唐的回答道。「可是你不知道：我看我應該走了。」

「這為什麼呢？」庚桑楚大吃一驚，好像遇著了晴天的霹靂。

「孔丘已經懂得了我的意思。他知道能夠明白他的底細的，只有我，一定放心不下。我不走，是不大方便的……」

「那麼，不正是同道了嗎？還走什麼呢？」

「不，」老子擺一擺手，「我們還是道不同。譬如同是一雙鞋子罷，我的是走流沙，他的是上朝廷的。」

「但您究竟是他的先生呵！」

「你在我這裏學了這許多年，還是這麼老實，」老子笑了起來，「這真是性不能改，命不能換了。你要知道孔丘和你不同：他

以後就不再來，也再不叫我先生，只叫我老頭子，背地裏還要玩花樣了呀。」

「我真想不到。但先生的看人是不會錯的……」

「不，開頭也常常看錯。」

「那麼，」庚桑楚想了一想，「我們就和他幹一下……」

老子又笑了起來，向庚桑楚張開嘴：

「你看：我牙齒還有嗎？」他問。

「沒有了。」庚桑楚回答說。

「舌頭還在嗎？」

「在的。」

「懂了沒有？」

「先生的意思是說：硬的早掉，軟的卻在嗎？」

「你說的對。我看你也還不如收拾收拾，回家看看你的老婆去罷。但先給我的那匹青牛刷一下，鞍韉曬一下。我明天一早就要騎的。」

老子到了函谷關，沒有直走通到關口的大道，卻把青牛一勒，轉入岔路，在城根下慢慢的繞著。他想爬城。城牆倒並不高，只要站在牛背上，將身一聳，是勉強爬得上的；但是青牛留在城裏，卻沒法搬出城外去。倘要搬，得用起重機，無奈這時魯般和墨翟還都沒有出世，老子自己也想不到會有這玩意。總而言之：他用盡哲學的腦筋，只是一個沒有法。

然而他更料不到當他彎進岔路的時候，已經給探子望見，立刻去報告了關官。所以繞不到七八丈路，一群人馬就從後面追來了。那個探子躍馬當先，其次是關官，就是關尹喜，還帶著四個巡警和兩個籤子手。

「站住！」幾個人大叫著。

老子連忙勒住青牛，自己是一動也不動，好像一段呆木頭。

「阿呀！」關官一衝上前，看見了老子的臉，就驚叫了一聲，即刻滾鞍下馬，打著拱，說道：「我道是誰，原來是老聃館長。這真是萬想不到的。」

老子也趕緊爬下牛背來，細著眼睛，看了那人一看，含含糊胡的說：「我記性壞……」

「自然，自然，先生是忘記了的。我是關尹喜，先前因為上圖書館去查《稅收精義》，曾經拜訪過先生……」

這時籤子手便翻了一通青牛上的鞍韉，又用籤子刺一個洞，伸進指頭去掏了一下，一聲不響，橛著嘴走開了。

「先生在城圈邊溜溜？」關尹喜問。

「不，我想出去，換換新鮮空氣……」

「那很好！那好極了！現在誰都講衛生，衛生是頂要緊的。不過機會難得，我們要請先生到關上去住幾天，聽聽先生的教訓……」

老子還沒有回答，四個巡警就一擁上前，把他扛在牛背上，籤子手用籤子在牛屁股上刺了一下，牛把尾巴一捲，就放開腳步，一同向關口跑去了。

到得關上，立刻開了大廳來招待他。這大廳就是城樓的中一間，臨窗一望，只見外面全是黃土的平原，愈遠愈低；天色蒼蒼，真是好空氣。這雄關就高踞峻阪之上，門外左右全是土坡，中間一條車道，好像在峭壁之間。實在是只要一丸泥就可以封住的。

大家喝過開水，再吃餑餑。讓老子休息一會之後，關尹喜就提議要他講學了。老子早知道這是免不掉的，就滿口答應。於是轟轟了一陣，屋裏逐漸坐滿了聽講的人們。同來的八人之外，還有四個巡警，兩個籤子手，五個探子，一個書記，帳房和廚房。有幾個還帶著筆，刀，木札，預備抄講義。

老子像一段呆木頭似的坐在中央，沉默了一會，這才咳嗽幾聲，白鬍子裏面的嘴唇在動起來了。大家即刻屏住呼吸，側著耳朵聽。

只聽得他慢慢的說道：

「道可道，非常道；名可名，非常名。無名，天地之始；有名，萬物之母。……」

大家彼此面面相覷，沒有抄。

「故常無欲以觀其妙，」老子接著說，「常有欲以觀其竅。此兩者，同出而異名。同，謂之玄，玄之又玄，眾妙之門……」

大家顯出苦臉來了，有些人還似乎手足失措。一個籤子手打了一個大呵欠，書記先生竟打起磕睡來，嘩啷一聲，刀，筆，木札，都從手裏落在席子上面了。

老子彷彿並沒有覺得，但彷彿又有些覺得似的，因爲他從此講得詳細了一點。然而他沒有牙齒，發音不清，打著陝西腔，夾上湖南音，「哩」「呢」不分，又愛說什麼「哂」：大家還是聽不懂。可是時間加長了，來聽他講學的人，倒格外的受苦。

爲面子起見，人們只好熬著，但後來總不免七倒八歪斜，各人想著自己的事，待到講到「聖人之道，爲而不爭」，住了口了，還是誰也不動彈。老子等了一會，就加上一句道：

「哂，完了！」

大家這才如大夢初醒，雖然因爲坐得太久，兩腿都麻木了，一時站不起身，但心裏又驚又喜，恰如遇到大赦的一樣。

於是老子也被送到廂房裏，請他去休息。他喝過幾口白開水，就毫無動靜的坐著，好像一段呆木頭。

人們卻還在外面紛紛議論。過不多久，就有四個代表進來見老子，大意是說他的話講的太快了，加上國語不大純粹，所以誰也不能筆記。沒有記錄，可惜非常，所以要請他補發些講義。

「來篤話啥西，俺實直頭聽弗懂！」帳房說。

「還是耐自家寫子出來末哉。寫子出來末，總算弗白嚼蛆一場哉。阿是？」書記先生道。

老子也不十分聽得懂，但看見別的兩個把筆，刀，木札，都擺

在自己的面前了，就料是一定要他編講義。他知道這是免不掉的，於是滿口答應；不過今天太晚了，要明天才開手。

代表們認這結果爲滿意，退出去了。

第二天早晨，天氣有些陰沉沉，老子覺得心裏不舒適，不過仍須編講義，因爲他急於要出關，而出關，卻須把講義交卷。他看一眼面前的一大堆木札，似乎覺得更加不舒適了。

然而他還是不動聲色，靜靜的坐下去，寫起來。回憶著昨天的話，想一想，寫一句。那時眼鏡還沒有發明，他的老花眼睛細得好像一條線，很費力；除去喝白開水和吃餑餑的時間，寫了整整一天半，也不過五千個大字。

「爲了出關，我看這也敷衍得過去了。」他想。

於是取了繩子，穿起木札來，計兩串，扶著拄杖，到關尹喜的公事房裏去交稿，並且聲明他立刻要走的意思。

關尹喜非常高興，非常感謝，又非常惋惜，堅留他多住一些時，但看見留不住，便換了一副悲哀的臉相，答應了，命令巡警給青牛加鞍。一面自己親手從架子上挑出一包鹽，一包胡麻，十五個餑餑來，裝在一個充公的白布口袋裏送給老子做路上的糧食。並且聲明：這是因爲他是老作家，所以非常優待，假如他年紀青，餑餑就只能有十個了。

老子再三稱謝，收了口袋，和大家走下城樓，到得關口，還要牽著青牛走路；關尹喜竭力勸他上牛，遜讓一番之後，終於也騎上去了。作過別，撥轉牛頭，便向峻阪的大路上慢慢的走去。

不多久，牛就放開了腳步。大家在關口目送著，去了兩三丈遠，還辨得出白髮，黃袍，青牛，白口袋，接著就塵頭逐步而起，罩著人和牛，一律變成灰色，再一會，已只有黃塵滾滾，什麼也看不見了。

大家回到關上，好像卸下了一副擔子，伸一伸腰，又好像得了什麼貨色似的，咂一咂嘴，好些人跟著關尹喜走進公事房裏去。

「這就是稿子？」帳房先生提起一串木札來，翻著，說。

「字倒寫得還乾淨。我看到市上去賣起來，一定會有人要的。」

書記先生也湊上去，看著第一片，念道：「『道可道，非常道』……哼，還是這些老套。真教人聽得頭痛，討厭……」

「醫頭痛最好是打打盹。」帳房放下了木札，說。

「哈哈哈！……我真只好打盹了。老實說，我是猜他要講自己的戀愛故事，這才去聽的。要是早知道他不過這麼胡說八道，我就壓根兒不去坐這麼大半天受罪……」

「這可只能怪您自己看錯了人，」關尹喜笑道。「他那裏會有戀愛故事呢？他壓根兒就沒有過戀愛。」

「您怎麼知道？」書記詫異的問。

「這也只能怪您自己打了瞌睡，沒有聽到他說『無為而無不為』。這傢伙真是『心高於天，命薄如紙』，想『無不為』，就只好「無為」。一有所愛，就不能無不愛，那裏還能戀愛，敢戀愛？您看看您自己就是：現在只要看見一個大姑娘，不論好醜，就眼睛甜膩膩的都像是你自己的老婆。將來娶了太太，恐怕就要像我們的帳房先生一樣，規矩一些了。」

窗外起了一陣風，大家都覺得有些冷。

「這老頭子究竟是到那裏去，去幹什麼的？」書記先生趁勢岔開了關尹喜的話。

「自說是上流沙去的，」關尹喜冷冷的說。「看他走得到。外面不但沒有鹽，麵，連水也難得。肚子餓起來，我看是後來還要回到我們這裏來的。」

「那麼，我們再叫他著書。」帳房先生高興了起來。「不過餑餑真也太費。那時候，我們只要說宗旨已經改為提拔新作家，兩串稿子，給他五個餑餑也足夠了。」

「那可不見得行。要發牢騷，鬧脾氣的。」

「餓過了肚子，還要鬧脾氣？」

「我倒怕這種東西，沒有人要看。」書記搖著手，說。「連五個餑餑的本錢也撈不回。譬如罷，倘使他的話是對的，那麼，我們的頭兒就得放下關官不做，這才是無不做，是一個了不起的大人……」

「那倒不要緊，」帳房先生說，「總有人看的。交卸了的關官和還沒有做關官的隱士，不是多得很嗎？……」

窗外起了一陣風，括上黃塵來，遮得半天暗。這時關尹喜向門外一看，只見還站著許多巡警和探子，在呆聽他們的閒談。「呆站在這裏幹什麼？」他吆喝道。「黃昏了，不正是私販子爬城偷稅的時候了嗎？巡邏去！」

門外的人們，一溜煙跑下去了。屋裏的人們，也不再說什麼話，帳房和書記都走出去了。關尹喜才用袍袖子把案上的灰塵拂了一拂，提起兩串木札來，放在堆著充公的鹽，胡麻，布，大豆，餑餑等類的架子上。

一九三五年十二月作

名·家·解·讀

《出關》和《起死》是對老莊思想的嚴格批判。

《出關》中寫出了「無為」的老子的最後結局，《起死》中畫出了「此一亦是非，彼一亦是非」的莊子的形象；對於老莊之學，魯迅是採取著批判的態度的。魯迅看出，老莊思想在當時的知識份子當中還有著極大的影響。因此，在《出關》中特別諷刺了老子的「柔道」

和他的漠視現實，徒托空言的作風。魯迅在《「出關」的「關」》（見《且介亭雜文末編》）這篇雜文中指出：「至於孔老相爭，孔勝老敗，卻是我的意見：老，是尚柔的；『儒者，柔也』，孔也尚柔，但以柔進取，而老卻以柔退走。這關鍵，即在孔子為『知其不可為而為之』的事無大小，均不放鬆的實行者，老則是『無為而無不為』的一事不做，徒作大言的空談家。要無所不為，就只好一無所為，因為一有所為，就有了界限，無能算是『無不為』了。」

因此，老子的結局也就只能是騎青牛，去函谷關，完完全全地離開生活。

此外，《出關》中也有對於當時那班洋場上的市儈文人的鞭撻……

當時那些市儈文人們最擅長的是三角戀家小說，迎合著有閒階級的庸俗趣味，而這些文人們也同樣掛著「進步」的

招牌，來騙別人的崇拜，招攬顧客。作品中還畫活了那些藉此發財的「文化商人」的無恥嘴臉……

《出關》和《起死》都通過對於先秦思想家的面影的批判性的繪寫，嘲諷地概括了現實中的幾種知識份子的思想類型。在《出關》中就有走流沙的老子和上朝廷的孔子的兩條截然不同的道路，但同時又寫了老子的「迂」，和孔子因一時不能博取統治者的歡心而產生的「焦燥」。這兩條道路都為當時的革命知識份子所輕蔑和鄙視，老子的「柔弱勝剛強」，「報怨以德」，「不善者吾亦善之」的主張和戰鬥的現實主義者尤其是水火不容的。

——李桑牧《卓越的諷刺文學——〈故事新編〉》

出關（之一） 2003年創作

大家都從此沒有話，好像兩段呆木頭。大約過了八分鐘，孔子這才深深的呼出了一口氣，就起身要告辭，一面照例很客氣的致謝著老子的教訓。老子也並不挽留他。站起來扶著拄杖，一直送他到圖書館的大門外……

出關（之二） 2003年創作

作過別，撥轉牛頭，便問峻阪的大路上慢慢的走去。

 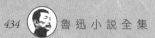

非攻

一

　　子夏的徒弟公孫高來找墨子，已經好幾回了，總是不在家，見不著。大約是第四或者第五回罷，這才恰巧在門口遇見，因爲公孫高剛一到，墨子也適値回家來。他們一同走進屋子裏。

　　公孫高辭讓了一通之後，眼睛看著席子的破洞，和氣的問道：「先生是主張非戰的？」

　　「不錯！」墨子說。

　　「那麼，君子就不鬥麼？」

　　「是的！」墨子說。

　　「豬狗尚且要鬥，何況人……」

　　「唉唉，你們儒者，說話稱著堯舜，做事卻要學豬狗，可憐，可憐！」墨子說著，站了起來，匆匆的跑到廚下去了，一面說：「你不懂我的意思……」

　　他穿過廚下，到得後門外的井邊，絞著轆轤，汲起半瓶井水來，捧著吸了十多口，於是放下瓦瓶，抹一抹嘴，忽然望著園角上叫了起來道：「阿廉！你怎麼回來了？」

阿廉也已經看見，正在跑過來，一到面前，就規規矩矩的站定，垂著手，叫一聲「先生」，於是略有些氣憤似的接著說：

　　「我不幹了。他們言行不一致。說定給我一千盆粟米的，卻只給了我五百盆。我只得走了。」

　　「如果給你一千多盆，你走麼？」

　　「不。」阿廉答。

　　「那麼，就並非因為他們言行不一致，倒是因為少了呀！」

　　墨子一面說，一面又跑進廚房裏，叫道：

　　「耕柱子！給我和起玉米粉來！」

　　耕柱子恰恰從堂屋裏走到，是一個很精神的青年。「先生，是做十多天的乾糧罷？」他問。

　　「對咧。」墨子說。「公孫高走了罷？」

　　「走了，」耕柱子笑道。「他很生氣，說我們兼愛無父，像禽獸一樣。」

　　墨子也笑了一笑。

　　「先生到楚國去？」

　　「是的。你也知道了？」墨子讓耕柱子用水和著玉米粉，自己卻取火石和艾絨打了火，點起枯枝來沸水，眼睛看火焰，慢慢的說道：

　　「我們的老鄉公輸般，他總是倚恃著自己的一點小聰明，興風作浪的。造了鉤拒，教楚王和越人打仗還不夠，這回是又想出了什麼雲梯，要聳惠楚王攻宋去了。宋是小國，怎禁得這麼一攻。我去按他一下罷。」

　　他看得耕柱子已經把窩窩頭上了蒸籠，便回到自己的房裏，在壁廚裏摸出一把鹽漬藜菜乾，一柄破銅刀，另外找了一張破包袱，等耕柱子端進蒸熟的窩窩頭來，就一起打成一個包裹。衣服卻不打點，也不帶洗臉的手巾，只把皮帶緊了一緊，走到堂下，穿好草鞋，背上包裹，頭也不回的走了。從包裹裏，還一陣一陣的冒著熱蒸氣。

「先生什麼時候回來呢？」耕柱子在後面叫喊道。

「總得二十來天罷，」墨子答著，只是走。

二

墨子走進宋國的國界的時候，草鞋帶已經斷了三四回，覺得腳底上很發熱，停下來一看，鞋底也磨成了大窟窿，腳上有些地方起繭，有些地方起泡了。他毫不在意，仍然走；沿路看看情形，人口倒很不少，然而歷來的水災和兵災的痕跡，卻到處存留，沒有人民的變換得飛快。走了三天，看不見一所大屋，看不見一顆大樹，看不見一個活潑的人，看不見一片肥沃的田地，就這樣的到了都城。

城牆也很破舊，但有幾處添了新石頭；護城溝邊看見爛泥堆，像是有人淘掘過，但只見有幾個閒人坐在溝沿上似乎釣著魚。

「他們大約也聽到消息了，」墨子想。細看那些釣魚人，卻沒有自己的學生在裏面。

他決計穿城而過，於是走近北關，順著中央的一條街，一徑向南走。城裏面也很蕭條，但也很平靜；店鋪都貼著減價的條子，然而並不見買主，可是店裏也並無怎樣的貨色；街道上滿積著又細又粘的黃塵。

「這模樣了，還要來攻它！」墨子想。

他在大街上前行，除看見了貧弱而外，也沒有什麼異樣。楚國要來進攻的消息，是也許已經聽到了的，然而大家被攻得習慣了，自認是活該受攻的了，竟並不覺得特別，況且誰都只剩了一條性命，無衣無食，所以也沒有什麼人想搬家。待到望見南關的城樓了，這才看見街角上聚著十多個人，好像在聽一個人講故事。

當墨子走得臨近時，只見那人的手在空中一揮，大叫道：

「我們給他們看看宋國的民氣！我們都去死！」

墨子知道，這是自己的學生曹公子的聲音。

然而他並不擠進去招呼他，匆匆的出了南關，只趕自己的路。

又走了一天和大半夜，歇下來，在一個農家的簷下睡到黎明，起來仍復走。草鞋已經碎成一片一片，穿不住了，包袱裏還有窩窩頭，不能用，便只好撕下一塊布裳來，包了腳。

　　不過布片薄，不平的村路梗著他的腳底，走起來就更艱難。到得下午，他坐在一株小小的槐樹下，打開包裹來吃午餐，也算是歇歇腳。遠遠的望見一個大漢，推著很重的小車，向這邊走過來了。到得臨近，那人就歇下車子，走到墨子面前，叫了一聲「先生」，一面撩起衣角來揩臉上的汗，喘著氣。

　　「這是沙麼？」墨子認識他是自己的學生管黔敖，便問。

　　「是的，防雲梯的。」

　　「別的準備怎麼樣？」

　　「也已經募集了一些麻，灰，鐵。不過難得很：有的不肯，肯的沒有。還是講空話的多……」

　　「昨天在城裏聽見曹公子在講演，又在玩一股什麼『氣』，嚷什麼『死』了。你去告訴他：不要弄玄虛；死並不壞，也很難，但要死得於民有利！」

　　「和他很難說，」管黔敖悵悵的答道。「他在這裏做了兩年官，不大願意和我們說話了……」

　　「禽滑厘呢？」

　　「他可是很忙。剛剛試驗過連弩；現在恐怕在西關外看地勢，所以遇不著先生。先生是到楚國去找公輸般的罷？」

　　「不錯，」墨子說，「不過他聽不聽我，還是料不定的。你們仍然準備著，不要只望著口舌的成功。」

　　管黔敖點點頭，看墨子上了路，目送了一會，便推著小車，吱吱嘎嘎的進城去了。

三

　　楚國的郢城可是不比宋國：街道寬闊，房屋也整齊，大店舖裏

陳列著許多好東西，雪白的麻布，通紅的辣椒，斑斕的鹿皮，肥大的蓮子。

走路的人，雖然身體比北方短小些，卻都活潑精悍，衣服也很乾淨，墨子在這裏一比，舊衣破裳，布包著兩隻腳，真好像一個老牌的乞丐了。

再向中央走是一大塊廣場，擺著許多攤子，擁擠著許多人，這是鬧市，也是十字路交叉之處。墨子便找著一個好像士人的老頭子，打聽公輸般的寓所，可惜言語不通，纏不明白，正在手掌心上寫字給他看，只聽得轟的一聲，大家都唱了起來，原來是有名的賽湘靈已經開始在唱她的《下里巴人》，所以引得全國中許多人，同聲應和了。不一會，連那老士人也在嘴裏發出哼哼聲，墨子知道他決不會再來看他手心上的字，便只寫了半個「公」字，拔步再往遠處跑。然而到處都在唱，無隙可乘，許多工夫，大約是那邊已經唱完了，這才逐漸顯得安靜。他找到一家木匠店，去探問公輸般的住址。

「那位山東老，造鉤拒的公輸先生麼？」店主是一個黃臉黑鬚的胖子，果然很知道。「並不遠。你回轉去，走過十字街，從右手第二條小道上朝東向南，再往北轉角，第三家就是他。」

墨子在手心上寫著字，請他看了有無聽錯之後，這才牢牢的記在心裏，謝過主人，邁開大步，徑奔他所指點的處所。果然也不錯的：第三家的大門上，釘著一塊雕鏤極工的楠木牌，上刻六個大篆道：「魯國公輸般寓」。

墨子拍著紅銅的獸環，當當的敲了幾下，不料開門出來的卻是一個橫眉怒目的門丁。他一看見，便大聲的喝道：

「先生不見客！你們同鄉來告幫的太多了！」

墨子剛看了他一眼，他已經關了門，再敲時，就什麼聲息也沒有。然而這目光的一射，卻使那門丁安靜不下來，他總覺得有些不舒服，只得進去稟他的主人。公輸般正捏著曲尺，在量雲梯的模型。

「先生，又有一個你的同鄉來告幫了……這人可是有些古

怪……」門丁輕輕的說。

「他姓什麼？」

「那可還沒有問……」門丁惶恐著。

「什麼樣子的？」

「像一個乞丐。三十來歲。高個子，烏黑的臉……」

「阿呀！那一定是墨翟了！」

公輸般吃了一驚，大叫起來，放下雲梯的模型和曲尺，跑到階下去。門丁也吃了一驚，趕緊跑在他前面，開了門。墨子和公輸般，便在院子裏見了面。

「果然是你。」公輸般高興的說，一面讓他進到堂屋去。

「你一向好麼？還是忙？」

「是的。總是這樣……」

「可是先生這麼遠來，有什麼見教呢？」

「北方有人侮辱了我，」墨子很沉靜的說。「想托你去殺掉他……」

公輸般不高興了。

「我送你十塊錢！」墨子又接著說。

這一句話，主人可真是忍不住發怒了；他沉了臉，冷冷的回答道：「我是義不殺人的！」

「那好極了！」墨子很感動的直起身來，拜了兩拜，又很沉靜的說道：「可是我有幾句話。我在北方，聽說你造了雲梯，要去攻宋。宋有什麼罪過呢？楚國有餘的是地，缺少的是民。殺缺少的來爭有餘的，不能說是智；宋沒有罪，卻要攻他，不能說是仁；知道著，卻不爭，不能說是忠；爭了，而不得，不能說是強；義不殺少，然而殺多，不能說是知類。先生以為怎樣？……」

「那是……」公輸般想著，「先生說得很對的。」

「那麼，不可以歇手了麼？」

「這可不成，」公輸般悵悵的說。「我已經對王說過了。」

「那麼，帶我見王去就是。」

「好的。不過時候不早了，還是吃了飯去罷。」

然而墨子不肯聽，欠著身子，總想站起來，他是向來坐不住的。

公輸般知道拗不過，便答應立刻引他去見王；一面到自己的房裏，拿出一套衣裳和鞋子來，誠懇的說道：「不過這要請先生換一下。因為這裏是和俺家鄉不同，什麼都講闊綽的。還是換一換便當……」

「可以可以，」墨子也誠懇的說。「我其實也並非愛穿破衣服的……只因為實在沒有工夫換……」

四

楚王早知道墨翟是北方的聖賢，一經公輸般紹介，立刻接見了，用不著費力。

墨子穿著太短的衣裳，高腳鷺鷥似的，跟公輸般走到便殿裏，向楚王行過禮，從從容容的開口道：

「現在有一個人，不要轎車，卻想偷鄰家的破車子；不要錦繡，卻想偷鄰家的短氈襖；不要米肉，卻想偷鄰家的糠屑飯：這是怎樣的人呢？」

「那一定是生了偷摸病了。」楚王率直的說。

「楚的地面，」墨子道，「方五千里，宋的卻只方五百里，這就像轎車的和破車子；楚有雲夢，滿是犀兕麋鹿，江漢裏的魚鱉黿鼉之多，那裏都賽不過，宋卻是所謂連雉兔鯽魚也沒有的，這就像米肉的和糠屑飯；楚有長松、文梓、楠木、豫章，宋卻沒有大樹，這就像錦繡的和短氈襖。所以據臣看來，王吏的攻宋，和這是同類的。」

「確也不錯！」楚王點頭說。

「不過公輸般已經給我在造雲梯，總得去攻的了。」

「不過成敗也還是說不定的。」墨子道。「只要有木片，現在

就可以試一試。」

楚王是一位愛好新奇的王，非常高興，便教侍臣趕快去拿木片來。墨子卻解下自己的皮帶，彎作弧形，向著公輸子，算是城；把幾十片木片分作兩份，一份留下，一份交與公輸子，便是攻和守的器具。

於是他們倆各各拿著木片，像下棋一般，開始鬥起來了，攻的木片一進，守的就一架，這邊一退，那邊就一招。不過楚王和侍臣，卻一點也看不懂。

只見這樣的一進一退，一共有九回，大約是攻守各換了九種的花樣。這之後，公輸般歇手了。墨子就把皮帶的弧形改向了自己，好像這回是由他來進攻。也還是一進一退的支架著，然而到第三回，墨子的木片就進了皮帶的弧線裏面了。

楚王和侍臣雖然莫明其妙，但看見公輸般首先放下木片，臉上露出掃興的神色，就知道他攻守兩面，全都失敗了。

楚王也覺得有些掃興。

「我知道怎麼贏你的，」停了一會，公輸般訕訕的說。「但是我不說。」

「我也知道你怎麼贏我的，」墨子卻鎮靜的說。「但是我不說。」

「你們說的是些什麼呀？」楚王驚訝著問道。

「公輸子的意思，」墨子旋轉身去，回答道，「不過想殺掉我，以為殺掉我，宋就沒有人守，可以攻了。然而我的學生禽滑厘等三百人，已經拿了我的守禦的器械，在宋城上，等候著楚國來的敵人。就是殺掉我，也還是攻不下的！」

「真好法子！」楚王感動的說。「那麼，我也就不去攻宋罷。」

五

墨子說停了攻宋之後，原想即刻回往魯國的，但因為應該換還

公輸般借他的衣裳，就只好再到他的寓裏去。時候已是下午，主客都很覺得肚子餓，主人自然堅留他吃午飯——或者已經是夜飯，還勸他宿一宵。

「走是總得今天就走的，」墨子說。「明年再來，拿我的書來請楚王看一看。」

「你還不是講些行義麼？」公輸般道。「勞形苦心，扶危濟急，是賤人的東西，大人們不取的。他可是君王呀，老鄉！」

「那倒也不。絲麻米穀，都是賤人做出來的東西，大人們就都要。何況行義呢。」

「那可也是的，」公輸般高興的說。「我沒有見你的時候，想取宋；一見你，即使白送我宋國，如果不義，我也不要了……」

「那可是我真送了你宋國了。」墨子也高興的說。「你如果一味行義，我還要送你天下哩！」

當主客談笑之間，午餐也擺好了，有魚，有肉，有酒。墨子不喝酒，也不吃魚，只吃了一點肉。公輸般獨自喝著酒，看見客人不大動刀匕，過意不去，只好勸他吃辣椒：「請呀請呀！」他指著辣椒醬和大餅，懇切的說，「你嘗嘗，這還不壞。大蔥可不及我們那裏的肥……」

公輸般喝過幾杯酒，更加高興了起來。

「我舟戰有鉤拒，你的義也有鉤拒麼？」他問道。

「我這義的鉤拒，比你那舟戰的鉤拒好。」墨子堅決的回答說。「我用愛來鉤，用恭來拒。不用愛鉤，是不相親的，不用恭拒，是要油滑的，不相親而又油滑，馬上就離散。所以互相愛，互相恭，就等於互相利。

現在你用鉤去鉤人，人也用鉤來鉤你，你用拒去拒人，人也用拒來拒你，互相鉤，互相拒，也就等於互相害了。所以我這義的鉤拒，比你那舟戰的鉤拒好。」

「但是，老鄉，你一行義，可真幾乎把我的飯碗敲碎了！」公

輸般碰了一個釘子之後，改口說，但也大約很有了一些酒意：他其實是不會喝酒的。

「但也比敲碎宋國的所有飯碗好。」

「可是我以後只好做玩具了。老鄉，你等一等，我請你看一點玩意兒。」

他說著就跳起來，跑進後房去，好像是在翻箱子。不一會，又出來了，手裏拿著一隻木頭和竹片做成的喜鵲，交給墨子，口裏說道：「只要一開，可以飛三天。這倒還可以說是極巧的。」

「可是還不及木匠的做車輪，」墨子看了一看，就放在席子上，說。「他削三寸的木頭，就可以載重五十石。有利於人的，就是巧，就是好，不利於人的，就是拙，也就是壞的。」

「哦，我忘記了，」公輸般又碰了一個釘子，這才醒過來。「早該知道這正是你的話。」

「所以你還是一味的行義，」墨子看著他的眼睛，誠懇的說，「不但巧，連天下也是你的了。真是打擾了你大半天。我們明年再見罷。」

墨子說著，便取了小包裹，向主人告辭；公輸般知道他是留不住的，只得放他走。送他出了大門之後，回進屋裏來，想了一想，便將雲梯的模型和木鵲都塞在後房的箱子裏。

墨子在歸途上，是走得較慢了，一則力乏，二則腳痛，三則乾糧已經吃完，難免覺得肚子餓，四則事情已經辦妥，不像來時的匆忙。然而比來時更晦氣：一進宋國界，就被搜檢了兩回；走近都城，又遇到募捐救國隊，募去了破包袱；到得南關外，又遭著大雨，到城門下想避避雨，被兩個執戈的巡兵趕開了，淋得一身濕，從此鼻子塞了十多天。

一九三四年八月作

　　他寫墨子，不是宣傳墨家的兼愛思想，而是由「阻楚伐宋」這一側面來寫墨子的反對侵略。當然，「非攻」的思想基礎是與兼愛分不開的；但在「阻楚伐宋」這件事上，「兼相愛，交相利」已成為國與國之間關係的基礎，而不是一般的哲學原則了。由他所選擇的這一側面出發，通過許多細節，他著意渲染了墨子的平凡……

　　小說開頭兩節寫了墨子對子夏弟子公孫高和民氣論者曹公子的蔑視的態度，後正面展開了對侵略者楚王及其幫兇公輸般的鬥爭。他早已安排好自己的弟子管黔敖禽滑厘等在宋國做了抵抗的準備，對侵略者並不抱幻想；並且叮囑說：「你們仍然準備著，不要只望著口舌的成功。」因此他與公輸般鬥爭既是智慧的較量，也是力量的鬥爭。他從容沉靜、不卑不亢、義正詞嚴、鋒利敏捷，在對壘中鮮明地顯示了他的勇敢機智的特點。墨子有真理，有群眾，有膽量，有智慧；他的以於人民有利為標準的真理觀顯示了與實際生產活動有聯繫的古代思想家的特色。這個形象是鮮明的和豐滿的。在論戰的層次上也深具匠心，表現了墨子與公輸般即是政敵，又是同鄉的特殊關係。在墨子的對比下，楚王的昏庸和公輸般的狡黠就很明顯了。

　　這些情節都有文獻的根據，只是曹公子雖也有記載說他是墨子的弟子，但這一個形象卻全是魯迅的創造。他是在宋國作了兩年官之後才變了那樣的。他那誇張地「手在空中一揮」，叫嚷「我們都去死」的表演，在精神上是30年代民族主義文學家的叫嚷「準備著我們的頭顱去給敵人砍掉」十分相像的，墨子說：「不要弄玄虛，死並不壞，也很難，但要死得於民有利。」顯示了墨子反對空談，重視實踐的思想特色。和墨子的性格特徵相適應，《非攻》採取簡潔的敘述式寫法，故事情節如流水般地緩緩展開，表現了一種單純樸實的風格。

——王瑤《魯迅〈故事新編〉散論》

非攻（之一）　2003年創作

走了三天，看不見一所大屋，看不見一顆大樹，看不見一個活潑的人，看不見一片肥沃的田地，……

魯迅小説全集

非攻（之二） 2003年創作

「什麼樣子的？」「像一個乞丐。三十來歲。高個子，烏黑的臉……」
「阿呀！那一定是墨翟了！」

非攻（之三）　2003年創作

只見這樣的一進一退，一共有九回，大約是攻守各換了九種的花樣。這之後，公輸般歇手了。墨子就把皮帶的弧形改向了自己，好像這回是由他來進攻。也還是一進一退的支架著，然而到第三回，墨子的木片就進了皮帶的弧線裏面了。

楚王和侍臣雖然莫明其妙，但看見公輸般首先放下木片，臉上露出掃興的神色，就知道他攻守兩面，全都失敗了。

 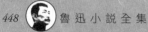

起死

　　一大片荒地。處處有些土崗，最高的不過六七尺。沒有樹木。遍地都是雜亂的蓬草；草間有一條人馬踏成的路徑。離路不遠，有一個水溜。遠處望見房屋。

　　莊子——（黑瘦面皮，花白的絡腮鬍子，道冠，布袍，拿著馬鞭，上。）出門沒有水喝，一下子就覺得口渴。口渴可不是玩意兒呀，真不如化爲蝴蝶。可是這裏也沒有花兒呀，……哦！海子在這裏了，運氣，運氣！（他跑到水溜旁邊，撥開浮萍，用手掬起水來，喝了十幾口。）唔，好了。慢慢的上路。（走著，向四處看，）阿呀！一個髑髏。這是怎的？（用馬鞭在蓬草間撥了一撥，敲著，說：）

　　您是貪生怕死，倒行逆施，成了這樣的呢？（橐橐。）還是失掉地盤，吃著板刀，成了這樣的呢？（橐橐。）還是鬧得一榻糊塗，對不起父母妻子，成了這樣的呢？（橐橐。）您不知道自殺是弱者的行爲嗎？（橐橐橐！）還是您沒有飯吃，沒有衣穿，成了這樣的呢？（橐橐。）還是年紀老了，活該死掉，成了這樣的呢？（橐橐。）還是……唉，這倒是我糊塗，好像在做戲了。那裏會回

答。好在離楚國已經不遠，用不著忙，還是請司命大神復他的形，生他的肉，和他談談閑天，再給他重回家鄉，骨肉團聚罷。（放下馬鞭，朝著東方，拱兩手向天，提高了喉嚨，大叫起來：）

至心朝禮，司命大天尊！⋯⋯

（一陣陰風，許多蓬頭的，禿頭的，瘦的，胖的，男的，女的，老的，少的鬼魂出現。）

鬼魂——莊周，你這糊塗蟲！花白了鬍子，還是想不通。死了沒有四季，也沒有主人公。天地就是春秋，做皇帝也沒有這麼輕鬆。

還是莫管閒事罷，快到楚國去幹你自家的運動。⋯⋯

莊子——你們才是糊塗鬼，死了也還是想不通。要知道活就是死，死就是活呀，奴才也就是主人公。我是達性命之源的，可不受你們小鬼的運動。

鬼魂——那麼，就給你當場出醜⋯⋯

莊子——楚王的聖旨在我頭上，更不怕你們小鬼的起哄！（又拱兩手向天，提高了喉嚨，大叫起來：）

至心朝禮，司命大天尊！

天地玄黃，宇宙洪荒。日月盈昃，辰宿列張。趙錢孫李，周吳鄭王。馮秦褚衛，姜沈韓楊。

太上老君急急如律令！敕！敕！敕！

（一陣清風，司命大神道冠布袍，黑瘦面皮，花白的絡腮鬍子，手執馬鞭，在東方的朦朧中出現。鬼魂全都隱去。）

司命——莊周，你找我，又要鬧什麼玩意兒了？喝夠了水，不安分起來了嗎？

莊子——臣是見楚王去的，路經此地，看見一個空髑髏，卻還存著頭樣子。該有父母妻子的罷，死在這裏了，真是嗚呼哀哉，可憐得很。所以懇請大神復他的形，還他的肉，給他活轉來，好回家鄉去。

司命——哈哈！這也不是真心話，你是肚子還沒飽就找閒事

做。認眞不像認眞，玩耍又不像玩耍。還是走你的路罷，不要和我來打岔。要知道「死生有命」，我也礙難隨便安排。

莊子——大神錯矣。其實那裏有什麼死生。我莊周曾經做夢變了蝴蝶，是一隻飄飄蕩蕩的蝴蝶，醒來成了莊周，是一個忙忙碌碌的莊周。究竟是莊周做夢變了蝴蝶呢，還是蝴蝶做夢變了莊周呢，可是到現在還沒有弄明白。這樣看來，又安知道這軀體不是現在正活著，所謂活了轉來之後，倒是死掉了呢？請大神隨隨便便，通融一點罷。做人要圓滑，做神也不必迂腐的。

司命——（微笑，）你也還是能說不能行，是人而非神……那麼，也好，給你試試罷。

（司命用馬鞭向蓬中一指。同時消失了。所指的地方，發出一道火光，跳起一個漢子來。）

漢子——（大約三十歲左右，體格高大，紫色臉，像是鄉下人，全身赤條條的一絲不掛。用拳頭揉了一通眼睛之後，定一定神，看見了莊子，）嚄？

莊子——嚄？（微笑著走近去，看定他，）你是怎麼的？

漢子——唉唉，睡著了。你是怎麼的？（向兩邊看，叫了起來，）阿呀，我的包裹和傘子呢？（向自己的身上看，）阿呀呀，我的衣服呢？（蹲了下去。）

莊子——你靜一靜，不要著慌罷。你是剛剛活過來的。你的東西，我看是早已爛掉，或者給人拾去了。

漢子——你說什麼？

莊子——我且問你：你姓甚名誰，那裏人？

漢子——我是楊家莊的楊大呀。學名叫必恭。

莊子——那麼，你到這裏是來幹什麼的呢？

漢子——探親去的呀，不提防在這裏睡著了。（著急起來，）我的衣服呢？我的包裹和傘子呢？

莊子——你靜一靜，不要著慌罷——我且問你：你是什麼時候

的人？

漢子——（詫異，）什麼？……什麼叫作「什麼時候的人」？……我的衣服呢？……

莊子——嘖嘖，你這人真是糊塗得要死的角兒——專管自己的衣服，真是一個澈底的利己主義者。你這「人」尚且沒有弄明白，那裏談得到你的衣服呢？所以我首先要問你：你是什麼時候的人？唉唉，你不懂。……那麼，（想了一想，）我且問你：你先前活著的時候，村子裏出了什麼故事？

漢子——故事嗎？有的。昨天，阿二嫂就和七太婆吵嘴。

莊子——還欠大！

漢子——還欠大？……那麼，楊小三旌表了孝子……

莊子——旌表了孝子，確也是一件大事情……不過還是很難查考……（想了一想，）再沒有什麼更大的事情，使大家因此鬧了起來的了嗎？

漢子——鬧了起來？……（想著，）哦，有有！那還是三四個月前頭，因為孩子們的魂靈，要攝去墊鹿台腳了，真嚇得大家雞飛狗走，趕忙做起符袋來，給孩子們帶上……

莊子——（出驚，）鹿台？什麼時候的鹿台？

漢子——就是三四個月前頭動工的鹿台。

莊子——那麼，你是紂王的時候死的？這真了不得，你已經死了五百多年了。

漢子——（有點發怒，）先生，我和你還是初會，不要開玩笑罷。我不過在這兒睡了一忽，什麼死了五百多年。我是有正經事，探親去的。快還我的衣服，包裹和傘子。我沒有陪你玩笑的工夫。

莊子——慢慢的，慢慢的，且讓我來研究一下。你是怎麼睡著的呀？

漢子——怎麼睡著的嗎？（想著，）我早上走到這地方，好像頭頂上轟的一聲，眼前一黑，就睡著了。

莊子——疼嗎？

漢子——好像沒有疼。

莊子——哦……（想了一想，）哦……我明白了。一定是你在商朝的紂王的時候，獨個兒走到這地方，卻遇著了斷路強盜，從背後給你一悶棍，把你打死，什麼都搶走了。現在我們是周朝，已經隔了五百多年，還那裏去尋衣服。你懂了沒有？

漢子——（瞪了眼睛，看著莊子，）我一點也不懂。先生，你還是不要胡鬧，還我衣服，包裹和傘子罷。我是有正經事，探親去的，沒有陪你玩笑的工夫！

莊子——你這人真是不明道理……

漢子——誰不明道理？我不見了東西，當場捉住了你，不問你要，問誰要？（站起來。）

莊子——（著急，）你再聽我講：你原是一個髑髏，是我看得可憐，請司命大神給你活轉來的。你想想看：你死了這許多年，那裏還有衣服呢！我現在並不要你的謝禮，你且坐下，和我講講紂王那時候……

漢子——胡說！這話，就是三歲小孩子也不會相信的。我可是三十三歲了！（走開來，）你……

莊子——我可真有這本領。你該知道漆園的莊周的罷。

漢子——我不知道。就是你真有這本領，又值什麼鳥？你把我弄得精赤條條的，活轉來又有什麼用？叫我怎麼去探親？包裹也沒有了……（有些要哭，跑開來拉住了莊子的袖子，）我不相信你的胡說。這裏只有你，我當然問你要！我扭你見保甲去！

莊子——慢慢的，慢慢的，我的衣服舊了，很脆，拉不得。你且聽我幾句話：你先不要專想衣服罷，衣服是可有可無的，也許是有衣服對，也許是沒有衣服對。鳥有羽，獸有毛，然而王瓜茄子赤條條。此所謂「彼亦一是非，此亦一是非」，你固然不能說沒有衣服對，然而你又怎麼能說有衣服對呢？……

漢子──（發怒，）放你媽的屁！不還我的東西，我先摏死你！（一手捏了拳頭，舉起來，一手去揪莊子。）

莊子──（窘急，招架著，）你敢動粗！放手！要不然，我就請司命大神來還你一個死！

漢子──（冷笑著退開，）好，你還我一個死罷。要不然，我就要你還我的衣服，傘子和包裹，裏面是五十二個圓錢，斤半白糖，二斤南棗⋯⋯

莊子──（嚴正地，）你不反悔？

漢子──小舅子才反悔！

莊子──（決絕地，）那就是了。既然這麼糊塗，還是送你還原罷。

（轉臉朝著東方，拱兩手向天，提高了喉嚨，大叫起來：）

至心朝禮，司命大天尊！

天地玄黃，宇宙洪荒。日月盈昃，辰宿列張。

趙錢孫李，周吳鄭王。馮秦褚衛，姜沈韓楊。

太上老君急急如律令！敕！敕！敕！

（毫無影響，好一會。）

天地玄黃！

太上老君！敕！敕！敕！⋯⋯敕！

（毫無影響，好一會。）

（莊子向周圍四顧，慢慢的垂下手來。）

漢子──死了沒有呀？

莊子──（頹唐地，）不知怎的，這回可不靈⋯⋯

漢子──（撲上前，）那麼，不要再胡說了。賠我的衣服！

莊子──（退後，）你敢動手？這不懂哲理的野蠻！

漢子──（揪住他，）你這賊骨頭！你這強盜軍師！我先剝你的道袍，拿你的馬，賠我⋯⋯（莊子一面支撐著，一面趕緊從道袍的袖子裏摸出警笛來，狂吹了三聲。漢子愕然，放慢了動作。不多

久，從遠處跑來一個巡士。）

巡士——（且跑且喊，）帶住他！不要放！（他跑近來，是一個魯國大漢，身材高大，制服制帽，手執警棍，面赤無鬚。）帶住他！這舅子！……

漢子——（又揪緊了莊子，）帶住他！這舅子！……

（巡士跑到，抓住莊子的衣領，一手舉起警棍來。漢子放手，微彎了身子，兩手掩著小肚。）

莊子——（托住警棍，歪著頭，）這算什麼？

巡士——這算什麼？哼！你自己還不明白？

莊子——（憤怒，）怎麼叫了你來，你倒來抓我？

巡士——什麼？

莊子——我吹了警笛……

巡士——你搶了人家的衣服，還自己吹警笛，這昏蛋！

莊子——我是過路的，見他死在這裏，救了他，他倒纏住我，說我拿了他的東西了。你看看我的樣子，可是搶人東西的？

巡士——（收回警棍，）「知人知面不知心」，誰知道。到局裏去罷。

莊子——那可不成。我得趕路，見楚王去。

巡士——（吃驚，鬆手，細看了莊子的臉，）那麼，您是漆……

莊子——（高興起來，）不錯！我正是漆園吏莊周。您怎麼知道的？

巡士——咱們的局長這幾天就常常提起您老，說您老要上楚國發財去了，也許從這裏經過的。敝局長也是一位隱士，帶便兼辦一點差使，很愛讀您老的文章，讀《齊物論》，什麼「方生方死，方死方生，方可方不可，方不可方可」，真寫得有勁，真是上流的文章，真好！您老還是到敝局裏去歇歇罷。

（漢子吃驚，退進蓬草叢中，蹲下去。）

莊子——今天已經不早，我要趕路，不能耽擱了。還是回來的時候，再去拜訪貴局長罷。

　　（莊子且說且走，爬在馬上，正想加鞭，那漢子突然跳出草叢，跑上去拉住了馬嚼子。巡士也追上去，拉住漢子的臂膊。）

　　莊子——你還纏什麼？

　　漢子——你走了，我什麼也沒有，叫我怎麼辦？（看著巡士，）您瞧，巡士先生……

　　巡士——（搔著耳朵背後，）這模樣，可真難辦……但是，先生……我看起來，（看著莊子，）還是您老富裕一點，賞他一件衣服，給他遮遮羞……

　　莊子——那自然可以的，衣服本來並非我有。不過我這回要去見楚王，不穿袍子，不行，脫了小衫，光穿一件袍子，也不行……

　　巡士——對啦，這實在少不得。（向漢子，）放手！

　　漢子——我要去探親……

　　巡士——胡說！再麻煩，看我帶你到局裏去！（舉起警棍，）滾開！

　　（漢子退走，巡士追著，一直到亂蓬裏。）

　　莊子——再見再見。

　　巡士——再見再見。您老走好哪！

　　（莊子在馬上打了一鞭，走動了。巡士反背著手，看他漸跑漸遠，沒入塵頭中，這才慢慢的回轉身，向原來的路上蹓去。）

　　（漢子突然從草叢中跳出來，拉住巡士的衣角。）

　　巡士——幹嗎？

　　漢子——我怎麼辦呢？

　　巡士——這我怎麼知道。

　　漢子——我要去探親……

　　巡士——你探去就是了。

　　漢子——我沒有衣服呀。

巡士——沒有衣服就不能探親嗎？

漢子——你放走了他。現在你又想溜走了，我只好找你想法子。不問你，問誰呢？你瞧，這叫我怎麼活下去！

巡士——可是我告訴你：自殺是弱者的行爲呀！

漢子——那麼，你給我想法子！

巡士——（擺脫著衣角，）我沒有法子想！

漢子——（縋住巡士的袖子，）那麼，你帶我到局裏去！

巡士——（擺脫著袖子，）這怎麼成。赤條條的，街上怎麼走。放手！

漢子——那麼，你借我一條褲子！

巡士——我只有這一條褲子，借給了你，自己不成樣子了。（竭力的擺脫著，）不要胡鬧！放手！

漢子——（揪住巡士的頸子，）我一定要跟你去！

巡士——（窘急，）不成！

漢子——那麼，我不放你走！

巡士——你要怎麼樣呢？

漢子——我要你帶我到局裏去！

巡士——這眞是……帶你去做什麼用呢？不要搗亂了。放手！要不然……（竭力的掙扎。）

漢子——（揪得更緊，）要不然，我不能探親，也不能做人了。二斤南棗，斤半白糖……你放走了他，我和你拚命……

巡士——（掙扎著，）不要搗亂了！放手！要不然……要不然……（說著，一面摸出警笛，狂吹起來。）

一九三五年十二月作

在《起死》中作者借著莊子的自述，對那些自命超現實、超利害的「第三種人」作了尖銳的譏刺。

「大神錯矣。其實哪裡有什麼死生。我莊周曾經做夢變了蝴蝶，是一隻飄飄蕩蕩的蝴蝶，醒來成了莊周，是一個忙忙碌碌的莊周，究竟是莊周做夢變了蝴蝶呢，還是蝴蝶做夢變了莊周呢，可是到現在還沒有弄明白。這樣看來，又安知道這軀體不是現在正活著，所謂活了轉來之後，倒是死掉了呢？請大神隨隨便便，通融一點罷，做人要圓滑，做神也不必迂腐的。」⋯⋯

「你先不要專想衣服罷，衣服是可有可無的，也許是有衣服對，也許是沒有衣服對。鳥有羽，獸有毛、然而王瓜茄子赤條條。此所謂『彼一亦是非，此亦一是非』，你固然不能說沒有衣服對，然而你又怎麼能說有衣服對呢？」

莊子的本意也是教人忘卻相對的是非得失，從他看來，一切的是非得失如果和他所想像的「道」──萬匯的本體比較起來，其一切差別和界限都可消泯，因為他覺得萬匯是同出一源的。因此，這裏就不但批判了莊子，同時在當時那些通融圓滑、隨隨便便、自命「超然」的「第三種人」看來，現有的社會剝削制度就是他們所認為永恆不變的規律，因此他們以為生活中的一切是非善惡都是沒有的，不平和抱怨是奴隸的罪過。

魯迅尖銳地指出過這種掛著「孔子的門頭招牌」的卻是莊子的「私淑子弟」們，只有他們才陰險地主張「是非不分」，「生活要混沌」（引文見《南腔北調集》：《論語一年》）。連一切經不起現實的嚴重考驗而倒退墮落的知識份子也都成了麻木，圓滑，隨和，不分是非善惡的「無是非觀者」。

──李桑牧《卓越的諷刺文學──故事新編》

起死（之一）　2003年創作

······黑瘦面皮，花白的絡腮鬍子，道冠，布袍，拿著馬鞭······

起死（之二） 2003年創作

司命——莊周，你找我，又要鬧什麼玩意兒了？喝夠了水，不安分起來了
嗎？

莊子——臣是見楚王去的，路經此地，看見一個空髑髏，卻還存著頭樣子。
該有父母妻子的罷，死在這裏了，真是嗚呼哀哉，可憐得很。所以懇請大神
復他的形，還他的肉，給他活轉來，好回家鄉去。

起死（之三） 2003年創作

你這賊骨頭！你這強盜軍師！我先剝你的道袍，拿你的馬，賠我……

國家圖書館出版品預行編目資料

魯迅小說全集，魯迅著 -- 二版, --新北市：
新視野New Vision, 2024.08
　　面；　公分 . --
　　ISBN 978-626-98599-1-7（平裝）

857.63　　　　　　　　　　　　113008158

魯迅小說全集

魯迅　著

林郁　主編

出　　版　新視野 New Vision

策　　劃　張明

製　　作　新潮社文化事業有限公司

製 作 人　林郁
　　　　　電話 02-8666-5711
　　　　　傳真 02-8666-5833
　　　　　E-mail：service@xcsbook.com.tw

總 經 銷　聯合發行股份有限公司
　　　　　新北市新店區寶橋路 235 巷 6 弄 6 號 2F
　　　　　電話 02-2917-8022
　　　　　傳真 02-2915-6275

印前作業　東豪印刷事業有限公司

印刷作業　福霖印刷企業有限公司

二　　版　2024 年 09 月